FOLIO BIOGRAPHIES

collection dirigée par

GÉRARD DE CORTANZE

Napoléon Bonaparte

par

Pascale Fautrier

Gallimard

Crédits photographiques :

1, 4, 5, 7, 8, 11, 12 et 13 : Leemage / Photo Josse. 2 : RMN / Gérard Blot. 3 et 14 : Bridgeman Giraudon. 6 : RMN / Daniel Arnaudet — Gérard Blot. 9 : RMN / Hervé Lewandowski. 10 : Leemage / Luisa Ricciarini. 15 : RMN / Mathéus. 16 : Photo12 / Les Films Abel Gance / SGF / D.R.

Docteure agrégée de lettres modernes, Pascale Fautrier est membre de l'ITEM-CNRS, groupe Sartre, et membre du Groupe d'études sartriennes. Spécialiste de Nathalie Sarraute (sujet de sa thèse soutenue en 1997, sous la direction de Julia Kristeva), elle a publié une édition commentée de sa pièce *Pour un oui ou pour un non* (Gallimard, 2006). Auteure de deux documentaires sur Simone de Beauvoir (*Un siècle d'écrivains,* France 2, 1999, et *Je veux tout de la vie, la liberté selon Simone de Beauvoir,* LCP-AN, 2008), elle a édité les actes du colloque *(Re-)découvrir l'œuvre de Simone de Beauvoir* (éditions Le Bord de l'eau, 2008), et publié une anthologie commentée des *Grands Manifestes littéraires* (Gallimard, coll. « Folio plus », 2009).

« La vérité de l'histoire ne sera probablement pas ce qui a eu lieu, mais seulement ce qui sera raconté. »

EMMANUEL DE LAS CASES,
Mémorial de Sainte-Hélène[1*]

* Les notes bibliographiques sont regroupées en fin de volume, p. 392.

Prologue

« Quel roman pourtant que ma vie !!! »
(Napoléon à Sainte-Hélène),

EMMANUEL DE LAS CASES,
Mémorial de Sainte-Hélène[1]

Ramener le destin exceptionnel de Napoléon Bonaparte à la dimension d'une vie d'homme parmi les autres hommes est ici notre pari, mais c'est un pari risqué.

De fait, cette figure universelle du génie humain, ce « Dieu de la guerre », selon le mot de Clausewitz, s'il a échoué à fonder une dynastie, n'en a pas moins défini la politique moderne après le bouleversement révolutionnaire : promotion des principes de la Révolution française en dogme laïc de l'État, souveraineté nationale, administration centralisée, sécularisation de la gouvernance.

Par son gouvernement, il a montré au monde qu'un pays pouvait vivre durablement sous une autre loi que celle de la monarchie absolue et des privilèges héréditaires de la classe noble (droits seigneuriaux et féodaux, droits d'impôts, de justice) et du clergé (privilèges ecclésiastiques, dîme).

Notre Code civil, nombre de nos institutions (Conseil d'État, préfectures, Cour de cassation, Cour des comptes, inspecteurs de l'Éducation nationale, Légion d'honneur, etc.) ont été créés par Napoléon et n'ont été depuis que peu ou pas réformés. Ils ont été adoptés et adaptés partout dans le monde.

En cela, ce démiurge nomothète demeure pour la plupart des hommes politiques (pas seulement français), de l'extrême gauche à l'extrême droite, un modèle exaltant. Prétendre le réduire aux limites et à la fragilité d'un simple mortel peut sembler relever de ce bas ressentiment des âmes médiocres incapables de concevoir la grandeur.

Tel est pourtant le défi : rendre compte d'une puissance d'action exceptionnelle, d'une force agissante phénoménale, sans sombrer ni dans l'hagiographie ni dans le règlement de comptes ; ni déni ni idolâtrie.

Cependant, dans cette difficile entreprise, notre premier interlocuteur, et celui contre lequel nous avons à lutter pied à pied, n'est autre que Napoléon Bonaparte lui-même : parce qu'en effet il n'est pas pour rien dans le fait d'être devenu, après sa mort, un mythe *littéraire et politique*. Relégué au milieu de l'océan Atlantique à partir d'octobre 1815, toute son énergie a dès lors été consacrée, le *Mémorial de Sainte-Hélène* nous le montre, à « prendre ses mesures pour la postérité[2] ». Et cette dernière action du conquérant déchu n'est pas la moindre.

Elle est *politique* à part entière, d'abord en ce sens qu'il espérait par ces Mémoires dictés à un autre (le délicat aristocrate Emmanuel de Las

Cases[*]) influer non seulement sur son propre destin (faire cesser sa relégation au milieu de l'Océan), mais aussi sur les événements français et européens, en jetant avec une grande précision les bases de ce qu'on nommera le « bonapartisme ». On a pu dire que les journées de juillet 1830 (Napoléon Ier est mort depuis neuf ans) ont été le premier acte de naissance de ce nouveau parti ; le second, décisif, sera la prise du pouvoir par Louis Napoléon Bonaparte en 1848, suivi du coup d'État du 2 décembre 1851.

Mais un autre aspect du *Mémorial*, tout aussi évident, donne une autre clé de ce « destin » : sa dimension *littéraire*. Emmanuel de Las Cases, le compagnon d'exil, tenait la plume, parfois sous la dictée directe de celui qu'il n'avait pas cessé d'appeler l'Empereur. Lorsqu'en 1823 il livre au public français son monument, l'influence de ce « tombeau » du grand homme ne se cantonne pas à la politique. Napoléon Bonaparte va devenir le « mythe littéraire par excellence[3] », exerçant une puissance d'attraction irrésistible sur les écrivains romantiques français, à commencer par leur maître, François-René de Chateaubriand, qui fut pourtant un des opposants les plus virulents au nouveau régime. « Après Napoléon, néant », écrira le vicomte ultramonarchiste dans les *Mémoires d'outre-tombe*[4], précisant : « Il sera la dernière des grandes existences individuelles ; rien ne dominera désormais dans les sociétés infimes et nivelées[5]. »

* Napoléon a aussi dicté ses Mémoires à ses autres compagnons de captivité, mais le texte le plus remarquable est le *Mémorial* de Las Cases.

Après Chateaubriand, les « enfants du siècle* », en deuil de leur « professeur d'énergie » (de Stendhal à Barrès), trouveront dans l'épopée napoléonienne, qu'ils ornementeront de leurs vers et de leur prose, la preuve endeuillée de leur dogme le plus essentiel : l'affirmation de l'individu.

De cette fortune littéraire posthume, le captif de Sainte-Hélène a la prescience : « Quel roman pourtant que ma vie[6] ! », constate-t-il dans son île, presque uniquement occupé à repasser inlassablement les scènes du passé. Romantique, il l'est lui-même par sa conscience aiguë, avant Stendhal (*Vie de Napoléon*, 1817-1818), avant Chateaubriand (*Vie de Napoléon*, Livres XIX à XXIV des *Mémoires d'outre-tombe*, 1835-1840), avant le Hugo de l'*ode* « À la colonne de la place Vendôme » et du *Cromwell* (1826-1827), que sa vie est le « roman » par excellence : elle sera le modèle inégalable de tous les grands écrivains du siècle, de Balzac à Claudel, de Walter Scott à Dostoïevski, et fera encore les succès de librairie de la fin du siècle suivant.

Mieux : le jeune Napoléon Bonaparte a voulu devenir lui-même un écrivain. Premier consul, empereur, puis exilé, il veut l'être encore**, consacrant le lien si particulier de la littérature et de la politique, typique du romantisme, mais aussi de la gouvernance française de François Ier à François Mitterrand. Il l'affirme dans le *Mémorial*, lui qui

* Allusion à Alfred de Musset, *La confession d'un enfant du siècle* (1836).

** « "Et ils ont osé dire que je ne savais pas écrire !", s'est-il écrié » [il vient de lire à voix haute ses proclamations à l'armée d'Italie] (*Mémorial*, 544).

a pourtant contraint à l'exil les deux plus grands intellectuels de son temps : « Les Anciens nous étaient bien supérieurs sur ce point [l'écriture de l'Histoire] ; et cela, parce que, chez eux, les hommes d'État étaient hommes de lettres, et les hommes de lettres hommes d'État[7]. » De fait, sa vie durant, il a accordé la plus grande importance à la retranscription écrite de ses actions, à leur publication. Son infatigable correspondance, ses discours, proclamations et autres ordres du jour de guerre, les bulletins de la Grande Armée et enfin le *Mémorial* ont été un des instruments les plus décisifs de son art de gouverner. Il a inventé la « propagande », se faisant le précurseur aussi bien des régimes totalitaires que de l'hypermédiatisation des démocraties occidentales (la prépondérance de l'écrit laissant une place non négligeable à l'image : l'attention portée aux peintres, David, Gros, etc.).

D'accord en cela avec Madame de Staël, son éternelle opposante par lui exilée, il sait aussi bien qu'elle et mieux qu'elle combien la Littérature (mot dont elle a fait la fortune), et le Roman, ce genre littéraire né avec la mort de Napoléon, sont liés aux bouleversements de la Révolution française.

Le petit caporal devenu empereur incarne exemplairement et originairement, à ses propres yeux et pour tout le siècle (et même le suivant), les chances de l'individu dans une société ouverte par la victoire de la volonté et la destruction des castes féodales. Ce père tutélaire du personnage romanesque crée une *gloire* d'un genre entièrement nouveau, totalement liée à la promesse démocratique de la Révolution : celle d'un *n'importe qui* s'arrogeant une souveraineté et une liberté d'action (une puissance) non garanties *a priori* par sa naissance, et dignes d'un grand récit.

Le paradoxe pourtant – car il y a en effet un « pourtant » (« Quel roman *pourtant* que ma vie[8] ! ») – est qu'en réalité Napoléon Bonaparte est de naissance et par éducation un homme de l'ancien monde. Toute son action politique tendra d'ailleurs à opérer ce qu'il appelle une *fusion* entre l'« aristocratie » et la « démocratie » : « la démocratie élève la souveraineté, l'aristocratie seule la conserve[9] », expliquera-t-il à Las Cases.

On touche ici à la troisième dimension du personnage : la portée religieuse du *Roman de Napoléon*[*]. C'est le second paradoxe : l'homme de la raison d'État, le plus volontiers célébré aujourd'hui, où l'historiographie s'intéresse particulièrement au génie d'administrateur du Premier consul et de l'Empereur, a bâti sa pratique politique sur une ambiguïté : nostalgique du caractère sacré de l'ancienne *légitimité*, lucide sur l'impossibilité de la restaurer comme telle, convaincu de la force désormais infrangible de l'idée de « souveraineté populaire », Napoléon Bonaparte aura contribué, après Robespierre, et en cela il est l'héritier du jacobin, à fonder spirituellement la politique moderne sur « les mots magiques de la liberté et de l'égalité[10] ».

Le mage est à la fois superstitieux et rationnel :

* Cette dimension religieuse est à la fois soulignée dans le *Mémorial* et contredite par la théorie pragmatique qui y est par ailleurs exposée selon laquelle l'exercice de la souveraineté doit être une simple « magistrature ».

ni sa pratique de gouvernement ni sa conviction intime ne respecteront la double promesse messianique révolutionnaire de l'égalité et de la liberté — tout en la consacrant comme horizon mystique de la politique.

L'Histoire est-elle cyclique ? s'interrogeait Victor Hugo dans son *Cromwell*. Dans cette pièce de théâtre inaugurale du premier romantisme français, le poète montrait le Lord Protecteur anglais hésitant à poser sur sa tête la couronne ensanglantée de sa victime, Charles Ier d'Angleterre. La Révolution n'aura-t-elle été qu'une convulsion passagère après quoi le besoin de calme aurait mécaniquement ramené l'ancien ordre ? Pas tout à fait, répond par avance le Premier consul entouré des régicides Carnot et Fouché, et s'apprêtant à se faire sacrer empereur* ; la puissance est éternelle, mais sa légitimité évolue avec les croyances : les temps présents rendent nécessaire de convaincre le peuple que, premier magistrat de l'État, Napoléon Ier incarne désormais sa souveraineté plutôt que le droit divin. Mais on ne se privera pas de convoquer le pape à la cérémonie du sacre. Légitimité ancienne et nouvelle, autant parer à toutes les religions : toutes ne sont-elles pas, y compris la promesse politique née de la Révolution française, les multiples formes par lesquelles l'humanité a tant cherché à fonder sa raison d'être** ?

* Voir également son examen de ce parallèle, qui a dû inspirer à Hugo son *Cromwell* (*Mémorial*, 613).

** « Toutes nos religions sont évidemment les enfants des hommes [...] l'inquiétude de l'homme est telle, qu'il lui faut ce vague et ce merveilleux que [la religion] lui présente [...]. Dire d'où je viens, ce que je suis, où je vais, est au-dessus de mes idées, et pourtant tout cela est » (*Mémorial*, 783-784).

Lui-même ne croit qu'en son « étoile ». De la classe de parvenus et de « faiseurs d'affaires » qui a « profité de ses vingt-cinq ans de révolution[11] » et sur laquelle son régime s'appuie, il n'hésitera pas à dire à Sainte-Hélène qu'elle « est le fléau, la lèpre d'une nation[12] », qu'elle n'a « montré que corruption et versatilité » et « perdu l'honneur du peuple[13] ». Sans doute se sentait-il bien placé pour affirmer que ceux qui prétendaient combattre pour la liberté n'étaient animés que par leur vanité* : il pensait à ces hommes du Directoire dont il avait fait la fortune, et il s'en exceptait parce qu'il n'avait pas comme eux contribué à la chute de Robespierre ; ce jugement ne s'en applique pas moins à sa « Contre-Révolution d'égotiste grandiose[14] ».

Cependant, quelle que soit sa répugnance pour la « canaille » anarchique, comme il nomme les insurgés de l'an II ou des Cent-Jours, l'exilé de Sainte-Hélène s'arrogera le mérite d'avoir inscrit les « principes révolutionnaires » dans le marbre de l'État : cette égalité citoyenne devant la loi toujours revendiquée par nos constitutions démocratiques.

Alors Napoléon : romancier-prophète d'une Bible nouvelle qui est encore la nôtre ?

Raison de plus pour examiner avec la plus grande attention les Actes de la vie de cet apôtre d'un genre nouveau – dont l'incroyance (envers toutes

* « Il pensait que la vanité avait fait la Révolution, non le désir de liberté » (Tulard, 307). « Les Français sont indifférents à la liberté ils ne la comprennent ni ne l'aiment ; la vanité est leur seule passion, et l'égalité politique, qui permet à tous l'espérance d'arriver à toutes les places, est le seul droit politique dont ils fassent cas », cité par Stendhal VN, 60.

les religions et tous les partis) fut notoire. En cela du reste, il est encore écrivain, du moins selon la définition qu'en donnait Roland Barthes : pourvoyeur détaché d'hallucinations*, il est ce « poète en action » (François-René de Chateaubriand), ce « poète de la politique » (Marc Fumaroli) liant pour deux siècles au moins, et d'une drôle de manière tordue et posthume, les destinées de la politique et de la littérature. Chateaubriand cherchera à dissoudre le *story-telling* grossier du bateleur en chef construisant son image dans les nuances sensibles de la littérature. Les *Mémoires d'outre-tombe* n'en auront pas moins grandement contribué à ériger le monument du grand homme. Et le nouveau théâtre du monde que sera le roman réaliste est né de cette hallucination collective à la fois littéraire et politique dont Napoléon fut le héraut et le premier héros : le droit suprême dans nos démocraties n'est-il pas toujours celui que chacun revendique d'avoir droit, pour sa propre vie, au récit ?

De fait, de cette hallucination nous vivons encore. Ne s'agit-il pas au fond, pour chacun, de « devenir Napoléon » — ou du moins de revendiquer le droit de le devenir ?

La mise en cause de l'égalité civique au nom du « droit naturel » et de l'égalité réelle a ébranlé le mythe politique de la grande nation égalitaire. Le cinéaste Jean Renoir a montré, dès les années 1930,

* « Comme producteur de phrases, l'écrivain est maître d'erreur ; mais lui est immunisé ; il est conscient du leurre ; il est *inspiré* mais non *halluciné* : il ne confond pas le réel et l'image, le lecteur le fait pour lui », Roland Barthes, *La Préparation du roman*, I et II, Seuil-Imec, Paris, 2003.

dans son film *La Grande Illusion* que la grande nation égalitaire s'était muée en 1914-1918 en grande boucherie égalitaire, et le romancier Claude Simon a raconté l'agonie du mythe pendant la drôle de guerre dans son roman *La Route des Flandres*. La question se pose aujourd'hui de savoir si nous croyons toujours à la possibilité effective de la liberté, de l'égalité et de la fraternité censée en découler : sommes-nous encore capables de désirer une souveraineté politique partagée dont chacun sent bien qu'elle ne se réalise ni dans l'individualisme consumériste plus ou moins paupérisé auquel les masses « démocratiques » semblent vouées, ni dans les trois minutes de célébrité que la téléréalité concède aux plus ou moins anonymes, ni dans la lointaine Europe aux anciens parapets et à l'insuffisant fonctionnement démocratique. Sommes-nous capables de désirer devenir de « grandes existences individuelles » sans aspirer au gouvernement despotique ?

Revisiter le *Roman de Napoléon*, faire de Napoléon Bonaparte (auquel je restitue à cet effet un nom et un prénom) « tout un homme, fait de tous les hommes* », c'est nécessairement et doublement l'occasion de mettre à l'épreuve à chaque moment de la mise en récit notre conviction principielle de l'égalité et de la liberté dont il est censé être le sauveur.

Y a-t-il une voie pour le récit entre l'héroïsation du grand homme fatalement tyrannique (le génie ne l'est-il pas toujours, nous suggère-t-on) et la pul-

* C'est la dernière phrase des *Mots* (Jean-Paul Sartre, 1964).

vérisation nihiliste de la « grande illusion » politique ? Des romantiques, nostalgiques « enfants du siècle » intériorisant l'épopée napoléonienne pour la transformer en lyrisme intime et mélancolique, à la proclamation « postmoderne » de la fin des grands récits, la littérature aura contribué à délégitimer le lien qui l'arrimait à la promesse révolutionnaire. Comment dénouer le *double bind* (la double contrainte) dans lequel se trouve pris celui qui veut à son tour raconter l'Histoire, entre schizophrénie formaliste de la déliaison systématique et très rance tendance antique au fatalisme et aux discours magiques de prédestination ? Comment briser ce jeu de miroirs pervers dans lequel s'enferrent la littérature et la politique (l'Histoire) depuis deux cents ans, obligeant la première soit à ignorer la seconde, soit à s'en faire l'aveugle propagandiste, à quelques exceptions près ? Comment placer au centre de la scène narrative la volonté de puissance et l'aspiration à la souveraineté d'un individu exceptionnel sans rien céder du désir politique de l'égalité ? Comment concilier l'essence aristocratique du récit et l'esprit démocratique de la littérature post-révolutionnaire : comment ne pas céder aux sirènes du nihilisme politique sans réactiver la grande fatalité autocratique ? Comment, enfin, prétendre réussir là où les plus grands et les plus vénérés de nos écrivains ont échoué ?

En m'apprêtant à raconter cette vie majuscule après tant d'auteurs sublimes et illustres, c'est à ce jeu de dupes que je pense — à ce double écueil :

servilité ou dialogue de sourds, glorification redondante de la puissance ou refus sceptique (autiste) de laisser résonner les sirènes de la croyance, au risque de ne plus rien voir ni entendre, ni comprendre du tout. Napoléon l'a dit : « L'imagination gouverne le monde[15]. » Et je veux prendre au sérieux la profession de foi paradoxale de ce politique pragmatiste et réaliste en remontant à la source des rêves qui ont nourri son ambition et sa passion politique, sans tomber dans le piège qu'il nous tend : la prétention de la prédestination à la puissance.

La distance critique qu'on s'autorisera découlera de la méthode biographique elle-même : cette force et cette puissance, incontestables dans leurs effets, on tâchera de les regarder naître à hauteur d'homme, de préciser les situations extimes et intimes qui ont pu les favoriser.

On combattra à chaque moment de ce portrait la tentation d'expliquer *a priori* la grandeur des actions par la grandeur du caractère : cette essentialisation tautologique, cette monumentalisation mythologique du personnage Napoléon est encore trop fréquente dans nombre d'ouvrages pour que sa mise en cause ne demeure pas nécessaire, malgré les progrès décisifs de l'histoire savante sur ce point. Et je dois dire ici toute ma dette à l'historien et académicien Jean Tulard ou au directeur de la Fondation Napoléon, Thierry Lentz ainsi qu'à ceux qui ont aussi nourri ce livre (Frédéric Masson, François Paoli) : sans leurs immenses travaux, le portrait biographique que nous tentons ici, synthèse littéraire sans ambition proprement historiographique, ne serait tout simplement pas réalisable.

En dehors de ces ouvrages érudits, l'emphase littéraire aura bien souvent servi d'alibi (les exemples récents ne manquent pas) à la mauvaise foi politique, redoublant, en petit, celle, monumentale, de Napoléon Bonaparte : proclamer les principes avec tambours et trompettes, pendant qu'on les viole à chaque instant dans l'exercice du pouvoir.

Nous prendrons ici le contre-pied de ce lyrisme d'estrade.

Ce récit entend mettre en cause le mythe du chef, né pour l'être, « appelé » par sa supériorité supposée à gouverner ses semblables. On remarquera que le pamphlet (et il y en a eu) conserve, quoique inversée, cette même logique essentialiste qu'on conteste ici : il était mauvais, nous explique-t-on, parce qu'il était par nature un tyran, un homme vénal, brutal, cynique, etc. Au contraire, on analysera la formation du caractère de Napoléon Bonaparte et ses évolutions sans préjuger de son exceptionnalité et de sa vocation à la gouvernance, sans diminuer non plus ses mérites lorsqu'ils sont attestés. Qu'est-ce qui fait qu'à un moment donné les hommes se laissent gouverner par un seul ? C'est à ce vieux problème de l'aura du « dirigeant* » qu'on tâchera d'apporter ici non une réponse, mais des éléments d'appréciation qu'on souhaitera les plus dénués possibles de parti pris.

* Thierry Lentz décrit le Premier consul comme une « sorte de *manager* avant l'heure » (Lentz, 48).

Le jeune Bonaparte s'est tôt persuadé d'avoir un destin : nous raconterons les hasards de sa vie*. Il s'est peu à peu identifié à l'État français jusqu'à sacrifier en lui l'homme privé : nous lui restituerons une histoire charnelle pour tenter de comprendre le mécanisme de ce progressif *évidement* par lequel il s'est façonné en une icône moderne.

Nous tâcherons enfin de démêler ce qui relève dans son exceptionnelle aventure, pour lui-même et pour les autres, de la logique implacable de la puissance et des effets de réel aléatoires de la croyance. Si une religion semble demeurer aujourd'hui dans l'« esprit public », comme on disait alors, c'est celle qui associe le pouvoir au succès, vieux talisman remis au goût du jour médiatique et réduisant l'éthique de la conviction démocratique à une vieille lune impuissante. On verra ici la casuistique du pouvoir régner, puis échouer magistralement, pendant que la foi politique en un monde plus juste, plus égalitaire et plus libre, poursuit son inlassable chemin, par d'improbables voies.

* « Il en a été ainsi de plus d'un évènement de ma vie, dont on a fait honneur à ma politique, et qui n'appartenait qu'au hasard » (*Mémorial*, 823).

Napoleone Buonaparte ou comment peut-on être corse ?

« À peine Julien fut-il à terre, que le vieux Sorel, le chassant rudement devant lui, le poussa vers la maison. En passant, il regarda tristement le ruisseau où était tombé son livre ; c'était celui de tous qu'il affectionnait le plus, le Mémorial de Sainte-Hélène. »

STENDHAL,
Le Rouge et le Noir[1]

L'intelligence, même l'intelligence d'action la plus aiguisée, est conservatrice : un homme raisonne à partir de peu d'éléments, acquis en général au cours de sa formation. Les compléments plus subtils ou plus précis recueillis plus tard ont du mal à modifier les grandes lignes de force de cette boussole ancienne qui sert toute la vie, particulièrement dans les moments de crise.

Le jeune Buonaparte aime les cartes de géographie et les mathématiques — il aime réduire le monde en formules logiques et sa complexité « à de simples démonstrations de géométrie[2] ». Insulaire, sa maison natale à Ajaccio est la pointe du compas à partir de laquelle il trace de larges cercles traversant les monts et les mers : un premier cercle italien, Gênes, la Toscane, Rome, la Sardaigne, la

Sicile, et puis, au-delà, l'arc européen, du Portugal au Saint Empire autrichien et allemand, en passant par la France, surplombée par l'Angleterre, la Suède, le Danemark... À l'est, la Prusse, la Pologne, la Hongrie, la Bohême, la Moscovie, au sud-est la Sublime Porte...

Ce monde qu'il ne connaît pas encore, il se le représente d'après la *Géographie* de Lacroix et s'en rend maître en imagination :

« Les terres se distinguent principalement en continents et îles.

« L'Europe se divise en quinze États... l'Asie se divise en six... l'Afrique se divise en dix...

« Le nouveau continent se divise en Amérique septentrionale et méridionale...

« Les principales îles de l'ancien continent sont : en Europe, les îles Britanniques, l'Islande, les îles de la mer Baltique, Majorque, Minorque, Corse, Sardaigne, Sicile, Malte, Corfou, Candie et l'Archipel...

« En Asie, Chypre, Rhodes, etc.

« En Afrique, Madère, les Canaries, le Cap-Vert, Saint-Thomas, Sainte-Hélène, etc. »

« Sainte-Hélène, petite île[3]... »

Aussitôt la géographie évoque l'Histoire : Rome, Gênes, l'Allemagne, l'Espagne, la France ont assiégé ou asservi tour à tour ce rocher au milieu de la Méditerranée où il se tient et où il a vu le jour le 15 août 1769.

Trois mois avant sa naissance, le 9 mai 1769, l'armée française a défait les troupes du général Paoli à la bataille de Ponte Novu :

Je naquis quand la patrie périssait. Trente mille Français vomis sur nos côtes, noyant le trône de la liberté dans les flots de sang, tel fut le spectacle odieux qui vint le premier frapper mes regards[4].

Depuis la défaite, le *Babbu*, comme on appelle le grand Pasquale Paoli, vit en exil à Londres. C'est aussi en Angleterre, le pays aux deux révolutions, phare de l'Europe libre, que Théodore de Neuhoff, diplomate ruiné par le système financier de Law et éphémère roi de Corse en 1736, avait été emprisonné pour dettes à son retour à Londres, puis libéré grâce à une souscription d'Horace Walpole* : « Milord, pourquoi m'avoir tiré de l'obscurité où je vivais ? Je gémissais dans un cachot... mais j'y gémissais inconnu[5] », improvise Buonaparte en s'identifiant à l'aventurier allemand.

Un jour, l'Empereur déchu viendra à son tour implorer la générosité du peuple anglais.

Pour le moment, nous sommes dans la campagne près d'Ajaccio, le 9 mai 1788, jour anniversaire de la bataille de Ponte Novu. Cela fait dix-neuf ans que les Corses ont de nouveaux maîtres. Napoleone Buonaparte a dix-huit ans. Essayons de reconstituer son univers mental d'après ses écrits de jeunesse et sa correspondance**, particulièrement les « Lettres sur la Corse » qui datent de cette époque.

Caché dans le tronc d'un olivier centenaire, il couve des yeux les pieds tortueux de la vigne

* Homme politique et écrivain de Grande-Bretagne, auteur de romans noirs.
** Nous utilisons aussi d'autres sources des années 1784-1792.

familiale déjà verte, la Sposenta ou la Sposata (« l'Épousée »). Sur le point de mourir dans sa prison humide de Sainte-Hélène, « petite île » de l'autre hémisphère, il retrouvera au fond de sa bouche le goût de ce raisin-là et du vin qu'on en tire[6].

Des cris le font sursauter, son livre lui échappe des mains : du côté de la colline aux châtaigniers, Camilla Carbone Ilari se dispute avec son fils Ignatio. Ça dure depuis le matin. Le petit Geronimo, dernier-né de la famille Buonaparte, agrippé à sa jupe, *Mammucia* se démène pour convaincre Ignatio d'abandonner le projet de se faire marin comme son père.

Napoleone considère un moment son livre tombé sur la terre jaune et sèche, mais moins tristement que Julien Sorel ne le fera du *Mémorial de Sainte-Hélène* échoué dans le ruisseau[7] : le vieux Sorel, laborieux et pragmatique, aurait tant voulu guérir son fils de la chimère romantique du destin exceptionnel guidé par l'étoile de Napoléon.

Quarante ans plus tôt, les relations entre pères et fils sont à front renversé : chimérique, ambitieux et léger, peu religieux, passionné, libertin, dépensier, beau parleur, tel avait été Carlo Buonaparte, et c'est à ce père trop tôt disparu que Napoleone pense en regardant son livre. Un cancer de l'estomac avait terrassé trois ans plus tôt cet homme aux « yeux gris en amande[8] », « fort grand de taille, beau, bien fait[9] ». Carlo n'avait pas trente-neuf ans lorsqu'il est mort : le 24 février 1785.

Ce n'est pas lui qui aurait contrecarré le féroce appétit de lecture de son fils cadet : le livre tombé par terre, *Du Contrat social* de Rousseau (1762), Carlo l'avait lu avec passion alors qu'il était encore un jeune étudiant en droit à l'université de Corte. La page où se trouve le précieux passage que le père puis le fils ont appris par cœur est d'une teinte plus sombre que les autres à force d'avoir été lue : « Il est encore en Europe un pays capable de législation, c'est l'île de Corse. La valeur et la constance avec laquelle ce brave peuple a su conquérir et défendre sa liberté mériteraient que quelque homme sage lui apprît à la conserver[10]. »

Carlo connaissait probablement aussi les « Lettres sur la législation de la Corse » tirées d'un *Projet de constitution pour la Corse*, que Rousseau avait rédigées en 1764 à la demande de Matteo Buttafuoco*.

Le père de Napoléon avait neuf ans lorsque Pasquale Paoli, fils d'un héros de l'insurrection de 1729, fut proclamé « général de la nation ». L'indépendance de l'île avait été immédiatement consolidée par la rédaction d'une Constitution nationale (novembre 1755) admirée comme la première constitution « démocratique** » par toute l'Europe et au-delà : Rousseau bien sûr, mais aussi Voltaire, l'Écossais James Boswell, et les législateurs de la Révolution américaine. La Corse était devenue alors terre de liberté pour les hommes des Lumières, comme le sera la Pologne au siècle suivant, rejoignant le cercle très fermé des nations citées en exemple par les philosophes, l'Angleterre,

* Officier de l'armée royale française (1731-1806).

** L'*Habeas corpus* de 1679 et le *Bill of Rights* (1689) de la seconde Révolution anglaise ne sont pas à proprement parler des textes constitutionnels.

la Hollande, la Suisse, la Prusse de Frédéric II. Et voilà que depuis 1769 elle a succombé sous la loi martiale d'un régime militaire, pratiquant pendaisons systématiques, tortures, massacres, pillages, viols, la monarchie française déléguant à peu près tous pouvoirs à deux fonctionnaires, un gouverneur militaire et un intendant[11].

Pour autant Rousseau a-t-il raison d'enrôler la Corse dans son combat contre l'absolutisme français ? Faut-il aspirer à une nouvelle « guerre de la liberté » affranchissant l'île ? De quelle nature est cette « liberté » dont parle le philosophe ? Est-elle le nom d'une « régénérescence » universelle, et faut-il souhaiter une révolution qui bouleverserait à la fois l'histoire corse et l'histoire française ? Son propre père ne s'est-il pas accommodé des nouveaux maîtres de l'île ?

Carlo Buonaparte avait combattu les Français aux côtés du général Paoli, mais après la défaite de Ponte Novu, au moment de la naissance de Napoleone, il s'était rallié au roi de France : comme quatre-vingts autres notables corses, il avait fait reconnaître ses droits à la noblesse selon les modalités en vigueur dans le pays de la monarchie absolue, s'était fait élire député aux États de Corse et était entré au Conseil des Douze Nobles, assemblée consultative assistant les commissaires royaux et le gouverneur. En échange de son ralliement, il avait bénéficié de nombreux avantages, concessions de terres (une pépinière de mûriers), subsides pour assécher l'étang des Salines et, surtout, des bourses pour ses enfants dans les institutions royales réservées à la noblesse.

C'est à cette alliance contractée par son père avec les monarchiens français que Napoleone a dû d'être admis comme boursier du roi à l'École militaire de Brienne au printemps 1779, puis ensuite, en octobre 1784, à l'École militaire de Paris. C'est la trahison de Carlo envers les idéaux séculaires de l'indépendance corse qui lui a offert la chance de devenir l'officier de l'armée royale française qu'il est depuis septembre 1785.

Dans un mois (en juin 1788), il doit rejoindre son régiment à Auxonne au service du roi de France. Il lui faut absolument trouver, avant de repasser la Méditerranée, l'équation limpide, la formule synthétique qui lui permettra de surmonter ses contradictions de Corse élevé parmi les aristocrates français, servant un pays, la France, qui asservit le sien depuis sa naissance, rêvant d'indépendance et de liberté républicaine au milieu des officiers royalistes. Il lui semble que pèse sur ses épaules la responsabilité d'avoir à repenser toute l'histoire de sa famille et de son peuple, pour expliquer, justifier, donner une cohérence à la compromission de son père avec les conquérants français dont sa position personnelle résulte.

« Napoleone, Napoleone ! » : Napoleone distingue la voix de son frère Luigi (neuf ans), et celles de ses sœurs, Maria Paoletta (sept ans) et Maria Anunziata (six ans). Il retient son souffle, immobile dans son arbre : les enfants viennent virevolter sous lui, mais heureusement, ils passent sans le voir.

Napoleone veut être seul, il a besoin de réfléchir encore et encore.

Il prend des notes depuis longtemps déjà en vue d'écrire une nouvelle histoire de la Corse : il en a rédigé quelques fragments et s'y est attelé de nouveau depuis son retour à Ajaccio il y a cinq mois, en janvier 1788.

Inspiré par le *Contrat social*, il aimerait façonner son récit dans l'esprit du philosophe français et faire de sa chronique une épopée de la liberté luttant contre la tyrannie. Mais la liberté dont parle Rousseau est-elle la même que celle qu'ont vécue ses ancêtres depuis leur installation dans l'île, si proche des mœurs antiques et frugales des anciens Grecs de l'*Iliade* et de l'*Odyssée* ? L'ennemie de la liberté corse, est-ce la monarchie absolue ou les Français conquérants ? Le mal est-il dans l'occupation étrangère ou dans le régime politique qu'elle impose ?

Les Étrusques, les Grecs (Phocéens) et les Carthaginois ont été les premiers colonisateurs de son île ; puis les Romains ont chassé les Carthaginois lors de la première guerre punique (IIIe s. av. J.-C.).

Napoleone se plaît à penser que Rome n'a pu imposer sa domination à la Corse qu'en la « faisant participer à sa grandeur[12] », et « voit avec plaisir[13] » que Sextus Pompée*, l'un des derniers républicains romains, avait trouvé refuge dans son île, et l'avait gouvernée. La constitution pao-

* Sextus Pompeius Magnus Pius (v. – 68 à – 35), fils de Pompée, adversaire du Second Triumvirat (Octave, Marc-Antoine, Lépide), assassiné par un lieutenant d'Antoine. C'est en Sicile et non en Corse que Sextus s'était d'abord réfugié.

liste de 1755 n'est-elle pas l'héritière de la République romaine ?

En fait, si la Constitution du *Babbu* est restée chère au cœur des Corses, c'est qu'elle pérennisait en partie un système de gouvernement villageois patriarcal et pastoral très ancien*, qui avait précédé l'occupation romaine et survécu en s'adaptant à la féodalisation (Ve-VIIIe siècle), aux dominations papales (VIIIe-XIe siècle), pisane (XIe-XIIIe siècle), puis génoise (XIVe-XVIIIe siècle). Déjà la première guerre d'indépendance de 1729 avait eu pour cause profonde la remise en cause des coutumes ancestrales par les occupants génois bouleversant, par exemple, le droit de transhumance des bergers, chassés des plaines par les accapareurs de terres. La persistance du régime communautaire des villages et des paroisses (les soixante-six *pièves* fixées par l'administration du pape, mais sûrement plus anciennes encore) avait scindé la Corse en deux grandes traditions : la tradition patriarcale et pastorale demeurée très pure dans l'intérieur du pays et les montagnes, et la tradition patricienne puis féodale d'appropriation des terres, plutôt répandue sur le littoral et dans les plaines. Toute l'histoire des institutions corses jusqu'à la Révolution est un compromis constant entre ces deux forces vives sans cesse en lutte. Soldats romains, féodaux vandales, Ostrogoths ou Lombards, envoyés du pape, patriciens pisans ou banquiers génois, monarchiens français, tous ont tenté sans succès d'imposer aux montagnards de l'intérieur la soumission

* Typique du pourtour méditerranéen.

féodale aux seigneurs et les nombreux impôts qui en découlent : ils ont dû, plus ou moins, s'accommoder de la persistance des coutumes villageoises. Depuis l'occupation française, les montagnards cachent dans leurs villages des partisans de Paoli condamnés à mort.

Napoleone voudrait hisser à la dimension de héros d'Homère et de Plutarque les condottiere et autres chefs militaires qui ont, en Corse, depuis le Moyen Âge, pris les armes contre la domination génoise : le suicide de Sambucuccio (XIVe siècle) n'est-il pas digne de celui du grand Caton qui n'avait pas voulu survivre à la République romaine[14] ? Giocante da Leca (XVe siècle) n'a-t-il pas été un « vieillard » aussi « respecté » que Nestor, le « vieux meneur de char[15] » de l'*Iliade* à qui Ulysse vient demander conseil dans l'*Odyssée* ? En Renuccio della Rocca (XVIe siècle) « les vertus inflexibles des anciens républicains[16] » ne revivent-elles pas ? Le général de la nation Gaffori* (le prédécesseur de Paoli) n'a-t-il pas « l'âme de Brutus » et « l'éloquence de Cicéron[17] » ? Ne peut-on affirmer que pendant cette révolution commencée en 1729, « se sont passés tant d'actes d'une intrépidité signalée et d'un patriotisme comparable à celui des Romains[18] » ? Quant à Pasquale Paoli, le *Babbu*, ne doit-il pas être « compté au nombre des plus braves hommes de l'Italie moderne[19] » ?

Cependant, notre apprenti historien rencontre là un premier problème : quels rapports le clan Buo-

* Célèbre patriote (1704-1753), général de la nation en 1751.

naparte a-t-il entretenus avec les fondateurs génois de la ville d'Ajaccio ?

La République de Gênes, théoriquement souveraine depuis le XIVe siècle et pendant quatre siècles, avait un temps dévolu le gouvernement de l'île (de 1453 à 1564) à l'Ufficio di San Giorgio. Cette banque génoise (une des premières en Europe) fit bâtir en 1492 la citadelle d'Ajaccio où sont nés tous les Buonaparte depuis leur arrivée dans l'île au XVIe siècle.

Il semble démontré que la branche corse de la famille se rattache à une lignée de tabellions* et de robins** de la petite ville italienne de Sarzane, sise à l'extrémité sud de la Ligurie (région de Gênes), à la limite de la Toscane***. Les Buonaparte de Sarzane demeureront trois siècles dans cette petite ville ligure avant que l'un des leurs, un certain Francesco, « mercenaire appointé par l'Ufficio di San Giorgio[20] », vienne grossir au XVIe siècle la colonie génoise d'Ajaccio. Son fils disposera « de quelques propriétés, dont un moulin à "Cavallo Morto"[21] ». Son petit-fils Geronimo se fera attribuer l'étang des Salines et y construira une tour ; en tant qu'ancien, il représentait Ajaccio auprès des autorités génoises[22].

Gênée par cette ascendance génoise, la famille préfère insister sur son affiliation prétendue aux Buonaparte de Florence. L'oncle Lucciano (l'archidiacre) est même allé dans la capitale toscane en 1759 recueillir des preuves de cette ascendance :

* Notaires subalternes.
** Hommes de loi.
*** Aujourd'hui, Sarzane est rattaché à la Toscane.

les Buonaparte s'apparenteraient aux Cadolingi, ces comtes gibelins de Pistoia (partisans de l'Empire romain germanique), devenus citoyens de Florence, et chassés de la ville de Dante par les guelfes (partisans du pape) au XIIIe siècle. C'est à cette époque, vers 1261, en pleine guerre civile entre guelfes et gibelins, qu'un certain Guglielmo, au moment d'entrer au conseil insurrectionnel de la commune florentine, aurait pris le surnom de *Buonaparte*[*].

Et c'est ce fondateur de la lignée qui aurait émigré peu après à Sarzane (près de La Spezia), anticipant la défaite des impériaux.

Mais Napoleone sait que cette généalogie légendaire, qui a l'avantage de conférer le titre de patrices aux Buonaparte de Corse, est improbable : le fait que sa famille soit en bonne relation avec ses homonymes florentins ne prouve pas qu'ils en soient les parents. Les historiens s'accordent à dire aujourd'hui qu'elle est fantaisiste.

Depuis leur arrivée à Ajaccio, les Buonaparte appartiennent de père en fils au Conseil des anciens de la ville, qui a peu à peu assimilé les traditions corses, jusqu'à s'y identifier complètement. À chaque génération, ils occupent des charges locales importantes : l'un des oncles de Napoleone, Lucciano, est archidiacre d'Ajaccio (adjoint de l'évêque) et fait office de *paceru*, sorte de médiateur tranchant les querelles entre paysans et bergers, ou les différends opposant des individus ou

* Cette généalogie est exposée par Frédéric Masson, *Napoléon dans sa jeunesse*, Albin Michel, 1922, p. 7. Selon François Paoli, Buonaparte est bien un surnom « lié aux luttes entre guelfes et gibelins », mais « les Buonaparte auraient été du côté des papes, et les Malaparte du côté des empereurs » (Paoli, 11).

des familles[23] ; l'autre oncle, Napoleone, mort deux ans avant la naissance de son neveu homonyme, était capitaine et commandait la ville. Ils se distinguent des *paesani* de la montagne et des habitants du *Borgu** par leur origine génoise et leurs propriétés, et par leur imposante maison à trois étages** au centre de la citadelle. Mais ce sont de modestes propriétaires de terres (comme le sont la plupart des notables corses) : ils élèvent quelques vaches, cultivent eux-mêmes la vigne et l'olivier sur le territoire dit des Bacciochi, à quatre ou cinq kilomètres du littoral et de la ville, et plus loin dans la montagne, à Alata, Ucciani, Tavera, Bastelica et Bocognano (environ 40 km d'Ajaccio). La Casa Buonaparte s'y est implantée peu à peu par un rigoureux système d'alliances matrimoniales à des familles parfois nobles[24] : les gens du pays constituent leur parentèle, leur clientèle ou leurs fermiers, journaliers, bergers, meuniers, nourrices et servantes. C'est aussi parmi ces villageois qu'ils recrutent leurs partisans pour se faire respecter au pays de la *vendetta*, ou lors des guerres d'indépendance. Ils sont davantage des chefs de clan que des seigneurs*** et n'ont, avant la conquête française, aucun des privilèges féodaux reconnus à la noblesse sur le continent (fiefs, exemption d'impôts et droits d'imposition, de justice, etc.), d'autant que la Constitution de 1755 avait encore rogné leurs prérogatives.

* La « banlieue » d'Ajaccio est à l'époque à l'extérieur des remparts de la citadelle construite sur une presqu'île.

** Carlo la fait « remonter d'un troisième étage » vers 1772 (Paoli, 43).

*** Même s'ils ont pu recevoir au fil du temps les titres de *messer, nobile* ou *magnifico* (*cf.* Paoli ; 12-13).

Napoleone moque l'attachement de son frère aîné Giuseppe à ces vieux « parchemins » attestant le patriciat florentin des Buonaparte, et il l'a surnommé ironiquement le « généalogiste de la famille[25*] ». Il tient encore moins à s'assimiler à la noblesse française, cette vieille classe féodale dont son père a acheté le titre au prix de la liberté corse. Défiant les choix paternels et les origines génoises de sa famille, il préfère se passionner pour les institutions du « gouvernement municipal » auquel ses ancêtres ont participé depuis deux siècles à Ajaccio. Et la qualité qu'il revendique pour lui-même et ses compatriotes est celle d'homme libre.

En France, il a pu constater combien le système monarchique de ce qu'on appellera bientôt l'Ancien Régime est incomparablement plus inégalitaire que la société corse. Dans l'île, la politique d'assimilation forcée des Français n'a réussi qu'à produire une espèce de parodie de la stricte hiérarchie médiévale des castes dont personne n'est dupe. Se racontant à lui-même l'histoire de la liberté corse, il veut croire que son compatriote « sacrifia son caractère de propriétaire à celui d'homme : il erra pour vivre libre[26] ». En écrivant ces lignes, il avait pensé à son frère de lait, Ignazio Ilari, ou aux fils de meuniers et de bergers qu'il a fréquentés toute son enfance dans les rues d'Ajaccio, et davantage encore dans les villages de la montagne où la famille séjourne l'été. Il connaît leurs pères qu'il

* Napoléon, au temps de sa puissance, quand on évoquait cette noblesse supposée de ses ancêtres, répondait que la « noblesse du Premier consul ne date que de Montenotte ou du 18 Brumaire » (*Mémorial*, 108).

lui arrive fréquemment de questionner sur leurs métiers et leurs habitudes lorsqu'il est en relation avec eux pour la gestion du domaine familial. Il admire le courage de ces hommes farouches fidèles aux mœurs anciennes malgré la répression militaire impitoyable des Français ; il sait que certains* font « la liaison avec les *fuorusciti*, ces partisans de Paoli exilés après Ponte Novu, dont la plupart demeurent en Toscane[27] ».

Sa passion politique est née de cette nécessité où il s'est trouvé de s'arrimer, avec Rousseau, à une valeur plus haute et plus solide que sa doublement suspecte généalogie de petit noble « français » ou de « patricien » italien d'origine génoise. Il a étudié l'histoire et le fonctionnement du « gouvernement municipal » en Corse (notamment les pratiques communautaires) et il a constaté que ces institutions s'apparentaient à celles de l'Italie ancienne et moderne. Par là, il a trouvé le moyen d'élargir immédiatement son horizon au-delà de l'île de Corse, et il y prend goût.

Selon lui, le « gouvernement municipal » serait apparu dans l'île au XIe siècle alors que « toute l'Europe croupissait sous le régime féodal » ; il aurait été une résurgence de la République romaine et le précurseur des cités-États républicaines de l'Italie moderne : « Le gouvernement municipal », écrit-il, fut « depuis, adopté en Italie et, de là, dans les autres pays du continent[28] ».

Pour Napoleone comme pour son maître Rousseau, le modèle politique absolu vient des anciens :

* Dont son cousin de Bocognano, le « bandit Zampaglino » (Paoli, 132).

avec eux, « l'amour de la patrie est né, et les Curtius, les Decius, les Brutus, les Dion, les Caton, les Léonidas sont venus émerveiller le monde[29] ». Leurs grands législateurs ont établi que les assemblées représentatives des différentes composantes du peuple doivent légiférer et un aréopage aristocratique assurer l'exécution et garantir le respect des lois. Toutefois, le gouvernement aristocratique (étymologiquement des « meilleurs », *aristos*, en grec) peut dégénérer en oligarchie de factions dominantes gouvernant la cité selon leurs propres intérêts*. Il faut donc rechercher un équilibre entre les classes de la société : c'est toute l'histoire de la République romaine depuis la chute de la monarchie jusqu'à l'assassinat de César, du premier Brutus (le fondateur mythique de la République) à son homonyme tyrannicide, et c'est particulièrement l'enjeu des luttes qui opposèrent à Rome, au Ier siècle av. J.-C., le parti des *populares* et celui des *optimates*, le parti démocrate de Marius au parti aristocrate de Sylla.

Ces affrontements politiques peuvent cependant eux aussi dégénérer en luttes de factions, introduire le désordre, voire la guerre civile, et ruiner l'État. Il n'est pas illégitime alors qu'un homme impose sa dictature pour sauver l'ordre républicain et la prééminence des lois, à condition qu'elle ne dégénère pas en despotisme : c'est toute l'ambiguïté de César dont Napoleone admire la politique de conquêtes. Il n'est pas hostile *a priori* au gouvernement d'un seul, à condition que des « lois justes

* Comme Platon le montre dans *La République* que lit Napoleone.

commandent aux hommes et non les hommes aux lois[30] », et que l'« homme qui gouverne ne se propose pas, en ce qu'il ordonne, son intérêt, mais celui des sujets[31] ». Si « le premier roi est toujours le premier homme de son peuple[32] », écrit encore le jeune homme, « inévitablement la royauté dégénère en despotisme » : « Les rois régnèrent, avec eux le despotisme[33] ».

Mais ceci est une autre histoire : celle de la monarchie française depuis les Capétiens. Ce que Napoleone reproche au système féodal mis en place par la dynastie capétienne n'est pas de soumettre les seigneurs au roi par la hiérarchie des liens de vassalité et de suzeraineté, mais de confisquer la souveraineté au profit des seules castes nobles et cléricales, au mépris du pouvoir des assemblées, le monarque devenant impuissant à rétablir la balance de la justice en faveur du peuple. La monarchie française est pour lui la perpétuation de la tyrannie féodale, et il juge dans cet état d'esprit la grave crise financière que traverse le règne de Louis XVI en 1788 : elle lui paraît la conséquence de cet accaparement de la richesse et du pouvoir par la classe noble héréditaire*.

Lui qu'on accusera, comme Las Cases l'écrit dans le *Mémorial*, d'avoir été tour à tour « Marius, pour les aristocrates ; Sylla, pour les démocrates ; César, pour les républicains[34] », ne se range en 1788 ni parmi les démocrates, ni parmi les aristocrates, ni parmi les monarchiens : il se veut patriote et

* Ce qu'il retient, par exemple, de sa lecture des *Mémoires* de l'abbé Terray dont il tire des notes (OLEM 1, 223).

républicain, et son admiration pour César, Charlemagne* ou Frédéric II de Prusse** montre qu'il ne désespère pas, en homme des Lumières qu'il est, des « despotes éclairés ».

Tout en ancrant sa passion politique dans le patriotisme corse, il aspire à définir avec Rousseau un pouvoir politique impartial, régulateur des intérêts privés, fédérateur des diverses composantes du peuple souverain et garant de la prospérité (et de l'expansion) de la nation entière. Cette réflexion abstraite et comparative a l'avantage de l'affranchir des contradictions familiales (génois ou corse ? patricien florentin ou noble français ? corse ou français ?) : il quitte en pensée le rivage natal et l'époque contemporaine pour approfondir méthodiquement ses connaissances de l'histoire des pays européens et des constitutions européennes — ce qui retarde d'autant la rédaction de ses « Lettres sur la Corse » : tel sera le titre de son opus.

Il lit et tire des notes abondantes de l'*Histoire ancienne* de l'abbé Rollin (1730-1738), de *La République* de Platon, des *Vies parallèles* de Plutarque, de l'*Histoire du gouvernement de Venise* par Amelot de La Houssaye (1676-rééd. 1740), de l'*Histoire de Florence* de Machiavel (1520-1526). Au-delà de l'Italie ancienne et moderne, il s'intéresse de près à la France, on l'a vu, et tire ses réflexions sur l'histoire de ce pays des *Observations sur l'his-*

* Napoléon décrit Charlemagne en juge de paix des trois assemblées seigneuriale, cléricale et populaire dans ses « Notes sur les *Observations sur l'histoire de France* de l'abbé Mably » (OLEM 2, 29).

** Napoléon lit et annote avec passion la *Vie de Frédéric II* par Laveaux (1787), (OLEM 1, 215).

toire de France de l'abbé Mably (Genève, 1765). Mais en outre, il ne néglige ni la Prusse de Frédéric II, ni la Suisse de Rousseau et de William Coxe[35], et encore moins l'histoire de l'Angleterre* — qui l'inspire au point d'en tirer son premier texte de fiction, *Le Comte d'Essex*, brève histoire d'un fantôme à la gorge tranchée.

Par-delà l'Europe, l'Orient l'attire à la suite d'Alexandre, de la compagnie des Indes**, ou de cet aventurier sublime, le baron de Tott, dont il dévore les *Mémoires* : il rêve aux « Tartares errants qui demeurent dans des tentes de feutre » et à leur maître Gengis Khan, qui s'était fait « le plus vaste empire qui ait jamais existé[36] ». Sur les traces du condottiere corse Sampiero Corso, il est reçu en pensée par le sultan de la Sublime Porte, et, de là, s'en va vers le sud remonter l'arbre généalogique des califes de l'Arabie heureuse, de l'Arabie déserte et de l'Arabie pétrée[37]. Il en rapporte l'histoire fascinante du prophète masqué Hakem, prêchant à la multitude « l'égalité des rangs, des fortunes », armant le peuple et, sur le point d'être vaincu, faisant périr ses sectateurs au cours d'un repas empoisonné***...

Perché sur le vieil olivier centenaire, le jeune lieutenant d'artillerie essaie de distinguer la ligne,

* Notes tirées de l'*Histoire d'Angleterre* de Barrow (OLEM 1, 139-206).

** *Cf.* « Sur la compagnie des Indes » (OLEM 1, 227) et « Notes tirées de l'abbé Raynal » et de son ouvrage *Histoire philosophique et politique des établissements et du commerce des Européens dans les deux Indes* (1770). La réédition de 1781 que Napoléon lit avait été brûlée par le Parlement pour impiété et était devenue un des ouvrages majeurs des esprits gagnés aux Lumières (OLEM 1, 313) (note de Jean Tulard).

*** « Le masque prophète » (avril 1789) (OLEM 1, 369-371).

où, au loin, la mer se mêle au bleu éclatant du ciel : un vaisseau surgi de l'horizon du côté des îles Sanguinaires s'approche du port. Il l'observe longtemps. Son mollet gauche vibre* : il est contrarié sans trop savoir pourquoi.

Se sentant le besoin de bouger et profitant de ce que tout le monde s'est éloigné, il quitte sa cachette et descend de son arbre. C'est l'heure écrasante où chacun cherche un coin d'ombre pour faire la sieste en ce mois de mai déjà chaud.

Napoleone se baisse pour ramasser son livre, l'odeur forte du sol l'étourdit : « Elle lui eût suffi pour deviner les yeux fermés » où il se trouvait, « il ne l'avait retrouvée nulle part[38] ». Elle était à elle seule tous les « charmes de la terre natale ». C'est l'un de ces « traits caractéristiques » que Las Cases aimera à relever dans le *Mémorial :* « L'Empereur a l'odorat extrêmement délicat[39] », au point de garder la chambre deux jours tellement il se trouve incommodé par une odeur de peintures.

Ce soir, la Casa Buonaparte doit se réunir pour fêter le retour de Giuseppe, l'aîné de la famille : tout à l'heure, les femmes viendront dresser de longues tables aux Milelli, à mi-chemin entre Ajaccio et Alata[40], pour accueillir ceux de la ville et ceux des villages de la montagne.

D'un an et demi plus âgé que Napoleone, Giuseppe adore les histoires se rapportant à l'ancienne vie pastorale de ses aïeux qu'il n'aspire qu'à continuer. Son caractère doux le prédestinait à la prê-

* « Je me suis fâché, mon cher : [...] mon émotion doit avoir été bien forte, car j'ai senti la vibration de mon mollet gauche. C'est un grand signe chez moi, et cela ne m'était pas arrivé depuis longtemps » (*Mémorial*, 658).

trise, comme l'avait souhaité l'oncle Lucciano, mais il y a renoncé : il a voulu suivre en tout la trace du père, qui « n'avait rien moins que de dévot[41] ». Marchant sur ses pas, il est parti soutenir sa thèse de droit à Pise, comme l'avaient fait avant lui non seulement Carlo, son père, (en 1769), mais le grand-père Giuseppe dont on lui a donné le nom, et toute la lignée des Buonaparte depuis cinq siècles. Sa fidélité mimétique tient à sa qualité d'aîné, mais peut-être aussi au fait qu'il a assisté Carlo pendant son atroce agonie de l'hiver 1784-1785 : il fut le seul de la famille à accompagner son cercueil dans l'église des Cordeliers de Montpellier, où leur voyage vers Paris avait dû s'interrompre.

Giuseppe revient de Toscane ce soir, son diplôme de doctorat sous le bras* : Madame Mère (Letizia Buonaparte) et Minana Saveria (la grand-mère maternelle) sont allées l'attendre au môle.

C'est sûrement son bateau que Napoleone a aperçu au loin !

Au dîner, la fratrie sera au grand complet, ou presque. Marianna (onze ans, la future Elisa Bacciochi) est en pension à la maison royale de Saint-Louis à Saint-Cyr depuis le 24 novembre 1782 : elle a bénéficié comme Napoleone d'une bourse du roi et n'en sortira qu'en 1792, lorsque l'établissement créé par Mme de Maintenon fermera ses portes pour cause de Révolution. Quant à l'orageux Lucciano (qui va avoir treize ans), il est resté au séminaire d'Aix, où il a été placé après la mort du père. Il est tellement turbulent qu'on désespère

* Joseph « a subi son examen le 24 avril 1788 » (Masson, 177).

d'en faire un homme d'Église ; heureusement que Giuseppe Fesch, le futur cardinal, demi-frère de Madame Mère, ordonné prêtre en 1785, relève à cet égard l'honneur de la famille.

Lui, Napoleone, était destiné à la vie militaire, comme l'oncle capitaine dont il porte le prénom, à la suite d'un premier-né mort à quelques mois*. Tout le monde s'accorde à dire qu'il y a chez lui une parfaite concordance entre son caractère dominateur et sa vocation. Tout petit, d'après sa mère :

Il forçait Joseph** à faire ses devoirs et, s'il était puni par le pain sec, il s'échappait pour aller manger le pain de châtaignes des bergers ou pour se faire donner des poulpettes par sa nourrice[42].

Il avait sur Joseph un ascendant des plus complets. Celui-ci était battu, mordu ; des plaintes étaient déjà portées à la mère, la mère grondait, que le pauvre Joseph n'avait pas encore eu le temps d'ouvrir la bouche[43].

Aujourd'hui les sarcasmes sur la « noblesse » ont remplacé les coups, et Giuseppe est toujours aussi endurant et patient.

Malgré la piété filiale de son aîné, Napoleone était le « favori » du père[44] qui ne le punissait jamais ; souvent absent, Carlo s'en remettait à « l'autorité maternelle ». « Expirant à Montpellier, bien que Joseph fût auprès de lui, [le père] ne rêvait dans son délire qu'après Napoléon, qui était au

* Ce prénom remontait à un Napoléon des Ursins, « célèbre dans les fastes militaires d'Italie ». En Corse, Napoléon se dit « Nabulio » (Paoli, 34).

** Nom francisé de Giuseppe : on utilisera les noms francisés de la fratrie à partir de la Révolution.

loin à son école [l'École militaire de Paris] ; il l'appelait dans son délire pour qu'il vînt à son secours avec *sa grande* épée*[45]. »

Lorsque l'oncle Lucciano finira par mourir de la goutte qui l'empêche de marcher depuis deux ans, « au lit de mort, entouré d'eux tous » (ce qui arrivera en octobre 1791), il dira à Giuseppe, montrant Napoleone : « Tu es l'aîné de la famille, mais en voilà le chef, ne l'oublie jamais[46]. » Ce sera un « vrai déshéritage : la scène de Jacob et d'Esaü**[47] », et c'est tout ce que Napoleone désire. Ces dernières paroles de l'oncle Lucciano, Giuseppe et « chevalier » (comme on appelle Lucciano, le cadet[48]) les interpréteront en un sens tout différent***, mais ce qui est certain, c'est que Napoleone aura tout fait pour que ces mots soient prononcés et qu'il s'y emploie depuis longtemps.

Encore pensionnaire à Brienne, après la mort du père, il écrivait à l'oncle Fesch pour combattre les premières velléités de Guiseppe de renoncer à devenir ecclésiastique et déplorer « la légèreté » et la « prodigalité » du caractère de son frère aîné : « Il veut être toute la journée sans rien faire[49] », écrivait-il à son propos. C'était il y a quatre ans, il avait alors quinze ans, Giuseppe en avait seize, il

* Selon Joseph dans ses *Mémoires*, le père s'écrie que « nul secours étranger ne pourrait le sauver, puisque ce Napoléon dont l'épée devait un jour triompher de l'Europe tenterait vainement de le délivrer du dragon de la mort » (Masson, 124/ *Mémoires* de Joseph, I, 29).

** Jacob, le préféré de Rébecca, sa mère, déshérite son frère Esaü, favori d'Isaac, le père des deux jumeaux, *Genèse* 25, 25-34.

*** Joseph dans ses *Mémoires* (I, 47 et 117) rapporte ces paroles de l'oncle : « Joseph est aujourd'hui à la tête de l'administration du pays ; ainsi il peut diriger celle de la famille. *Tu poi, Napoleone, sarai un omone* : "Toi, Napoléon, tu seras un grand homme". »

en ressent encore, quand il pense à cette lettre, un peu de gêne : il s'est toujours demandé si Fesch l'avait détruite comme il le lui avait demandé ou s'il l'avait montrée à Giuseppe.

Depuis la mort du père en février 1785, il est plus que jamais déterminé à assumer ce rôle de chef de la famille auquel il aspire. Mais il a dû terminer sa scolarité à l'École militaire de Paris puis passer un an en Provence avant de pouvoir revenir en Corse, après sept ans d'absence. Promu au grade de lieutenant en second le 1er septembre 1785, sa première affectation avait été pour le régiment de La Fère en garnison en Valence, et il n'avait pu revoir les siens que le 15 septembre 1786.

Depuis cette date, il n'a quitté l'île que trois mois : du 12 septembre 1787 au 1er janvier 1788. À Paris, il s'est occupé des affaires de la famille et a sollicité un second congé « pour assister aux délibérations des États de Corse » et « discuter des droits essentiels à sa modeste fortune[*50] ».

Mais ce second séjour au pays se termine : il doit repartir dans trois semaines rejoindre son régiment à Auxonne, en Bourgogne et Giuseppe revient à temps de Toscane pour reprendre le rôle que lui confère son statut d'aîné[**]. S'il se réjouit de revoir son frère, Napoleone est assez inquiet d'être supplanté dans son ambition de diriger la Casa Buonaparte.

* Il a fait valoir aussi des atteintes de paludisme, attestées par un médecin mais peut-être feintes.

** En 1785-1786, Giuseppe avait appris à suppléer l'oncle Lucciano pour tenir les comptes de la maison, s'occuper des récoltes, des vendanges et des bergers. Mais il avait dû partir en Toscane pour finir ses études de droit, et à présent il revenait pour solliciter « soit une charge de magistrature, soit une des charges à la nomination des États de la province » (Masson, 157).

Toute la famille est encore théoriquement sous la tutelle de l'oncle Lucciano, héritier du père*. Mais la maladie de l'archidiacre s'est aggravée, et il ne sort plus de sa chambre, au deuxième étage de la maison de la rue Malerba. Renonçant à ses fonctions ecclésiastiques[51], il les a transmises l'année dernière à l'oncle Fesch, nommé archidiacre à vingt-quatre ans.

Celui-ci aimerait également prendre la succession de l'oncle dans la gestion de la Casa Buonaparte, mais il n'en est pas question. Sur ce point, Giuseppe et Napoleone sont d'accord : ils doivent gérer eux-mêmes leurs biens et « rétablir les affaires de la famille que les dépenses et le luxe de Carlo avaient fort dérangées[52] ».

L'oncle Lucciano, dont l'avarice est proverbiale dans la famille, ne cesse de répéter depuis des années que Carlo faisait vivre la Casa beaucoup trop au-dessus de ses moyens : il incrimine pêle-mêle ses « expéditions » en Toscane ou à Rome**, les grands dîners en l'honneur du gouverneur, le luxe des vêtements et des intérieurs inconnus jusque-là dans le pays : Carlo et Letizia avaient tous les deux le goût des habits luxueux. Il est vrai qu'on recevait alors tout ce qu'il y avait de plus relevé sur l'île, on causait et on improvisait de petites pièces de vers en français (que Carlo parlait très bien, avantage certain et plutôt rare, qui contribuait à le distinguer), ou en italien : il avait com-

* L'archidiacre Lucciano est tuteur et curateur des fils mineurs de Carlo Buonaparte.

** Qui remontent en fait au début de son mariage avec Letizia : il aurait entretenu une femme en Toscane, engrossé une autre, etc.

posé un joli sonnet en l'honneur du comte de Marbeuf, gouverneur de la Corse[53]. Voilà bien la contagion des mœurs de la noblesse française : tout en apparence, en apparat, en « jactance[54] » ! Carlo avait dû être un temps étourdi par le faste des aristocrates français, jusque-là inconnu en Corse, mais il avait dû bien en revenir, surtout lorsque cet homme superbe avait compris qu'il était mourant.

Le roi de France lui avait accordé la concession d'une pépinière de mûriers pour cultiver le ver à soie. La famille s'était endettée et n'avait pu honorer les termes du contrat — qui avait été cassé en 1786. Les subventions promises n'avaient pas toutes été versées et le coût de l'entretien des arbres demeurait élevé ; il fallait à présent les vendre (ce n'était pas une mince affaire) et solliciter auprès de l'État le paiement des sommes dues pour éponger les dettes contractées. Une autre promesse royale en partie non tenue avait été d'accorder des subsides pour l'assèchement de l'étang des Salines, propriété des Buonaparte, qui infecte l'air d'Ajaccio pendant l'été et cause des maladies mortelles (la *mal'aria*, appelée aussi paludisme).

Quel marché de dupes avaient été les liens contractés par Carlo avec les monarchiens français ! Que de sollicitations le père n'avait-il pas dû entreprendre pour tenter d'obtenir seulement ce qui lui avait été promis ! C'était encore le but de son dernier voyage, lorsque la mort l'avait arrêté à Montpellier.

Mais à présent, c'est à lui, Napoleone, d'affronter les conséquences désastreuses du ralliement paternel à l'occupant français dont il a été le seul vrai bénéficiaire*.

La situation s'est améliorée depuis que la famille, il y a deux ans, a gagné son procès contre les jésuites et est entrée en possession de l'héritage Odone** (la propriété des Milelli, où le festin aura lieu ce soir), grâce à l'acharnement de l'archidiacre encore valide à ce moment-là. Cependant, l'essentiel du revenu vient toujours des vignes, la Sposata et la Cassetta, du moulin, des oliviers et des vaches, et est vite dépensé. Non pas que Madame Mère soit prodigue, au contraire, la peur continuelle de manquer la tient depuis la mort de son époux.

Depuis son retour en Corse en 1786, qui a coïncidé à peu près avec le départ de Giuseppe pour la Toscane, Napoleone a appris à parcourir le pays pour surveiller les vendanges, rendre visite aux bergers, superviser la vente des diverses récoltes (vignes, oliviers, orangers, etc.). Et, bien sûr, il a pris en main les affaires de la pépinière et de l'étang des Salines, rédigeant de multiples courriers, au cardinal et ministre Loménie de Brienne (1727-1794) ou à l'intendant de Corse, La Guillaumye — qu'il veut obliger à racheter les mûriers comme celui-ci s'y était engagé du temps du gouverneur Marbeuf (mort en 1786)***. Madame Mère sait à

* Avec sa sœur Marianna, qui intègre la maison royale de Saint-Cyr.

** Du nom de Virginia Odone, mariée à Carlo-Maria Buonaparte en 1657 : ces terres devaient revenir « au défaut des diverses branches mâles des Odone » (Masson, 10) mais avaient été accaparées par les jésuites.

*** On compte dans la correspondance (*Corr.*, 51-65) retrouvée dix lettres déjà écrites de la main de Napoleone à ce sujet. La première lettre est en date du 19 novembre 1786. La dernière du 20 avril 1788.

peine écrire, et c'est en son nom qu'il signe ses lettres. La dernière missive à ce propos date du 20 avril 1788, il y a vingt jours. Il a aussi écrit récemment au célèbre docteur Tissot à Genève pour le consulter à propos de la goutte de l'oncle Lucciano[55].

Il faut s'arrêter ici un instant sur le mémoire concernant l'affaire des mûriers qu'il avait envoyé de Paris à l'archevêque Loménie de Brienne, contrôleur des Finances de Louis XVI. Il y écrivait, toujours au nom de sa mère, que « si elle en eût prévu toutes les difficultés, elle eût abandonné dès sa naissance la sollicitation d'une affaire, conséquente peut-être pour elle, mais où enfin il ne s'agissait que d'une somme d'argent, qui ne compense jamais de l'espèce d'avilissement qu'éprouve un homme de reconnaître à chaque moment sa sujétion[56] ». Et la lettre se terminait par une exhortation plus insolente encore de la part d'un sujet du roi s'adressant à l'homme le plus puissant du royaume après Louis XVI — lequel s'apprête à le nommer « principal ministre[57] » : « Si vous accédez à notre demande [il s'agit des 3 000 livres environ, réclamés à l'État par la famille Buonaparte], vous aurez, autant qu'il est en vous, réparé les fausses spéculations de votre prédécesseur [M. de Calonne], vous aurez fait du bien à une famille en suivant les règles de la justice la plus stricte ; de pareilles occasions n'arrivent pas tous les jours, monseigneur, profitez-en et si la suppliante reconnaîtra par la plus vive reconnaissance vos bontés, vous lui devrez l'occasion offerte qui ne vous fera jamais penser à cette famille sans éprouver un contentement intérieur... paradis de l'homme juste[58] »...

Il semble que Loménie de Brienne ait reçu le lieutenant en second au cours du mois de novembre 1787. Napoleone séjournait alors à Paris précisément dans le but d'obtenir cette audience à Versailles auprès du contrôleur des Finances, et pour fournir à ses administrations les pièces nécessaires à la consolidation du dossier. Le ton très surprenant de cette lettre a pu renforcer certains biographes dans leur conviction que Napoleone di Buonaparte était connu de la famille Loménie de Brienne depuis son admission au collège militaire de Brienne, village dont les Loménie étaient les seigneurs. Recommandé à cette famille par le comte de Marbeuf, il aurait été reçu le dimanche au château ; on lui aurait permis de monter les chevaux de l'écurie pour faire des balades dans la région, etc. Ces hypothèses nous semblent cependant expressément démenties par les règles draconiennes de claustration de l'École militaire[59]. Comment expliquer d'ailleurs que la recommandation de Marbeuf ait pu autoriser le ton de connivence frisant l'impertinence dont témoigne cette lettre ?

Ce dont on peut être sûr, c'est que Napoleone sait fort bien à qui il a affaire, en l'occurrence à un ami de Voltaire, plutôt ouvert aux idées nouvelles. Cet incroyant notoire, auteur d'un mémoire adressé à Turgot sur les causes de la misère, tente pour l'heure de juguler la crise financière que traverse le royaume en proposant une réforme drastique des dépenses somptuaires de l'État. Le jeune homme de dix-huit ans suppose (peut-être à tort) qu'un tel homme est capable de comprendre l'humiliation que lui et sa mère ressentent à devoir solliciter l'aide royale, et qu'il peut compter le faire sourire à la mention de la gestion calamiteuse de M. de Calonne, son prédécesseur aux finances*. Pire, il croit pouvoir exhorter le ministre à exercer une « justice » (le mot apparaît deux fois) qui est, au printemps 1788, dans toutes les bouches. Inconscience, maladresse, franchise brutale et ton péremptoire qui caractériseront l'homme de pouvoir, et que toute sa correspondance révèle déjà ? Ou bien véritable connivence avec un homme qu'il connaît au point de pouvoir se permettre cette liberté de ton ? On ne connaît pas la réponse du ministre, et il paraît à peu près impossible de trancher.

Quant à Loménie de Brienne, il ne parviendra pas à juguler la fronde du parlement et sa proposition de convoquer des états généraux exceptionnels (et historiques) le 1er mai 1789 ne l'empêchera pas d'être limogé à son tour en août 1788. Il sera remplacé par le banquier Jacques Necker**, le père de Germaine de Staël : le baron Necker se prononcera dès le mois de décembre pour le doublement de la représentation du tiers état*** et sera dès lors considéré comme un « ministre patriote ». Son renvoi par Louis XVI le 11 juillet 1789 pour « condescendance extrême » envers les revendica-

* Limogé par Louis XVI le 9 avril 1787.

** Les « Lettres sur la Corse » avaient d'abord été dédiées à Brienne, puis ensuite à M. Necker.

*** Cette proposition est acceptée par le roi le 27 décembre 1788 : le tiers état dispose dès lors d'un nombre de députés équivalent à celui des députés de la noblesse et du clergé pris ensemble.

tions du tiers état provoquera, trois jours plus tard, la prise de la Bastille.

Une lettre à un autre correspondant non identifié, également de novembre 1787, confirme que Napoleone est parfaitement au courant de la politique de réformes tentée par Loménie de Brienne*. Et l'on trouve dans ses notes de lecture une analyse détaillée du discours de Necker du 5 mai 1789 sur la situation financière du royaume : le jeune homme reprend et résume en un grand tableau le budget de l'État — dont il constate qu'il est proche de la banqueroute[60].

À défaut d'éclaircir les circonstances qui l'ont amené à approcher l'un des personnages les plus importants du royaume en novembre 1787, on peut affirmer qu'il s'intéresse passionnément à l'actualité politique française**. En ces mois qui précèdent l'explosion révolutionnaire, il sent, comme tout le monde, que le pouvoir monarchique français est aux abois. Il s'en prend moins au roi, cependant, qu'à la classe dirigeante aristocratique passablement corrompue et à bout de souffle*** : « Si la noblesse [française] était le fléau du peuple par ses rapines, elle a été continuellement l'enne-

* « Le mémoire de M. de Calonne [le précédent contrôleur des Finances limogé par Louis XVI le 9 avril 1787] a fait le plus grand bruit et lui a gagné beaucoup de partisans. Les bruits de guerre ont cessé. L'on ne parle plus que de paix et de réforme. L'on évalue à huit ou dix mille âmes la dépopulation que doit occasionner dans Versailles la réforme [entreprise par Loménie de Brienne pour imposer des économies dans les dépenses de la Cour] soit dans la maison du roi, reine etc., bureaux, etc. » (*Corr.* I, p. 55).

** *Cf.* la lettre du 28 mars 1789 sur Necker, Turgot, Calonne, Brienne et le duc d'Orléans (*Corr.* I, 70).

*** C'est en 1785 qu'a eu lieu l'affaire du « collier de la reine », mettant en lumière « le glissement de la cour de Louis XVI vers le règne du luxe ostentatoire et de la spéculation sans vergogne » (Paoli, 95).

mie des rois[61]. » Sa lecture au printemps 1789 de l'*Essai sur les lettres de cachet et les prisons d'État* (1782) du comte de Mirabeau*, « éloquente protestation contre le despotisme et plaidoyer chaleureux en faveur de la liberté individuelle[62] », laisse penser qu'à la veille de la Révolution il est favorable à un système de monarchie constitutionnelle à l'anglaise.

Au loin, résonne le tambour annonçant les manœuvres des soldats français sur la place d'Armes d'Ajaccio[63]. Napoleone s'arrête pour l'écouter. Petit, il accourait avec son frère Giuseppe, et ils restaient là, à regarder émerveillés les uniformes rutilants se déployer dans les rues étroites de la citadelle. Rien ne lui paraissait plus enviable que de parader avec eux, et son enthousiasme était beaucoup plus vif que celui de son frère.

Son goût pour les uniformes et les parades militaires est intact aujourd'hui ; il ne peut entendre résonner le tambour sans une émotion vive. Mais à présent, il les connaît de près, ces officiers supérieurs de la noblesse française opulente, et il a honte de l'admiration sans bornes que le petit garçon qu'il a été leur portait.

Il a acquis au cours de son long séjour en France une expérience personnelle profonde et cuisante de ces beaux parleurs du faubourg Saint-Germain et de leurs « faux besoins ». Et c'est au fond ce qui creuse aujourd'hui, entre Giuseppe et lui, un

* Napoléon admire ce noble déclassé auteur d'un *Essai sur le despotisme* (1776) mais aussi d'une *Histoire de la Corse* (1768-1769), plusieurs fois emprisonné, devenu député du tiers état en 1789, orateur fameux de l'Assemblée constituante, fervent partisan de la monarchie constitutionnelle.

fossé d'incompréhension : son frère entiché de « noblesse » ne peut pas apprécier comme lui tout ce qui sépare leur vie de notables corses de celle des aristocrates continentaux.

Tous ces petits marquis de vieille souche, enfermés dans l'arrogance de leurs privilèges, il a pu les observer de près à Brienne et il a eu à subir leur morgue féodale : il était pour eux le cul-terreux corse, l'étranger au prénom imprononçable et à l'incorrigible accent italien. On l'appelait « la paille au nez » (ce qui signifie « celui qui a une chance indue »), déformation de la prononciation italienne de Napoleone (*Napoillioné*)[64].

Et cela ne s'est pas arrangé à Paris, au contraire. Il a dû défendre bec et ongles son nom, son rang et jusqu'à sa personne face aux rejetons d'une aristocratie séculaire et décadente, munificente et vaine, aussi frivole que hautaine : « Je me rappelle qu'à l'École militaire, *nous autres petits nobles* nous nous donnions des roufflées avec les fils de grands seigneurs, et j'en sortais toujours vainqueur[65] », se souviendra-t-il encore à Sainte-Hélène.

L'École militaire de Paris avait été créée par Louis XV en 1751, et la nouveauté de l'institution témoignait d'un bouleversement des mentalités dont la Révolution sera la suite logique : le roi avait compris la nécessité de combattre l'ancien préjugé selon lequel « la valeur seule faisait l'homme de guerre », pour former des officiers supérieurs capables de diriger une armée moderne. Mais il ne fallait pas renoncer pour autant à en faire des « hommes du monde capables de paraître à la Cour[66] », et on avait établi l'École sur un pied dispendieux dans un palais construit par l'architecte Gabriel au sud-est du Champ-de-Mars — on peut encore admirer aujourd'hui la magnifique façade du bâtiment principal. Les « communs, écuries, manèges, remises de même style[67] », le « luxe des grands appartements et la somptuosité des salons du gouverneur[68] » ou la pléthore du personnel domestique étaient impressionnants.

Le jeune Corse avait été frappé par ces raffinements coûteux inconnus dans son île malgré les efforts du gouverneur Marbeuf. Il n'avait pas manqué de noter que cette ostentation confirmait les quatre-vingt-trois élèves pensionnaires (sur 215 élèves) issus de « familles illustres, riches et considérables[69] » capables de payer la pension élevée dans leur conviction que l'École n'était qu'un superbe hôtel où on les invitait à continuer à jouir de leurs privilèges. Convaincus que leur naissance leur tenait lieu de mérite, et qu'il leur suffisait de paraître pour gagner l'épaulette, ils échouaient aux examens : quinze d'entre eux seulement obtiennent le brevet d'officiers à la fin de l'année 1784-1785, les autres sont « rendus à leurs familles[70] ». Incapables de renoncer à leur désinvolture méprisante, ils s'exaspèrent du succès des boursiers. La fusion souhaitée de la noblesse riche et moins riche en un seul corps de « cadets gentilshommes » n'avait pas fonctionné[*].

* Une première réforme était intervenue en 1776, réservant l'École de Paris à la formation supérieure, et dispersant les plus jeunes élèves en divers collèges provinciaux, dont Brienne : c'est une des premières mesures du règne de Louis XVI, qui avait constaté que l'École de Paris était devenue « un foyer d'insubordination et d'orgueil » (*cf.* Paoli, 75).

Napoléon aimera à rappeler plus tard que ses idées sur l'éducation militaire remontaient aux observations qu'il avait faites à ce moment-là*. L'Empereur, dans ses écoles militaires (impériales de Saint-Germain ou de Saint-Cyr), cherchera à former de « vrais soldats », apprenant à panser eux-mêmes leurs chevaux, à les ferrer, « à battre, brosser leurs habits, nettoyer leurs souliers et leurs bottes », à vivre à la chambrée, à manger à la gamelle « du pain de munition », à « braver les intempéries des saisons », tout cela en vue de « supporter avec courage les fatigues de la guerre, afin d'inspirer respect et dévouement aveugle aux soldats qui seraient sous leurs ordres[71] ».

Cela n'allait pas mieux cependant, avec les « petits nobles », boursiers du roi comme lui : ils étaient plus jaloux encore de leurs titres que les pensionnaires riches, la pauvreté relative les poussait à surenchérir sur l'ancienneté de leurs familles et sur l'attachement à leur terroir.

Le Picard de Phélippeaux était l'un d'eux. Fils d'officier poitevin, boursier du roi et artilleur comme Buonaparte, élève à l'École militaire de Paris depuis 1781, furieux monarchiste, il ne pouvait pas souffrir le Corse, dont il moquait les fautes de langue et la noblesse récemment acquise grâce à la conquête française. Du coup, Napoleone en rajoutait dans son rousseauisme et son

* « À l'école militaire de Paris, nous étions nourris, servis magnifiquement, traités en toutes choses comme des officiers jouissant d'une grande aisance, plus grande certainement que celle de la plupart de nos familles, et fort au-dessus de celle dont beaucoup de nous devions jouir un jour. L'Empereur, dans ses écoles militaires [impériales de Saint-Germain ou de Saint-Cyr], avait voulu, disait-il, éviter ce travers » (*Mémorial*, 775).

républicanisme à l'antique. Alors ils se battaient et s'envoyaient des coups de pied féroces sous la table pendant les heures d'étude. Pendant la Révolution, Phélippeaux deviendra vendéen, émigrera au service de l'armée des Princes puis de l'armée de Condé. Quelques années plus tard, il se retrouvera devant Saint-Jean-d'Acre, arrêtant à lui seul ou presque la marche glorieuse vers l'Orient du général Bonaparte[72].

Une chèvre égarée fait soudain face à Napoleone sur le chemin. Il s'amuse à la chasser à coups de pierres. Le pauvre animal s'échappe tant qu'il peut pour se mettre hors de portée de ce furieux, qui réussit à l'atteindre malgré la distance ; la chèvre ne doit son salut qu'au bois d'orangers où elle s'engouffre. Non, il n'a pas perdu la main depuis les batailles rangées entre les gamins de la citadelle et ceux du *Borgu*[*73].

Napoleone était à huit ans « turbulent, adroit, vif, preste à l'extrême[74] ».

Mais dès l'époque de Brienne, il avait compris qu'il ne parviendrait à surmonter les difficultés et les humiliations de sa situation qu'à force d'application et de persévérance pour domestiquer son caractère bouillant. Il devint « doux, tranquille, appliqué et d'une grande sensibilité[75] ».

Ensuite, à Paris, la chance de coiffer au poteau les fils de grandes familles et l'émulation qui régnait parmi les boursiers avaient encore stimulé

* On aura fait grâce au lecteur du fameux épisode de la bataille de boules de neige à l'école militaire de Brienne, sûrement apocryphe (tiré des *Mémoires* de Bourrienne, peu sûrs selon les historiens).

son ardeur à l'étude. Uniquement concentré sur le travail, volontiers solitaire, Napoleone ne se laissait distraire par aucune frivolité de son âge — ou seulement par les bons tours joués à l'un ou à l'autre qui le faisaient exploser d'un rire d'autant plus puissant que sa concentration d'esprit était forte.

Mais, parfois, la colère le prenait, et il redevenait l'enfant déchaîné qu'il avait été à huit ans. Un jour, le capitaine Hanicle l'avait mis « aux arrêts pour avoir frappé violemment sur le pied d'un de ses camarades avec une petite bêche qui lui servait à faire des redoutes en terre, travail que ce camarade avait détruit d'un coup de pied[76] ». Une autre fois, il avait poursuivi, armé d'une pioche, les élèves qui étaient venus piétiner les plates-bandes qu'il cultivait dans l'enclos qui lui était réservé. Ces explosions de rage sporadiques ne cesseront qu'à sa mort, même s'il semble que l'exercice du pouvoir lui ait appris à les maîtriser, voire à en jouer[77].

Le reste du temps, tous les efforts qu'il faisait pour se dompter le rendaient taciturne et taiseux : à « l'âge de la puberté » il était devenu « morose, sombre[78] ». Était-ce le trop long exil subi : « sept ans neuf mois* » sans revoir sa famille ou presque** ? Était-ce la « vie sévère, dure, claustrale[79] » des écoles militaires ? Ou les longs hivers de ce climat continental froid et humide dans la plaine champenoise,

* Comme il le note dans le petit mémento retrouvé dans ses papiers et cité par Masson, rédigé l'année où nous situons ce récit : 1788 (Paoli, 160).

** Ses parents ne lui ont rendu visite qu'une fois à Brienne au cours de ces longues sept années, puis son père, seul, une seconde fois.

auquel ce garçon du Midi ne parvenait pas à s'habituer ? Ou encore l'espèce de prison mentale qu'est la langue étrangère qu'on est obligé de parler tout le temps ? Il avait souffert de sa longue solitude parmi les Français, malgré l'ami Bourrienne à Brienne, et la brave sollicitude gaie de son instructeur d'infanterie à l'École de Paris, Alexandre des Mazis. Quel bonheur ç'avait été lorsque Lucciano était brièvement venu le rejoindre en 1784 !

C'est à cette époque que la lecture était devenue « pour lui une espèce de passion poussée jusqu'à la rage[80] ». Elle l'avait aidé à se contenir et à se retirer en lui-même, mais l'avait aussi définitivement livré à la fièvre politique qui l'agite depuis : en septembre 1784, il avait écrit à son père pour lui demander de lui « faire passer l'*Histoire de Corse* de Boswell, avec d'autres histoires ou mémoires touchant ce royaume[81] », et, dès ce moment, il avait été obsédé de l'idée d'écrire une nouvelle histoire de sa patrie.

En classe, il aimait l'histoire et la géographie. Mais c'est plutôt grâce à ses aptitudes remarquables en mathématiques qu'il avait réussi à se maintenir dans un rang convenable.

Son goût pour les nombres était ancien, et il était déjà si développé à l'âge de huit ans, selon Madame Mère, qu'« il fallut lui construire sur la terrasse de la maison une sorte de petite chambre en planches où il se retirait tout le jour afin de ne pas être troublé par ses frères[82] ». Il y avait calculé entre autres « la quantité qu'on pouvait moudre au moulin étant donné le volume d'eau qui mettait les roues en mouvement[83] », et il tenait un compte de toutes les jeunes pousses d'arbre que les chèvres de Lucciano avaient dévorées dans les oliveraies. Il les détestait déjà, ces sales bêtes, et sur ce sujet, d'ailleurs, il n'a pas changé d'idée : il prétend extirper entièrement ces animaux nuisibles de l'île, ce qui lui vaut « des prises terribles avec le vieil archidiacre » qui les défend « en patriarche ». Dans sa fureur, le vieil homme reproche « à son neveu d'être un *novateur* » et accuse les « *idées philosophiques* du péril de ses chèvres[84] » ! Il s'agit bien d'« absurdités métaphysiques[85] » ! Malgré ses lectures de Rousseau et de Platon, Napoleone les tient déjà en défiance. Il est persuadé au contraire que « ce sont les choses elles-mêmes qui parlent, toujours plus infaillibles que les hommes[86] ». Tel est le fondement de son goût pour les statistiques — et les budgets, celui de la France aussi bien que le budget familial*.

En revanche, il a moins de facilités que Giuseppe en langues et en philosophie. Il le constate dès 1784 et l'écrit à l'oncle Fesch : « [Giuseppe] est en rhétorique [au collège d'Autun] et ferait mieux s'il travaillait, car M. le principal a dit à mon cher père qu'il n'avait dans le collège ni physicien, ni rhétoricien, ni philosophe qui eût tant de talents que lui et qui fît si bien une version[87]. »

Il semble qu'il ait davantage souffert que son

* On l'a vu plancher sur le budget de la France en mai 1789 ; à Sainte-Hélène, il établit une statistique sur l'élevage et la consommation des bœufs dans l'île (*Mémorial*, 802-803), refait les comptes de la maison impériale (*Mémorial*, 771), ou dresse le budget moyen des familles dans les différentes classes de la société (*Mémorial*, 770).

aîné du passage de la langue italienne (dont les Corses parlent un dialecte proche du toscan) à la langue française. Lorsqu'il était arrivé au collège d'Autun en janvier 1779, il n'en connaissait que quelques mots, et il avait passé les trois premiers mois de son séjour en France à l'apprendre. Entré à Brienne en mai 1779, il conserve des séquelles persistantes de cette brutale transition d'une langue à l'autre : un accent prononcé et une orthographe fantaisiste. Ses résultats sont médiocres également dans les autres langues, y compris le latin (il ne prend connaissance des auteurs anciens que par de mauvaises traductions). Pire, « il parle incorrectement l'italien même[88] » : lorsqu'il revient en Corse en 1786, il est obligé de réapprendre sa langue natale et n'y réussit pas complètement[89]. D'ailleurs, il a adopté la francisation de son prénom : *Napoléon*, et a fini par s'y identifier. Ce double nom, cette double prononciation de son nom, matérialise la fêlure qui disjoint douloureusement en lui l'enfant corse et l'exilé français. Corse pour les Français, français pour les Corses, son étrange prénom francisé exprime ce paradoxe. À partir de ce moment, dans notre texte, nous ne l'appellerons plus que Napoléon.

Son écriture est « illisible souvent pour lui-même[90] ». En outre, il ne parvient jamais à se défaire d'une prononciation défectueuse une fois qu'il l'a attrapée, et de même il a « la manie d'estropier les noms propres[91] » ou de dire un nom pour un autre. Il dira toujours, par exemple, « Prends un siège, Sylla » pour le vers de Corneille « Prends un siège, Cinna[*92] ». Il est cependant capable de repérer ces fautes lorsqu'elles sont commises par d'autres.

Malgré ces faiblesses (relatives), il a réussi à faire honneur à son père, à sa famille, à la Corse même ! Il a été promu officier après un an seulement passé dans le somptueux établissement de l'École militaire de Paris[**], sortant classé 42e sur 58[93]. La plupart de ses condisciples étaient à l'École depuis plusieurs années : le détesté Phélippeaux, qui y était depuis 1781, n'avait été classé qu'un rang au-dessus de lui. Il est « le premier Corse qui [soit] sorti de l'École militaire et, dans l'artillerie, à cette époque, on ne cite qu'un seul de ses compatriotes, M. de Massoni, qui [soit] officier. Cela lui assur[e] dans son pays une place à part[94] ».

Cela le distingue également dans sa propre famille.

Mais de quelle manière au juste, et quel avenir cela lui réserve-t-il ?

C'est à Giuseppe et à Lucciano que sont destinés les mandats locaux brigués traditionnellement par la famille (droit et prêtrise). À quel titre le petit lieutenant assimilé français peut-il prétendre s'imposer en Corse ? Comment peut-il assumer le titre de chef du clan Buonaparte tout en poursuivant sa carrière militaire en France ? Et quelle carrière, d'ailleurs ? Son état de « mercenaire » au

* « Auguste : Prends un siège, Cinna, prends et sur toute chose — Observe exactement la loi que je t'impose », Pierre Corneille, *Cinna ou la clémence d'Auguste* (1640), acte V, scène 1.

** D'octobre 1784 à octobre 1785.

service du roi français ne lui laisse espérer au mieux que de « passer lieutenant dans sa septième année de grade au plus tôt en 1792 ou 1793, dans le meilleur des cas, sauf circonstances exceptionnelles[95] »... Quant à exercer son métier au pays, une certaine horreur le saisit à l'idée, à supposer qu'elle soit réalisable, de rejoindre les rangs du régiment Provincial-Corse, coupable des pires exactions dans l'île. À toutes fins utiles, il s'est rendu à l'abbaye de Saint-Germain-des-Prés dès sa sortie de l'École militaire de Paris pour rendre visite à l'évêque d'Autun, le frère du comte de Marbeuf. Mais le gouverneur de Corse et protecteur de Carlo est mort peu après (en 1786).

Reste la gloire littéraire. Elle seule peut lui garantir un rôle de premier plan s'il parvient à se faire connaître par un coup d'éclat.

Sur ce terrain, Giuseppe a des prétentions plus légitimes et une longueur d'avance : en 1787, il a écrit à Pise des « Lettres de Pascal Paoli à ses compatriotes[96] ».

Pourtant, Napoléon ne renonce pas : après tout, ses textes et sa correspondance attestent, dès 1784, une maîtrise très correcte de la langue et des codes de politesse*. Et il a, en outre, une bonne connaissance des classiques anciens et modernes : il aime par-dessus tout Racine et Homère, connaît bien Corneille et les tragédies de Voltaire, apprécie fort le poème du Tasse, *La Jérusalem délivrée*[97], qu'il lit en italien, mais se plonge aussi, outre

* Il fait cependant corriger ses « Lettres sur la Corse » par son ancien professeur de belles-lettres à Brienne, le père Dupuy, qui s'acquitte de cette tâche de manière très généreuse et très minutieuse (*cf.* Paoli, 172).

Rousseau, dans Tite-Live, Tacite, Montaigne, Fénelon, Montesquieu, Raynal ou Bernardin de Saint-Pierre — dont il admire le roman *Paul et Virginie* (1787), ouvrage à succès précurseur du romantisme[98] *.

Ces derniers mois, il a redoublé d'efforts pour venir à bout de ses « Lettres sur la Corse », mais Giuseppe revient ce soir et rien n'est achevé : il en éprouve un profond dépit.

Un groupe de jeunes paysannes, paniers sur la tête, passe de l'autre côté de la vigne et saluent bruyamment la soutane noire de l'abbé Conti** qui vient à leur rencontre en poussant devant lui sa chèvre. Il sait que leurs cris et leurs rires cherchent à attirer son attention.

Vers l'âge de cinq ou six ans, on avait placé Napoléon dans une pension de petites filles parce qu'il était encore trop petit pour aller chez les jésuites : dans la cour de l'école, feignant d'être absorbé par des choses tellement plus importantes que les futils babillages de ses compagnes, il s'isolait derrière un arbre et comptait sur ses doigts. Il aurait tellement voulu passer pour un être spécial aux yeux de Giacominetta, une fillette de son âge pour laquelle il s'était pris d'une étrange passion. Mais toutes ces diablesses se moquaient de ses « bas traînant sur ses souliers » et le poursuivaient en débitant d'atroces comptines sur la noblesse

* « Sans doute ne faut-il pas exagérer la culture de Napoléon », tempère Jean Tulard, « il ignore une partie des œuvres de Rousseau » et ne connaît qu'une ou deux œuvres de la plupart des auteurs cités (Tulard, 43).

** Précepteur de Joseph et le sien à l'école des Jésuites.

récente de sa famille*. Peut-être la Giacominetta est-elle parmi ces fraîches jeunes filles qui passent de l'autre côté de la Sposata : il a à peine aperçu leurs silhouettes, mais pour rien au monde il ne lèverait les yeux pour vérifier. Fixant le sol avec obstination, caché sous ses longs cheveux bruns grisaillés par la poussière, le dos légèrement courbé, le maintien raide et un peu gauche, il prend l'air affairé et accélère le pas.

Tout à l'heure, il faudra qu'il envoie Camilla chercher à la maison son uniforme de lieutenant pour qu'il puisse se changer avant le dîner. « Je n'en connais de plus beau que mon habit d'artilleur[99] », se répète-t-il en époussetant sa chemise froissée : au diable les Giacominetta, d'ailleurs l'amour est une affaire de petit garçon. Et il y a si longtemps qu'il n'est plus un petit garçon. Il se sent aussi racorni qu'un vieillard et aussi sec qu'un de ces pieds de vigne écrasés de soleil. Du moins, c'est ce qui lui semble aujourd'hui : il pousse un soupir et fait machinalement le signe de croix.

Quand il était petit, il invoquait le dieu de sa mère pour repousser les mauvaises choses et il lui en est resté l'habitude automatique de se signer**. Mais il a perdu le « secours » de la foi à l'âge de « treize ans » :

* Paoli donne le texte de la comptine : « *Napoleone di mezza calzetta/ Fà l'amore à Giacominetta* » : c'est la comptine qui fait référence (« *mezza calzetta* ») à « l'origine récente et douteuse de la noblesse familiale » (Paoli, 46 ; voir aussi Masson, 35).

** « En tombant d'horreurs en horreurs, il s'écriait : Jésus !... Jésus !... se signait ; geste que je me suis aperçu lui être familier dans sa petite intimité » (*Mémorial*, 347) (Napoléon lit l'*Histoire secrète du cabinet de Bonaparte*, tissu d'horreurs sur lui et son régime).

J'ai eu besoin de croire, j'ai cru ; mais ma croyance s'est trouvée heurtée, incertaine, dès que j'ai su, dès que j'ai raisonné[100].

À l'adolescence, il avait associé la virilité à l'irréligion et redouté d'être en reste du scepticisme réel ou supposé des hommes de sa famille. En ce qui concerne le père, sa liberté de penser était certaine et s'il a tenu à mourir chrétiennement, c'est que « l'homme ne doit jurer de rien sur tout ce qui concerne ses derniers instants[101] ». Quant à l'archidiacre Lucciano, Napoléon a toujours pensé qu'il n'avait jamais cru qu'en lui-même* ; plus tard, il se persuadera que l'oncle avait repoussé les sacrements sur son lit de mort, malgré les vigoureux démentis de Fesch (le futur cardinal, le demi-frère de Madame Mère)[102].

Il n'est pas jusqu'à son prénom peu chrétien** qui le pousse à s'éloigner de la religion : à l'archevêque de Paris qui l'avait confirmé et qui lui témoignait son étonnement, « disant qu'il ne connaissait pas ce saint, qu'il n'était pas dans le calendrier, l'enfant répondit avec vivacité que ce ne saurait être une raison, puisqu'il y avait une foule de saints et seulement trois cent soixante-cinq jours*** ».

* « Je ne dirai pas comme Fontenelle qu'il avait deux grandes qualités pour vivre, bon corps et mauvais cœur, cependant je crois qu'ayant eu du penchant à l'égoïsme, il s'est trouvé dans une situation heureuse, qui ne l'a mis dans les cas de développer toute la force [de sa vie] », lettre 10 au docteur Tissot, 1er avril 1787, in *Correspondance générale*, publiée par la Fondation Napoléon, nouvelle édition, t. 1, 2004.

** Ce prénom pourrait être celui d'un martyr chrétien d'Alexandrie, mais d'autres hypothèses ont été proposées, notamment une origine allemande (Tulard, 46).

*** « Napoléon n'avait jamais connu de jour de fête avant le Concordat : son patron était en effet étranger au calendrier français, sa date même partout incertaine ; ce fut la galanterie du pape qui la fixa au 15 d'août, tout à la fois jour de naissance de l'Empereur et de la signature du Concordat » (*Mémorial*, 120).

Tout se combine en somme en lui pour qu'il investisse à fond la raison raisonnante (le calcul) plutôt que la foi ou toute autre crédulité ridicule — et cela s'accorde assez bien avec sa vocation militaire.

Napoléon a dépassé la Sposata, et il avance à nouveau très lentement, le chemin pentu est caillouteux et malaisé et il fait chaud. Mais bientôt c'est la fraîcheur du bois d'orangers, l'odeur des myrtes et des lauriers : « Entrant dans la belle saison, abrité par l'arbre de la paix et par l'oranger, chaque regard me retrace la beauté de ce climat que la nature a orné de tous ses dons, mais que les tyrans, ennemis destructeurs, ont dévasté, dépouillé[103]. » Voilà un bon début pour les « Lettres sur la Corse », il faudra le prendre en note. À mi-côte, le jeune homme se jette au pied d'un arbre pour souffler un peu.

Il feuillette son *Contrat social* et tombe sur les pages du dernier chapitre « De la religion civile » (Livre IV, chap. VIII). Rousseau y explique lumineusement ce que devrait être la vraie religion : civique, rationnelle et universelle, nationale, inspirée des principes de l'Évangile, mais épurée des extravagances dogmatiques ou autres superstitions et professant la liberté des cultes. Napoléon a écrit un commentaire de ces pages il y a exactement un an, jour pour jour*, pour réfuter les objections faites à Rousseau par le pasteur genevois Roustan.

« On aperçoit déjà dans sa pensée les grandes lignes du Concordat de 1801 et plus encore des

* « 9 mai [1787], 4 heures de l'après-midi » (OLEM, 149).

articles organiques », explique en présentation de ce texte Jean Tulard[104] : il ne s'agit pas de faire du souverain un chef spirituel chrétien, comme le veut la doctrine gallicane, mais de soumettre le clergé à son pouvoir temporel, tout en reconnaissant le lien historique des Français (et des peuples italiens) avec la religion romaine. Bonaparte insiste davantage que Rousseau dans ce texte sur le danger que présente la religion lorsqu'elle s'oppose aux lois civiles, en allant jusqu'à justifier la persécution des premiers chrétiens par les Romains.

La loi de la cité lui paraît infiniment supérieure aux doctrines religieuses si diverses et parfois si ridicules dont les hommes se sont dotés au cours des siècles et selon les climats : il a été tout à fait édifié à cet égard par *L'Essai sur les mœurs* de Voltaire. La puissance politique, cependant, ne saurait se passer de principes moraux et spirituels : il y va de sa légitimité et du fondement de la notion d'intérêt général. Mais elle doit se situer au niveau d'une morale universelle supérieure émancipée des cultes particuliers et nécessite, en conséquence, de rompre avec la doctrine ultramontaine de l'infaillibilité du pape[105], quelle que soit la tendresse que conserve Napoléon pour la religion catholique inculquée par sa mère.

La morale de Jésus-Christ doit pouvoir s'ajuster à l'intérêt de la patrie. Les théologiens réunis à Orezza, en avril 1731, n'ont pas suggéré autre chose lorsqu'ils ont déclaré, sans consulter Rome, que la guerre des Corses contre les tyrans génois était « non seulement juste et même sainte[106] ».

Qu'en serait-il d'une nouvelle guerre de liberté contre les Français ? Napoléon s'est répondu à lui-même il y a deux ans déjà, le 26 avril 1786 exactement : « Ainsi les Corses ont pu, en suivant toutes les lois de la justice, secouer le joug génois et peuvent en faire autant de celui des Français. Amen[107]. »

Ce n'est sûrement pas la religion qui entrave sa ferveur patriotique et républicaine. C'est le souvenir de son père : Napoléon regrette tellement de n'avoir jamais pu causer de tout cela avec Carlo ! Et, à présent, il est trop tard.

Seul son attachement à ce père trop tôt disparu est encore capable de le retenir sur la voie de la révolte. Par lui, il sent tout ce qu'il doit à ce roi de France qui l'a fait officier de ses armées. Mais il n'a revu Carlo que deux fois depuis l'âge de neuf ans et son visage devient de plus en plus flou dans sa tête. Du coup, ces temps-ci, la figure du *Babbu* a tendance à supplanter l'image de son géniteur : il ne connaît le grand libérateur de la Corse Pasquale Paoli que par le portrait dithyrambique qu'en donne l'Écossais Boswell dans son *Histoire de Corse,* mais il l'aime comme un second père.

D'ailleurs Carlo n'a-t-il pas été, comme son ami Lorenzo Giubega, un « fidèle lieutenant de Paoli[108] », voire son « secrétaire » ? On raconte dans la famille que, le 22 mai 1768, il aurait prononcé un « vibrant appel aux armes et qu'il fut l'un des plus chauds partisans de la guerre à outrance[109] » ; est-il vrai qu'après la défaite de Ponte Novu, l'oncle Lucciano l'aurait empêché de suivre le général Paoli dans son exil anglais alors qu'il s'apprêtait à le faire[110] ? Après le départ de Paoli, Carlo a-t-il fait partie, avec sa femme Letizia, enceinte de Napoléon, des réfugiés du Monte-Rotondo négociant la reddition auprès du comte de Vaux ? A-t-il, avec son fidèle ami Lorenzo Giubega, « traité de la soumission de la patrie au roi de France[111] », comme l'affirme, d'après les chroniqueurs corses du XIXe siècle, le biographe Frédéric Masson ? « Dès que la Consulte* fut rétablie, Giubega et Bonaparte y jouèrent un rôle considérable[112] », précise celui-ci, faisant des deux hommes des héros du maintien des traditions corses malgré la conquête française.

« Rien n'est moins sûr[113] », disent les historiens les plus récents : on n'a retrouvé aucun document permettant d'attester à la source cet ensemble de faits.

On ne sait avec certitude que ceci : Carlo avait été de ceux qui criaient « *Guerra ! Guerra !* » à la *Consulta* de Corte le 22 mai 1768 et s'était battu ensuite contre les Français avec dévouement. Mais très vite, après la défaite de Ponte Novu, il avait choisi la soumission plutôt que la résistance, voie sur laquelle l'avait semble-t-il précédé, en avril 1769, l'oncle Lucciano[114] : dès le 7 juillet 1769[115], Carlo dînait chez l'intendant de Corse.

Puis il entame sa carrière d'avocat après avoir soutenu sa thèse à Pise en novembre 1769, est

* La *Consulta* est une assemblée élue, réduite à une pure délibération sous la domination française, et qui fut investie de pouvoirs législatifs par la Constitution de 1755 : elle était alors élue au suffrage universel, même les femmes participaient au vote sous certaines conditions.

nommé ensuite assesseur de la juridiction royale d'Ajaccio le 15 juin 1772 et occupe ce poste jusqu'à sa mort. Il fait reconnaître sa noblesse prouvée depuis plus de deux cents ans par le conseil supérieur en septembre 1771, ce qui lui permet de se faire élire en 1772 député de la noblesse aux États de Corse, puis à nouveau en 1777 et en 1781. Il entre le 18 mai 1872 au Conseil des Douze Nobles, et le 10 mars 1779, apogée de cette carrière de fidèle serviteur de la monarchie française, il est reçu à Versailles pour une brève audience auprès du roi Louis XVI : Carlo fait partie de la « députation envoyée par les États de Corse pour porter au pied du trône le procès-verbal de leurs délibérations et l'hommage de l'île[116] ».

La cour assidue que le père de Napoléon fait au comte de Marbeuf, commandant en chef des troupes françaises en Corse jusqu'en 1786, manifeste avec le plus de scandale, aux yeux de son fils, son ambition empressée auprès des Français et la faveur dont il a bénéficié : Carlo fréquente le petit château à la française que Marbeuf s'est fait construire à Cargese (il sera brûlé en 1793) et fait du gouverneur militaire, premier responsable de l'impitoyable politique de répression menée sur l'île, le parrain de son fils Luigi (le troisième fils de la fratrie Buonaparte, le quatrième est Jérôme/ Geronimo).

On dit que le comte de Marbeuf avait été séduit par la beauté de Letizia et le bruit avait couru qu'il était le père de Luigi : rumeur invérifiable qui n'a pas manqué cependant d'arriver aux oreilles de Napoléon[117]. La famille comptait beaucoup, c'est certain, sur les faveurs de celui que Letizia nomme dans une lettre *Il signor Conte*[*]. De là à penser que, non content d'avoir été un collaborateur zélé des Français qui pendaient et torturaient à tour de bras les patriotes corses, Carlo jouait le rôle d'un anti-Figaro[**] complaisant, il n'y a qu'un pas... que certains biographes franchissent résolument. Mais il n'y a aucune preuve certaine de ces on-dit, que la malveillance et la jalousie ou l'opposition politique ont pu avoir intérêt à répandre.

Du reste, les Buonaparte sont loin d'être les seuls notables à bénéficier des faveurs du régime : ils ne sont qu'une de ces familles influentes sur lesquelles les commissaires s'appuient pour asseoir l'autorité du roi[118]. Leur ami Lorenzo Giubega, par exemple, notable de Calvi d'origine génoise et parrain de Napoléon, a fait une carrière plus considérable : il a été tour à tour procureur du roi à Ajaccio puis « greffier en chef des États de Corse à partir de 1771[***] » « avec le titre de chancelier[119] ».

Malgré ces titres, Giubega est « généralement respecté pour ses connaissances, son patriotisme et son éloquence[120] », et c'est à lui que Giuseppe a envoyé ses *Lettres de Paoli à ses compatriotes* —

* Elle écrit à son fils Giuseppe (date non précisée) « "Il signor conte" fera quelque chose pour nous » (Paoli, 61).

** *Il signor conte* est l'Almaviva des *Noces de Figaro*, opéra-bouffe de Mozart (1786, représenté pour la première fois à Paris en 1793), dont le livret est une adaptation de la pièce de Beaumarchais, *Le Mariage de Figaro* (1784).

*** Frédéric Masson ajoute : « En 1789, il préside l'Assemblée de la noblesse et est élu suppléant du comte Buttafoco », mais ce dernier fait n'est pas attesté (Masson, 25).

ce qui laisse supposer que l'ancien compagnon de Carlo n'est pas insensible au patriotisme des partisans de Paoli. Cela montre, en outre, l'évolution des mentalités jusque dans les milieux proches du gouvernement insulaire en 1788.

Depuis l'année précédente, la situation en Corse s'est tendue : des clôtures sont brisées, des maisons de riches propriétaires sont brûlées, particulièrement lorsqu'il s'agit de terrains autrefois communautaires[121]. En Toscane, Giuseppe a rencontré des *fuorusciti*. L'esprit public semble favorable à une nouvelle offensive des partisans de Paoli.

Oscillant entre leur admiration pour le *Babbu* et le respect des choix du père, les fils Buonaparte se raccrochent à Giubega pour tenter de se définir une ligne de conduite.

Mais Carlo aurait-il évolué de la même manière que son vieil ami ?

Qu'aurait-il pensé, qu'aurait-il fait dans les circonstances présentes, « s'il eût vécu » ? Cette question tourmentera Napoléon toute sa vie, il se la posera encore à Sainte-Hélène, à la veille de sa mort : « Si mon père, qui est mort avant quarante ans, eût vécu, il eût été nommé député de la noblesse de Corse à l'Assemblée constituante. Il tenait fort à la noblesse et à l'aristocratie ; d'un autre côté il était très chaud dans les idées généreuses et libérales ; il eût donc été ou tout à fait du côté droit, ou au moins dans la minorité de la noblesse. Dans tous les cas, quelles qu'eussent été mes opinions personnelles, j'aurais suivi sa trace, et voilà ma carrière entièrement dérangée et perdue[122]. »

Comment son père, « s'il eût vécu », n'eût-il pas réussi à infléchir son républicanisme ? Lui dont il était le favori et à qui il doit tout ? Mais voilà, le père est mort. Napoléon est-il libre pour autant de se livrer à la religion civique qu'il a trouvée chez Rousseau ?

Ses humeurs sombres s'étaient aggravées après la mort de Carlo en février 1785. Plus que jamais occupé par ses examens, il n'avait réellement accusé le coup qu'une fois en garnison à Valence : le Sud enfin ! mais pas encore le pays : quoi de commun entre les rachitiques orangers provençaux et les magnifiques arbres qui lui font de l'ombre à l'heure qu'il est ! Le soleil du Midi n'avait pas réussi à dissiper les idées noires qui l'assaillaient par moments. Son ami des Mazis, qui avait été affecté comme lui au régiment de La Fère, le voyait s'engloutir parfois dans ses ruminations morbides et regretter amèrement de ne pas pouvoir rejoindre les siens en Corse. Tout plein de l'idée de la mort, il en avait même eu un avant-goût : « étant à nager et seul il avait perdu connaissance, coulé, obéi au courant ; il avait senti fort bien la vie lui échapper, il avait même entendu, sur les bords, des camarades annoncer qu'il était noyé, et dire qu'ils couraient chercher des bateaux pour reprendre son corps* ».

* *Mémorial*, 681. Napoléon situe cet épisode « en 1786, à Auxonne », ce qui est une impossibilité, puisqu'il n'arrive à Auxonne qu'en juin 1788. Mais ce récit est intéressant pour ce qu'il dit du rapport à la mort de Bonaparte.

À peu de temps de là, le 3 mai 1786, il avait écrit un texte sur le suicide :

> Toujours seul au milieu des hommes, je rentre pour rêver avec moi-même et me livrer à toute la vivacité de ma mélancolie. De quel côté est-elle tournée aujourd'hui ? Du côté de la mort.

Impossible de savoir dans quelle mesure ce premier texte littéraire ou, du moins, cet écrit personnel de Napoléon, atteste une intention réellement suicidaire. On y trouve, mêlées de manière significative, des préoccupations hamletiennes : « Que faire dans ce monde ? », et des considérations politiques :

> Quel spectacle verrai-je dans mon pays ? Mes compatriotes chargés de chaînes et qui baisent en tremblant la main qui les opprime !

Mais ces interrogations sur sa place et sur l'asservissement corse prennent ici un tour tragique.

« Puisque je dois mourir, ne vaut-il pas autant se tuer[123] ? » se demande le jeune homme de seize ans. Il est visiblement préoccupé par le nombre de jours qui lui restent à vivre* : n'a-t-il pas été frappé par la brièveté de la vie de son père et n'est-il pas troublé par le caractère réputé héréditaire de la maladie qui a tué Carlo ? Il n'a sûrement pas eu une connaissance directe du rapport d'autopsie

* « Dans l'aurore de mes jours je puis encore espérer de vivre longtemps », « Sur le suicide » (OLEM 1, 45).

pratiqué sur le corps du défunt*, mais il a très probablement dû en commenter le contenu avec les siens. Les médecins de Montpellier avaient constaté ce qu'on appelait alors un squirrhe du pylore, autrement dit un cancer de l'estomac, dont semblent être morts également plusieurs autres membres de la famille — et qui aura raison de Napoléon à Sainte-Hélène**. Les hommes Buonaparte ne vivent pas longtemps : son père Carlo est mort à trente-neuf ans, son grand-père, Giuseppe Maria, est mort à cinquante ans, l'oncle Napoléon est mort à environ cinquante ans également — lui-même mourra à cinquante et un ans (et son fils, l'Aiglon, à vingt et un ans).

Mais cette interrogation sur la brièveté de la vie se mêle à l'expression d'une forte ambivalence envers ses compatriotes « qui baisent en tremblant la main qui les opprime » :

> Ce ne sont plus ces braves Corses qu'un héros [Paoli] animait de ses vertus, ennemis des tyrans, du luxe, des vils courtisans. Fier, plein d'un noble sentiment de son importance particulière, un Corse vivait heureux s'il avait employé le jour aux affaires publiques. [...] Français, non contents de nous avoir ravi tout ce que nous chérissions, vous avez corrompu nos mœurs. Le tableau actuel de ma patrie et l'impuissance de la changer est donc une nouvelle raison de fuir une terre où je suis obligé par devoir de louer des hommes que je dois haïr par vertu[124].

* « Procès-verbal d'autopsie de Charles Bonaparte », Masson, Appendice I, p. 375 : une copie du procès-verbal original faite en 1811 par le baron Dubois (à la demande de l'Empereur ?) appartenait à Frédéric Masson lui-même qui l'imprime à la fin de son ouvrage.

** « L'ouverture du cadavre de Monsieur Bonaparte a confirmé la façon de penser de Messieurs les médecins d'Ajaccio sur la cause du vomissement rebelle, opiniâtre et héréditaire qui l'a enlevé. »

« Quand la patrie n'est plus, un bon patriote doit mourir », conclut-il en adoptant à son tour le ton de l'héroïsme romain.

Lorsqu'il avait écrit ces lignes, Napoléon n'était pas retourné en Corse depuis sept ans et n'avait pu mesurer le renouveau du sentiment patriotique. De plus, à ce moment-là, Giuseppe, revenu au pays, occupait complètement la place de chef de famille qu'il ambitionne, et il n'avait aucun espoir de pouvoir lui disputer cette position : « Quels plaisirs ne goûterai-je pas à revoir dans quatre mois et mes compatriotes et mes parents ! Des tendres sensations que me fait éprouver le souvenir des plaisirs de mon enfance, ne puis-je pas conclure que mon bonheur sera complet ? Quelle fureur me porte donc à vouloir ma destruction[125] ? » Il semble bien que la question de sa place dans la famille et la fratrie, très incertaine vue de l'exil, ait pu être une des causes de son désespoir d'alors.

Mais l'ambivalence ne vise pas seulement Giuseppe. Quel est le Corse par excellence qui a eu le tort de baiser en tremblant la main qui l'opprimait ? Qui a laissé les Français corrompre ses mœurs, sinon Carlo Buonaparte, l'homme à la politesse « excessive et ridicule[126] » envers celui (le gouverneur Marbeuf) qui courtisait sa femme au vu et au su de tous et opprimait férocement un peuple « dont les Romains ne voulaient pas pour esclaves* » ?

* « Jamais les Romains n'achetaient d'esclaves corses ; il était impossible de les plier à la servitude » (*Mémorial*, 692).

La culpabilité (d'en vouloir aux siens, Giuseppe ou Carlo, voire à Letizia), l'ambivalence marquée qui se retourne en tentation suicidaire : tels sont les traits de la mélancolie du deuil décrite par Freud.

C'est une chose d'en vouloir à un vivant d'être un traître à sa patrie, c'en est une autre bien plus compliquée de reprocher à un mort de vous avoir laissé en partage un héritage impossible à assumer. L'ambivalence du travail de deuil atteint son paroxysme lorsque le jeune homme affirme : « Si je n'avais qu'un homme à détruire pour délivrer mes compatriotes, je partirais au moment même et j'enfoncerais dans le sein des tyrans le glaive vengeur de la patrie et des lois violées[127]. » Le gouverneur Marbeuf était encore vivant lorsque Napoléon avait écrit ses lignes : mais, en effet, son assassinat n'eût rien résolu. Il n'eût pas effacé la honte du père. Et puis l'homme eût été remplacé par un autre fonctionnaire nommé par la Cour. Le véritable tyran n'est-il pas le roi de France ? Mais l'assassinat du roi lui-même serait vain : la monarchie française, héréditaire depuis Philippe Auguste, n'est pas atteinte par le meurtre de l'un de ses représentants : « Le roi est mort : vive le roi », crie-t-on en France à la mort des souverains depuis le XVe siècle.

De fait, il n'y a pas qu'*un homme à détruire* pour venger la patrie, il y en a trois, et le plus impossible à assassiner, c'est le mort.

Que Carlo n'a-t-il succombé à la bataille de Ponte Novu — laissant sa femme enceinte de Napoléon vierge de toute atteinte à son honneur ! Mort pour mort, autant qu'il l'ait été en héros, plutôt que d'avoir vécu pour transmettre à sa famille cette tache indélébile. Mais impossible pour le jeune homme de soutenir en conscience un tel désir : la mort du père. Mieux vaut souhaiter mourir.

La mélancolie est telle qu'elle jette une ombre sur tout « plaisir » (« je ne goûte aucun plaisir ») : « La seule manière de vivre qui pourrait me faire supporter la vie » est tout entière rêvée comme appartenant à la vie idéale et révolue du Corse vertueux de l'ancien temps : « La nuit s'écoulait dans les tendres bras d'une épouse chérie. La raison et son enthousiasme effaçaient toutes les peines du jour. La tendresse, la nature rendaient ses nuits comparables à celles des dieux. Mais avec la liberté, ils se sont évanouis comme des songes, ces jours heureux[128] ! » Dans ces lignes surgit pour la première fois le désir d'accomplissement sexuel, mais sous le signe de l'interdit : Napoléon ne se sent pas digne de ces nuits divines de la tendresse, dont il abandonne la jouissance à de lointains ancêtres.

Sa vie est profondément marquée par une *immense lutte du présent contre le passé* qui mêle l'intime et le politique. Pour l'instant, le mort saisit le vif. Écrire une nouvelle histoire de la Corse est une manière de tenter de débloquer l'impasse du présent en faisant déboucher le passé sur l'appel à une nouvelle guerre de la liberté. Mais Napoléon n'arrive pas à poursuivre son récit au-delà des années 1730. Et jamais il n'y parviendra. Son histoire de la Corse restera inachevée. La conquête française et le ralliement du père constituent décidément un obstacle insurmontable. Entre la bataille de Ponte Novu, contemporaine de sa naissance, et les bruits de révolte qui renaissent après quatorze ans de silence*, il y a un hiatus impossible à combler.

Napoléon ne parvient pas à renouer le fil patriotique par-dessus la tête de Carlo. L'élection de la puissance politique au rang de premier et dernier principe qu'il désire avec Rousseau ne peut pas encore l'affranchir de sa culpabilité œdipienne : comment la distinguer d'une volonté de puissance tout individuelle, et d'un trouble désir de meurtre du père (et du prétendu amant de sa mère) sous couvert de tyrannicide ?

Seule la Révolution parviendra à l'émanciper de ce scrupule psychologique, après l'échec de son adoubement par Paoli, son père de substitution. Mais il tiendra à en rejeter la responsabilité sur les « circonstances » : « Puis-je affirmer, disait-il [à Sainte-Hélène], malgré mes opinions naturelles, qu'il n'y eût pas eu telles circonstances qui eussent pu me faire émigrer [...]. En Révolution, on ne peut affirmer que ce qu'on a fait : il ne serait pas sage d'affirmer qu'on n'aurait pas pu faire autre chose[129]. »

À la religion civique, dont il a voulu très tôt qu'elle guide ses pas à défaut du père et du Dieu chrétien, il ajoutera un article que les jésuites, ses premiers maîtres, n'auraient pas désavoué : le hasard. « C'est parce que je sais toute la part que le hasard a sur nos déterminations politiques »,

* En 1774, une révolte des partisans de Paoli avait été très férocement réprimée par Marbeuf : Napoléon avait cinq ans, Paoli la cinquantaine.

confiera-t-il à Las Cases à Sainte-Hélène, « que j'ai toujours été sans préjugés, et fort indulgent sur le parti que l'on avait suivi dans nos convulsions : être bon Français, ou vouloir le devenir, était tout ce qu'il me fallait*. »

De fait, la Révolution accomplira ce tyrannicide qu'il avait désiré. Mais au lieu de s'identifier complètement au moment révolutionnaire et à ses « opinions naturelles » de jeune homme révolté, Napoléon préférera se faire une loi... des *circonstances*. Dans cette *immense lutte du présent contre le passé*, comme il nomme la Révolution, et au milieu des luttes politiques partisanes qu'elle a inaugurées, il cherchera à se placer au-dessus des partis — en juge de paix, en *paceru* comme disent les Corses, à l'image de l'oncle Lucciano (autre figure du père). À Sainte-Hélène, l'empereur déchu dira :

> Car dans cette *immense lutte du présent contre le passé***, je suis l'arbitre et le médiateur naturel ; j'avais aspiré à en être le juge suprême[130].

Marius, Sylla ou César, on a vu que sa doctrine républicaine n'aura pas été sans se donner d'emblée des marges de manœuvre théoriques dont il se souviendra en effet... au gré des circonstances. Même son patriotisme se révélera à géométrie variable : la Nation, fille abstraite et universelle de

* *Mémorial*, 177. *Cf.* aussi sur le rôle du hasard qui « conduit » les hommes « dans le dédale des révolutions » (*Mémorial*, 491 et 619) : « Il s'était souvent arrêté et avait réfléchi maintes fois sur le concours singulier des circonstances secondaires [qu'il énumère ensuite] qui avaient amené sa prodigieuse carrière. »

** C'est l'auteur qui souligne.

la Révolution, transcendera le nom et les limites locales de la patrie corse, puis française.

Idéalement gouvernée par la raison d'État, médiation suprême, le futur empereur aura rêvé très tôt, comme tous les lecteurs de Rousseau, comme Robespierre, d'en être le législateur et le prophète.

En attendant que la Révolution fasse advenir pour lui cet avenir affranchi qu'il ne conjugue pour l'instant qu'au passé, il se débat dans une double nasse : psychologique par le conflit intime avec le père mort, et sociale, par la situation équivoque et sans issue dans laquelle Carlo l'avait placé.

Dans la grange, il fait frais et sombre. L'odeur forte du foin lui monte à la tête et plusieurs éternuements le plient en deux. Il s'allonge dans la paille et cherche à se changer les idées en se rappelant les bons moments de Valence. Et cela revient dans un demi-sommeil.

Napoléon n'a pas toujours été triste : parcourant la campagne du côté de Chabeuil avec son ami des Mazis, lançant son cheval au grand galop et traversant les villages à bride abattue, il se sentait libre comme il ne l'avait jamais été[131]. Et le soir la gaieté revenait toujours au contact de la compagnie. Il lui arrivait même d'être en verve : il parvenait à vaincre sa timidité de solitaire orgueilleux, soit pour défendre ses idées politiques et patriotiques, soit lorsqu'il sentait qu'on lui voulait du bien, surtout lorsque des jeunes filles intelligentes et jolies prêtaient l'oreille à ses longues dissertations un peu sentencieuses.

C'était arrivé quelquefois chez Mme Grégoire du

Colombier, cette si charmante femme, et « du plus rare mérite » ; « elle gouvernait la ville et s'engoua fort, dès l'instant, du jeune officier d'artillerie[132] », qu'elle accueillit comme son fils. « Elle l'introduisit dans l'intimité d'un abbé de Saint-Rufe [...] qui réunissait souvent ce qu'il y avait de plus distingué dans le pays[133] », et elle l'emmenait dans sa propriété de campagne où il avait tout loisir de se ménager de longs tête-à-tête avec sa fille Caroline :

> On n'eût pas pu être plus innocent que nous [...] nous nous ménagions de petits rendez-vous ; je me souviens encore d'un, au milieu de l'été, au point du jour ; on le croira avec peine, tout notre bonheur se réduisit à manger des cerises ensemble*[134].

Voilà ce qu'il faudrait pour se donner le courage de finir les « Lettres sur la Corse » : imaginer que l'on est en compagnie de l'une de ces demoiselles idéales, faites sur le modèle de Julie**, et lui adresser d'abord un long plaidoyer pour l'amour de la patrie : seul amour digne de supplanter l'amour de la gloire, seul amour qualifié pour prévaloir sur l'amour paternel et l'amour filial (à l'image de Brutus***) — un amour enfin, ayant vocation à surpasser et à dominer l'amour pour les femmes : « J'ai à peine atteint l'âge de l'aurore

* Ces cerises rappellent l'épisode bien connu du début du livre IV des *Confessions* (posthume 1782/1789) de Rousseau.

** L'héroïne de *La Nouvelle Héloïse* (1761) de Rousseau.

*** Il s'agit ici de Brutus l'Ancien, fondateur mythique de la République romaine, qui n'hésita pas à faire tuer ses fils conspirateurs royalistes, à prononcer la sentence qui les condamnait et à assister à leur exécution : l'action de ce premier Brutus est le renversement en miroir de celle du meurtrier de César, qui prétendait descendre du premier. On trouve trois fois dans les sept pages du texte de Napoléon ce motif du « sacrifice » de « l'amour paternel » (ou filial) « au patriotisme ».

des passions ; mon cœur est encore agité de la révolution que la première connaissance des hommes produit dans nos idées et cependant *vous exigez, mademoiselle, que je* discute une question [le « parallèle entre l'amour de la patrie et l'amour de la gloire »] qui exigerait une connaissance profonde du cœur humain. Mais vous obéir n'est-il pas le seul titre qui puisse me maintenir digne membre de cette société intime[135] ? »

L'enjeu rhétorique de ce fragment écrit au printemps 1788 est de mettre à l'épreuve du désir des femmes le sentiment patriotique. Dénoncer devant une jeune fille tout aimable les effets corrupteurs de l'amour : « Un peuple livré à la galanterie a même perdu le degré d'énergie nécessaire pour concevoir qu'un patriote puisse exister. » Poursuivre par une classique opposition entre les Anciens et les Modernes : « Régna ici l'amour et là l'amour de la patrie. » Convaincre la « demoiselle » (et se convaincre soi-même) qu'elle n'a aucune raison de se flatter d'appartenir à un « sexe dont tout le mérite consiste en un extérieur brillant ». Et enfin lui proposer en exemple ces « femmes spartiates[136] », Mères en gloire — pas si loin de la Vierge chrétienne en plus guerrières —, capables d'immoler avec allégresse époux et fils à l'amour de la patrie.

Au début de son texte, Napoléon se pose la même question que nous : « Quelles seront les passions primitives constituant le patriotisme[137] ? » Une première réponse s'esquisse dans l'insistance sur la vertu des Lacédémoniennes : la figure imaginaire (surmoïque, diraient les freudiens) d'une Mère intraitable veille à ce que le républicain que le jeune homme veut être, voué à la patrie et à l'État (à la *Matrie* ?), réprime en lui, à son exemple, tout désir d'aimer et d'être aimé. Il doit parvenir « par la force de [ses] organes », à « maîtriser toutes [ses] passions » et s'écrier comme le Lacédémonien Pédarète* : « Ah ! puissé-je être le dernier en amour que je consentirais volontiers à ce prix à n'être que citoyen[138]. » Nul doute qu'il n'ambitionne dès cette date de posséder cette *virtù* majeure du gouvernement de soi et des autres, telle que les Anciens en ont fixé la théorie et l'usage : dominer ses passions érotiques**.

À ce très politique « Ne me touche pas*** », opposé en fantasme à la demoiselle aux cerises, Napoléon sait qu'il n'a pas eu la force de résister. Depuis peu, il connaît le plaisir de succomber aux arguments de l'adversaire féminin, la jouissance s'augmentant de les trouver plus impérieux et irrésistibles que ne l'est sa ligne de défense prétendument inviolable : « Vous exigez, mademoiselle, que je… »

L'événement a eu lieu aux alentours du 22 novembre 1787, à Paris, et il avait aussitôt consigné par écrit cette défaite (dont personne ne peut assurer que ce fut la première ni la seule). La nuit même, sous la chandelle de sa petite chambre de l'Hôtel de Cherbourg dans la rue du Four-Saint-Honoré****, il en avait redoublé le plaisir en se

* Les deux exemples de Pédarète et de la femme lacédémonienne préférant la victoire à la vie de ses fils se trouvent dans la même page de *Émile ou De l'éducation* (1762) de Rousseau : livre I, 14, dont Napoléon s'inspire ici.

** Cette tradition remonte à *La République* de Platon, que lit Napoléon.

*** « *Noli me tangere* » (« Ne me touche pas ») sont les paroles prononcées par Jésus ressuscité le dimanche de Pâques à l'adresse de Marie-Madeleine.

**** Actuellement rue Vauvilliers à Paris.

racontant sa soirée dans une tonalité galante sinon libertine :

> Je sortais des Italiens et me promenais à grands pas par les allées du Palais-Royal. Mon âme, agitée par les sentiments vigoureux qui la caractérisent, me faisait supporter le froid avec indifférence ; mais l'imagination refroidie, je sentis les rigueurs de la saison et gagnai les galeries. J'étais sur le seuil de ces portes de fer quand mes regards errèrent sur une personne du sexe. L'heure, la taille, sa grande jeunesse ne me firent pas douter qu'elle ne fût une fille. Je la regardais : elle s'arrêta non pas avec cet air grenadier des autres, mais un air convenant parfaitement à l'allure de sa personne. Ce rapport me frappa. Sa timidité m'encouragea et je lui parlai...

Dans le dialogue qui suit, Napoléon joue à lui-même et à sa partenaire de rencontre la comédie de l'homme honnête s'indignant qu'une si frêle créature soit ainsi contrainte de subir les rigueurs de l'hiver à une heure si tardive. Il lui fait subir un interrogatoire serré : cette manière d'obliger l'interlocuteur à se résumer entièrement et promptement sous le feu nourri de ses questions deviendra l'un des procédés de son art de gouverner. À ses propres yeux, il se place sur le terrain sublime et viril de la raison raisonnante par son ton protecteur et paternel, tandis que l'impudique et banal autoportrait de sa Justine séduite et abandonnée successivement par trois officiers résonne aux oreilles du lecteur comme une fausse confidence égrillarde annonçant Rétif de la Bretonne* ou le

* Auteur (1734-1806) de romans libertins comme *L'Anti-Justine ou les Délices de l'amour.*

marquis de Sade*. Notre apprenti marquis n'est pas dupe de sa propre casuistique et en joue sinon en jouit ; l'auto-ironie, l'humour et la double entente sont présents partout, particulièrement dans des passages comme celui-ci : « Ou c'est, me dis-je, une personne qui me sera utile à l'observation que je veux faire, ou elle n'est qu'une bûche. »

La dernière phrase démonte le mécanisme rhétorique de cette fausse défense intéressée à faire une « observation » qui n'est rien moins qu'intellectuelle (à moins qu'elle ne le soit aussi) : « Je l'avais agacée pour qu'elle ne se sauvât point quand elle serait pressée par le raisonnement que je lui préparais en contrefaisant une honnêteté que je voulais lui prouver ne pas avoir[139]... »

La technique autoérotique reste la même que dans le texte précédent : « Vous exigez, mademoiselle, que je... », avec une conclusion cependant moins sublimée que l'exigeait la vertu commode de la Julie aux cerises.

Tout cela reste cependant pudique et retors, mais quitte résolument les rivages sentimentaux de *La Nouvelle Héloïse*, pour rejoindre la compagnie plus virile de l'artilleur Choderlos de Laclos**, le futur général des armées de Bonaparte : on remarquera que le « parallèle entre l'amour de la patrie » s'adressait à une Julie, tandis que ce récit libertin, qui n'a ni la profondeur morale ni la sub-

* 1740-1814.

** Pierre Ambroise François Choderlos de Laclos, officier dans l'artillerie (1741-1803), inventeur de l'obus et auteur du roman libertin *Les Liaisons dangereuses* (1782). Met sur pied en 1777 l'école d'artillerie de Valence, où séjourne Napoléon en 1785-1786. Général de brigade (artillerie) sous le Consulat.

tilité érotique des *Liaisons dangereuses*, ne peut avoir comme destinataires que les compagnons des longues soirées de garnison, à Valence ou ailleurs.

Le destin amoureux ultérieur du jeune homme confirmera que se dessine là une séparation nette entre le sentiment et le sexe (on disait la *sensation* à la fin du XVIIIe siècle et au début du suivant). L'hypocrisie jésuitique et libertine de son texte galant résulte d'un fort intellectualisme défensif et puritain*, qui ne tolère assez classiquement que deux types de femmes, la vierge mère guerrière et la petite putain positive qui ne perd pas de vue ses affaires (« Allons chez vous » est la conclusion abrupte de son pseudo-récit d'innocence bafouée).

La raison raisonnante, lucide et ironique, assume les appétits sensuels et s'amuse de la vénalité des Justine ou des Juliette**, tandis que la volonté de puissance jouit de son emprise sadique sur les vertueuses Julie intellectuelles et sensibles. Napoléon cantonne les secondes aux rôles de vierges guerrières stimulant chastement son idéal politique et son ambition publique — pour l'instant limitée aux salons —, tandis que les premières triomphent en coulisses par la sensualité. Mais la vénalité de la transaction exclut l'attache et le sentiment : interchangeable, Justine est choisie pour sa triple faiblesse, sociale (c'est une petite prostituée des rues), morale (elle est « d'une grande jeunesse » et

* Le narrateur du texte se croit « souillé » par le regard « grenadier » des putains : OLEM 1, p. 62.

** Héroïne de *L'Histoire de Juliette, ou les Prospérités du vice* (1801) du marquis de Sade, suite de *Justine ou les Malheurs de la vertu*. Ces deux ouvrages ont valu à leur auteur son arrestation sur ordre de Napoléon Ier et son emprisonnement à l'asile de Charenton durant les treize dernières années de sa vie.

« timide ») et physique (son « teint pâle » et son « physique faible »).

Le jeune homme a-t-il lu *La Nouvelle Héloïse* (il dira tout le mal qu'il pense du roman de Rousseau dans le *Mémorial*[*]) et *Les Liaisons dangereuses ?* En tout cas, il se trouve déjà prêt à développer devant ses interlocuteurs masculins son credo rationaliste, sinon libertin, selon lequel le sentiment est une tradition[**], et que lui, Napoléon, n'a jamais cru dans l'amour qu'à la « sensation[***] ».

Autrement dit, une fois la saison des cerises démodée par le déniaisement parisien, il est temps de passer aux choses sérieuses. Cinq jours après la rencontre du Palais-Royal, Napoléon reprend sa plume à onze heures du soir sous la chandelle de sa petite chambre du Four-Saint-Honoré et écrit les quelques lignes inachevées de son « Introduction à une histoire de la Corse[****] ». On peut y lire en filigrane la leçon morale qu'il tire de son aventure « vénale » : « Je connais ma faiblesse [...] (comme une connaissance trop sincère du cœur humain détruit...), mais, peut-être pour le genre d'écrits que je compose, c'est

* Il prétendra plus tard avoir lu *La Nouvelle Héloïse* à neuf ans : « *La Nouvelle Héloïse* ! Je l'ai lue à neuf ans. Il m'a tourné la tête » (Roederer, III, 460, cité par Tulard-Garros, *Napoléon au jour le jour*, Tallandier, p. 234, désormais noté Tulard-Garros suivi du numéro de page).

** « La plupart des sentiments sont des traditions ; nous les éprouvons parce qu'ils nous sont précédés » (*Mémorial*, 272).

*** « [Napoléon] a affecté de vouloir paraître beaucoup plus familier avec les sensations qu'avec les sentiments » (*Mémorial*, 243). (Voir aussi *Mémorial*, 282, 508, etc.) Sur la répression du sentiment et du romanesque, voir *Mémorial*, 282, 843, 844.

**** Ce texte (OLEM 1, p. 65) porte la mention : « 27 novembre. Paris, 11 heures du soir. »

la meilleure situation d'âme et d'esprit. J'ai l'enthousiasme qu'une étude plus profonde des hommes détruit souvent dans nos cœurs. La vénalité de l'âge viril ne salira pas ma plume. Je ne respire que la vérité ; je me sens la force de la dire, et, en lisant cette légère esquisse de nos malheurs [l'histoire de la Corse], je vois vos pleurs couler[140]. »

Fini le ton galant et comique, Rousseau inspire cette prose un peu secouée par la culpabilité, et la demoiselle aux cerises redevient l'interlocutrice idéale — en pleurs, cela va de soi. De la casuistique au cynisme, du cynisme au *dégoût*, le retour du balancier érotique vers la sublimation politique et sentimentale colore les rêveries de Napoléon sur les femmes d'une tonalité nettement névrotique et sadomasochiste.

Ainsi cette histoire sur laquelle il s'attarde longuement dans ses « Lettres sur la Corse », racontée à la manière d'un *exemplum* antique : Sampiero Corso*, une des figures légendaires de la lutte des Corses contre les Génois, originaire de Bastelica, un des bastions des Buonaparte, avait une femme qu'il aimait, Vannina d'Ornano. Contrainte à l'exil avec ses enfants, seule à Marseille, elle trahit son mari en échange de la restitution par les Génois de ses biens en Corse. Mais les amis de Sampiero interceptent le navire où elle s'est embarquée et la ramènent à Aix. Sampiero « arrive enfin en pré-

* Sampieru Corsu (1498-1567) : condottiere au service des Médicis, du pape Clément VII, puis de François Ier (allié des Corses contre la domination génoise) ; il aurait étranglé sa femme de ses propres mains : Napoleone n'ose pas préciser ce détail, laissant son texte inachevé.

sence de sa femme. Un silence farouche résiste obstinément à ses excuses et aux caresses de ses enfants. Le sentiment aigu de l'honneur a pétrifié sans retour son âme. [...] *Madame* [lui dit-il] avec dureté, *entre le crime et l'opprobre, il n'est de milieu que la mort...* » Vannina plaide en vain sa cause : « La compassion et la tendresse qu'elle eût dû exciter trouvèrent une âme désormais fermée à la vie du sentiment... Vannina mourut... Vannina mourut des mains de Sampiero[141]... »

L'inflexible vertu romaine du chef politique est telle qu'il n'hésite pas à étrangler les femmes de ses propres mains : ces créatures ont un « pouvoir dangereux[142] », que l'homme voué à la patrie doit prévenir par tous les moyens en sa puissance, sinon par le meurtre du moins par le déni : « Qui ne sait que la seule victoire contre l'amour c'est la fuite[143] ? », dira l'exilé de Sainte-Hélène.

L'amour doit « être l'*occupation* de l'homme oisif, la *distraction* du guerrier, l'*écueil* du souverain[144] », conclura l'Empereur dans un aphorisme fameux.

« *Napoleone ! Napoleone ! Mamma è arrivata ! Napoleone, Mamma, Minana e Giuseppe son'arrivati ! Napoleone ! Napoleooone, dove sei ?* » : la voix aiguë de son petit frère Luigi résonne dans son rêve. Une silhouette noire se profile dans le rayon de soleil découpant le portail de la grange. Son mollet gauche vibre à nouveau, il se redresse avec sa « figure d'ouragan, la tête penchée et l'oreille en avant[145] ». Et puis il se détend : c'est seulement *Mammucia*, *Mammucia* Camilla, avec son petit panier sur la tête, Geronimo toujours dans ses jupes. Il se fourre sous le foin pour faire peur à son petit frère. Mais la leste nourrice l'attrape par l'oreille : « Tu n'as pas honte, Napoleone, *signora* Letizia te cherche depuis une heure ! » Il reprend son air farouche. Camilla s'assoit à côté de lui, l'embrasse malgré son mouvement de recul et sort de son panier une bouteille de lait et des figues : « Je t'ai donné le lait de mon cœur, je n'ai plus à présent que celui de ma chèvre[146] ! » Il se laisse faire, enfin détendu. Elle attend qu'il ait fini de boire et de manger, le couvant du regard comme s'il risquait d'avaler de travers, puis déplie avec précaution l'uniforme qu'elle défroisse en lui donnant de petites tapes du plat de la main. Enfin, elle lui tend comme à regret l'habit bleu roi, rouge et or : « Allez mon fils, habille-toi, et fais honneur à ta mère ! *Signora* Letizia t'attend. »

Napoléon n'a pas avec sa mère une relation particulièrement tendre. Il se demandera à Sainte-Hélène si sa mort le ferait pleurer : « Suis-je dénaturé ? Pour moi, j'aime assurément ma mère, et de tout mon cœur ; il n'est rien que je ne fisse pour elle, et cependant si j'apprenais sa perte, je ne crois pas que je pusse exprimer ma douleur par une larme*. » Letizia Bonaparte a raconté plus tard qu'il avait été « le plus diable de ses enfants, bien que les autres le fussent au point qu'on avait

* Napoléon continuait : « et je n'affirmerais pas qu'il en fût de même pour la perte d'un ami, celle de ma femme ou de mon fils. Cette différence est-elle dans la nature ? Quelle peut en être le motif ? [...] tout bonnement encore est-ce peut-être le penchant naturel à l'égoïsme ? J'appartiens à l'un, et les autres m'appartiennent » (*Mémorial*, 1278).

dû entièrement démeubler une grande chambre[147] ». Elle appelait Napoleone « *Ribulione* : ce qui signifie à peu près en ajaccien, “le perturbateur”[148] », n’hésitant pas à le corriger de sa propre main, comme la fois où il avait pillé les figues de l’enclos et s’en était empiffré[149]. Et puis il y a eu cette mémorable fessée qu’il racontera à l’île d’Elbe au fils bâtard que lui aura donné la comtesse Maria Walewska* : en septembre 1786, à peine revenu en Corse, le petit officier de tout juste seize ans s’amusait à faire des niches à *Minana* Saveria avec sa petite sœur Maria Paoletta (Pauline, six ans), qu’il découvrait (elle n’était pas née lorsqu’il était parti en pension sur le continent) :

Ma grand-mère était fort âgée et courbée, elle me faisait ainsi qu’à Pauline l’effet d’une vieille fée. Elle marchait avec une canne et sa tendresse pour nous la portait toujours à nous apporter des bonbons, ce qui n’empêchait pas Pauline et moi de la suivre par-derrière en la contrefaisant. Par malheur, elle s’en aperçut et s’en plaignit à Madame en lui disant qu’elle nous élevait sans respect pour les grands-parents. Madame, bien qu’elle nous aimât beaucoup, ne plaisantait pas et je vis dans ses yeux que mon affaire n’était pas bonne. Pauline ne tarda pas à recevoir la sienne parce que les jupons sont plus faciles à relever qu’une culotte à déboutonner. Le soir, elle essaya sur moi, mais en vain, et je crus en être quitte. Le lendemain matin, elle me repoussa lorsque je fus pour l’embrasser. Enfin, je n’y pensais plus, lorsque, dans la journée, Madame me dit : « Napoléon, tu es invité à dîner chez le gouverneur, va t’habiller. » Je monte, bien satisfait d’aller dîner avec les officiers, mais Madame était le chat guettant la souris. Elle entra

* Anecdote que Masson tient d’Alexandre Walewski, Masson, 39. Mais sa datation est un problème : peut-être se trompe-t-il de sœur et ne s’agit-il pas de Pauline : l’épisode de la fessée pourrait alors prendre place dans son enfance, avant son départ pour Brienne, ce qui serait plus vraisemblable.

subitement, ferma la porte sur elle, je m'aperçus du piège où j'étais tombé, mais il était trop tard pour y remédier et je dus subir la fessée[150].

On peut supposer que Letizia avait pour Napoléon le faible qu'une mère peut avoir pour le garçon qui porte le prénom de son premier-né mort — à moins qu'au contraire elle lui en ait voulu sourdement de survivre à ce premier fils. Le souvenir que lui conservera l'Empereur déchu à Sainte-Hélène est empreint de « vénération[151] » plus que d'affection. Il décrit avec une emphase convenue la beauté de la jeune fille, « une des plus belles femmes de son temps[152] » : le portrait qu'on a d'elle jeune confirme qu'elle n'était pas laide, avec « ses grands yeux noirs, légèrement enfoncés, un peu énigmatiques ». Son port de tête altier compensait sa petite taille, et la fréquentation des salons français, où elle avait incontestablement brillé de l'éclat de ses vingt ans, lui avait donné un je-ne-sais-quoi d'impérieux et de déterminé. La plupart des portraits plus tardifs donnent l'idée d'une matrone vive, intelligente et forte : peu lettrée, dévote, elle est capable de toutes les tâches domestiques qu'elle assure avec une vieille servante, parfois deux. Courageuse physiquement, portant le panier sur la tête, marchant dans la montagne, montant à cheval, elle est davantage faite pour les aventures corses que pour l'extraordinaire destin continental qui sera le sien à partir de 1793. Un peu dépassée peut-être par la vie d'apparat à quoi la contraindront les mœurs impériales, en tout cas constamment réticente, la femme plus âgée au visage allongé et sévère, au maintien réservé, a quelque chose de vague dans le regard grand ouvert, mélange ambigu d'angoisse et de distraction, qu'on retrouve dans les yeux bleu-gris de Napoléon. Après 1815, elle dira qu'elle n'a connu que des malheurs dans son existence et elle survivra de quinze ans à ce fils prodigue qui semble lui avoir donné plus d'inquiétudes que de bonheurs, malgré et sûrement à cause de sa gigantesque épopée. Aux nouvelles de ses premiers succès, elle opposera ce mot fameux, peut-être apocryphe mais qui dit tout le scepticisme qu'on lui prête : « Pourvu que ça dure ! »

Pour l'instant, Letizia n'a que trente-huit ans et elle a gardé toute sa vigueur de jeune femme aguerrie, malgré la paralysie de sa main gauche, séquelle neurologique d'une fausse couche[153]. Mais aux yeux de son fils, elle est déjà « Madame Mère », ce titre que, devenu empereur, il lui fera donner à la Cour. Jeune, il la rêve en amazone, en Clorinda* : « Madame, lors de la guerre de la liberté en Corse, partagea les périls de son mari, qui s'y montra fort chaud. Elle le suivit parfois à cheval dans ses expéditions, spécialement durant sa grossesse de Napoléon. Elle avait un grand caractère, de la force d'âme, beaucoup d'élévation et de fierté[154]. » Depuis la mort du père, il veut voir en elle une nouvelle Andromaque (l'héroïne de sa pièce préférée de Racine), veuve inconsolable de Carlo.

* Guerrière de *La Jérusalem délivrée* (*La Gerusalemme liberata*, Le Tasse), que son amant tue par erreur.

C'est elle qui lui inspire son immense respect fasciné (et peut-être légèrement horrifié) pour la faculté d'enfanter, une des clés de son rapport aux femmes : « Elle a eu treize enfants [dont huit ont vécu] et eût pu facilement en avoir beaucoup d'autres, étant devenue veuve à environ trente ans, et ayant prolongé au-delà de cinquante la faculté d'en avoir[155] », précisera-t-il assez curieusement à Sainte-Hélène. À Germaine de Staël qui demandera en 1800 au Premier consul « quelle était à ses yeux la première femme du monde, morte ou vivante », il répondra sans hésiter : « Celle qui a fait le plus d'enfants[156]. » Après sa passion des constitutions, c'est l'intérêt pour les questions démographiques qui domine ses préoccupations politiques : le principal facteur de réussite d'un gouvernement est l'augmentation de la population, disent ses notes de lecture*.

Il y a deux récits de naissance dans le *Mémorial*** (rappelons qu'ils sont écrits sous la dictée de l'illustre captif), celui du roi de Rome, son héritier légitime, et le sien, « le 15 août 1769, jour de l'Assomption, vers midi » : « Sa mère, femme forte au moral et au physique, qui avait fait la guerre grosse de lui, voulut aller à la messe à cause de la solennité du jour[157] » : on y chantait ce jour-là, fête de la Vierge, patronne des Corses, le *Dio vi salvi Regina*[158]. Letizia avait été obligée de quitter

* *Cf.* OLEM 2, 64 ; Jean Tulard remarque « l'intérêt porté par Bonaparte aux questions de génération et aux problèmes démographiques » dans ses « Notes tirées de Bernardin de Saint-Pierre et de Buffon » (OLEM 1, 319).

** L'autre récit, très circonstancié, est celui de l'accouchement de Marie-Louise (*Mémorial*, 474).

l'office, et de « revenir en toute hâte, [mais] ne put atteindre sa chambre à coucher et déposa son enfant sur un de ces vieux tapis antiques à grandes figures, de ces héros de la fable ou de l'*Iliade* peut-être : c'était Napoléon[159] ».

Le tapis est une invention de Las Cases qui ne pouvait décemment laisser choir son héros sur le carrelage. Mais, à défaut de naître dans l'épopée troyenne (dont Las Cases sait que c'est la lecture préférée de l'Empereur), Napoléon naît incontestablement dans la guerre. Sa mère et son père ont pu regagner leur maison d'Ajaccio depuis un moment déjà lorsque sa mère accouche, mais leur retour épique à travers les montagnes après la défaite de Ponte Novu n'est pas qu'une fable de biographe.

Deux textes de Napoléon, très proches, montrent qu'il associe complètement sa naissance et la guerre — et plus précisément la défaite. Le premier de ces deux textes, écrit au tout début de la Révolution, introduit ses « Lettres sur la Corse » inachevées : « Mais sans doute le récit de nos gémissements, trente mille Français, vomis sur nos côtes, renversant le trône de la liberté, le noyant dans des flots de sang, offre le tableau d'un peuple qui dans son découragement reçoit des fers. Triste moment pour le moraliste, pareil à celui qui fit dire à Brutus : “Vertu, ne serais-tu qu'une chimère[160] ?”... » L'autre texte, qu'on a déjà cité en partie au début du chapitre, est visiblement une réécriture du premier : « Je naquis quand la patrie périssait. Trente mille Français vomis sur nos côtes, noyant le trône de la liberté dans les flots de sang, tel fut le spectacle odieux qui vint le premier frapper mes regards. Les cris du mourant, les gémissements de l'opprimé, les larmes du désespoir environnèrent mon berceau dès ma naissance*. »

Napoléon a manifestement ruminé ce tableau très riche en images fortes bien avant de l'écrire : on y retrouve l'idée de la « *patrie et des lois violées*[161] » par la victoire française, déjà formulée ailleurs, et la mention récurrente des « Français vomis sur nos côtes ».

Le vomissement avait été le premier et le principal symptôme du cancer paternel. L'association du vomissement et de la conquête française confirme l'ambivalence œdipienne rencontrée plus haut — d'ailleurs le Brutus parricide surgit immédiatement dans la foulée. À moins que les Français ne soient vomis par le père, instigateur à double titre du viol sanglant de la patrie. Complice notoire des Français, susceptible, au moins sur le plan de la rumeur et du fantasme, d'avoir livré sa femme au gouverneur militaire, ce géniteur indigne a pu être inconsciemment accusé par son fils d'avoir investi indûment le « trône » de Madame Mère, en proie depuis à de si multiples grossesses nécessairement sanglantes (ce qui n'a pu échapper à ce petit garçon vif, quelques précautions qu'on ait prises pour les soustraire à ses regards).

On a vu que la patrie est associée dans l'esprit de Napoléon à ces intraitables matrones/vierges guerrières qu'il porte au pinacle de la moralité

* Lettre à Filippo Antonio Pasquale de Paoli, 12 juin 1789, *Corr.* I, 76. L'authentification de cette lettre est « problématique » (*op. cit.*, p. 77, note 7) ; c'est néanmoins manifestement une reformulation des « Lettres sur la Corse ».

républicaine, et auxquelles il tient à identifier sa propre mère : « Je naquis quand la *matrie* périssait », serait-on tenté de lire. Le fantasme de scène primitive sanglante et meurtrière qu'on lit ici corrobore les indices relevés plus haut d'un contrecoup névrotique de la sublimation politique : la mère, reine de la liberté républicaine, est fantasmée comme une vierge violée, plaçant au-dessus de tout les liens charnels (les maris, les fils) — et de l'amour physique — la survie de la patrie à laquelle elle s'identifie. Elle est l'incarnation de la loi républicaine *violée* par l'invasion étrangère — que Napoléon abhorre par-dessus tout : ce sera une des constantes de sa rhétorique politique que de présenter la compromission avec l'étranger comme le crime absolu.

De cette scène fantasmatique, intime et politique, le jeune homme se veut en outre le *moraliste :* une sorte de « juge suprême* », position de surplomb qui sera pour lui, on l'a dit, la définition la plus haute du pouvoir auquel il a aspiré. Ce dédoublement de soi, à la fois rejeton de la scène primitive et voyeur impartial, juge et parti, se paie cependant d'une certaine tristesse et d'un durable « découragement » : le « *Triste* moment » où le moraliste naît à lui-même en se donnant le « spectacle » de ce qui ne doit pas être vu (coït, meurtre, accouchement) est inaugural d'un effort d'abstraction et de désincarnation (de sublimation) qui se paie d'une tendance au retrait mélan-

* « Car dans cette *immense lutte du présent contre le passé* [la Révolution], je suis l'arbitre et le médiateur naturel ; j'avais aspiré à en être le juge suprême » (*Mémorial*, 530).

colique (qui peut aller jusqu'à la tentation suicidaire*).

Cette disposition psychologique est chez Napoléon l'envers de sa volonté de pouvoir et de l'effort de maîtrise de soi qu'il suppose. On ne règne pas impunément au-dessus des partis, et on ne s'abstrait pas sans séquelles des passions et des affections ordinaires.

La volonté de se dompter ne peut faire que le corps ne soit durablement affecté dans sa mémoire sensorielle (la vue, l'ouïe) : « spectacle odieux », « gémissements », « cris », etc. L'image même du vomissement semble naître d'un écœurement persistant ou d'un « dégoût** » dont d'autres textes qu'on a cités témoignent également.

Las Cases note à Sainte-Hélène que Napoléon « vomit très facilement, une simple toux d'irritation suffit pour lui faire rendre son dîner[162] » ; on peut supposer qu'il commence alors à être atteint du cancer de l'estomac dont il mourra. Mais deux autres anecdotes, également tirées du *Mémorial*, confirment que cette facilité à vomir remontait à l'enfance.

Le premier récit la donne pour une réaction physique à l'agression morale ; la scène se passe à Brienne à l'époque où l'enfant était devenu « tran-

* Elle reviendra fortement au moment de la chute : tentative de suicide dans la nuit du 12 au 13 avril 1814, tentation du suicide évoquée le 2 août 1815 (*Mémorial*, 81), puis une nouvelle fois le 30 avril 1816 (*Mémorial*, 562) ; voir aussi les autres textes où Napoléon évoque le suicide : note de Jean Tulard, OLEM 1, 47 : *Journal de Gourgaud*, t. II, p. 100, Bertrand, *Cahiers de Sainte-Hélène*, avril 1818, p. 127, texte dicté par l'Empereur à Marchand, t. XXXI de la *Correspondance*.

** « Je ne peux donc pas suivre la seule manière de vivre [dans la république idéale de ses ancêtres] qui pourrait me faire supporter la vie, d'où s'ensuit un *dégoût* pour tout », dernière phrase de son texte « Sur le suicide » (OLEM 1, 46).

quille » et « appliqué » : « Un jour, le maître de quartier, brutal de sa nature, sans consulter, disait Napoléon, les nuances physiques et morales de l'enfant, le condamna à porter l'habit de bure, et à dîner à genoux à la porte du réfectoire : c'était une espèce de déshonneur. Napoléon avait beaucoup d'amour-propre, une grande fierté intérieure ; le moment de l'exécution fut celui d'un vomissement subit et d'une violente attaque de nerfs[163]. »

Une autre histoire, datant de l'époque de l'Empire cette fois, montre que cette disposition psychophysiologique est demeurée constante : « "Corvisart*, désireux de me parler pièce en main, eut l'abomination, la scélératesse de m'apporter à Saint-Cloud, dans son mouchoir de poche, un estomac ; et cette horrible vue me fit rendre à l'instant tout ce que j'avais dans le mien"[164]. »

Napoléon déclare pourtant : « "De ma vie je n'ai senti ma tête, *ni mon estomac*". L'Empereur se répétait volontiers ; aussi a-t-il prononcé ces mêmes paroles peut-être dix, vingt, trente fois au milieu de nous en différents moments[165] », explique Las Cases, étonné de cette dénégation répétée.

On ne peut que penser ici au geste fameux de la main sur l'estomac, devenu un signe iconique légendaire désignant l'Empereur**. Avait-il mal à l'estomac ? Ou bien protégeait-il un point particulièrement vulnérable de sa personne, le talon d'Achille, en quelque sorte, du guerrier et du chef

* Médecin personnel de l'Empereur.

** Mais qu'on voit faire à bien d'autres militaires sur les tableaux et gravures de l'époque.

politique : son « dégoût » de l'amour, identifié à la « vénalité* » et au crime. S'il n'avait pas encore mal à l'estomac, une certaine « connaissance trop sincère du cœur humain détruit[166] » (le sien ?) lui était restée sur l'estomac.

Camilla l'aide à enfiler son uniforme. Il songe que cette femme l'aime, qu'elle l'aime mieux qu'elle n'aime son fils, le sombre Ignatio**, son frère de lait, qu'elle l'aime plus tendrement que sa propre mère ne l'aime, et il en est ému. L'aime-t-il, lui, cette paysanne qu'il fera assister à son couronnement, pour se venger de l'absence de sa mère ? C'est à elle qu'il fera cadeau de la Sposata et de l'autre vigne, la Cassetta, ainsi que d'une maison ayant appartenu à sa famille maternelle — contre l'avis de la *signora* Letizia, qui appuiera les intrigues des héritiers Ramolino pour chasser la nourrice de son bien. Mais Napoléon tiendra bon et Letizia devra céder. Il confirmera encore dans son testament l'intérêt qu'il avait conservé pour sa nourrice : « Si par un caprice du sort, tout ce que j'ai fait pour elle n'avait pas bien tourné, mes exécuteurs testamentaires ne la laisseraient pas dans la misère[167]. »

« C'est à ma mère que je dois ma fortune et tout ce que j'ai fait de bien[168] », déclarait-il à la fin de sa vie (1820). Il disait aussi : « Quelque chose que fasse une mère, ses enfants n'ont aucun droit à

* « La *vénalité* de l'âge viril ne salira pas ma plume », « Sur le suicide » (OLEM 1, 65).

** Ignatio « embrassa le parti des Anglais, entra dans la marine et, quoique fort ignorant, était si bon marin et si brave soldat qu'il parvint à commander une flotte » (Masson, 29, d'après O'Meara).

lui adresser des reproches[169]. » On en a conclu à un amour démesuré pour une mère exceptionnelle. Il semble plutôt que Napoléon ait transformé Madame Mère en statue du Commandeur de son ambition précoce. Le *Dio vi salvi Regina* n'avait pas résonné en vain à chacun de ses anniversaires* : pas de messie des temps modernes sans Vierge mère, il s'en souviendra quand il peaufinera sa légende de prophète politique à Sainte-Hélène. À la jeune femme dépensière qui lançait des modes dans les salons français de l'île et à qui l'oncle Lucciano reprochait de dépenser trop d'argent pour ses toilettes[170], Napoléon préférera se souvenir de la matrone « parcimonieuse » à en être « ridicule » :

> « Après Waterloo elle m'eût remis entre les mains tout ce qu'elle possédait pour aider à rétablir mes affaires ; elle me l'a offert ; elle se fût condamnée au pain noir sans murmure. C'est que chez elle le grand l'emportait encore sur le petit : la fierté, la noble ambition marchaient chez elle avant l'avarice. » Et ici l'Empereur a fait l'observation qu'à l'heure même qu'il était il avait encore présentes à la mémoire les leçons de fierté qu'il en avait reçues dans son enfance, et qu'elles avaient agi sur lui toute sa vie. Madame Mère avait une âme forte et trempée aux plus grands événements[171].

Il la compare dans un autre passage à Cornélie**, la mère exemplaire des Gracques***, qui perdit dix

* Il était né le 15 août, jour de l'assomption de la Vierge, patronne des Corses.

** « "Madame répondit en héroïne, et comme eût fait Cornélie, disait Napoléon, qu'elle ne connaissait pas deux lois ; qu'elle, ses enfants, sa famille, ne connaissaient que celles du devoir et de l'honneur." » (*Mémorial*, 692).

*** Les Gracques (IIe av. J.-C.), hommes d'État de la Rome antique issus de la *nobilitas*, renommés pour leur tentative infructueuse de réformer le système social romain.

de ses douze enfants, et dont Sénèque raconte qu'elle n'en exprima aucun chagrin et qu'elle refusait qu'on l'en plaigne. La *signora* Letizia semble bien, en tout cas, avoir été l'une des sources de l'appétit de grandeur de son fils ; sa dureté orgueilleuse l'encouragea à se rêver « fils de ses œuvres » et le poussa vers l'abstraction d'une ambition désincarnée.

Napoléon ne fut pas l'aristocrate contrarié que Chateaubriand était intéressé à voir en lui*. C'est Stendhal qui avait raison[172] lorsqu'il comparait le destin de l'Empereur à celui du condottiere italien Castruccio Castracani (XIVe siècle), cet enfant trouvé devenu tyran de Lucques, à qui Machiavel avait consacré une brève biographie comme à l'homme par excellence qui doit tout à la fortune**.

Napoléon se contemple dans les yeux émerveillés de Camilla : les épaules bien développées, pas grand mais pas petit***, il a fier allure, son officier du roi de France. Il est paré pour la victoire. « Je n'en connais pas de plus beau que mon habit d'artilleur », lui répète-t-il de sa voix « creuse », « brève et sèche », le « timbre

* « Toutefois si Napoléon n'était pas né prince, il était, selon l'ancienne expression, fils de famille. [...] Né d'une race de gentilshommes, laquelle avait des alliances avec les Orsini, les Lomelli, les Médicis, Napoléon, violenté par la Révolution, ne fut démocrate qu'un moment [...] dominé par son rang, ses penchants étaient aristocratiques », Chateaubriand (MOT X, 3 673).

** « La totalité ou la plupart de ceux qui ont accompli grandes choses en ce monde [...] ont eu une naissance ou des débuts humbles ou obscurs, ou du moins fortement contrariés par la fortune ; ou bien ils ont été exposés aux bêtes, ou bien ils ont eu père si vil que par vergogne, ils se sont déclarés fils de Jupiter ou de quelque autre dieu. [...] Castruccio Castracani de Lucques fut donc un de ces hommes », Nicolas Machiavel, « La vie de Castruccio Castracani da Lucca », *Œuvres complètes*, Gallimard, coll. « Bibliothèque de la Pléiade », 1952, p. 913.

*** Napoléon mesure 1,68 mètre, ce qui est une taille moyenne à l'époque.

sourd[173] » : « C'était l'habit bleu avec collet rabattu, parements et doublure rouge, veste et culotte bleue. Un bordé rouge égay[e] le devant de l'habit et les poches posées sur le côté et découpées en écusson. À la Révolution, il y eut ce changement qu'on ajouta des revers et que le collet se redressa. Une seule épaulette, en losanges alternés d'or et de soie, avec une contre-épaulette[174]. » Les yeux bleu-gris rayonnent de joie dans le visage imberbe au teint bistre[175], et puis s'assombrissent : là-bas dans la lumière, la silhouette de Giuseppe se découpe, hésitant sur le seuil, scrutant l'ombre de la grange.

« Prends un siège, *Sylla* ! » lui hurle-t-il. À quoi Giuseppe, hilare, rétorque en s'élançant vers lui les bras ouverts : « Prends, et sur toute chose / Observe exactement la loi que je t'impose*... »

* Plusieurs sources attestent que les frères Bonaparte s'exerçaient à déclamer entre eux des œuvres classiques, particulièrement Racine.

La Révolution française : amputation corse et conversion à la nation révolutionnaire

« La Révolution, qui n'était dans son principe que le triomphe du droit, la résurrection de la justice, la réaction tardive de l'idée contre la force brutale, pouvait-elle sans provocation, employer la violence ?... Les efforts violents, terribles, qu'elle fut obligée de faire pour ne pas périr, contre le monde conjuré, une génération oublieuse les a pris pour la Révolution elle-même. »

JULES MICHELET,
Histoire de la Révolution française, préface de 1847

« Bon Dieu ce que c'est pourtant que les révolutions ! »

NAPOLÉON BONAPARTE,
Mémorial de Sainte-Hélène[1]

PARIS, NUIT DU JEUDI 9 AOÛT AU VENDREDI 10 AOÛT 1792, 3 HEURES

« La nuit du 10 août fut très belle, doucement éclairée de la lune, paisible jusqu'à minuit, et même un peu au-delà. À cette heure, il n'y avait encore personne ou presque personne dans les rues. Le faubourg Saint-Antoine, en particulier, était silencieux.

La population dormait, en attendant le combat[2] », raconte Jules Michelet

Napoléon ferme les lourds volets en bois de sa chambre : la rue du Mail est à peu près déserte, et le garni où il loge depuis plus de deux mois est enfin silencieux. La nuit s'achève, mais ce n'est pas pour dormir qu'il s'enferme ainsi, c'est pour travailler ; même en plein jour, il travaille les volets fermés[3]. Sa tête est trop échauffée par les événements, et il lui faut rentrer en soi. Mais ce n'est pas facile : le tocsin a sonné à minuit, il est trois heures du matin et la ville gronde comme s'il était midi. C'est une rumeur sourde qui résonne dans les murs et vient battre sous la peau.

Il l'a écrit à son frère il y a trois jours : « Tout annonce des événements violents[4]. » La coalition étrangère qui s'est formée en mars menaçait d'écraser la France révolutionnaire, mais c'est de l'intérieur que vient aujourd'hui le plus inquiétant danger : la guerre civile.

Depuis trois ans, ce peuple s'est mis en marche, et cette nuit, il semble que plus rien ne l'arrêtera. Les classes sociales sont sorties de leurs gonds, les « dernières classes » surtout, paysans de la province, petits artisans de Paris, compagnons, chemineaux, vagabonds, bandits se mêlent aux bourgeois et aux « ci-devant » (les aristocrates) sur les chemins et dans les rues. Auparavant, il y avait les immobiles, ceux qui ne bougeaient jamais de leur clocher, de leur pâté de maisons, fixés là par la peur du mal, bouleversés par le moindre événement, attelés à leur labeur comme le bœuf à la charrue, petits et lents. Mais, à présent, le pli est pris, tous se mélangent, jetés sur les routes, travailleurs et oisifs, riches et pauvres, et les perdus, et les putains, et les va-nu-pieds. Ce n'est plus le tiers état, c'est le quart surgi soudain sur la scène de l'Histoire, l'invisible, l'intouchable, sorti de son sommeil séculaire et des fondrières sociales où il avait été relégué sans y penser, sans le savoir, supportant la disette, les soupes à l'eau, la crasse, la terre battue, les murs humides, les hivers sans feu et sans pain, les mauvaises récoltes et les accapareurs de grains comme des catastrophes naturelles. Mais c'est fini, ils n'en veulent plus, ils arpentent le pays de bas en haut, de long en large, « armés de piques, de haches, d'épées, de fusils, de broches, de bâtons pointus[5] ».

De toutes parts, ils affluent vers Paris pour sauver la « patrie en danger* » et empêcher le roi d'aller rejoindre les émigrés à Coblence**. Engagés dans la garde nationale***, ils s'affrontent aux troupes de lignes royales et, s'ils n'en sont pas, ils se heurtent aux gardes nationaux royalistes ou constitutionnels. Leurs sabots résonnent sur le pavé, et leurs voix cassées, fatiguées, hurlantes, déchaînées annoncent partout qu'ils sont réveillés et qu'ils

* L'Assemblée a déclaré la « Patrie en danger » le 11 juillet 1792. La France est en guerre contre l'Autriche depuis le 20 avril 1792, la Prusse entre en guerre le 6 juillet.

** Le roi, depuis l'échec de l'expédition de Varennes, est de fait prisonnier aux Tuileries et ne compte plus que sur la coalition étrangère alliée aux aristocrates émigrés, basés à Coblence, pour regagner le pouvoir qu'il a perdu.

*** La garde nationale est une milice bourgeoise instituée en juillet 1789 pour prévenir les pillages. La Fayette est nommé commandant de la garde nationale parisienne le 15 juillet 1789 ; à partir de juillet 1792, le recrutement des gardes nationaux s'élargit partout aux classes plus pauvres, même si un minimum de revenus est encore requis ; localement, de nombreux affrontements opposent les gardes aux troupes royales régulières.

ne s'endormiront plus. D'ailleurs, où dormir dans la grande ville, ils n'ont pas le sou pour se payer l'auberge et les caves sont pleines à craquer ? Alors, corps lourds et inertes, ils s'effondrent soudain au milieu du pavé, les mains glissant le long des piques, se réveillent en sursaut, hagards, reprennent leur marche, pillent les boulangeries et les dépôts de grains, enivrés par la peur qu'ils suscitent, par leur force qu'ils découvrent soudain. Ils viennent de Marseille, du Midi et de l'Ouest surtout*, où des troubles ont éclaté partout pendant l'hiver et le printemps. Maintenant que le frère de l'« Autrichienne », le Prussien, bientôt l'Anglais** menacent les frontières du Nord***, ils veulent bien mourir pour la nation nouvelle, mais pas sans avoir emporté avec eux en guise de talisman la tête du roi, ce traître, celle de la reine, cette étrangère, et lanterner tous les ci-devant de la ville royale. Ils lancent leurs piques en l'air sur le rythme du *Ça ira* et vomissent des injures en riant : « Ah ça ira, ça ira, ça ira, les aristocrates à la lanterne, ah ça ira, ça ira, ça ira, les aristocrates, on les pendra ! »

Ils disaient : ça va bien, et maintenant, ils disent : ça ira. Le 5 octobre 1789, c'étaient eux, déjà, qui avaient ramené le roi et sa famille de Versailles au palais des Tuileries**** à Paris. Pour-

* Cinq cents fédérés marseillais, recrutés début juillet pour participer à la seconde fête de la Fédération, entrent dans Paris fin juillet en chantant l'hymne de l'armée du Rhin : *La Marseillaise* (*cf.* le film de Jean Renoir, *La Marseillaise*).

** L'Angleterre entre en guerre en février 1793.

*** Les premières batailles ont été désastreuses pour les révolutionnaires français.

**** Résidence royale depuis le XVIe siècle, le palais des Tuileries, détruit en 1871, reliait les deux bras du Louvre aujourd'hui indépendants.

tant, ils l'avaient acclamé encore à la première fête de la Fédération le 14 juillet 1790 lorsqu'il avait prêté serment à la Nation et à la Loi. Mais le 18 avril 1791, ils l'avaient empêché d'aller faire ses pâques à Saint-Cloud et, de fait, constitué prisonnier dans son palais. Leur colère est immense, irrépressible depuis que la famille royale a fui à Varennes le 20 juin 1791. À l'époque, les sans-culottes du Club des cordeliers* réclamaient déjà la fin de la monarchie et la destitution du traître : La Fayette les avait massacrés le 17 juillet 1791 au Champ-de-Mars.

Leur fureur a augmenté encore lorsque Louis a refusé de signer les décrets de bannissement des prêtres réfractaires** et, le 20 juin 1792, après le renvoi des ministres girondins Roland, Clavière et Servan***, ils se sont insurgés une première fois sans oser s'en prendre au roi. Ils ont envahi les Tuileries et la salle du Manège**** où siège l'Assem-

* Seul club ouvert au petit peuple, républicain, gratuit, pratiquant l'aide aux indigents, il appelle dès le 21 juin à la destitution de Louis XVI ; animé par Danton, Desmoulins, Hébert, il se divise après la chute des Girondins (31 mai 1793) en Indulgents (dantonistes) et Exagérés (hébertistes) ; le club joue un grand rôle dans la préparation de l'insurrection du 10 août.

** Le décret de l'Assemblée législative du 29 novembre 1791 condamnait au bannissement les membres du clergé qui refusaient de prêter serment à la Constitution civile du clergé (12 juillet 1790 : évêques et prêtres élus et rétribués par l'État, indépendance totale de l'Église de France à l'égard de la papauté).

*** Les ministres girondins avaient été appelés au gouvernement par le roi le 23 mars 1792, à la faveur du ralliement de la Cour et de La Fayette à l'entrée en guerre. Le mot « girondin » désigne l'aile gauche légaliste de l'Assemblée, plusieurs députés étant originaires de Bordeaux ; favorables au suffrage censitaire, contrairement aux Montagnards qui prônaient l'abolition de la distinction entre citoyens « actifs » et citoyens « passifs » relative au niveau d'imposition et donc de fortune ; affiliés au club des Jacobins issu de la Société des amis de la Constitution.

**** Bâtiment qui se trouvait à l'emplacement de l'actuelle rue de Rivoli, le long des jardins des Tuileries que Louis XV avait ouverts au public, non loin du palais des Tuileries.

blée. Cette assemblée du tiers, autoproclamée assemblée du peuple le 12 juin 1789, d'abord constituante puis législative, ce n'était pas encore eux, c'était encore un tout petit théâtre privé dont ils n'étaient même pas spectateurs... et voilà qu'ils s'invitent au banquet des beaux parleurs et des nantis, chez tous ces « nosseigneurs » qui brodent depuis trois ans des subtilités en cachant leur royalisme sous le masque de la Constitution anglaise et de la monarchie dite « constitutionnelle ».

La manifestation du 20 juin 1792, organisée par les Girondins et Pétion*, le maire de Paris, vite débordée par le petit peuple des faubourgs, conduit par le brasseur Santerre, avait laissé Napoléon perplexe : « Le jardin des Tuileries était fermé et quinze mille gardes nationaux le gardaient. Ils ont jeté bas les portes, sont entrés dans le palais, ont braqué les canons contre l'appartement du roi, ont jeté à terre quatre portes, ont présenté au roi deux cocardes, une blanche et l'autre tricolore. Ils lui ont donné le choix. Choisis donc, lui ont-ils dit, de régner ici ou à Coblence. Le roi s'est bien montré. Il a mis le bonnet rouge**. La reine et le prince royal en ont fait autant. Ils ont donné à boire au roi. Ils sont restés quatre heures dans le palais. Cela a fourni ample matière aux déclarations aristocratiques des

* Député du tiers état aux états généraux de 1789 (1756-1794), il devient maire de Paris en 1791 avec l'appui de la Cour, battant La Fayette ; le 20 juin 1792, il tente d'empêcher l'assaut du palais des Tuileries et des appartements royaux, mais est accusé par le roi et le directoire du département d'avoir favorisé l'émeute ; le 3 août 1792, il est chargé de porter l'adresse des commissaires des 48 sections exigeant la déchéance du roi ; devenu girondin, il est guillotiné le 25 juin 1793.

** La tradition lui attribue ce mot en réaction au geste du roi : « *Che coglione !* » Mais on ne sait pas si Napoléon a assisté à cette scène.

Feuillantins*. Il n'en est pas moins vrai cependant que tout cela est inconstitutionnel et de très dangereux exemple[6] », écrit Napoléon.

Le jeune officier d'artillerie, âgé de vingt-deux ans en 1792, ne s'identifie pas aux Feuillants (les monarchiens constitutionnels opposés à la destitution de Louis XVI), mais il garde une sympathie marquée pour La Fayette et les grands orateurs de la Constituante (Mirabeau est mort à l'automne 1791).

Le 18 juin, il décrit la situation politique parisienne à Joseph** :

> Il y a en France trois partis : l'un veut la Constitution [de septembre 1791 : monarchie constitutionnelle] comme elle est parce qu'il la croit bonne ; l'autre croit la Constitution mauvaise, mais veut la liberté, en adopte les principes. Il désire un changement, mais voudrait que ce changement s'opérât par les moyens de la Constitution, c'est-à-dire la cour de révision qui devra avoir lieu d'ici à quelques années. Ces deux partis sont unis et tendent dans ce moment à un même but, le maintien de la loi, de la tranquillité et de toutes les autorités constituées. Ces deux partis font la guerre à l'étranger ; ainsi nous les confondons et nous n'en faisons qu'un. Le second parti veut la Constitution, mais, au lieu du roi, voudrait un Sénat. Celui-là s'appelle le républicain, ce parti est celui des Jacobins. L'on voudrait profiter de la guerre du frère de la reine pour opérer cette grande révolution. Le troisième parti croit la Constitution absurde et voudrait un despote. — Parmi ceux-ci même, il y en a beaucoup qui voudraient les deux chambres ou un système modéré, mais cette troisième classe pense que, sans le secours des armées ennemies, l'on n'obtiendra jamais rien[7].

* Monarchistes constitutionnels.

** À partir de ce chapitre, nous nommons par leurs prénoms francisés les frères et sœurs Buonaparte, ne serait-ce que parce qu'ils apparaissent dans le contexte corse comme l'élite francisée qu'ils sont : peu nombreux sont les Corses parlant français, moins nombreux encore ceux ayant bénéficié d'une éducation en France.

Napoléon distingue donc les Feuillants, les Jacobins et les Absolutistes (la Cour, les immigrés) sans se reconnaître en aucun de ces partis ; sa seule attache est la Société des amis de la Constitution, première manière, celle d'avant juillet 1791, qui réunissait ceux que l'on ne distinguait pas encore par les appellations « Feuillants » et « Jacobins » : monarchistes constitutionnels et républicains. À Paris, la première Société des amis de la Constitution se réunissait depuis 1789 au couvent dominicain de la rue Saint-Jacques, d'où son surnom de club des Jacobins. En juillet 1791, au sein de ce club, les adversaires défavorables aux pétitions demandant la destitution du roi avaient fait scission et investi le couvent des Feuillants de la rue Saint-Honoré, laissant l'appellation « jacobins » désigner les républicains qui continuent à se réunir autour de Robespierre dans le couvent de la rue Saint-Jacques, et que vont rejoindre certains députés dits « girondins ».

« M. de La Fayette a écrit à l'Assemblée contre les Jacobins », explique Napoléon à son frère le 22 juin. « Cette lettre que beaucoup de personnes croient contrefaite est très forte[8]. » Le 16 juin, le marquis de La Fayette avait écrit du camp de Maubeuge à l'Assemblée nationale pour expliquer que la Constitution était mise en danger par la « faction jacobine » ; il accusait les Jacobins (Girondins et Montagnards) des désordres publics et proposait d'anéantir leurs clubs et de rétablir l'ordre — ce qui impliquait l'intervention de son armée. « M. de La Fayette, une grande partie des officiers de l'armée, tous les honnêtes gens, les ministres, le département de Paris sont d'un côté ; la majorité de l'Assemblée, les Jacobins et la populace sont de l'autre. Les Jacobins ne gardent plus de mesure contre La Fayette qu'ils peignent comme un assassin, un gueux, un misérable. Les Jacobins sont des fous qui n'ont pas le sens commun[9] », commente Napoléon. Mais le 3 juillet, à l'attention de Lucciano, il nuance sa position ; La Fayette est rentré seul à Paris le 28 juin pour confirmer à la barre de l'Assemblée ses intentions de coup d'état militaire* pour détruire les clubs et les sociétés secrètes : « La démarche de La Fayette a été trouvée par l'homme sensé nécessaire, mais bien dangereuse pour la liberté publique**. En fait de révolution un exemple est une loi, et c'est un exemple bien dangereux que celui que ce général vient de donner. La faction jacobite*** n'est presque plus rien ; le peuple, c'est-à-dire les dernières classes, sont irritées et sans doute qu'il y aura un choc. Et ce choc peut être de nature à accélérer la ruine de la Constitution[10]. »

Difficile ici de ne pas penser au 18 Brumaire : le général Bonaparte prenant le pouvoir par un coup de force militaire se souviendra-t-il de cet « exemple dangereux » donné par La Fayette en juin 1792 ? Pour le moment, Napoléon semble suspendu

* L'affaire est d'emblée mal engagée : son armée refuse de le suivre et la reine ne lui accorde pas sa confiance.

** Cette indulgence pour La Fayette est encore sensible dans le *Mémorial*, mais devient condescendante : « Sa bonhomie politique devait le rendre constamment dupe des hommes et des choses » (*Mémorial*, 804).

*** Désigne ici les ministres girondins qui ont organisé la calamiteuse journée du 20 juin qui affaiblit la gauche parlementaire. Ce mépris politique de Napoléon pour la position de compromis centriste des Girondins se retrouve dans le *Mémorial*, 812, malgré la proximité sociale et culturelle.

comme la France entre le « danger » d'un coup d'État royaliste et « la ruine de la Constitution », conséquence certaine du soulèvement populaire qu'il pressent : dans les deux cas, ce qui lui semble le plus redoutable des fléaux s'abattra sur le pays déjà sous les coups de la coalition prusso-autrichienne : la guerre civile.

S'il n'est pas informé à ce moment-là du manifeste de Brunswick*, diffusé dès le 28 juin dans Paris, il ne va pas tarder à l'être. Publié le 3 août dans *Le Moniteur*, ce texte violent, censé émaner du commandement de la coalition prusso-autrichienne en guerre contre la France affichant les mêmes buts que les émigrés royalistes, la restauration de la monarchie absolue, met un comble à la rage populaire et à la terreur que suscite la menace d'une invasion étrangère imminente** : « S'il était fait la moindre violence au roi, on en tirerait une vengeance à jamais mémorable, en livrant Paris à une exécution militaire et une subversion totale », y était-il écrit.

Longtemps le pays avait oscillé entre la séculaire fidélité au corps sacré du monarque et la ferveur nouvelle pour la nation naissante, expression inédite de la souveraineté. Le 23 août 1789, à Auxonne, Napoléon avait prêté serment comme tous les officiers « à la Nation, au Roi et à la Loi ». Le 14 juillet 1790, à la première fête de la Fédéra-

* Proclamation adressée au peuple de Paris, imposée au chef de l'armée prussienne, Charles-Guillaume-Ferdinand, duc de Brunswick, par les milieux de l'émigration royaliste française, et rédigée à la Cour ou par le prince de Condé, émigré dirigeant une fraction de l'armée contre-révolutionnaire de Coblence.

** Les Prussiens et les émigrés passeront la frontière le 19 août 1792.

tion, le roi avait prononcé à son tour un serment de fidélité à la Nation et à la Loi ; il avait violé ce serment une première fois en fuyant vers la frontière en juin 1791. Depuis Varennes, le divorce était consommé entre les Français qui crient « Vive le roi » et le « Vive la nation » des patriotes. Mais le serment du roi à la nouvelle Constitution, le 13 septembre 1791, avait apaisé les esprits : le manifeste de Brunswick viole ce second serment : il est à présent clair que Louis XVI ne s'est jamais résigné à exercer la magistrature suprême *au nom de la nation*, mais qu'il veut régner en son nom propre, en monarque absolu*, et qu'il compte sur les Prussiens et les Autrichiens pour rétablir l'Ancien Régime. Comme le dira Napoléon : Louis XVI pouvait prendre le parti de renoncer à être le « chef de la *féodalité*, pour le devenir de la *nation ;* malheureusement il ne sut prendre ni l'un ni l'autre[11] ».

Les conditions politiques d'une révolution sont réunies : le peuple est prêt à marcher, et l'aile gauche de l'Assemblée, qui n'a pas l'initiative, veut accompagner le mouvement en prenant contact avec les sections parisiennes et les pétitionnaires fédérés qui demandent les 17 et 23 juillet la suspension du roi. L'entrée en guerre de la Prusse précipite les choses (6 juillet) ; le 10 juillet les ministres feuillants démissionnent ; la patrie est décrétée « en danger » le 11 ; le 20 juillet le directoire de Paris, royaliste, démissionne ; le 26, le

* La Constitution de 1791, issue du serment du Jeu de paume de 1789, abolissait la monarchie absolue en consacrant la séparation des pouvoirs et la souveraineté nationale (monarchie constitutionnelle).

Girondin Condorcet rédige une sommation au roi ; le 29 juillet Robespierre exige de nouvelles élections législatives et une réforme constitutionnelle établissant le suffrage universel ; le 30 les fédérés marseillais entrent dans Paris ; le 31 la section Mauconseil déclare qu'elle ne reconnaît plus le roi, suivie le 4 août par les sections parisiennes des Quinze-Vingts et du faubourg Saint-Antoine. La section des Quinze-Vingts exige le 9 août que le détrônement soit prononcé le jour même, faute de quoi elle fera sonner le tocsin à minuit et attaquera la résidence royale des Tuileries. Les quarante-huit sections de Paris la suivent, sauf une.

Les quarante-huit sections parisiennes, divisions communales et territoriales ayant remplacé en 1790 les anciens « districts » (l'équivalent si l'on veut des mairies d'arrondissement actuelles), étaient représentées par un comité civil de seize membres élus, un comité révolutionnaire et une garde municipale. Fin juillet 1792, elles ont décidé d'abolir de leur propre chef la distinction entre citoyen « actif » (capable de payer l'impôt) et « passif », et leurs assemblées ont dès lors siégé en permanence à l'image de l'assemblée du tiers en 1789, devenant l'expression politique de ceux qu'on commence à appeler les « sans-culottes* » (essentiellement des boutiquiers et de petits artisans). De nouveaux commissaires ont été élus par ces assemblées composées de citoyens actifs et passifs, et le 9 août, dans la soirée, les sections les ont

* Ce terme désignait avant la Révolution les pauvres, la canaille, et commence à se charger d'une connotation positive pendant l'été 1792.

investis de leur pouvoir pour remplacer au nom du peuple la municipalité royaliste.

À minuit*, la nouvelle commune donne le signal de l'insurrection en faisant sonner le tocsin. Mais rien ne peut bouger tant que Pétion, le très populaire maire de Paris, est retenu au palais des Tuileries où Louis XVI l'a convoqué vers vingt-trois heures. « On imagina d'envoyer demander à l'Assemblée qu'elle le réclamât[12] », et il s'en alla des Tuileries à la salle du Manège, promettant qu'il reviendrait. Vers trois heures du matin, assurée du sort de Pétion, la commune insurrectionnelle ordonne aux gardes nationaux de quitter l'arcade Saint-Jean sous l'Hôtel de Ville, « principale issue de la rue Saint-Antoine qui débouchait dans la Grève[13] », pour laisser le passage au faubourg Saint-Antoine et à la section des Quinze-Vingts qui doivent arriver par là. Vers six heures du matin, elle donne l'ordre d'éloigner du Pont-Neuf l'artillerie, qui y avait été placée pour interdire l'accès des Tuileries aux sectionnaires armés et aux fédérés cantonnés aux Cordeliers. Les gardes nationaux obéissent, croyant avoir affaire à l'ancienne commune royaliste. Les Cordeliers, le faubourg Saint-Marceau et les fédérés venant par le Pont-Royal sont libres désormais d'opérer leur jonction avec ceux de la rive droite (le faubourg Saint-Antoine et les Quinze-Vingts).

Paris, réveillé, agité, retient son souffle.

Au château, le roi, « gras et pâle, promenant un regard morne qui ne regardait personne[14] », éche-

* Dans la nuit du 9 au 10 août.

velé, alourdi par le somme qu'il vient de faire, passe en revue ses troupes de gardes suisses et de gardes nationaux dans la cour et les jardins du palais. La reine, qui a refusé l'option de la fuite, échaudée par l'aventure de juin 1791, jette un dernier regard d'encouragement sur les deux cents pâles jeunes aristocrates royalistes en habit de ville décidés à mourir pour elle.

Tout est prêt, l'insurrection peut éclater d'un moment à l'autre.

À cinq cents mètres de là, Napoléon, les coudes sur la table dans sa chambre aux volets fermés de la rue du Mail, la tête dans les mains, pétrit la peau de son crâne à pleins doigts. C'est à ne pas en croire ni ses yeux ni ses oreilles et il doit pourtant l'admettre : ce sont ces illettrés qui vont renverser cette nuit la monarchie, ce sont eux qui vont fonder tout à l'heure une République d'un genre nouveau que Rousseau lui-même n'avait pas prévue*. C'est bien une seconde révolution à laquelle il assiste cette nuit. Ceux qui, comme lui, ont lu *Du Contrat social* sont contraints de suivre le mouvement, mais ils ne le dirigent pas. En 1789, la classe moyenne (la bourgeoisie et une partie de la noblesse) s'était insurgée contre la monarchie absolue, ses riches aristocrates inféodés, son clergé, sa clientèle et ses domestiques ; en 1792, c'est le petit peuple, paysans, artisans, prolétaires des villes, petite bourgeoisie, qui se révolte contre la monarchie constitutionnelle et la confiscation de la révolution par les classes riches. Comment en

* Proclamation de la République : 22 septembre 1792.

est-on arrivé là ? Est-ce que la nation nouvelle va résister à un tel assaut ? Le nouveau contrat civique autour de la souveraineté nationale et sa loi constitutionnelle va-t-il tenir sous les coups de boutoir de ces foules anarchiques ?

QUE SAIT NAPOLÉON, LE 10 AOÛT 1792, DE LA VIOLENCE, DES ÉMEUTES, DE LA RÉVOLUTION EN FRANCE ?

Depuis 1786, le jeune officier d'artillerie a eu affaire à des troubles à l'ordre public que son régiment ou sa compagnie ont été appelés à réprimer *au nom du roi*. Le 12 août 1786, à Lyon, la moitié du régiment de La Fère avait participé à la répression d'une grève massive des canuts* qui réclamaient deux sous d'augmentation : les meneurs sont pendus pour l'exemple place Bellecour. « La mission des artilleurs consistait à contrôler les ponts de la cité mise en état de siège[15]. » Napoléon avait vu les cadavres des suppliciés se balançant au bout des gibets ; il avait dix-sept ans.

En mars 1789, cantonné à Auxonne depuis juin 1788, il est désigné avec le lieutenant en premier Mémoire et le lieutenant en troisième Laurent, pour commander à trois compagnies (une centaine d'hommes) de rétablir l'ordre à Seurre : des émeu-

* Ouvriers travaillant sur les métiers à soie spécialement à Lyon (ils sont 60 000).

tes ont éclaté et deux négociants de Lyon, accusés d'être des accapareurs, ont été tués. « Seurre est une petite ville, éloignée de huit lieues d'Auxonne. Le peuple s'est mutiné et s'est révolté contre ses officiers municipaux, a pillé des magasins de blé que des accapareurs voulaient faire passer à Lyon », explique Napoléon à sa mère. « Le moment des états [généraux] approche. Tout s'en ressent. La fermentation est des plus grandes partout dans les villes, les bourgs, les campagnes. Fasse le ciel que cette étincelle de patriotisme soit durable, et que ce ne soit pas pour détériorer les choses ! Je le crains[16]. »

Pendant son séjour à Seurre se produisent des désordres à l'abbaye de Cîteaux où les moines trappistes se sont révoltés contre leur économe accusé de mal répartir les bénéfices des vendanges : « Le lieutenant Bonaparte s'y rendit avec une partie de son détachement et sans prendre l'ordre de personne, il donna raison à l'abbé, fit arrêter trois ou quatre moines des plus mutins, les enferma dans le cachot et arrêta complètement l'insurrection[17]. »

Le 15 juillet 1789, il raconte les émeutes du 12 juillet à Paris, telles qu'en ont reçu la nouvelle par courrier deux de ses camarades de régiment : « Je reçois dans le moment des nouvelles de Paris. [...] Elles sont étonnantes et faites pour singulièrement alarmer [...]. Il y a huit jours que les ordres avaient été donnés à quarante mille hommes de se poster à Paris, deux bataillons d'artillerie entre autres, avec ses pièces de canon. Là-dessus, les états généraux ont fait les plus vives instances pour montrer combien cela était fait pour les alarmer. Le roi les avait payés de termes vagues. Cependant dimanche passé, 12 du mois, les troupes étant arrivées, l'on a été demandé les poursuites à MM. Necker [contrôleur général], Montmorin [secrétaire d'État aux Affaires étrangères] et Puységur [ministre de la Guerre]. L'on a nommé M. de Breteuil Premier ministre et M. d'Amécourt, conseiller du Parlement, contrôleur général*. Cette nouvelle n'a pas plutôt été répandue dans Paris que le peuple s'est armé, a mis le feu aux barricades, a fait fermer les spectacles, a promené le buste de M. Necker dans toute la ville, après quoi il s'est porté en foule à Versailles. [...] Peut-être ce soir, peut-être cette nuit, battra-t-on la générale pour nous faire aller à Dijon ou Lyon. Cela serait bien désagréable et fort ruineux pour moi[18]. »

Napoléon ne sera pas appelé ni à Lyon ni à Dijon, mais les événements « désagréables » qu'il redoute ne vont pas tarder à arriver à Auxonne, où son régiment se trouve en garnison, les 19 et 20 juillet 1789 :

22 juillet 1789 — Au milieu du bruit des tambours, des armes, du sang, je t'écris cette lettre [adressée à Joseph]. La populace de cette ville, renforcée d'un tas de brigands étrangers** qui sont venus pour piller, s'est mise, dimanche au soir, à renverser les corps de bâtiments où logent les commis de la ferme, ont pillé la douane et plusieurs maisons. L'on a battu la générale et l'on s'est transporté partout. Le général qui com-

* Breteuil ne reste en poste qu'une centaine d'heures et d'Amécourt refuse le poste qu'accepte Chaumont de La Galaizière : cf. notes de Jean Tulard (*Corr.* I, 78).

** Étrangers à la ville.

mande [le baron du Teil] m'a fait appeler pour me dire de rester avec lui pour porter les ordres et lui faire part de mes observations. Nous avons été à l'hôtel de ville où il a harangué les notables et leur a fait prendre les armes. J'ai passé la nuit sur une chaise dans le salon du général. À tous les moments, nous recevions des avis que l'on pillait et il est innombrable les courses que j'ai faites pour porter les ordres et disposer les détachements. Il y a eu toute la nuit quatre cent cinquante hommes sous les armes. L'on ne voulait pas tirer ni faire trop de mal ; c'est ce qui embarrassait. À la pointe du jour l'on a enfoncé l'une des portes de la ville et le bruit a recommencé. Le général a soixante-quinze ans, il s'est trouvé fatigué. Il a appelé les chefs de la bourgeoisie et leur a ordonné de prendre l'ordre de moi, vu que je connaissais ses intentions. Après bien des manœuvres, nous en avons arrêté trentre-trois et nous les avons mis au cachot. J'oubliais de te dire que j'avais, au commencement, harangué les mutins pendant trois quarts d'heure. Je suis aujourd'hui au château de garde avec cinquante hommes. Ici sont tous les prisonniers. Hier au soir, sur les onze heures, l'on m'avisa que l'on voulait escalader mon poste pour enlever les prisonniers, ce qui m'a fait passer toute la nuit sur le qui-vive et nous sommes toujours en alarme. L'on va, je crois, en pendre deux ou trois prévôtalement[19].

Napoléon participe au maintien de l'ordre contre les émeutiers (tous gens du petit peuple où se mêlent, comme dans toutes les insurrections, des pillards). Mais il précise ses sentiments le 9 août 1789, alors que la Grande Peur bat son plein depuis un mois et que le château du commandant du régiment de La Fère, le baron du Teil, a été pillé : « [Les] paysans et la populace [...] ont commis de tous côtés de grands ravages, à l'instar de la capitale. Le tiers et les milices, conjointement aux troupes, se sont armés pour mettre le holà ! Mais ont été souvent insuffisants, ne voulant pas se porter aux dernières extrémités. Par toute la France le sang a coulé ; mais presque partout cela a été le sang impur des ennemis de la Liberté, de la nation, et qui depuis longtemps, s'engraissaient à leurs dépens[20]. »

Il commente ainsi l'abolition des privilèges féodaux dans la nuit du 4 août 1789 : « Tout ceci est brillant, mais cela n'existe encore que sur du papier. [...] toutes les provinces ont renoncé à leurs droits particuliers. C'est un grand pas vers le bien[21]. »

Dimanche 16 août 1789, les soldats et les sous-officiers du régiment de La Fère, particulièrement les canonniers, se mutinent et réclament la « *masse noire* contenue dans la caisse du régiment en manifestant devant la maison du colonel » : « La somme ayant été partagée, on se livra aux beuveries et à l'ivresse ; en forçant les officiers à entrer dans la farandole[22] ». Le capitaine de Boubers auquel Napoléon est très attaché d'après Masson est violemment malmené. Doit-on en conclure pour autant, comme le fait le biographe, que Napoléon est hostile aux « émeutes auxquelles il assiste à Auxonne » et que la mutinerie « choque son esprit[23] » ?

Dès 1791, il choisit le camp « national » et « patriote », contrairement à la majorité des officiers supérieurs de son régiment d'infanterie*. Membre depuis janvier 1791 de la Société des amis de la

* La majorité des officiers supérieurs partout dans le pays, le plus souvent aristocrates, sont hostiles à la Révolution et émigrent en masse. Il faut préciser que Napoléon continue à les fréquenter : son meilleur ami des Mazis émigrera (nommé chambellan par le Premier consul après son retour ; rallié aux Bourbons en 1815 (*cf.* Masson, 117).

Constitution d'Ajaccio et secrétaire de celle de Valence depuis juin 1791, il accueille favorablement la pétition des sociétés du Midi demandant « que le roi fût jugé[24] » après la fuite de la famille royale à Varennes. Et il se souviendra toute sa vie de son émotion le 14 juillet 1791 à Valence, lorsque, sur le champ de l'Union, il avait, à la suite de tout son régiment, prêté le serment civique de fidélité à l'Assemblée, c'est-à-dire à la Nation et à la Loi. Les musiques militaires avaient entonné le *Ça ira* dont les accents semblaient recouvrir pour toujours les échos affaiblis du *Veni Creator* et du *Te deum* entonnés quelques moments auparavant. Il expliquera à Las Cases :

> Jusque-là si j'eusse reçu l'ordre de tourner mes canons contre le peuple, je ne doute pas que l'habitude, les préjugés, l'éducation, le nom du roi ne m'eussent porté à obéir ; mais le serment national une fois répété, je n'eusse plus connu que la nation. Mes penchants naturels se trouvaient dès lors en harmonie avec mes devoirs[25].

PARIS, NUIT DU JEUDI 9 AOÛT AU VENDREDI 10 AOÛT 1792, SUITE

Le 7 août 1792, Napoléon avait écrit : « Après-demain l'on traite la question de la déchéance du roi [à l'Assemblée nationale*][26]. » Puisqu'il faut

* Mais les députés se séparent sans avoir tranché : l'aile gauche jacobine (Girondins et Montagnards) est minoritaire.

désormais choisir entre le roi et la nation, il choisit sans hésiter la nation, et pourquoi pas la République. Il n'a guère de raison de tenir à la transmission héréditaire du pouvoir monarchique[27], si éloignée des institutions politiques corses et italiennes. Délibérant pour lui-même des mérites comparés des deux régimes, « république ou monarchie* », il croit possible et viable l'avènement d'une République. Cependant, son légalisme consacré par le « serment national » ne peut lui faire souhaiter de renverser la monarchie constitutionnelle instituée en septembre 1791. Le capitaine Buonaparte de la troupe de ligne qu'il est sur le point de devenir à la faveur de la désertion massive et de l'émigration des officiers royalistes**, est défavorable, par état pourrait-on dire, aux émeutes populaires auxquelles ni ses lectures de Rousseau ni sa fréquentation de l'histoire romaine ne l'avaient préparé. Son enthousiasme de 1791 est retombé et il est las de l'agitation insurrectionnelle. Il accuse les Jacobins de prendre le risque de la guerre civile et aurait préféré que la République puisse être proclamée par la voie constitutionnelle.

Tandis qu'au-dehors la rumeur enfle mais qu'aucun coup de feu n'a encore été tiré, ce gouffre insondable, la « tournure très révolutionnaire » des événements inouïs qui se préparent, le saisit, sans qu'il réussisse à s'y projeter : « Ce pays-ci est tiraillé

* Ce texte est probablement rédigé à la suite de l'épisode de Varennes et de la fusillade des Cordeliers républicains au Champ-de-mars le 17 juillet 1791 (OLEM 2, 172).

** Napoléon est nommé lieutenant en premier le 1er juin 1791 ; radié en février 1792 (parce qu'il est en Corse), puis réintégré et nommé capitaine le 21 juin 1792 : il ne reçoit qu'en septembre son brevet de capitaine, un des derniers actes légaux signé le 30 août de la main de Louis XVI « suspendu » et enfermé au Temple.

dans tous les sens par les partis les plus acharnés : il est difficile de saisir le fil de tant de projets différents ; je ne sais comment cela tournera[28]. »

Très préoccupé de son propre avenir et de celui de sa famille, il est « plus indécis que jamais[29] ». Doit-il rejoindre son régiment à la frontière du Nord et se battre contre les ennemis de la liberté ? Comme les Girondins, il croit la guerre contre l'ennemi extérieur seule capable de sauver l'unité de la nation naissante et de dépasser les conflits politiques dont il ne parvient plus à « saisir le fil ». Et puis, s'il part se battre, au moins sa position personnelle sera assurée : « Quels que soient les événements, je me trouverai établi en France[30] », se rassurait-il dans sa lettre du 7 août.

Mais la situation de la Corse l'inquiète et il ne peut pas s'en détacher aussi simplement — d'autant qu'il va lui falloir sortir sa sœur Marianna de Saint-Cyr où elle est pensionnaire et la raccompagner dans l'île : l'École royale, dit-on, est sur le point d'être supprimée.

Pendant les longs semestres de congés que lui a accordés la hiérarchie militaire de septembre 1789 à janvier 1791 et de septembre 1791 à l'hiver 1791-1792, il a tenté de jouer un rôle de premier plan dans l'explosion révolutionnaire qu'a connu la Corse. L'onde de choc des événements français a remis en cause là-bas le système de colonisation monarchique, mais, comme en France, rien n'est joué et la question du pouvoir est ouverte : à qui la Révolution va-t-elle profiter en définitive, aux *paesani* de l'intérieur ou aux notables du littoral dont fait partie le clan Buonaparte ? Le retour de

Paoli, en juillet 1790, pose la question de l'indépendance politique de l'île : si la Corse doit rester française, est-il possible de concilier la Constitution de 1755 et les nouvelles institutions de la France révolutionnaire ? La famille de Napoléon joue d'emblée la carte d'une conciliation possible entre le régime paoliste et la Révolution française. Mais les luttes de factions sont féroces et les idéaux politiques que Napoléon ruminait en 1788 bien difficiles à mettre en pratique. Il découvre que les intérêts du petit peuple paysan des montagnes, nostalgiques de la constitution paoliste, et ceux de la minorité bourgeoise du littoral favorables à la Révolution française sont très divergents : là-bas, comme à Paris, le « peuple » du tiers état n'est pas homogène. Voilà qui complique singulièrement les choses et décourage le jeune homme : en Corse, on va le voir, il a été plongé au cœur de ces contradictions sociales qui divisent le camp patriote ; tandis qu'à Paris, elles sont en train de provoquer la seconde Révolution sur le point d'éclater en cette nuit du 10 août.

Les historiens ont souvent insisté sur le rôle joué par les violences auxquelles il va assister, au matin du 10 août, dans la méfiance qu'il manifestera ensuite constamment envers la démocratie et le régime parlementaire : elles l'auraient définitivement dégoûté du peuple et vacciné contre la prétention du quatrième État à jouer un rôle politique. On sait moins le caractère décisif à cet égard de son expérience politique corse sur laquelle on insistera davantage ici.

LA RÉVOLUTION DE NAPOLÉON EN CORSE

Napoléon a rêvé à vingt ans (en 1789) d'être le nouveau Paoli de la Corse, l'héritier du *Babbu*, son fils spirituel. La fronde parlementaire du printemps 1789 l'avait enthousiasmé parce qu'elle ouvrait enfin la perspective d'une nouvelle ère de la liberté en Corse : il devenait possible de chasser les monarchiens français sans avoir à répandre le sang et en faisant l'économie d'une guerre civile. En garnison à Auxonne (en Bourgogne) à ce moment-là, il avait écrit au grand homme exilé dès le 12 juin 1789 cette lettre fameuse qu'on a abondamment citée et commentée : « Je naquis quand la patrie périssait, etc. » C'était un mois avant le renvoi de Necker, et il déclarait vouloir envoyer les « Lettres sur la Corse », son vieux projet d'adolescent, à ce « vertueux ministre qui gouverne l'État ». À Paoli, il demandait d'« approuver un travail où il sera si fort question de [lui] » : « Si vous daignez encourager les efforts d'un jeune homme que vous vîtes naître et dont les parents furent toujours attachés au bon parti, j'oserai augurer favorablement du succès. » Cherchant, au passage, à réhabiliter sa famille aux yeux du vieux général en envoyant de la part de sa « mère Madame Letizia » « le souvenir des années écoulées à Corte* »,

* Il s'agit de rappeler à Paoli l'époque où Carlo Bonaparte était fervent paoliste : avant la victoire française de Ponte Novu.

il se désolidarisait clairement de ces « aînés vils que corrompit l'amour d'un gain sordide », ces « traîtres à la patrie » qui ont « pour se justifier, semé des calomnies contre le gouvernement national et contre votre personne[31] ». Le gouvernement « national » de Paoli et sa Constitution de 1755 restait pour Napoléon la référence politique majeure et, dans une autre lettre, à peu près au même moment, il appelait le vieil ami de son père, Lorenzo Giubega, à « porter au pied du trône ou dans le sein des États du royaume les gémissements de notre île » : « Si nous perdons cette occasion, nous sommes esclaves à jamais...[32] »

Dès avant la prise de la Bastille donc, il avait compris que les conditions étaient favorables à une évolution rapide de la situation politique dans l'île. Il cherchait à se placer dans le sillage de Paoli et se mettait à sa disposition pour préparer son retour. Se présentant au *Babbu* comme historien et héraut ou libelliste de la cause paoliste, il revendiquait d'entrée de jeu une position dirigeante malgré son très jeune âge (vingt ans, on l'a dit).

Aux élections corses d'avril 1789 pour les états généraux, troublées par des irrégularités contre lesquelles proteste à Paris Lorenzo Giubega, Matteo Buttafoco* avait été élu député de la noblesse par une vingtaine de ces soixante-dix-sept familles corses reconnues nobles et favorisées par la cour de Louis XVI. Le député du clergé est Peretti della

* Cet officier royal avait demandé à Rousseau d'écrire une Constitution pour la Corse et un temps servit d'intermédiaire entre Paoli et la Cour, pour préconiser ensuite l'annexion pure et simple de la Corse : grand inspirateur de l'expédition française de 1768, cela lui avait valu le titre de maréchal de camp.

Rocca, vicaire général du diocèse d'Aléria, élu « par un corps [de prêtres] essentiellement démocrate et patriote[33] » alors qu'il est également royaliste : il sera hostile à la constitution civile du clergé acceptée par Louis XVI en décembre 1790. Les deux députés du tiers, l'avocat au Conseil supérieur Antoine-Christophe Saliceti et Pierre-Paul Colonna-Cesari della Rocca, capitaine au Provincial-Corse (noble élu du tiers comme Mirabeau à Aix), sont des « principaux » : ce sont ces notables qui vont en Corse rédiger les cahiers de doléances et accompagner la première révolution (celle de 1789)[34]. Les événements de la métropole sont peu et mal suivis dans le reste de la population où personne ne parle français[35].

Rapidement, deux partis se font face : d'un côté, le parti de ceux qui ont profité de l'occupation française et sont liés à la Cour, autour de Peretti, de Buttafoco, du gouverneur Barrin (le successeur de Marbeuf), commandant en chef des troupes françaises de ligne, et de François Gaffori[*][36] ; de l'autre côté le parti « patriote », composé de fidèles de Paoli et de *fuorisciti* rentrés au pays, de négociants partisans de l'abolition des frontières et de la libre circulation du commerce, soucieux de soustraire la Corse au centralisme niveleur de Versailles, mais aussi de partisans des anciennes franchises locales, montagnards, bergers, paysans de l'intérieur, artisans, etc.

Des troubles éclatent dès la fin avril à Bastia. À

* Fils indigne du héros de la première guerre d'indépendance, beau-père de Matteo Buttafoco, maréchal de camp, commandant en second des troupes françaises.

Ajaccio, le 15 août 1789 (Napoléon est encore en France), la fête traditionnelle se transforme en manifestation contre l'évêque Doria ; les jours suivants, les montagnards descendent vers la côte pour exiger qu'on leur restitue le *Libro rosso*, « un registre datant de Gênes où se trouvaient consignés les droits des communautés[37] » : ils attaquent des concessions récentes au sud du golfe d'Ajaccio et quatre mille montagnards de Vico marchent en armes contre Cargèse*[38]. M. de La Férandière, commandant de la place d'Ajaccio, et le podestat Tartaroli dispersent les émeutiers[39]. À Paris, divers projets circulent : dans l'entourage du roi on parle de revendre la Corse aux Génois, mais La Fayette et Mirabeau sont favorables à un retour de Paoli, exilé à Londres depuis vingt ans, pour ramener l'ordre et la paix civile. Fin août 1789, un « comité national » de vingt-deux membres élus résidant à Bastia est chargé de faire respecter les lois françaises de l'Assemblée nationale et lève une milice (les volontaires de la garde nationale). Mais le gouverneur royal donne l'ordre de déployer les troupes de ligne : à partir du 16 septembre, François Gaffori, son second, dirige une expédition militaire à travers l'île, désarme les gardes municipaux[40] et réprime les émeutes qui se produisent un peu partout.

Napoléon, ayant obtenu un nouveau congé, débarque à Ajaccio fin septembre 1789. La ville est en effervescence : elle est la première à arborer la cocarde tricolore, à constituer une milice

* Où vit une colonie grecque, et où le gouverneur Marbeuf s'était fait construire une résidence somptueuse.

« patriote » et à se déclarer prête à accueillir Paoli[41]. On dit que les Buonaparte auraient fait tendre une banderole devant leur maison : « Vive la Nation, vive Paoli, vive Mirabeau », transformant la Casa « en un lieu de rencontres et de réunions publiques pour les jeunes gens actifs et ambitieux[42] ». Napoléon rédige le 31 octobre une adresse de la nouvelle municipalité d'Ajaccio* « À nos seigneurs de l'Assemblée nationale », soutenant le projet des députés du tiers de remplacer le gouverneur ou le « comité national » de Bastia par un comité élu, demandant le retrait des troupes de ligne et la possibilité de pouvoir armer la milice municipale malgré l'interdiction des commissaires du roi. Les quatre premiers signataires de ce texte sont dans l'ordre : Buonaparte, « officier d'artillerie », Tartaroli P., Pozzo di Borgo, secrétaire des électeurs de la noblesse de Corse, Lucciano Buonaparte, ancien archidiacre.

Les troupes de Gaffori (400 soldats du Provincial Corse et du régiment suisse de Salis Grison) arrivent à Ajaccio début novembre et dissolvent la garde municipale[43]. Mais le 5 novembre, une insurrection éclate à Bastia[44]. Les émeutiers élisent comme colonel de la garde municipale César-Mathieu de Petriconi, fidèle lieutenant de Paoli. On bat la générale : affrontements meurtriers (deux morts) entre les troupes de ligne et les volontaires de la garde. Le gouverneur, pris en otage dans l'église où sont réunis les patriotes, souscrit aux exigences des insurgés, et un « comité patrioti-

* Élue le 17 août ; Joseph Bonaparte et Joseph Fesch en sont membres.

que » est créé qui envoie immédiatement à Paris trois délégués[45]. Gaffori, déclaré « ennemi de la patrie » bat en retraite. Le 30 novembre, à l'Assemblée nationale, Volney lit sa « Lettre sur la Corse » des délégués patriotes ; Christophe Saliceti fait voter une motion déclarant que l'île est « partie de l'Empire français » et que « ses habitants seront régis par la même Constitution que les autres Français ». Mirabeau demande l'amnistie pour Paoli et tous les *fuorusciti*[46] : le 12 décembre, à l'annonce du décret d'amnistie incluant Paoli, des *Te deum* retentissent dans toutes les églises. Le 15 décembre 1790, Bastia devient chef-lieu du département insulaire* créé en même temps que les quatre-vingt-trois autres départements du territoire français. Du 22 février au 1er mars, une assemblée réunie à Bastia sous la présidence de Petriconi et en présence de Clemente Paoli, le frère et compagnon d'armes du « général de la nation », vote le retour du *Babbu*, la suspension des Douze Nobles et la nomination d'un « comité supérieur » provisoire.

Les paolistes patriotes forts d'un « large appui populaire[47] » ont gagné : Paoli quitte Londres le 29 mars 1790. Ce sont les révolutionnaires français de la Constituante (particulièrement Mirabeau et La Fayette) qui font revenir dans son pays le symbole de l'indépendance de l'île, tout en imposant aux Corses une sujétion légale sans précédent au nouveau pouvoir « national ».

Aux élections municipales d'Ajaccio de février et mars 1790, un proche des Buonaparte, Jean-

* Divisé en 9 districts le 5 février 1790.

Jérôme Levie, avait été élu maire, et Joseph devient officier municipal malgré le fait qu'il n'a pas atteint l'âge légal[48]. Certains Ajacciens protestent contre la nomination de Bastia comme chef-lieu (notamment Mario Peraldi), ils veulent faire sécession, réclamant une division de l'île en deux départements[49]. Les Buonaparte y sont opposés (comme Paoli*) et Joseph obtient finalement que les Ajacciens participent aux assemblées de « l'*En Deçà des Monts* ».

Joseph et Napoléon, surnommés « les frères Gracques », sont très amis à ce moment-là avec Philippe Masseria, le très proche collaborateur de Paoli à Londres. Ils font partie des animateurs du clan « patriote » à Ajaccio. Leurs adversaires royalistes sont soutenus par les officiers des troupes de ligne cantonnées dans la citadelle et commandées par La Férandière qui braque ses canons sur la commune. Les royalistes tentent d'exploiter les remous provoqués dans une partie de la population par l'abolition des vœux monastiques (le 13 février 1790). Le 9 mai 1790, sur la Piazza d'Olmo, Masseria et les deux frères Buonaparte sont pris à partie par une quarantaine de paysans fanatiques dirigés par l'abbé Recco (un neveu de leur ancien maître d'école), et ils doivent leur salut au « bandit » Trenta Costa, un de leurs « partisans », qui leur fait rempart de son corps pistolet au poing[50]. Le 10 mai, des montagnards armés, proches des Buonaparte, envahissent la ville sous

* Il écrit une lettre à ce sujet le 17 mai 1790, publiée le 12 juin dans le *Giornale Patriottico* de Buonarrotti, Jean Tulard (*Corr.* I, 87, note 9).

prétexte de fédérer Ajaccio et Bastelica, et de remettre un drapeau tricolore au maire de Bastelica, cousin proche des Buonaparte ; des salves de mousqueterie sont tirées. Le 19 mai, La Férandière est contraint par la municipalité de commencer à démonter les canons de la citadelle. Le 24 juin 1790, Joseph quitte Ajaccio : il fait partie de la délégation chargée d'aller chercher Paoli pour le ramener en Corse[51]. Les patriotes semblent enfin avoir définitivement le dessus.

Mais le lendemain (25 juin), les troubles reprennent de plus belle : des émeutes éclatent parce que le juge royal, M. de Raquine, a décidé de relâcher deux hommes de la « coterie aristocratique » que la municipalité avait fait arrêter pour concussion*. D'autre part, le *Livre rouge* (le *Libro rosso* consignant les droits des communautés) est introuvable, et les *paesani* accusent Souiris de l'avoir escamoté[52]. Les émeutiers arrêtent Souiris, Cadenol, Raquine et deux royalistes venus à leur secours, Lajaille (major d'artillerie) et Descamps (directeur de l'hôpital militaire)[53]. Dans la nuit, La Férandière tient un conseil de guerre et décide de libérer les prisonniers le lendemain par la force ; mais il en est empêché par une mutinerie de ses sous-officiers et des soldats qui préviennent la municipalité[54].

On dit que Napoléon, sorti de la Casa Buona-

* M. Souiris, économe subdélégué, avait promulgué trois jours auparavant, à savoir le lendemain d'un jour de marché important, le nouveau décret sur la vente libre du sel alors qu'il avait été enregistré à Bastia le 3 mai, réalisant frauduleusement des bénéfices considérables ; M. de Cadenol, ingénieur des Ponts et Chaussées chargé de la construction du pont d'Ucciani, était soupçonné de malversations.

parte un fusil à la main, en pantoufles, en veste et sans chapeau, aurait été acclamé par la populace, et que, « pour protéger ceux qu'elle menaçait plutôt que pour les persécuter, il aurait pris la responsabilité[55] » de l'arrestation des royalistes. « Aucun témoignage précis[56] » ne le confirme, semble-t-il. Il serait cependant l'auteur du mémoire justificatif de la municipalité d'Ajaccio qui sera placardé sur les murs et adressé à Paris.

Ce qui est certain, c'est que Napoléon prend conscience à cette occasion des contradictions sociales spécifiques de la Révolution en Corse, dans lesquelles il va se trouver personnellement impliqué. L'adresse à l'Assemblée, qu'il avait rédigée en octobre 1789, donnait déjà une indication essentielle à cet égard : « Le numéraire ne circule dans le pays que par le canal des troupes, triste effet d'une mauvaise administration[57] », écrivait-il. Autrement dit : il n'y a pas d'argent en Corse. Cette différence de situation économique entre la France et l'île explique que la Révolution, et particulièrement la vente des biens nationaux, qui commence un peu plus tard dans l'île, ne pourra que profiter à une très infime partie de la population* ; et les Buonaparte, particulièrement Napoléon, feront partie de ces rares notables en mesure d'acheter des terres argent comptant. En revanche, les paysans et bergers de l'intérieur ne pourront pas accéder à la propriété, contrairement à une partie des paysans français, faute de « numéraire ».

* Cinq cents propriétaires se portent acquéreurs sur une population de 150 000 habitants, dont Saliceti, Tortaroli, Arena, Buonaparte (Paoli, 251).

À cette marginalisation sociale des habitants de l'intérieur va s'ajouter une injustice qui ne peut que toucher Napoléon au vif : le mémoire justificatif de juin 1790, dont il est très probablement l'auteur, fait mention de la perte du *Livre rouge* consignant les droits communaux ancestraux. Les montagnards avaient d'abord été favorables à la Révolution française parce qu'elle leur donnait l'occasion de revendiquer les « droits des communautés » (droits de pacage et autres droits de passages des bergers sur les terres du littoral et des villes) dont les avait spoliés la monarchie française*. Or, la centralisation législative révolutionnaire, loin de garantir ces franchises de la tradition communautaire de jouissance collective des terres, va favoriser leur destruction légale.

À ce propos, à Ajaccio, le conflit entre habitants de la ville (*citadini*) et montagnards (*paesani*) prend un tour particulièrement violent le 15 décembre 1790, lorsqu'une « expédition punitive de laboureurs et d'officiers municipaux est menée contre les bergers isolés de la campagne environnante : matraqués et enchaînés, accusés de s'être opposés à la justice les armes à la main, après avoir envahi le territoire communal[58] », ils sont jetés dans les prisons de la ville. Deux mois plus tard, le 25 février 1791, un arrêté de la municipalité d'Ajaccio supprime « en toute légalité et sous couvert de la Constitution[59] » les droits ancestraux de jouissance des terres municipales que revendiquaient

* Ils étaient descendus sur la côte dès le 15 août 1789 pour exiger qu'on leur restitue le *Libro rosso*.

les montagnards : les *prese* sont désormais réservés aux « citoyens actifs » de la ville et du *Borgu* (citadins capables de payer l'impôt : cultivateurs, marins et pêcheurs des côtes).

Dans toute l'île, les municipalités prennent le même type d'arrêté, et les habitants de l'intérieur, privés de leurs droits, deviennent à partir de ce moment les otages des luttes politiques et des luttes de faction : les royalistes tentent d'exploiter leur colère pour les rallier à eux, en jouant également sur leur attachement aux moines et à l'ancien clergé non constitutionnel. Par ailleurs, l'antique fonctionnement patriarcal des villages fait que les montagnards sont localement les « partisans » de chefs de clan (comme la famille Buonaparte) qui se font une guerre parfois séculaire (la *vendetta*) sans rapport avec les luttes politiques. Enfin, massivement engagés dans la garde nationale dès 1789 par patriotisme (ils en constituent l'essentiel du recrutement), les *paesani* s'opposent aux troupes de ligne cantonnées sur le littoral. À la fois « partisans » et gardes nationaux, ils sont écartelés entre les royalistes, les chefs de clan (qui appartiennent à tous les camps politiques), les paolistes et les patriotes profrançais.

Napoléon, qu'on a vu attaché aux institutions patriarcales et à la démocratie à l'antique du « gouvernement municipal[60] », n'est pas le seul à être conscient du problème. Paoli, avant même son retour en Corse, obtient du gouvernement parisien le paiement des impôts en nature dans l'île. Mais là s'arrêtera la compréhension des révolutionnaires français, toutes tendances politiques confondues, pour la reconnaissance de la spécificité corse, ce qui explique le conflit qui va naître entre paolistes et patriotes profrançais. L'Assemblée constituante, cependant, nomme Paoli commandant en chef des troupes de ligne françaises (en remplacement de l'ancien gouverneur), mais aussi commandant de la garde nationale corse. Considéré par les *paesani* comme le chef de la nation corse et le seul garant des droits ancestraux, l'ex-« général de la Nation » va réussir à les rallier sous sa bannière.

Paoli arrive à Paris le 3 avril 1790 : il est acclamé par l'Assemblée nationale le 22 avril comme un nouveau Washington, passe en revue la garde nationale parisienne aux côtés de La Fayette le 25, est reçu triomphalement par Robespierre au club des Jacobins le 26 et, le 30, il est admis en audience aux Tuileries par Louis XVI[61]. Le *Babbu* quitte la capitale un mois plus tard : il est accueilli par une foule en délire[62] à son arrivée à Bastia le 17 juillet. Napoléon est venu rejoindre son frère et assiste aux festivités. Il se réjouit, comme tous ses compatriotes, de voir le « noble vieillard aux cheveux blancs, à la haute taille, au regard doux et pénétrant[63] » s'exclamer en embrassant la terre : « Ô ma patrie, je t'ai laissée esclave, et je te retrouve libre[64]. » Il apprécie particulièrement que le « dictateur moral de la nation corse[65] » appelle ses compatriotes à « jurer une fidélité perpétuelle et une pleine adhésion à l'heureuse Constitution qui nous réunit avec cette nation sous les mêmes lois et sous un roi citoyen[66] », et qu'il affirme, dès le 20 juillet, par une lettre circulaire, son attachement à la Révolution française. Les deux parts de

Napoléon, française et corse, se trouvent un moment réconciliées. De plus, Paoli est très proche politiquement d'un La Fayette ou d'un Mirabeau, que Napoléon admire depuis la veille de la Révolution, on l'a vu. On peut imaginer l'émotion du jeune homme de vingt ans lorsque, le jeudi 5 août 1790, il rencontre pour la première fois celui qu'il considère depuis des années comme son père spirituel : il est reçu avec la délégation d'Ajaccio et est présenté par son frère Joseph[67].

Ce sont deux mois de fête et de banquets qu'il va passer dans l'entourage de Paoli, côtoyant les officiers corses « historiques » : Clément Paoli, Muratti, Abbatucci, César-Mathieu de Petriconi, le père Guelfucci...[68] Partout retentissent les *Te deum*, les salves de mousqueterie, la musique et les chants profanes ; on danse tard dans la nuit « sur les places illuminées par les chandelles et les torches[69] », comme ce dimanche 15 août, jour de son anniversaire, où de grandes illuminations brûlent en l'honneur de Paoli*...

Toutefois, dans sa lettre du 22 août à Joseph rentré à Ajaccio, il évoque aussi ses relations personnelles avec Buonarrotti, le riche Toscan fondateur du *Giornale patriottico*, journal patriote de l'île, ses dîners avec Ponte, l'abbé Varese ou le « bandit » Zampaglino (partisan des Buonaparte), « l'embarquement [par force] de Gaffori**, l'emprisonnement

* Napoléon donne par lettres des instructions aux siens pour recevoir Paoli à Ajaccio rue Malerba (on ne sait pas si cela s'est réalisé) : « Ôtez le portrait de Marbeuf », précise-t-il (*Corr.* I, 83).

** Paoli a fait arrêter Gaffori dès son arrivée dans l'île puis l'a fait embarquer en août pour la France.

de Boccheciampe et de Cuttoli[70] ». Le 27 août, il approuve Saliceti d'avoir défendu Paoli à l'Assemblée : le *Babbu* avait été accusé par les royalistes d'armer une milice de huit mille hommes et de vouloir « chasser les Français pour l'Angleterre[71] ».

Mais il fait aussi état d'un refroidissement avec Masseria et confirme les dissensions naissantes avec le clan Peraldi (Napoléon ne veut pas que Mario Peraldi préside l'assemblée d'Ajaccio). Dès les élections primaires d'août*, des voix discordantes se font entendre dans le camp patriote : Paoli n'a pas armé huit mille hommes mais mille cinq cents de ses partisans, et, outre les tumultes causés par le camp royaliste**, des règlements de comptes entre clans et factions rivales transversaux aux deux camps royaliste et patriote produisent une certaine confusion. Pourtant le *Babbu* réussit ce coup de force d'être élu président*** du conseil général à l'Assemblée d'Orezza par 338 voix sur 341 votants au scrutin personnel et secret ; il y rappelle son « adhésion totale[72] » à la France révolutionnaire, tout en conservant le terme de « nation » pour désigner la Corse.

La *Consulta* se tient du 9 au 27 septembre 1790 au couvent San Francesco d'Orezza ; en plus des quatre cents députés venus des neuf districts, dont

* Assemblées primaires qui élisent les députés assemblés en septembre à Orezza ; elles élisent les juges de paix (*paceru*) et 144 fonctionnaires, administrateurs et employés.

** Buttafoco et Marbeuf sont brûlés en effigie comme « traîtres à la patrie » (Paoli, 212).

*** Saliceti est élu procureur-syndic (vice-président du conseil général) ; Barthélémy Arena le remplace à la Constituante. Les 18 membres du directoire du département sont élus à la première assemblée du conseil général le 1er octobre à Bastia (Paoli, 221).

Joseph fait partie pour Ajaccio avec Mario Peraldi, Ponte, Tartaroli, Masseria, ou Charles-André Pozzo di Borgo pour Alata, un millier d'hommes en armes arrivent de toute l'île sans pouvoir assister aux débats[73]. Parmi eux, Napoléon.

Il a bénéficié d'une prolongation de son congé à la fin de l'année 1789 et reçu une nouvelle autorisation de congé le 29 mai 1790 pour prendre les eaux d'Orezza : il aurait été atteint toutes ces années d'attaques récurrentes de paludisme[74]. Cependant, le 30 août, il ne prend pas la route en direction de ce haut lieu thermal du nord-est de la Corse* pour se soigner, mais pour être l'un des cinq cents cavaliers qui escortent le *Babbu* dans sa chevauchée à travers l'île jusqu'au couvent San Fransisco, et tâcher de se distinguer auprès de lui :

> [à Sainte-Hélène], il se rappelait avec orgueil que, n'ayant pas vingt ans**, il avait fait partie d'une grande excursion de Paoli à Ponte di Novu. Son cortège était nombreux ; plus de cinq cents des siens l'accompagnaient à cheval ; Napoléon marchait à ses côtés ; Paoli lui expliquait, chemin faisant, les positions, les lieux de résistance ou de triomphe de la guerre de la liberté***. Il lui détaillait cette lutte glorieuse ; et sur les observations de son jeune compagnon, le caractère qu'il lui avait laissé apercevoir, l'opinion qu'il lui avait inspirée, il lui dit : « Ô Napoléon ! tu n'as rien de moderne ! tu appartiens tout à fait à Plutarque ! »[75]

Certains biographes prétendent que cette dernière phrase sort tout droit de l'imagination de Las

* Le couvent d'Orezza est le lieu où se tiennent les assemblées traditionnelles qui réunissent tous les députés des pièves — c'est un symbole de la lutte patriotique corse.

** Il en a en fait 21.

*** À Ponte Novu où, Napoléon naissant, la « Patrie périssait ».

Cases[76]. On supposera plutôt qu'il s'agit ici d'un souvenir de compensation ou de réparation et que Napoléon a rêvé cette intronisation par Paoli parce qu'il l'avait tellement désirée. Mais tous les documents dont nous disposons (entre autres les lettres de Paoli) attestent qu'elle n'aura jamais lieu. En revanche, on conviendra avec le biographe François Paoli que cette scène réelle ou imaginaire a une fonction dans la mémoire et les affections de Napoléon : « Essayer d'effacer Ponte Novu », autrement dit la défaite, autrement dit encore, dans sa psychologie, la honte du ralliement français de son père. Ce jour-là, chevauchant à côté ou du moins pas très loin du « dictateur moral de la patrie », réconcilié avec lui-même, il ne ressentait plus que de « l'orgueil ».

Mais Napoléon n'a pas de chance avec les pères, réels et symboliques. Et celui-ci va se révéler très vite décevant. On ne suivra pas le biographe Masson, lorsqu'il prétend que le jeune homme aurait immédiatement jugé que le vieillard fatigué qu'est Paoli* n'était pas à la hauteur des attentes qu'il suscitait, en particulier comme général et homme de guerre[77]. Alors que Paoli lui exposait ses plans militaires de la bataille de Ponte Novu, Napoléon aurait fait cette remarque parfaitement impertinente : « Le résultat de ces dispositions a été ce qu'il devait être[78]. » S'il n'est pas vraisemblable que « Napoléon et Paoli se heurtèrent[79] »

* Il a soixante-cinq ans en 1790 : retiré dans son village de Rostino dès la fin de l'assemblée, il paraît peu au conseil général du département, laissant la réalité du pouvoir à Saliceti, procureur-syndic, et à Barthélémy Arena, député à la Constituante ; puis, à partir de l'automne 1792, à Pozzo di Borgo.

dès ce moment, et s'il est absolument faux de dire qu'ils n'avaient « nulle idée commune[80] », il est, en revanche, très probable que le jeune homme ambitieux avait trouvé que « Paoli ne faisait pas assez d'attention à lui[81] ». Masson le dit très bien : « Paoli avait à ménager les uns et les autres [les diverses factions et clans] et moins peut-être les Buonaparte que d'autres[82]. » Il est sûr aussi que le vaincu de 1768 exerçait sa « défiance naturelle contre les Buonaparte » parce qu'il ne pouvait oublier que leur père et leur mère s'étaient compromis fortement avec le gouverneur royal Marbeuf. Gardant en réserve les frères Buonaparte, « mais au second plan, à condition de les avoir mis à l'épreuve et de les tenir sous sa main[83] », il se méfiait de l'évidente ambition personnelle de Napoléon et de sa trop grande indépendance d'esprit. Mais, surtout, il n'avait guère besoin de lui.

Quant au portrait à charge très « bonapartiste » du biographe Masson, relayant les accusations royalistes d'un Paoli anglophile s'apprêtant d'entrée de jeu à livrer la Corse aux Anglais, tandis que les Buonaparte auraient choisi la France dès 1789, il ne tient pas à l'examen des faits. Tout au plus Paoli, « dans le droit fil de la pensée de Mirabeau », développe-t-il à Orezza une vision assez « utopique » de la nation corse, qu'il souhaite souveraine sinon indépendante, dans un contexte de paix européenne avec l'Angleterre, très vite démentie par la réalité : l'Angleterre déclare la guerre à la France en février 1793[84]. Certes, le « général de la nation » aurait préféré l'indépendance sous protectorat français, ou un « lien fédéral[85] » avec le continent plutôt que l'assimilation totale à la France à laquelle il va tenter de résister[86], notamment pour les raisons économiques et sociales qu'on a vues. Mais le vieux chef politique ne peut se faire d'illusions sur une autonomie totale de l'île, et il cherche plutôt à renforcer son autorité en prétendant arbitrer les relations franco-anglaises.

Il ne fait aucun doute que Napoléon partage complètement ses vues à ce moment-là : pour lui, la « patrie » reste la Corse[87], et il approuve son pragmatisme sur les questions religieuses* comme sur les questions sociales et politiques. Mais lorsque, en mars 1791, il envoie à Paoli sa « Lettre à Matteo Buttafoco », son premier écrit politique publié**, la réponse du *Babbu* est cinglante : d'un ton agacé, le vieux général ne lâche pas un compliment et considère, au contraire, que cette réfutation du royaliste Buttafoco est inutile, voire nuisible, puisqu'elle donne de l'importance politique au chef du parti monarchien*** : « J'ai reçu la brochure de votre frère, écrit-il à Joseph, elle aurait fait plus grande impression si elle avait dit

* Très pratiquant, Paoli impose néanmoins la Constitution civile du clergé : 90 % du clergé prête serment, Paoli, 226. Napoléon, dans son *Discours sur le bonheur* de l'été 1791, remarquera qu'en 1755 Paoli déjà « renversa le clergé, appropria à la nation le bien des évêques » (OLEM 2, 203).

** Napoléon rédige ce texte dans le cabinet de la résidence familiale des Milelli (Tulard, 51), puis le lit le 23 janvier 1791 devant la toute nouvelle Société des amis de la Constitution ajaccienne dont son très jeune frère Lucien s'est fait élire secrétaire ; de retour en France le 6 février 1791, il le fait éditer et en envoie un exemplaire à Paoli, le 16 mars.

*** On ne partagera pas l'admiration de Stendhal pour ce texte et on sera de l'avis de Jean Tulard pour qui seule la péroraison finale « retient l'attention » (Tulard, 52) : « Ô Lameth ! Ô Robespierre ! Ô Pétion ! Ô Volney ! Ô Mirabeau ! Ô Barnave ! ÔBailly ! Ô La Fayette ! » (*Corr.* I, 96).

moins et si elle avait montré moins de partialité[88]. » À la demande que lui a faite Napoléon d'ouvrir ses archives pour que le jeune auteur des « Lettres sur la Corse » puisse poursuivre ses recherches, Paoli se dérobe nettement : « L'histoire ne s'écrit pas dans les années de jeunesse », lance-t-il abruptement, tout en encourageant son jeune interlocuteur à collecter des anecdotes pour plus tard et à « relever » l'importance d'une histoire qu'il juge mineure « par la qualité des caractères qui y ont figuré[89] » (fausse modestie typique du style de Paoli). En bref, il ménage les Buonaparte mais il ne les favorise pas.

Cette froideur de ton ne décourage pas la ferveur de Napoléon, puisqu'il rédige presque aussitôt (printemps-été 1791) un texte contenant une nouvelle apologie de Paoli et de sa constitution de 1755 : le « Discours sur le bonheur ».

Revenu en France le 6 février 1791, d'abord à Auxonne puis à Valence, il a repris la vie de garnison qui lui donne tout loisir de se faire le précepteur de son petit frère Louis*, qu'il a emmené avec lui, tout en reprenant le fil de ses études personnelles et de ses ambitions littéraires. Profitant de cette occasion de mettre à distance les événements corses et révolutionnaires, il reprend les choses là où il les avait laissées en 1788, c'est-à-dire à Rousseau et à sa méditation sur l'amour.

* Luigi, âgé de douze ans à présent, ne pouvait se former en Corse, dans l'état de désorganisation où se trouvait le système d'enseignement (il était avant la Révolution assuré par des religieux) et « aucune demande n'avait pu aboutir au niveau des écoles royales » (Paoli, 225).

Dans son « Dialogue sur l'amour » écrit à ce moment-là, on retrouve l'idée désormais bien installée que l'amour est une « faiblesse[90] » saisissant l'homme en situation d'isolement : « Qu'est-ce donc que l'amour ? Le sentiment de sa faiblesse dont l'homme solitaire ou isolé ne tarde pas à se pénétrer, à la fois le sentiment de son impuissance et de son immortalité[91]. » Cette faiblesse dégénère en « maladie » : « L'on ne veut pas guérir ; c'est qu'après avoir goûté les sensations, l'ivresse de l'amour, l'on craint l'horrible solitude du cœur, le vide du sentiment[92]. »

Napoléon met en scène dans ce texte son ami des Mazis en amoureux transi, et un certain « Bonaparte », qui en appelle à la volonté, à la « force » morale, à la « vertu » de l'amoureux pour qu'il se guérisse de son mal.

Ce texte est intéressant parce qu'on peut y observer le jeune homme en train de se détacher de son maître de jeunesse, Rousseau, tout en réfléchissant avec les outils que le philosophe lui a fournis : opposition entre l'état de nature et la société, et, surtout, la notion de « droit naturel », socle conceptuel de la critique sociale rousseauiste*. Si le « Bonaparte » du texte admet un « droit naturel » aux sensations, au sentiment et au bonheur,

* Cette notion de « droit naturel » opposé au droit positif (règles juridiques en vigueur) naît au XVIe siècle lorsqu'on s'interroge sur le caractère universel de la nature humaine (à propos des Indiens d'Amérique ou des esclaves noirs) : les théoriciens de l'école de Salamanque et le philosophe néerlandais Grotius (1583-1645) s'attachent à définir un droit prescriptif qui serait lié à la nature de l'homme ; les philosophes du XVIIe et du XVIIIe siècle, Hobbes, Locke, Rousseau reprennent cette question. La déclaration des droits de l'homme de 1789 est la traduction politique de ces réflexions. Marx à gauche, le contre-révolutionnaire Joseph de Maistre à droite critiqueront le caractère trop abstrait de l'individualisme universaliste qui en découle.

il enjoint l'amoureux de se soumettre aux lois de la société et aux préjugés qu'elles entraînent : « Vous avez vingt ans, Monsieur, choisissez : ou renoncez à votre rang, à votre fortune, et quittez un monde que vous détestez, ou, vous inscrivant au nombre des citoyens, soumettez-vous à ses lois[93]. »

Le « Dialogue sur l'amour » retourne en quelque sorte le lieu commun caractéristique du XVIIIe siècle de la critique du « préjugé », en considérant qu'il est « la base de toutes les institutions sociales ». Le passage à l'état de société qui était chez Rousseau une catastrophe devient sous la plume de Napoléon un devoir : « Il a fallu prendre l'homme dès son origine, pour en faire, s'il se peut, une autre créature[94]. » À la morale naturelle de Rousseau, il oppose une éthique aristocratique inspirée ici clairement de Platon* et des stoïciens qui consiste en une ascèse (des passions érotiques, mais pas seulement) visant le gouvernement de soi, que les philosophes de l'Antiquité considéraient comme une propédeutique nécessaire au gouvernement des autres réservée aux futurs gouvernants**.

Napoléon va approfondir dans ce sens ses divergences avec le philosophe dans son « Discours sur le bonheur » écrit pendant l'été et destiné à l'académie de Lyon. Fondé par l'abbé Raynal*** en 1780,

* Platon, dans l'*Alcibiade*, est le premier à théoriser ce gouvernement de soi et des autres.

** Le stoïcisme tardif « démocratise » ces pratiques d'ascèse cependant réservées à une élite d'hommes oisifs et libres.

*** Peut-être est-ce Raynal qui lui donne l'idée de concourir, suggère Masson, 199. Il l'a rencontré à Marseille ou à Valence en août 1789 (Tulard, 49) et lui avait écrit le 24 juin 1790 pour lui envoyer les premières « Lettres sur la Corse » : « Désormais nous avons les mêmes intérêts, les mêmes sollicitudes, il n'est plus de mer qui nous sépare », lui avait-il déclaré à propos de la Révolution (*Corr.* I, 86).

le concours de cette académie exigeait, en cette année 1790, de répondre à cette question : « Quelles vérités et quels sentiments importe-t-il le plus d'inculquer aux hommes pour leur bonheur ? »

L'état de l'homme « le plus misérable de tous » lui semble d'être sans passions (ou sans « appétits ») : l'horreur d'avoir le « cœur vide » revient dans tous ses textes avec insistance[95]. Il décrit l'acédie apathique de l'homme mélancolique « découragé par un rien » et elle lui paraît curieusement comparable à la solitude du savant : « Il étudie, il discute, sa raison sera contente, mais n'a-t-il pas un cœur ? Où le conduira cet amas de connaissances diverses ? Le vide de la solitude, un émoi intérieur ne lui dira-t-il pas : non ! je ne suis pas heureux[96]. » Ici on imagine le jeune homme de vingt ans plein de vigueur écrivant à la lueur de la chandelle dans sa petite chambre de Valence ou d'Auxonne pendant que Luigi dort sur sa paillasse dans le cabinet attenant, et se révoltant contre les lourdes études qu'il s'impose. Il n'en affirme pas moins :

> Notre organisation intellectuelle a des appétits non moins impérieux et dont la satisfaction est beaucoup plus précieuse. C'est dans leur entier développement que consiste vraiment le bonheur. Sentir et raisonner, voilà proprement le fait de l'homme, voilà ses titres à la suprématie qu'il a acquise, qu'il conserve, qu'il conservera toujours [...]. Les yeux de la raison garantissent l'homme des précipices des passions, comme ses décrets modifient même le sentiment de ses droits[97].

Sublimation intellectuelle et mélancolie, tels sont les pôles positifs et négatifs de la personnalité que le jeune écrivain est en train de se construire et qu'il veut gagner sur les passions de son caractère naturel.

Du bonheur individuel, Napoléon passe à la question du bonheur collectif où l'équivalent du sentiment raisonné lui semble être la législation juste conforme au « droit naturel », la seule qui permette de résoudre, écrit-il, le « problème politique, de manière que le moindre ait quelque chose » : « L'homme en naissant porte avec lui des droits sur la portion des fruits de la terre nécessaires à son existence[98] [...]. Pourquoi le fainéant a-t-il tout, l'homme qui travaille presque rien[99] ? » Qu'au premier bout de la chaîne sociale « soit l'homme riche, j'y consens ; mais qu'au dernier ne soit pas le misérable ; que ce soit ou le petit propriétaire, ou le petit marchand, ou l'habile artisan qui puisse, avec un travail modéré, nourrir, habiller, loger sa famille[100] ». La clé du bonheur collectif, social et politique est donc l'éradication de la grande pauvreté d'une part, et, d'autre part, dans la droite ligne de l'ascèse chrétienne et aristocratique de Fénelon davantage que du « droit naturel » de Rousseau, la modération, le mépris des « biens superflus* » et de l'intempérance désordonnée :

L'état du riche est l'empire de l'imagination déréglée, de la vanité, des jouissances des sens, des caprices, des fantaisies [...]. Ne l'envie jamais, et, si l'on t'offrait toutes les richesses de la contrée, mon unique ami, rejette-les loin de toi, à moins que ce ne soit pour les partager incontinent à tes concitoyens.

* Expression tirée des *Aventures de Télémaque* (1699), roman didactique de Fénelon (1651-1715) très lu au XVIIIe siècle et que l'Empereur relit à Sainte-Hélène (*Mémorial*, 424 et 1341) : il est plus que probable qu'il en ait lu au moins des passages pendant sa formation.

Mais mon fils [le texte met en scène un dialogue entre un père mourant et son fils], cet acte de force, de magnanimité n'appartient qu'à un dieu... Sois homme*, mais sois-le vraiment. Vis maître de toi : sans force, mon fils, il n'est ni vertu ni bonheur[101].

Cette projection du jeune homme dans un discours paternel exemplaire pourrait faire penser ici que le moment de la recherche d'un guide ou d'un père spirituel est révolue ; et pourtant, c'est au contraire précisément à cet endroit du texte que surgit le nom de Paoli et la description la plus idyllique et la plus complète que Napoléon ait produite de son gouvernement de 1755**. Ses deux affirmations principales sur ce régime qu'il idéalise sont pourtant très problématiques. La première est de dire que « l'histoire de la marche de son gouvernement est presque celle de la révolution actuelle[102] ». La seconde lui attribue le mérite du droit des communautés. Napoléon sait pourtant que la Révolution française est en train d'anéantir ces droits ancestraux qu'en effet Paoli avait réinscrits dans sa constitution, mais qu'il n'avait pas créés : c'est précisément ce qui constitue une des différences les plus dramatiques entre la politique paoliste de préservation des antiques mœurs patriarcales et le régime révolutionnaire français. Mais, soucieux de ne pas rouvrir de plaie entre la nation révolutionnaire dont il est l'officier et la patrie

* Napoléon ne va pas jusqu'à exiger le partage des richesses.

** La Constitution de Paoli était « fondée sur les mêmes principes que l'actuelle, mais encore sur les mêmes divisions administratives. Il y eut des municipalités, des districts, des procureurs-syndics, des procureurs de la commune. Il renversa le clergé, appropria à la nation le bien des évêques ; enfin la marche de son gouvernement est presque celle de la révolution actuelle » (OLEM, 2 203).

corse, le jeune homme préfère croire que la conciliation est possible parce qu'il espère encore qu'elle pourra, à terme, le devenir.

Il se défiera des Jacobins en 1792, et pourtant dans ce texte écrit un an avant la nuit du 10 août, il s'attaque au suffrage censitaire, s'alignant sur la position de Robespierre qui réclame le suffrage universel. Nul doute sur le fait que le jeune officier se préoccupe encore en cet été 1791 de ces exclus de la Révolution que sont les habitants de l'intérieur en Corse et les « dernières classes » en France. Il a compris qu'elles étaient un élément clé de la situation, et les événements parisiens de 1792, mais aussi ceux de Corse, vont bientôt lui donner raison. Les biographes ont souvent insisté sur son horreur de la populace en émeute, et il est d'autant plus important de souligner la révolte contre l'injustice sociale qui s'exprime ici*. Il faut essayer de comprendre ce qui a usé ou cassé son incontestable fibre sociale et démocratique de 1791.

Également étonnantes (quoique encore sous l'influence de la « religion naturelle » rousseauiste) sont ces déclarations sous la plume du futur rédacteur du Concordat, qui, dans un autre passage, va jusqu'à se prononcer en faveur du mariage des prêtres :

> J'ai adoré Dieu [dit le père mourant de son pseudo-dialogue à ses enfants], car j'ai vécu heureux et ai préparé votre bonheur. Faire son bonheur, concourir à celui des hommes est le seul culte digne de l'Éternel [...]. Vivez donc heureux pour votre intérêt et pour plaire au créateur de ce vaste univers[103].

* Ce texte contient une « violente dénonciation de l'injustice sociale que n'aurait pas désavoué Gracchus Babeuf » (Tulard, 61-62).

Ce n'est pas la foi en Dieu qui console le vieillard de sa mort prochaine, mais l'immortalité de l'âme et la suite des générations :

La mort est un état de l'âme, c'est un changement de maison : y a-t-il là de quoi tant s'attrister ! Mon père m'appelle du sein de l'autre vie : un jour je vous appellerai à mon tour ; vous appellerez vous-mêmes vos fils. Ainsi s'écoulent les siècles[104]...

Immortalité de l'âme, foi en un Dieu « être suprême », on est ici très proche du théisme voltairien ou de celui de Robespierre. Quant à la scène d'agonie du père consolateur, elle a comme évidente fonction psychologique d'exorciser définitivement, s'il est possible, les angoisses nées avec la mort de son père, Carlo*.

La condamnation de l'ambition despotique est plus attendue, mais il choisit de manière plus originale et intéressante pour nous, si l'on songe à son destin ultérieur, d'en donner une description psychologique : c'est un « délire violent et irréfléchi qui ne cesse qu'avec la vie[105] ».

On comprend que l'empereur Napoléon ait jeté au feu l'exemplaire de ce texte que Talleyrand lui mettra sous les yeux vers 1805 dans un salon des Tuileries : peut-être a-t-il eu peur de se reconnaître dans « l'ambition au teint pâle, aux yeux éga-

* Dont on trouve trace ici : les passions excessives (celles de Carlo l'étaient) qui « détraquent l'estomac », et la maladie de l'estomac (dont est mort le père) est utilisée comme image de la mort morale des nations au sentiment dépravé : « Lorsque la maladie se manifeste par l'estomac, le médecin épuise en vain son expérience ; le centre de la restauration est attaqué ; plus ou peu de secours à attendre de l'art » (OLEM 2, 216).

rés, à la démarche précipitée, aux mouvements irréguliers, au rire sardonique*[106] »... Et pires encore ont dû lui paraître ces passages quasi anarchistes :

> Que le législateur dise à l'homme, à chaque ligne, qu'il vit pour lui et non pour un autre, que toutes ses actions comme celles du gouvernement doivent avoir pour but son bonheur dans ce monde ; qu'il lui dise que dans ses yeux est écrite l'indépendance, sur sa physionomie la liberté, que la société est faite pour lui, et qu'il ne lui doit ses sacrifices qu'à cette condition[107] [...]. Puisque l'homme ne goûte de bonheur que dans une vie conforme à son organisation, puisque, par son organisation intellectuelle, la raison est la règle de ses actions, puisque la contrainte le déprave, l'anéantit, l'on ne doit donc jamais forcer personne à adopter des idées qui ne seraient pas senties. / Liberté de penser entière et absolue, liberté de parler et d'écrire en ce qui ne blesse pas l'ordre social** est donc le fondement de la moralité, de la liberté et du bonheur individuel[108] [...]. Résister à l'oppression est son plus beau droit, celui que les tyrans redoutent le plus : aussi en ont-ils été alarmés en tous temps[109] [...]. Quant à la liberté morale, ses principaux ennemis se réduisent à deux : les mauvaises lois politiques, la domination du puissant et de l'usurpateur[110].

Ce texte tout entier, assez mal composé mais au vocabulaire recherché***, manifeste, davantage que son ambition politique, le désir de gloire littéraire de Napoléon à ce moment-là — en réaction peut-

* L'anecdote est tirée du *Mémorial* (125), mais elle est corroborée par le fait que le mémoire a effectivement disparu de la collection de l'académie de Lyon (*cf.* Jean Tulard, OLEM 2, 195).

** On notera que cette curieuse restriction ouvre à tous les abus de pouvoir, et à ceux du Premier consul et de l'Empereur.

*** Napoléon avait constitué des « Cahiers d'expression » avec « des mots étranges, sonores, inusités, des termes scientifiques ou étrangers » (Masson, 269).

être au désintérêt marqué de Paoli pour son premier écrit politique publié (« Lettre à Matteo Buttafoco »). Le début de la seconde partie, particulièrement, inscrit pleinement le jeune aspirant écrivain dans le préromantisme inspiré par Rousseau ; on en citera ces deux passages remarquables :

> Vous savez que la métropole de Saint-Pierre de Rome est grande comme une ville. Une lampe est devant le principal autel. Vous y entrez à dix heures du soir ; vous marchez en tâtonnant ; cette faible lumière ne vous permet de voir qu'elle. Vous croyez ne faire que d'y entrer ; il est déjà l'heure de l'aurore. Elle entre par les fenêtres. La pâleur du matin succède aux ténèbres de la nuit ; vous vous en apercevez enfin pour vous retirer, mais vous y êtes resté six heures ! Si j'eusse pu écrire vos pensées, qu'elles intéresseraient le moraliste[111] !

> Votre famille est-elle couchée, vos lumières éteintes, mais non pas votre feu, car les frimas de janvier s'opposent à la végétation de votre jardin... Que faites-vous là pendant plusieurs heures ?... Vous jouissez de vous-mêmes[112].

Rédigé essentiellement au mois d'août 1791, déposé au dernier moment le 25 août, ce texte sera « déclaré au-dessous du médiocre[113] » par l'académie de Lyon. Nouveau camouflet pour l'ambitieux au teint pâle : ses ambitions politiques corses contrées par Paoli, ce sont cette fois ses ambitions littéraires qui en prennent un coup. Mais il lui reste la gloire militaire : c'est elle qu'il va viser à son retour en Corse en septembre 1791.

Le début de l'automne 1791 est occupé par les élections à l'Assemblée législative*. Joseph n'est pas élu, à la grande déception de la famille, mais il devient membre du directoire du département dont Saliceti est élu procureur-syndic ; Joseph Fesch devient vicaire général de l'évêque constitutionnel**. Les dissensions s'accentuent dans le camp « patriote » : Barthélémy Arena s'est présenté contre le neveu de Paoli. Autre sujet de friction, Paoli*** accuse le même député Arena, le journaliste Buonarotti et Panattieri d'être en partie responsables des événements de Bastia survenus au mois de juin[114] : une partie de la ville, excitée par Peretti et Buttafoco, s'était soulevée contre la constitution civile du clergé et l'avait fait abroger****. La municipalité n'avait pas bougé. Paoli, obligé de faire intervenir la troupe, n'avait pas apprécié qu'ensuite le conseil général décide en son absence la suspension de la municipalité dont Petriconi, l'un de ses fidèles lieutenants, dirigeait la garde nationale.

D'après le décret du 4 août 1791, quatre bataillons de volontaires nationaux dirigés par des lieutenants-colonels élus par leurs hommes*****

* Sont élus députés Mario Peraldi pour Ajaccio, Pozzo di Borgo, Arena, Leonetti, Pietri, Boerio.

** L'évêque Guasco a été élu par les prêtres le 7 mai à Bastia selon les dispositions nouvelles de la Constitution civile du clergé.

*** Réélu président du conseil général avec 340 sur 346 suffrages exprimés.

**** Corte devient chef-lieu du département.

***** Un bataillon est composé de 568 hommes, répartis en 9 compagnies de 63 hommes ; une compagnie est dirigée par 3 officiers, 7 sous-officiers, comprend 52 soldats et un tambour ; l'état-major du bataillon est constitué de 2 lieutenants-colonels élus, un adjudant-major nommé, un adjudant sous-officier, un quartier-maître officier trésorier, un tambour maître, un armurier (Masson, 277).

devaient être levés en Corse. Le recrutement avait été ouvert le 14 octobre 1791. Napoléon demande fin octobre au ministre de la Guerre, via le général de Rossi, parent des Buonaparte, d'être nommé adjudant-major pour le second bataillon (celui d'Ajaccio et de Tallano). Le ministre accepte sa nomination dans ce grade le 14 janvier 1792, mais précise qu'il aura dû rejoindre son corps dans la troupe de ligne entre le 25 décembre 1791 et le 10 janvier 1792 sous peine de destitution (à cause des problèmes d'émigration massive des officiers). Napoléon, qui est revenu en Corse en septembre et s'y trouve encore, va effectivement être rayé des cadres de l'armée pour absence sans motif lors d'une revue générale[115]. Très inquiet de son sort, il renonce au poste d'adjudant-major et décide de se présenter à l'élection au poste de lieutenant-colonel de son bataillon, seul grade des volontaires nationaux susceptible de l'exempter de l'obligation de présence au corps, ce qui devrait et va de fait permettre sa réintégration dans l'armée régulière.

Le recrutement des volontaires est très lent et l'élection fixée au 1er avril 1792. En attendant, il s'occupe de gérer le petit héritage qu'il a reçu de l'oncle Lucciano, mort le 16 octobre 1791*, et d'acquérir des biens nationaux. En février 1792, il

* Le 13 décembre 1791, Napoléon achète à parts égales avec l'oncle Fesch (le futur cardinal) les terres de Saint-Antoine et de Vignale (8 000 livres), et pour moitié la maison Trabacchina provenant du chapitre d'Ajaccio pour l'équivalent d'un peu plus de trois ans de sa solde (Masson, note 1, 277, Paoli, 266). Les royalistes parlent de faire excommunier les Bonaparte pour cet achat de biens du clergé.

a fait la connaissance de M. de Volney*, le secrétaire de l'Assemblée et auteur fameux des *Ruines*, l'une des œuvres littéraires les plus importantes de cette époque : il l'accompagne dans un tour de l'île[116]. Volney achète sur ses conseils six cents hectares de biens nationaux, notamment le domaine de la Confina, près d'Ajaccio. Expérimentateur ambitieux** ou spéculateur intéressé, les avis divergent sur l'aristocrate éclairé qui va en tout cas se ranger dans le camp des patriotes français contre Paoli, dès l'ouverture des hostilités.

Napoléon est très déterminé à être élu par les volontaires du bataillon ajaccien et use de tout son pouvoir, économique et relationnel, pour parvenir à ses fins. L'enjeu de cette élection est double : d'une part, il s'agit d'occuper un poste clé en Corse sous le commandement direct de Paoli ; d'autre part, de ne pas perdre son statut d'officier dans l'armée régulière française en garnison sur le continent. Il ne peut pas se permettre un échec. Or la situation est très complexe et les candidats nombreux : chaque clan ajaccien a le sien, et

* Philosophe et orientaliste français, précurseur des ethnologues, anthropologues et sociologues du XXe siècle, athée matérialiste. Le 17 févier 1792, Napoléon écrit à M. de Sucy, commissaire des guerres : « M. de Volney, connu dans la République des lettres par son *Voyage en Égypte*, par ses *Mémoires sur l'agriculture*, par ses discussions politiques et commerciales sur le traité de 56 [par lequel les Génois autorisent les Français à occuper la Corse], par sa *Méditation sur les ruines*, l'est également dans les annales patriotes par sa constance à soutenir le bon parti à l'Assemblée constituante. Il veut s'établir chez nous et passer tranquillement sa vie dans le sein d'un peuple simple, d'un sol fécond et du printemps perpétuel de nos contrées » (*Corr.* I, 103).

** Il souhaitait que les biens nationaux soient divisés en petites parcelles, pour multiplier les propriétaires et espérait réaliser, comme simple particulier, les projets d'amélioration agricole qui avaient été les siens comme ministre de l'Agriculture en 1787 : il fait faire des essais de culture dans le domaine de la Confina, qu'il appelle ses Petites-Indes ; son domaine sera vendu à l'encan par Paoli.

certaines familles, comme les Peraldi ou les Pozzo di Borgo, sont davantage en vue : Charles Pozzo di Borgo et Mario Peraldi, parents des principaux rivaux de Napoléon, sont députés à la Législative. Les Buonaparte peuvent compter sur l'appui de la municipalité où ils ont de nombreux amis, mais cela ne les avance guère. Ce qui fera la différence, c'est la capacité à convaincre les montagnards, qui forment l'essentiel du recrutement. Nul doute que l'argent coule à flots ainsi que les promesses de pacage à ces hommes qui viennent d'être dépossédés (un an auparavant : le 25 février 1791) de leurs droits communautaires ancestraux. La situation est critique parce que les moyens des Buonaparte sont limités, malgré leur nombreuse parentèle et leurs « partisans » des villages de Bocognano et Bastelica. Nouveau propriétaire (avec son oncle Fesch de biens du clergé mis en vente fin 1791), Napoléon permet aux bergers de Bocognano « de continuer à faire paître leurs troupeaux sur la "presa" de Capo di Feno[117] » : peut-être n'a-t-il acheté ces terres de Saint-Antoine et de Vignale qu'en vue de s'attacher les montagnards dont il recherche les suffrages. Mais les Pozzo di Borgo, une famille noble, sont mieux implantés dans la montagne, et les Peraldi plus riches. Napoléon est contraint de s'allier avec un autre candidat, Jean-Baptiste Quenza, (Pierre-Paul Quenza, son frère, est administrateur du département, comme Joseph), mais il est obligé de lui céder la première place : il postule finalement pour le poste de lieutenant-colonel en second.

Le 30 mars, dans la soirée, trois commissaires du département chargés de présider les élections arrivent à Ajaccio, et les clans en présence se disputent l'honneur (très intéressé) de les héberger : ils ont une véritable influence sur le vote des montagnards. Finalement, Pierre-Paul Quenza est reçu chez les Ramolino (la famille de Letizia), François Grimaldi chez Joseph Fesch et sa mère, la grand-mère de Napoléon, mais Charles-François Murati, le troisième commissaire, se rend chez les Peraldi. Soucieux de mettre le maximum d'atouts de son côté, Napoléon décide ni plus ni moins de faire enlever Murati, en prétendant qu'il est séquestré par les Peraldi. À la nuit tombée, un des bergers de Bocognano (un « partisan » des Buonaparte), François Bonelli, se rend avec trois autres hommes chez Peraldi armé jusqu'aux dents : il « se fait ouvrir, pénètre à la salle à manger, couche en joue Peraldi, force le commissaire Murati à le suivre, l'amène à Napoléon. Napoléon le reçoit avec une extrême politesse, lui dit qu'il a voulu seulement assurer son entière liberté et lui offrir l'hospitalité. C'est Murati qui s'excuse[118] » et passe la nuit à la Casa Buonaparte. Le lendemain, les Peraldi menacent de mettre le feu à la Casa Buonaparte mais les fenêtres sont garnies d'hommes armés, sous la conduite du « bandit » Zampaglino[119] (autre fidèle et redouté partisan des Buonaparte).

Le jour de l'élection arrive. Tous les volontaires sont réunis dans l'église Saint-François ; les armes ont été interdites mais « stylets et pistolets » sont cachés sous les vêtements. Les deux députés Peraldi et Pozzo di Borgo, qui auraient pu faire pencher le vote en faveur de leurs parents, sont retenus à Paris. Quenza et Buonaparte sont élus. Matteo Pozzo di Borgo dénonce le « brigandage » de la veille et veut faire annuler l'élection, mais il est expulsé[120].

Napoléon a provisoirement gagné — quoique de très haute (et très basse) lutte. À travers Pozzo di Borgo et Peraldi, il a fortement indisposé Paoli, dont les deux députés sont les amis (Pozzo va bientôt devenir son bras droit)[121]. La fête est « bruyante, agressive, peu faite pour apaiser les esprits : tour de la ville drapeau en tête, insultes et injures grossières sous les fenêtres des battus, musique du bataillon, farandoles[122] ». Certes, Napoléon est « reconnu officiellement par les siens, par le peuple de son île » et peut disputer à Joseph « la suprématie sur le clan familial[123] ». Mais la situation est extrêmement tendue et, huit jours plus tard, une émeute éclate dans Ajaccio.

À cette lutte de clans, qui attise le dépit des montagnards volontaires instrumentalisés et très énervés, s'ajoute la question religieuse. Les citadins, attachés aux capucins installés dans la ville depuis des temps immémoriaux, n'ont pas accepté qu'ils en soient chassés par la suppression de leur ordre, confirmé par un décret du procureur-syndic Saliceti au mois de novembre. Naturellement, le camp contre-révolutionnaire se saisit de cette colère et fabrique de toutes pièces, d'après Napoléon*, l'incident qui déclenche les violences. Autre cause des émeutes : les volontaires (*paesani*) sont cantonnés dans la ville et leurs exactions de l'année précédente, en plus des haines ancestrales, les font détester des Ajacciens.

* « L'on ne peut pas douter que ce n'ait été un complot formé, fomenté par la religion » (*Corr.* I, 106).

Cela débute le 8 avril par une dispute entre joueurs de quilles dans la rue de la cathédrale : après les injures, on en vient aux stylets, puis un des agresseurs revient avec un pistolet et « blesse à mort un garde national de la compagnie Ortoli di Tallano[124] » qui cherchait à s'interposer. Une douzaine de volontaires arrivent alors sur les lieux avec leur lieutenant-colonel en second : Buonaparte ; ils sont pris à partie par la foule aux cris de « *Adosso a le barette ! Adosso a le paesani ! Adosso alle spalette !* » (« Sus aux bonnets ! Sus aux montagnards ! Sus aux épaulettes »). Le jeune capitaine volontaire Rocca Serra reçoit une balle de fusil tirée d'une fenêtre : il est tué sur le coup. D'autres coups de fusil partent. Napoléon et Quenza demandent au nouveau commandant de la citadelle, Maillard*, des munitions pour se défendre. Maillard refuse, ce qui indigne davantage encore les volontaires harcelés par les citadins. Le lendemain, 9 avril 1792, à la sortie de la messe, des coups de feu éclatent près de la cathédrale : l'abbé Santo Peraldi, touché, succombe peu après à ses blessures. La foule presse la municipalité de faire agir M. de Maillard contre les volontaires : ils sont contraints de se replier hors les murs, au couvent Saint-François. À cinq heures du soir, Maillard fait battre la générale et proclame la loi martiale, contre l'avis de la municipalité ; cependant, il est trop tard pour donner le canon. Pendant la soirée et la nuit, des volontaires descendent sur la ville, tuent des bœufs pour les man-

* La Férandière a émigré. Maillard est lui aussi royaliste.

ger, interdisent l'accès des fontaines, pillent la farine des moulins et les maisons du faubourg*. Une convention de cessez-le-feu est signée le lendemain (par Buonaparte semble-t-il) contraignant les volontaires à cantonner « dans les villages de l'intérieur[125] ». Mais Quenza refuse d'obtempérer et les pillages continuent. La municipalité s'en plaint à De Rossi à Corte, qui demande aux volontaires de se soumettre à la réquisition des municipaux. Un assaut des troupes de ligne est prévu le 12 : entre-temps une trêve s'établit en attendant les commissaires du département qui arrivent le 16. Napoléon va à leur rencontre : Barthélémy Arrighi est son cousin et Pierre-Paul Colonna Cesari le beau-frère de Quenza. Toutefois les volontaires sont désarmés et évacués, les commissaires procèdent à trente-quatre arrestations (la plupart des prisonniers sont rapidement relâchés). Seuls les rapports de Fesch et de l'abbé Coti sont favorables à Quenza et à Buonaparte. Les gens de la ville auraient voulu que les deux lieutenants-colonels soient arrêtés, mais seul l'abbé Coti est suspendu de ses fonctions par le directoire du district pour abus de pouvoir[126]. Malgré la vive opposition de Napoléon, Arrighi disperse le deuxième bataillon de volontaires nationaux : deux compagnies sont envoyées à Bonifacio, les deux autres à Corte.

Pour Napoléon, c'est néanmoins un grave échec : il se rend à Corte pour se justifier et il s'aperçoit

* Bonaparte lui-même, d'après le rapport Grandin, aurait désigné au pillage les maisons des familles Cuneo, Susini, Tartaroli et J.B. Bacciochi (Paoli, 269).

qu'on veut faire de lui le bouc émissaire de cette affaire[127]. Joseph écrit à Napoléon dans une lettre du 14 mai : Paoli « ne veut pas s'amalgamer avec nous[128] ». Pourtant, les rapports ne semblent pas encore trop dégradés avec le *Babbu*. D'après De Franceschi[129], Napoléon obtient du vieux général une mission auprès de Leonetti, député à la Législative : il doit aller à Paris lui transmettre les documents permettant de rassurer le pouvoir parisien à propos de « la prétendue insurrection d'Ajaccio[130] » (selon les propres mots de Paoli). Le *Babbu* est presque autant que Napoléon intéressé à minimiser l'affaire d'Ajaccio : il veut pouvoir continuer d'apparaître comme l'homme de la paix civile. Cette alliance tactique avec le général permet à Napoléon de court-circuiter, au moins pour un temps, la malveillance à son égard des deux députés Pozzo di Borgo et Peraldi devenus ses ennemis irréductibles. Il arrive à Paris le 28 mai 1792, d'où il écrit ces mots prémonitoires à Joseph : « Tiens-toi fort avec le général Paoli. Il peut tout et est tout. Il sera tout dans l'avenir que personne au monde ne peut prévoir[131]. »

PARIS, NUIT DU JEUDI 9 AOÛT AU VENDREDI 10 AOÛT 1792 : 6 HEURES DU MATIN

Dans sa chambre de la rue du Mail, au petit matin du 10 août, alors qu'il fait déjà jour et que l'insurrection tarde à éclater, le quasi-capitaine d'artillerie de l'armée française régulière* et lieutenant-colonel des volontaires nationaux corses se demande si ses mésaventures insulaires n'en ont pas préparé de plus redoutables encore. Il sait que Paoli est le seul à pouvoir à peu près maîtriser la situation dans l'île, mais qu'en même temps le *Babbu* ne lui fera jamais la place dont il avait rêvé auprès de lui. Plus grave, il sait à présent que la Corse idéale de la Constitution de 1755, qu'il décrivait en 1791 comme une société égalitaire où les hommes de tout rang (même les femmes) pouvaient faire entendre leur voix dans les assemblées et être assurés d'une vie digne et pourvue du nécessaire, cette Corse-là n'est pas pour demain. L'irruption de l'argent, par le biais de l'État français révolutionnaire, a exacerbé l'esprit de parti et la fracture entre l'intérieur du pays et les côtes. Il est bien placé pour savoir que, contrairement à ce qui se passe en France, la vente des biens nationaux ne profite qu'à une minorité négligeable, et que c'est cette minorité, les Saliceti, les Arena, qui dirige le département. Il sait que ces hommes, qui sont des profiteurs de la Révolution comme, dans une moindre mesure, il l'est lui-même, ont tout intérêt à jouer à fond la carte du rattachement à la France et à rejoindre le parti jacobin sur le point de prendre le pouvoir en cette nuit du 10 août. Il sait aussi que les *paesani* de l'intérieur, qui devraient logiquement constituer la base sociale des Jacobins corses, sont, au contraire, en train de se détacher

* On a vu que son brevet de capitaine n'est pas encore signé par Louis XVI.

de cette Révolution française dont ils savent déjà qu'ils n'ont rien à attendre. Nombre des volontaires nationaux ajacciens révoltés dont il a eu à gérer les désordres étaient des « partisans » de Pozzo di Borgo, et tous sont inconditionnellement fidèles à Paoli, parce qu'ils voient en lui, à juste titre, leur dernière chance de voir survivre leurs droits ancestraux contre le centralisme français. En tant que lieutenant-colonel du bataillon des volontaires corses d'Ajaccio, Napoléon a dû assumer leur affrontement avec les citadins de la ville : il a été couvert par le département, qui l'a blanchi, et envoyé en mission à Paris par Paoli pour se justifier. Mais cette confiance que lui manifeste le vieux général n'empêche pas les députés paolistes à Paris, Pozzo di Borgo et Peraldi (siégeant tous les deux avec les modérés) de lui battre froid ; et c'est presque naturellement qu'il se rapproche d'Arena, le député du tiers corse rallié aux Jacobins. De toute façon, il devra très vite choisir son camp. Déjà le fossé se creuse entre les patriotes profrançais (Arena, Saliceti) et les paolistes (Pozzo di Borgo, Peraldi) — comme si le spectre de Carlo se vengeait d'avoir été maudit par ses fils, comme si une malédiction étrange devait fatalement séparer les Buonaparte des patriotes paolistes. Déjà les paolistes accusent les hommes du département, Saliceti et les frères Arena, de concussion*. Comment les Jacobins pourraient-ils susciter en lui la même fer-

* Des malversations des administrateurs du département sont dénoncées à Paris par le rapport de Louis Monestier du 1er avril 1792, qui met en cause Arena. Pozzo di Borgo, devenu le nouveau procureur-syndic en septembre à la place de Saliceti, va reprendre ces accusations, tandis que Paoli temporise et joue l'indulgence.

veur politique qu'il avait ressentie en 1789 ou en 1791, alors que leurs convictions démocratiques et sociales affichées à Paris perdent tout leur sens à Ajaccio : il sait que leurs représentants sur place, les Arena et les Saliceti, ne se rallient à eux que pour défendre leurs intérêts de propriétaires et exister politiquement face à Paoli : que fait à un Arena ou à un Saliceti la destruction de l'ancien mode de vie patriarcal et les conséquences humaines qui en découlent (l'exode rural et l'arrivée dans les villes de paysans-prolétaires déracinés qui auront tout perdu) ?

Dans le message de modération politique qu'il envoie à sa famille trois jours avant le 10 août, percent ses désillusions politiques où s'enracine ce pragmatisme non dénué de cynisme qui le caractérisera ensuite comme homme d'État. Il écrit à Joseph :

> Chacun cherche son intérêt et veut parvenir, à force d'horreur, de calomnie, l'on intrigue aujourd'hui aussi bassement que jamais. Tout cela détruit l'ambition. L'on plaint ceux qui ont le malheur de jouer un rôle, surtout lorsqu'ils pourraient s'en passer : vivre tranquille, jouir des affections de sa famille, de soi-même, voilà, mon cher, lorsque l'on jouit de quatre à cinq mille livres de rente, le parti que l'on doit prendre, et que l'on a vingt-cinq à quarante ans, c'est-à-dire lorsque l'imagination calmée ne vous tourmente plus[132].

Dépassé, voire dégoûté par les événements corses, il est, en cette nuit du 10 août, à court de ferveur politique et prêche à sa famille un attentisme prudent. Il incite les siens, dans toutes ses lettres, à ménager le Jacobin Arena, qui est, écrit-il, de la

« clique dominante[133] », tout en exhortant à la modération son bouillant frère Lucien (qui a maintenant dix-sept ans), toujours prêt à épouser les idées les plus avancées : « Je vous recommande de vous modérer en tout ; en tout, entendez-vous, si vous voulez vivre heureux[134]. »

Et pourtant, à six heures du matin, alors que le tocsin retentit et que commencent à défiler sous ses fenêtres les sans-culottes et les fédérés marseillais qui se rendent aux Tuileries*, au premier coup de fusil tiré, il sort, il se jette dans la mêlée, comme il l'a fait à Ajaccio les jours d'émeutes :

> Je me trouvais, à cette hideuse époque, à Paris, logé rue du Mail, place des Victoires. Au bruit du tocsin et de la nouvelle qu'on donnait l'assaut aux Tuileries, je courus au Carrousel, chez Fauvelet, frère de Bourrienne, qui y tenait un magasin de meubles. Il avait été mon camarade à l'École militaire de Brienne. C'est de cette maison, que par parenthèse je n'ai jamais pu retrouver depuis par les grands changements qui se sont opérés, que je pus voir à mon aise tous les détails de la journée. Avant d'arriver au Carrousel, j'avais été rencontré dans la rue des Petits-Champs par un groupe d'hommes hideux, promenant une tête au bout d'une pique. Me voyant passablement vêtu, et me trouvant l'air d'un monsieur, ils étaient venus à moi pour me faire crier *Vive la Nation !* ce que je fis sans peine comme on peut bien le croire. Le château se trouvait attaqué par la plus vile canaille. Le roi avait assurément pour sa défense au moins autant de troupes qu'en eut depuis la Convention au 13 Vendémiaire, et les ennemis de celle-ci étaient bien autrement disciplinés et redoutables. La plus grande partie de la garde nationale se montra pour le roi.

* Vers six heures, 15 000 hommes venus du faubourg Saint-Antoine rejoignent les 5 000 insurgés du faubourg Saint-Marceau au Pont-Neuf et se dirigent vers les Tuileries.

[...] Le palais forcé, et le roi rendu dans le sein de l'Assemblée, je me hasardai à pénétrer dans le jardin. Jamais, depuis, aucun de mes champs de bataille ne me donna l'idée d'autant de cadavres que m'en présentèrent les masses de Suisses, soit que la petitesse du local en fît ressortir le nombre, soit que ce fût le résultat de la première impression que j'éprouvais en ce genre. J'ai vu des femmes bien mises se porter aux dernières indécences sur les cadavres des Suisses. Je parcourus tous les cafés du voisinage de l'Assemblée : partout l'irritation était extrême ; la rage était dans tous les cœurs, elle se montrait sur toutes les figures, bien que ce ne fussent pas du tout des gens de la classe du peuple ; et il fallait que tous ces lieux fussent journellement remplis des mêmes habitués ; car bien que je n'eusse rien de particulier dans ma toilette, ou peut-être était-ce encore parce que mon visage était plus calme, il m'était aisé de voir que j'excitais maints regards hostiles et défiants, comme quelqu'un d'inconnu ou de suspect*[135].

Ce que Napoléon voit là et dont il se souviendra à Sainte-Hélène est le premier acte de la Terreur — où tous seront bientôt, tour à tour, *suspects*. La peur de l'ennemi extérieur aux portes de Paris, la colère et la haine déchaînées contre les royalistes traîtres à la patrie, qui n'épargnent pas les femmes, très actives, en effet, pendant les journées révolutionnaires, les têtes qu'on promène au bout des piques, telles sont les prémices d'un séisme qui va devenir une « guerre totale » ravageant toute l'Europe. Première scène en son genre, et que Napoléon voit de ses yeux, d'une sauvagerie d'un

* Joseph témoigne que Napoléon lui avait envoyé une lettre (jamais retrouvée) datée du 10 août au soir (Joseph, *Mémoires*, I, 47) ; elle aurait contenu les assertions suivantes : « Si Louis XVI se fût montré à cheval, la victoire lui fût restée : c'est ce qui m'a paru à l'esprit qui animait les groupes le matin. — Après la victoire des Marseillais, j'en vis un sur le point de tuer un garde du corps, je lui dis : — Homme du Midi, sauvons ce malheureux ! — Es-tu du Midi ? — Oui. — Eh bien ! sauvons-le ! » (Masson, 314).

genre nouveau, dont le moteur est *politique* et bientôt *national*.

La guerre et le crime sont un des plus anciens moyens du pouvoir, mais la nuit du 10 août est inaugurale d'un nouveau type de violence de masse, qui n'est pas prédatrice comme les guerres féodales, qui n'est pas uniquement destructrice comme les révoltes paysannes, qui ne prétend pas s'exercer au nom d'un dieu, de la gloire, de la force ou de la grandeur : cette violence nouvelle rationnalise le meurtre au nom d'une nouvelle transcendance, universelle, abstraite et laïque qui est le cœur de la politique contemporaine et, qu'on le veuille ou non, la fonde.

On a glosé avec beaucoup de complaisance sur l'horreur inaugurale que Napoléon aurait ressentie là. La vision de ces six cents Suisses égorgés dans les jardins des Tuileries, mêlés aux quatre cents cadavres de leurs assaillants a dû, certes, être épouvantable et l'a sûrement autant épouvanté qu'il le prétend. Pourtant, il en verra d'autres et cette boucherie préliminaire ne le détournera nullement de sa vocation militaire. Nul autre homme peut-être ne verra autant de champs de bataille dévastés. Et pourtant le souvenir du 10 août le hantera toujours, parce que, à cette violence rationnellement motivée, au fond, pour des raisons à la fois psychologiques et politiques, il consent.

Il est tout à fait remarquable que dans le *Mémorial*, en prenant certes toutes les précautions rhétoriques pour se démarquer politiquement de la Terreur, de fait, il la justifie :

Règle générale : Jamais de révolution sociale sans terreur. [...] Comment dire à tous ceux [...] qui jouissent de toutes les fortunes : Allez-vous-en ! Il était clair qu'ils se défendraient : il faut donc les frapper de terreur, les mettre en fuite, et c'est ce qu'ont fait la lanterne et les exécutions populaires. [...] Les révolutions les mieux fondées détruisent tout à l'instant même, et ne remplacent que dans l'avenir. La nôtre a semblé d'une fatalité irrésistible ; c'est qu'elle a été une éruption morale aussi inévitable que les éruptions physiques, un vrai volcan*[136].

Autrement dit et en deux mots : la Terreur fut une fatalité sociale inévitable et une mutation morale comparable aux phénomènes physiques.

Comme tout le monde ou presque (mais il est parmi les premiers), il déniera ensuite ce consentement profond en diabolisant la scène fondatrice de ce qu'on pourrait appeler la « mort politique** », en faisant porter sur la seule Terreur tout le poids des massacres que cette nuit du 10 août a inaugurés.

De la légitimation nouvelle de la « mort politique », il deviendra bientôt le symbole et le grand inspirateur, conduisant l'Europe sur cette pente de la « guerre totale*** » qui se définit par l'implica-

* « Toutefois, concluait l'Empereur, une révolution est un des plus grands maux dont le ciel puisse affliger la terre. » Cette spiritualisation et cette naturalisation de la Révolution comme mal nécessaire deviendra un lieu commun, reprises, par exemple, par l'écrivain Romain Rolland au début du XXe siècle.

** Je dois payer ici ma dette à mon père, à qui j'emprunte ce concept, qu'il applique aux grandes purges staliniennes.

*** On appelle « guerre totale » un conflit armé qui rassemble toutes les ressources disponibles de l'État et dont les objectifs ne sont plus uniquement militaires mais idéologiquement subordonnés à la politique, provoquant des pertes civiles, mobilisant les opinions publiques par la propagande et la censure. Des guerres totales ont pu exister avant les guerres révolutionnaires mais faisant appel à un autre type de cause que le type de « nationalisme » lié à la notion de souveraineté populaire née avec la Révolution française.

tion toujours plus grande des populations civiles*. Le moteur strictement politique de ce déchaînement sans précédent de violence sera relayé par les haines *nationales* — mais la notion de *souveraineté nationale* est elle-même fondée sur celle de *souveraineté du peuple* et y trouve sa racine profonde, quoique dévoyée, et on verra Napoléon jouer un rôle capital dans ce glissement sémantique.

Les guerres napoléoniennes trouveront leur prolongement, au XXe siècle, dans les deux conflits qui impliqueront le monde entier, jusqu'à ce sommet de l'horreur des soixante-huit millions de morts (deux fois plus de civils que de militaires) de la Seconde Guerre mondiale.

Force est de reconnaître que de ces vastes hécatombes qui vont étendre leur manteau de nuit sur l'Europe et le monde, la nuit du 10 août et ses mille morts n'est, en horreur, que le balbutiement et la faible étincelle : la Terreur** dans son ensemble fera dix fois moins de morts que les guerres révolutionnaires (en ne comptant que les morts français***), vingt fois moins que les guerres napoléoniennes (*idem*****), trente fois moins que la

* La figure de Napoléon joue un rôle capital dans l'esprit de revanche qui a conduit la IIIe République à la boucherie de la Première Guerre mondiale (1914-1918) qui inaugure ce triste équilibre entre morts civils et morts militaires.

** Bilan humain de la Terreur : 16 à 17 000 guillotinés, 25 000 exécutions sommaires, 500 000 emprisonnés.

*** Bilan des guerres révolutionnaires côté français : 400 à 600 000 morts ou blessés (200 000 Autrichiens et impériaux, 45 000 Russes, 20 000 Anglais, 9 000 Prussiens, etc.).

**** Bilan des guerres napoléoniennes : 800 000 morts français (300 000 Autrichiens ou impériaux morts ou disparus, 400 000 Russes, 200 000 Prussiens, 300 000 Anglais, 300 000 Espagnols) ; au total : 2 500 000 à 3 500 000 morts dont 1 000 000 de civils tués.

Première Guerre mondiale (*idem**). À cela il faut ajouter que le massacre des communards en 1871 fera en moins d'une semaine moitié au moins autant de morts que la Terreur sur deux années**. Cette violence nouvelle est révolutionnaire et contre-révolutionnaire : les deux faces d'un même phénomène politique.

Napoléon restera un modèle absolu pour tous les dictateurs et autres généraux des armées « républicaines » envoyant des populations entières à l'abattoir au nom de leurs guerres dites justes. Il reste à expliquer comment le jeune homme effaré du 10 août est devenu le symbole de cette « politique des mains sales », comme on pourrait l'appeler après Sartre.

En cette nuit du 10 août, il est sincèrement traumatisé par l'aspect social de cette « fatalité irrésistible » de la Terreur : l'irruption incontrôlable des classes dépossédées sur la scène politique. Épouvantés, les révolutionnaires le sont tous comme lui par ce surgissement d'un quatrième état non prévu au programme révolutionnaire de 1789 — même les Jacobins (qui, rappelons-le, ne « contrôlent » pas ce mouvement). Cette vague déferlante fait tomber comme au jeu de dominos les derniers bastions de défense « constitutionnelle » des aristocrates « zélés novateurs » et autres généreux « sectateurs des idées nouvelles » de la bourgeoisie

* Bilan de 1914-1918 pour la France : 1,4 million de morts, plus de 2 millions pour l'Allemagne.

** Écrasement de la Commune de Paris par les troupes versaillaises de Thiers du 22 au 28 mai 1871 : un peu moins de 25 000 morts combattants et civils du côté des communards, 937 du côté des versaillais.

aisée. Ceux-là croyaient pouvoir maintenir le roi à son poste, juge de paix et témoin d'une légitime redistribution des biens et des faveurs dans les classes supérieures de la société. Ils voulaient faire plier cet état monarchique en banqueroute depuis trente ans et en finir avec la société de castes et ses impôts féodaux qui épargnaient les nobles et les religieux. Ils voulaient faire des affaires les mains libres. Ils rêvaient d'un gouvernement d'assemblée, où les députés, notables parmi les notables, administreraient en magistrats avisés et magnanimes les richesses du pays. Napoléon, du haut de ses vingt ans, voulait être l'un d'eux.

Mais sans bien mesurer la portée de leur geste, ils avaient soulevé le couvercle de l'*égalité* par l'abolition des privilèges (la nuit du 4 août 1789) et par la déclaration des droits de l'homme (novembre 1789), et voilà que, de la marmite sociale en ébullition, est sorti tout autre chose que la République romaine : les « gueux ». C'est cette gueuserie, cette canaille, cette populace des sections que Napoléon a vu tout à l'heure égorger les six cents gardes suisses au palais des Tuileries et abattre définitivement la monarchie. Il sait que cette nouvelle classe n'a rien à perdre ni rien à gagner, et c'est pour cela qu'elle lui fait peur. Que veulent-ils, qu'est-il possible de leur accorder ? La vente des biens nationaux est la pierre angulaire de la Révolution, il le répétera souvent*, elle est sa raison sociale, c'est sur cette base de nouveaux propriétaires que

* « L'affaire des biens nationaux est un des premiers arcs-boutants de l'esprit et du parti national », *Mémorial* 617.

se construira la société nouvelle. Que faire de ces *paesani* corses ralliés à Paoli, que faire de ces sans-culottes français qui sont morts ce matin pour la République ?

Dans le fond, le 10 août 1792, Napoléon est parvenu à bout de ses capacités de compréhension politique et il n'ira jamais plus loin. Entrant tête baissée dans la Terreur révolutionnaire* comme en une « fatalité » aussi épouvantable qu'« irrésistible[137] », il s'accroche à la légalité nationale et au bras armé de l'État vacillant. C'est ce qui lui fera écrire, selon Joseph, dans l'après-midi du 10 août (une fois l'insurrection achevée) que « si Louis XVI se fût montré à cheval, la victoire lui fût restée[138] ». C'est ce qui explique aussi qu'une fois la monarchie tombée et les Jacobins établis au pouvoir, il se ralliera sans états d'âme au nouvel état « terroriste », choisissant de mettre entièrement son talent militaire au service de la nation révolutionnaire républicaine**. Monarchie constitutionnelle ou république, ce qui importe pour lui, c'est la continuité d'un État national fort.

Stendhal écrit dans sa *Vie de Napoléon* inachevée que l'Empereur n'aura jamais compris le « troisième degré de civilisation » auquel aspirera

* La première Terreur révolutionnaire commence le 10 août et culmine avec les massacres de septembre, la seconde commence en mars 1793 (création du tribunal révolutionnaire) et culmine avec l'exécution des hébertistes en mars 1794, des dantonistes le 5 avril 1794 et la Grande Terreur de juin-juillet, pour se clore le 9 Thermidor (27 juillet 1794) avec la chute de Robespierre, prélude à la réaction thermidorienne également très meurtrière.

** Napoléon considère jusqu'à la fin que les guerres « napoléoniennes » sont la continuation des guerres révolutionnaires, arrachant la reconnaissance de la « République » [*sic*] à toutes les puissances européennes, et même au pape par le Concordat de 1802.

la Convention élue en septembre 1792, à savoir le « gouvernement représentatif sous un ou plusieurs chefs », forme politique « nouvelle et très nouvelle », « sublime produit tardif mais produit nécessaire de l'invention de l'imprimerie* ». Profondément aristocratique et profondément révolutionnaire, Napoléon est à la charnière de deux mondes, et, du monde nouveau, il ne saura être que le « tyran du XIXe siècle[139] », que l'auteur de *La Chartreuse de Parme* verra en lui.

Son frère Lucien, Jacobin bien plus convaincu, en a l'intuition juste à cette époque — las des remontrances hautaines de Napoléon et de ses conseils de modération ou de « basse politique** », il écrit à Joseph le 24 juin 1792 : « Je le crois capable de volter casaque », et précise : « J'ai toujours démêlé dans Napoleone une ambition pas tout à fait égoïste, mais qui surpasse en lui son amour du bien public ; je crois bien que, dans un État libre, c'est un homme dangereux... Il me semble bien penché à être tyran et je crois bien qu'il le serait bien s'il fût roi et que son nom serait pour la postérité et pour le patriote sensible un nom d'horreur[140]... »

Napoléon le Corse est bien placé pour pressentir que le postulat universaliste de l'égalité de droits entre les citoyens brise d'anciennes solidarités

* « Napoléon fut ce qu'a jamais produit de mieux le second degré de civilisation, l'aristocratie sous un ou plusieurs chefs — et le royaume de France avant 1789 n'était qu'une aristocratie religieuse et militaire, de robe et d'épée », régime dont il est en partie le rejeton doué.

** « Dans la position des choses », écrit Napoléon le 22 juin 1792, « je ne vois qu'une vérité, c'est qu'il faut ménager ceux qui peuvent être ou ont été nos amis » (*Corr.* I, 113) : c'est-à-dire le clan du Jacobin Arena, tout autant que celui de Paoli.

dans les classes les plus pauvres*, et que l'argent, introduit comme principe régulateur là où il était ignoré, transformera les bergers libres des montagnes en hordes de prolétaires urbains enchaînés à un travail inhumain et à l'anonymat des grandes villes. Et il en prend son parti : la Révolution n'est pas capable d'instituer l'égalité sociale et la communauté des biens que revendiquaient les *Giovannali* corses du XIVe siècle**.

Toutefois des hommes sont morts ce matin pour une idée, pour une promesse : l'égalité des droits, et le « droit naturel » à vivre dignement.

La nature de la Révolution est double, songe Napoléon, elle est d'intérêt et elle est de « conviction », ou si l'on veut, de foi. Et sur la tête de cette « populace » blessée, il faudra verser le baume de la promesse d'un monde plus égalitaire comme les prêtres promettent le paradis dans une autre vie, tandis que les classes aisées préféreront toujours leur confort à la liberté.

En lui-même, Napoléon, dans sa fidélité inconditionnelle à la nation révolutionnaire, se mêlent aussi confusément les deux mobiles : il s'agit de poser la première pierre d'un monde où un jour, peut-être — quand ? on ne sait pas —, le « dernier » des hommes ne sera pas « le misérable » mais

* C'est l'esprit de la loi Le Chapelier du 14 juin 1791 qui proscrit les organisations ouvrières, les corporations des métiers, les rassemblements paysans et ouvriers ainsi que le compagnonnage, interdit les grèves et la constitution de syndicats et de mutuelles, tout en ne visant ni les clubs patronaux, ni les trusts et ententes monopolistiques.

** Exterminés par les croisés du pape comme hérétiques, les sectataires des frères Giovannali (franciscains) prêchaient vers 1360-1370 « les grands dogmes de l'égalité, de la souveraineté du peuple, de l'imposture de toute autorité qui n'émanait pas de lui », Napoléon, « Lettres sur la Corse » (OLEM 2, 78).

« le petit propriétaire ou l'habile artisan[141] »... C'est cette espérance qui lui fera pour lui-même accepter le sacrifice de son identité corse. La confondant avec sa propre ascension sociale et sa gloire personnelle, c'est elle qu'il voudra sincèrement incarner en prenant le pouvoir.

À cette nation révolutionnaire née, comme lui, « dans les flots de sang noyant le trône de la liberté », il se voue définitivement. Il en fait sa nouvelle religion, religion « naturelle » et « civique[142] » — dont l'avènement de la démocratie sociale est l'apocalypse et la fin de l'Histoire. Il se sent lié *spirituellement* à cette promesse d'un royaume de la justice, mais pas *politiquement* : pour qu'elle survive, pour lui déjà tous les moyens de gouvernement sont bons.

Mais avant de songer à devenir le subtil champion jésuite de cette nouvelle Rome, la Nation, il lui faudra boire jusqu'à la lie la potion amère de l'exil. Pour mal engagées que lui semblent ses ambitions insulaires en cet été 1792, il lui faut encore la confirmation spectaculaire de son échec politique en Corse pour qu'il devienne français.

LA RÉVOLUTION EN CORSE, SUITE ET FIN. CONVERSION À LA NATION FRANÇAISE

Le 1er septembre 1792, Napoléon va chercher Marianna à Saint-Cyr en passant par Versailles*. Le frère et la sœur sont restés les jours suivants terrés derrière les volets fermés de la rue du Mail, alors que dehors le tocsin sonne, qu'on bat la générale, que le canon d'alarme est tiré, que les barrières et les portes sont fermées : la capitulation de Verdun a ouvert la route de Paris à Brunswick et aux Austro-Prussiens**. Les septembriseurs, affolés, massacrent pendant cinq jours les prisonniers et les suspects***. Danton, le nouvel homme fort du jour, tonne à l'Assemblée : « De l'audace, encore de l'audace, toujours de l'audace et la France est sauvée. » Le 9, le calme est revenu, les barrières sont rouvertes, Napoléon et Marianna peuvent quitter Paris[143]. Mais à Marseille, où ils arrivent le 15, impossible de trouver un bateau. Ils ne débarqueront qu'un mois plus tard à Ajaccio. Entre-temps, la situation militaire s'est miraculeusement renversée : Napoléon apprend qu'à Valmy, le 20 septembre, les Français sont victorieux et l'invasion repoussée : l'artillerie conçue par Gribeauval a joué un rôle décisif. Le 21 septembre, la République « une et indivisible » est proclamée, Georges Danton est nommé ministre de la Justice****.

À Ajaccio, les nouvelles sont moins bonnes : en

* Où il reçoit l'indemnité de voyage qu'il a demandée aux administrateurs du district ; la Maison royale de Saint-Cyr, créée par Mme de Pompadour, a été supprimée le 7 août.

** Longwy tombe le 26 août, Verdun capitule le 2 septembre : la route de Paris est ouverte.

*** Du 2 septembre au 6 septembre ou au 7 septembre : plus de 1 300 morts à Paris et 150 morts dans le reste de la France.

**** Le 10 août, Louis XVI est suspendu et un Conseil exécutif provisoire de six membres nommé. Danton démissionne en octobre : le divorce entre Montagnards et Girondins est alors consommé.

septembre, Joseph a de nouveau été battu aux législatives. Saliceti est redevenu député (il va jouer un rôle non négligeable à la Convention) et, en décembre, Pozzo di Borgo prend sa place comme procureur-syndic du département, battant Volney, l'ami de Napoléon et de Saliceti. Pozzo devient le dauphin institué de Paoli (plus que jamais en retrait) et, de fait, le chef du gouvernement civil de la Corse (Paoli reste commandant des troupes de ligne et de volontaires). Les paolistes, minoritaires à la Convention (deux députés sur six), investissent en force le département : Joseph doit le quitter comme tous les sortants. Dès septembre, Pozzo attaque l'ancienne direction menée par Saliceti en relançant les accusations de malversations*. Saliceti et le clan Arena-Buonarroti ripostent avec les armes qui sont les leurs à présent, la proximité avec le pouvoir parisien, et dénoncent dans les élections de décembre « une véritable contre-révolution[144] ». Paoli n'est pas seulement affaibli parce qu'il n'a que deux proches à la Convention, il l'est aussi parce que la situation parisienne le dépasse. Jusque-là, La Fayette, qu'admire également Pozzo**, était son informateur : l'ami de George Washington, rédacteur d'une des versions de la Déclaration des droits de l'homme et du citoyen de 1789, accusé d'être un nouveau Cromwell, est déclaré

* Saliceti est accusé de faire écarter ses adversaires d'une adjudication en les mettant en prison, et l'un des frères d'Arena (Paoli, 301), l'ex-député, est soupçonné d'avoir quitté le département en emportant la caisse militaire.

** Issu de la noblesse, il faisait partie de cette majorité de députés qui avaient refusé de condamner La Fayette à la veille du 10 août.

« traître à la nation » le 19 août 1792. Le roi Louis XVI lui-même, à qui le Babbu doit son retour, est emprisonné au Temple !*

De plus, Saliceti et ses hommes ont réussi à vendre au nouveau pouvoir parisien, très remonté contre les insulaires accusés de ne pas faire rentrer l'impôt et de ne pas participer à l'effort de guerre, le projet d'une offensive militaire corse contre la Sardaigne (adopté le 8 septembre). L'implication des Corses dans la guerre extérieure se double d'un autre avantage auquel sont autant intéressés les conventionnels que certains négociants en grains : la mainmise sur le blé sarde. C'est un marchand de grains, Constantini, qui a le premier défendu l'idée de cette expédition[145], et c'est ce que Mario Peraldi, l'ex-député d'Ajaccio et riche armateur, nommé commissaire pour la préparation de l'équipée sarde, est venu expliquer à Paoli le 17 octobre.

Le général a convoqué aussi Napoléon et le reçoit quelques jours plus tard. On a dit qu'il avait voulu l'envoyer en Sardaigne pour se débarrasser de lui[146] ; il paraît plus probable que, manquant d'officiers d'artillerie (la nouvelle arme de la victoire), il fait appel au jeune capitaine-lieutenant-colonel parce qu'il a enfin besoin de lui (de ses talents militaires) ; il n'est pas fâché non plus, cependant, de le mettre en avant dans une affaire qui lui paraît à juste titre vouée à l'échec — échec

* La situation est donc à contre-courant complet de la situation parisienne : Paoli et Pozzo, lafayettistes, ont le pouvoir exécutif, tandis que les députés salicetistes les isolent du pouvoir conventionnel. Paoli avait prédit dans une lettre à Cesari le 27 mars 1792 : « Le club des Jacobins sera notre ruine » (Paoli, 308).

dont il soupçonne déjà que Paris cherchera à lui faire endosser la responsabilité. Outre ses réticences à jouer le rôle du grand libérateur de la Sardaigne et à faire de la Corse le bras armé de la France révolutionnaire, il est confronté à de réels problèmes matériels. Les troupes de volontaires nationaux sont désorganisées, frondeuses, peu ou pas du tout équipées. Il est obligé d'avancer l'argent de la caisse militaire sur la solde des troupes de ligne, ce qui mécontente les soldats. Les volontaires marseillais tardent à arriver en renfort et lorsqu'ils arrivent, c'est pire : ils provoquent toutes sortes de graves troubles à l'ordre public*, peut-être excités par l'ex-député Arena[147], tant et si bien qu'on est obligés de les séparer des troupes insulaires.

Quant à Napoléon, une lettre du 18 octobre le montre chaud partisan de l'expédition sarde**. Il est impatient de mettre en pratique, pour la première fois, son savoir-faire d'artilleur. En apparence, ses relations ne sont mauvaises ni avec Paoli ni avec Pozzo***. Et durant tout l'automne et le mois de janvier, il mobilise toute son énergie pour tenter de mettre sur pied le deuxième bataillon, équiper ses hommes, rétablir la discipline (les *paesani* ont une sérieuse tendance à déserter pour aller

* Ces hommes « levés en hâte dans les bas-fonds des ports », Napoléon les qualifie d'« anarchistes qui portaient partout la terreur, cherchaient partout des aristocrates ou des prêtres et avaient soif de sang et de crime » (cité par Paoli, 311).

** « La Savoie et le comté de Nice sont pris [par l'armée francaise après Valmy] et la Sardaigne sera bientôt attaquée. Les soldats de la liberté triompheront toujours des esclaves stipendiés de quelques tyrans... », Corr. I, 125.

*** Mais Pozzo écrit dans ses lettres : Napoleone « *causa di tutto* » est un de ces « tigres sanguinaires qu'il ne faut pas laisser jouir de leur barbarie », un « Jourdan de la Corse », Paoli, 304.

1 Maison natale de Napoléon Bonaparte à Ajaccio. Peinture de Léonard Daligé de Fontenay, 1849. Malmaison, châteaux de Malmaison et Bois-Préau.

1

« L'homme en naissant porte avec lui les droits sur la portion des fruits de la terre nécessaires à son existence. »

2 Charles Marie Bonaparte, père de Napoléon Bonaparte. École française, fin du XVIIIe siècle. Ajaccio, musée de la maison Bonaparte.

2

3

3 Maria Letizia Bonaparte, mère de Napoléon Bonaparte. Portrait par Charles Bourgeois. Paris, musée Carnavalet.

4

5

5 *Le général Bonaparte au pont d'Arcole.* Peinture d'Antoine-Jean Gros, 1796. Versailles, châteaux de Versailles et Trianon.

4 *Le Premier consul franchissant les Alpes au col du Grand-Saint-Bernard.* Tableau de Jacques Louis David, 1800.
Malmaison, châteaux de Malmaison et Bois-Préau.

« Je me sens poussé
vers un but
que je ne connais pas.
Quand je l'aurai atteint,
un atome suffira
pour m'abattre. »

6 **L'impératrice Joséphine par Antoine-Jean Gros, vers 1809.**
Malmaison, châteaux de Malmaison et Bois-Préau.

7 ***Bonaparte, Premier consul.*** **Tableau d'Antoine-Jean Gros, 1802.**
Paris, musée de la Légion d'Honneur.

6

7

8 **Vue de Malmaison. Aquarelle de Régina-Catherine Carey et Henri Courvoisier-Voisin, début xixe siècle.**
Malmaison, châteaux de Malmaison et Bois-Préau.

8

9 *Sacre de l'empereur Napoléon et couronnement de l'impératrice Joséphine à Notre-Dame le 2 décembre 1804*. Tableau de Jacques Louis David, 1806-1807.
Paris, musée du Louvre.

10

10 *Napoléon Ier sur le champ de bataille d'Eylau, 9 février 1807*. Peinture d'Antoine-Jean Gros (détail), 1810.
Paris, musée du Louvre.

11 

11 Maria Laczinska, comtesse Walewska. Portrait par Robert Lefèvre. Collection particulière.

*« L'homme ne marque
dans la vie qu'en
dominant le caractère
que lui a donné
la nature,
ou en s'en créant
un par l'éducation
et sachant le modifier
suivant les obstacles
qu'il rencontre. »*

12 *L'impératrice Marie-Louise et le roi de Rome*. Peinture du baron Gérard, 1813.
Versailles, châteaux de Versailles et Trianon.

12

« La démocratie élève la souveraineté, l'aristocratie seule la conserve. »

13 *Napoléon Ier dans son cabinet de travail aux Tuileries*. Peinture de Jacques Louis David, 1812.
Washington, National Gallery of Art.

14

14 *La retraite de Russie.* Aquarelle de Théodore Géricault, vers 1818.
Rouen, musée des Beaux-Arts.

CODE CIVIL
DES
FRANÇAIS.

ÉDITION ORIGINALE ET SEULE OFFICIELLE.

15

À PARIS,
DE L'IMPRIMERIE DE LA RÉPUBLIQUE.
AN XII. — 1804.

15 *Code civil des Français, Paris,* 1804.
Malmaison, châteaux de Malmaison et Bois-Préau.

16 Albert Dieudonné dans *Napoléon* d'Abel Gance, 1927.

« Quand la patrie n'est plus, un bon patriote doit mourir. »

s'occuper des travaux des champs, faute de vivres et d'argent). Il n'est pas au courant de l'offensive politique qu'engagent début janvier Saliceti et Arena contre Paoli : il ne recevra qu'à son retour de l'expédition la lettre de Saliceti du 9 janvier qui l'en informait*.

Paoli écrit le 2 janvier au ministre de la Guerre : « Ceux qui se sont mêlés de cette affaire [de Sardaigne] directement ont exagéré les ressources de ce département ; leur zèle qui était plus étendu que leurs connaissances militaires, les a trompés[148] ». Dans une lettre du 24 novembre aux députés Bozzi et Andrei, il écrivait plus explicitement encore : « Il n'y a ni concertation ni intelligence, et cela ne peut réussir sans un de ces miracles de la sainte liberté [...] je ferai pourtant tout mon possible, mais je resterai sur mes gardes, pour que, en cas d'échec de l'entreprise, ils ne pensent pas à m'en faire endosser la responsabilité[149] ». A-t-il traîné des pieds ou bien son commandement a-t-il été volontairement saboté ? Il semble qu'il n'ait été mis au courant que très tard du plan d'attaque adopté le 23 juillet 1792 à Paris par le comité militaire dirigé par Lazare Carnot.

Dès le début janvier, Saliceti répand le bruit à la Convention qu'une contre-révolution est en marche en Corse et que Paoli veut livrer l'île aux Anglais. Le résultat en est que le commandement

* Masson la donne en entier (322-323) : « Je regarde en général ces dernières élections comme une véritable contre-révolution, mais je n'en suis pas effrayé. Les résultats en seront heureux pour la liberté de notre pays et, ou je me trompe bien, ou la Corse touche au moment de voir l'aurore de la véritable liberté éclairer les nuages épais qui couvrent son horizon. Nous en saurons un peu plus dans trois ou quatre mois. »

de la 23e division militaire est rattaché à l'armée d'Italie et de fait retiré au général corse, qui propose de lui-même le 28 janvier 1793 d'« abandonner des fonctions rendues inutiles par la méfiance[150] ». À Paris, on s'impatiente de ne rien voir venir du côté de la Sardaigne : le 1er février 1793, jour de l'entrée en guerre de l'Angleterre et de la Hollande, le girondin Clavière met en cause indirectement Paoli dans un climat de haine et de défiance envers le Corse, qualifié de « sangsue » pour la République : de fait, la situation du général, « investi de tous les pouvoirs politiques, militaires, administratifs, judiciaires, religieux, qu'il est par ailleurs incapable d'exercer » est considérée comme une anomalie institutionnelle par rapport au droit commun des autres départements[151]. La Convention décide d'envoyer en Corse trois commissaires, officiellement pour examiner l'état de défense des places fortes corses, mais en fait investis de pouvoirs illimités : Saliceti, Delcher et Ferry*[152]. Le 4 février 1793, les commissaires aux côtes de la Méditerranée, Brunel, Royer et Le Tourneur, écrivent au Comité de défense général que Paoli, « cet ancien stipendié du Cabinet britannique », faisait craindre à tous les citoyens qu'il ne livrât la Corse « à la première escadre anglaise qui aurait semblé le menacer[153] ». Le 5 février, Saliceti obtient de la Convention la suppression des quatre bataillons de volontaires corses dont Paoli est le commandant, et leur remplacement par quatre bataillons d'infanterie légère,

* Les deux acolytes de Saliceti ne parlent ni corse ni italien.

commandés par des chefs non élus. Le 7 février, les commissaires écrivent à Paoli de Toulon « pour l'inviter à venir conférer avec eux sur les mesures à prendre pour la mise en défense de la Corse » : Paoli répond le 5 mars par une dérobade (son grand âge, ses infirmités, etc., l'empêchent de se déplacer)[154].

Alors que la bataille n'est pas engagée en Sardaigne et, par conséquent, sans que l'échec de celle-ci ait pu jouer aucun rôle dans cette affaire, Paoli est destitué par la Convention de ses deux commandements militaires et du pouvoir civil. La rupture avec Paris est consommée. C'est une catastrophe aussi bien pour les Corses que pour les Français : il semble bien que le clan Saliceti-Arena ait sacrifié là l'intérêt général au profit de ses intérêts particuliers, montant de toutes pièces une cabale politique contre les paolistes pour contrecarrer leurs accusations de corruption.

Quant à Napoléon, il aurait quitté Ajaccio le 10 janvier 1793 avec ses volontaires pour Bonifacio, qu'il n'aurait atteint que le 22 janvier à cause d'une violente tempête. Là, lui et ses hommes auraient attendu les volontaires du 4e bataillon, puis des munitions et des vivres qui auraient tardé à arriver d'Ajaccio. Ils n'auraient embarqué que le 20 février pour la Sardaigne alors que l'expédition principale était déjà sur le retour — ce qu'ils ne pouvaient savoir : dans le plan initial, les deux offensives devaient avoir lieu au même moment et les deux corps d'armée opérer ensuite leur jonction[155].

L'escadre principale avait donc échoué : Latouche-Tréville avait attaqué l'île Saint-Pierre au nord-ouest de Cagliari le 8 janvier 1793 et y avait même planté un arbre de la Liberté. Truguet l'avait rejoint le 13 janvier, mais le reste de son escadre n'arrive devant Cagliari que le 2 février. Le 14 février, quatre mille hommes (1 400 de la ligne et 2 600 volontaires marseillais) débarquent dans l'anse de Sainte-Élie sous les ordres de Casabianca : mais là, les Marseillais réitèrent en pire leur comportement en Corse : pillages, incendie et, plus cocasse, ayant effectué une sortie de nuit, ils finissent par s'entretuer se prenant les uns les autres pour l'ennemi ! Ils réussissent ensuite à entraîner les soldats de ligne dans une mutinerie, contraignant les officiers à ordonner la retraite sous menace de la « lanterne ».

La prétendue contre-attaque de diversion à laquelle devaient participer les volontaires corses menés par Quenza et Napoléon connaît un sort similaire et à peu près aussi pitoyable, à trois semaines d'intervalle, au nord-est de la Sardaigne cette fois. Un millier d'hommes (750 volontaires corses, dont les bataillons de Napoléon, et 250 marins) sous le commandement général de Cesari, le parent et ami de Paoli[156], débarquent sur l'îlot San Stefano face à l'île de La Maddalena le 22 février. Le 23, ils s'emparent d'une tour défendue par trente gardes suisses et installent leurs batteries sur une hauteur d'où ils bombardent le port de La Maddalena. Un débarquement dans l'île (censé servir de base de ravitaillement pour les troupes franco-corses) est prévu le lendemain, mais une mutinerie éclate parmi les marins : Cesari est obligé d'ordonner la retraite « dans une ambiance de "sauve-qui-peut" ». La totalité des pièces d'artillerie que

Napoléon avait fait disposer est abandonnée sur place et enclouée[157]. Les officiers (dont Buonaparte) doivent rédiger un rapport le 27 disculpant leur commandant (Cesari) de toute responsabilité dans cette affaire. Napoléon écrit le 2 mars une lettre à Paoli lui rendant compte de l'expédition[158].

Blessé dans son orgueil par ce baptême du feu désastreux, le jeune capitaine d'artillerie écrira durant les mois suivants pas moins de deux rapports et trois contre-projets de conquête[159] de la Sardaigne moins favorables à l'ami de Paoli — mais il faut dire qu'entre-temps il se sera rallié aux salicetistes, faute d'une autre issue pour lui et pour sa famille.

Il semble que, de toute façon, l'aventure sarde ait été d'emblée mal engagée, ne serait-ce que parce que les recommandations de secret et de célérité de l'inspirateur Constantini[160] n'avaient pas été, c'est le moins qu'on puisse dire, respectées, et que les troupes, novices, mal ou pas équipées, avaient pâti d'un non moins évident problème de commandement. Comme Paoli l'avait prévu, Paris lui fait porter la responsabilité de l'échec. Mais le coup de grâce de la rupture définitive avec les conventionnels va lui être porté par le propre frère de Napoléon !

Lucien (il a dix-huit ans), nommé secrétaire de la Société des amis de la Constitution en 1791, avait accompagné Huguet de Sémonville* à Toulon,

* Personnalité politique de la diplomatie française (1759-1839), lié à Mirabeau, La Fayette, Talleyrand ; il est nommé ambassadeur à Constantinople par la Convention : il passe par la Corse d'où un bateau doit le conduire. Mais victime d'une dénonciation, il reprend le chemin de Paris pour se disculper.

où les deux hommes étaient arrivés le 25 février 1793. Il y retrouvait Saliceti et Arena, venant de Paris pour gagner la Corse, le premier en tant que commissaire mandaté par la Convention. Le jeune patriote corse, qui se prend peut-être pour le Robespierre de Danton-Saliceti*, prononce le 14 mars au club patriotique du Var un discours extraordinairement brutal contre le vieux général[161] : « Le département de Corse gémit sous l'oppression la plus affligeante [...] des citoyens y sont sacrifiés à l'aristocratie la plus violente [...]. Le lieutenant-général Paoli, à qui la nation française a accordé sa confiance, protège, dirige ces attentats, ayant à sa dévotion un régiment suisse qui y est encore en garnison à la solde de la France [...]. Il est non le défenseur du peuple mais son tyran. [...]. Le secret des postes y est violé, les lettres sont décachetées et retenues [...]. Paoli est coupable ; il veut être souverain dans ce département : il en exerce tout le despotisme [...]. Prononcez sans délai sa destitution. Livrez sa tête au glaive de la loi[162]. » Lucien exprime là, avec une impétuosité peu commune, toute la rancœur accumulée par les Buonaparte contre le *Babbu*.

Pendant ce temps-là, en Corse, les paolistes veulent encore considérer l'arrivée imminente des commissaires comme une occasion de se justifier. Le 15 mars, Paoli publie, en signe d'apaisement,

* Lucien, jumeau empêché de la « grande épée » qui lui tient lieu de frère, écrivait à sa famille l'été 1792 : « Vous ne pouvez pas imaginer avec quelle profondeur mon esprit est enthousiaste ; je me sens le courage d'être tyrannicide et, si les méchants nous enveloppaient de nouveau de chaînes, je mourrais un poignard à la main... » (Masson, 305-306).

un manifeste « Aux Corses libres et français », réaffirmant ses sentiments d'attachement à la France et à la Révolution ; le 20 mars, le conseil général envoie une adresse de justification point par point à la Convention. Lorsque Napoléon, début avril à Ajaccio, vote contre la fusion de la Société des amis de la Constitution avec le club créé par les paolistes, il se range clairement dans le camp de Saliceti* ; mais c'est seulement à cette date une manière de peser localement face aux paolistes majoritaires à Ajaccio (ses amis ont perdu la mairie aux élections de décembre gagnées par les clans Pozzo di Borgo et Peraldi). Ce n'est pas encore un choix politique définitif. Il a reçu à son retour de Sardaigne la lettre que lui avait adressée Saliceti le 9 janvier et, conscient d'avoir joué sa dernière carte auprès de Paoli en Sardaigne, et d'avoir perdu, il mise à présent sur les commissaires parisiens dont il espère la victoire, ce qui ne signifie pas qu'il soit devenu du jour au lendemain ni un Jacobin convaincu (Saliceti siège à l'assemblée avec les Montagnards), ni un anti-paoliste primaire.

Il n'est pas au courant de l'offensive de son frère à Toulon, dont les effets ne vont pas tarder à se faire sentir : le discours de Lucien a été envoyé au député du Var, Escudier, qui le reçoit le 2 avril. Date fatale, comme le souligne Masson : la veille, la Convention a reçu la nouvelle de la trahison de Dumouriez (le commandant de l'armée du Nord

* Il n'a pas dû apprécier pourtant la dissolution autoritaire des bataillons de volontaire par Saliceti, mais il pense jusqu'au 19 avril (lettre à Quenza du 19 avril), qu'il va « rester sur pied », conformément à la promesse faite par Paoli le 1er mars de maintenir les *paesani* en poste s'ils se tiennent tranquilles.

et vainqueur de Valmy[163] avait été défait à la bataille de Neerwinden le 18 mars 1793 et avait préféré passer à l'ennemi plutôt que d'avoir à se justifier à la barre de la Convention). Avec ces nouvelles en tête, les conventionnels, qui ont à faire face à l'Europe entière coalisée contre la France, écoutent Escudier leur expliquer que Paoli est responsable de l'échec de l'expédition de Sardaigne et qu'il veut livrer l'île aux Anglais* : le 21 avril, un décret d'arrestation est lancé contre le général.

Lorsque la nouvelle parvient en Corse, le 14 avril, même Saliceti est pris de court : il avait rencontré le *Babbu* le 13 et un accord était sur le point de se conclure[164]. Le département ne publie la nouvelle que le 18 ; Napoléon l'apprend le 20. Cette nouvelle signifie la guerre civile qu'il redoute par-dessus tout. Les Corses, irrités par les premières mesures prises par Saliceti — la libération arbitraire de Philippe Arena** — , se rangent du côté de Paoli, gardes nationaux et *paesani* en tête.

Napoléon se reprend alors et tente de lutter contre le courant en écrivant dès le lendemain deux adresses à la Convention puis à la municipalité d'Ajaccio, faisant pour la dernière fois de sa vie l'éloge du *Babbu*, demandant le rappel du décret qui le vise, et allant dans le sens de la circulaire publiée par Paoli après l'entrevue avec Saliceti[165] :

* On aura compris que cette accusation, reprise par les historiens bonapartistes, ne repose pas sur grand-chose : on suit ici la thèse de De Franceschi reprise par François Paoli (*cf.* Tulard, 58).

** Philippe Antoine Arena, colonel de la garde nationale, payeur général provisoire des dépenses de la Corse, frère de l'ex-député Barthémémy Arena, avait été arrêté par le nouveau département paoliste pour abandon de poste et vol de la caisse.

« Nous périssons si nous nous heurtons », conclut-il*. Une dernière fois, il tente d'opérer la synthèse entre son patriotisme corse et la Révolution française *via* le rêve de la Constitution paoliste, entre la France paternelle et la Corse paoliste, entre ses deux pères, le géniteur et le spirituel, entre la loi républicaine idéale et la réalité politique corse. Mais ces initiatives désespérées sont définitivement anéanties par la publication d'une lettre de Lucien à Joseph que les paolistes ont interceptée, et où le plus jacobin des Buonaparte se vantait d'être à l'origine du décret d'arrestation lancé contre Paoli**, or, « faire traduire Pascal Paoli à la barre de la Convention, c'était le condamner à la guillotine », remarque très justement François Paoli[166].

Ce véritable parricide (au moins dans l'intention), quelques semaines après la mort de Louis XVI (guillotiné le 21 janvier 1793), retombait sur Napoléon comme sur tout le clan Buonaparte, selon la coutume corse de la *vendetta*.

À Ajaccio, la municipalité paoliste fait immédiatement arrêter les amis des commissaires jacobins, rappelle les partisans de la montagne pour renforcer la citadelle commandée par Colonna di Leca (un cousin de Paoli), et, le 25 avril, répand le

* Masson (336) donne le texte de l'adresse à la Convention : Napoléon qualifie Paoli de « patriarche de la liberté, le précurseur de la République française. Ainsi pensent les patriotes, ainsi croit le peuple. Rendez-vous à nos voix. Faites taire la calomnie et les hommes profondément pervers qui l'emploient ».

** Cette lettre de Lucien du 12 disait : « À la suite d'une adresse de la ville de Toulon, proposée et rédigée par moi dans le comité du club, la Convention a décrété l'arrestation de Paoli et de Pozzo di Borgo [...]. C'est ainsi que j'ai porté un coup décisif à mes ennemis », Masson, 335 ; au bas de la lettre publiée, les partisans de Paoli avaient écrit : « Les Buonaparte autrefois nourris et élevés avec l'argent de Marbeuf sont maintenant les ressorts principaux de la conspiration contre le peuple » (Paoli, 339).

bruit que le lieutenant-colonel Buonaparte prépare un « complot républicain » : il aurait profité du transfert des canons d'un vaisseau échoué sur la plage pour pénétrer à l'intérieur de la citadelle avec ses partisans ; mais le pont-levis aurait été levé à temps[167]. Paoli reprendra début mai ces accusations, sans qu'on ait aucun élément pour en mesurer la véracité. En tout cas, le 3 mai à l'aube, Napoléon quitte Ajaccio flanqué d'un garde du corps (un de ses bergers) pour rejoindre Corte : il apprend en route que le Directoire veut le faire arrêter. Le 5 mai, il fait demi-tour et rejoint Bocognano ; le 6 au matin, il se rend dans une auberge pour discuter avec des chefs corses dont on lui a signalé la présence : c'est un piège, et il est arrêté par les Morelli. Deux de ses partisans, Santo Ricci et Vizzavona, dit « Ribollo », obtiennent des Morelli avec qui ils ont de bonnes relations d'emmener le prisonnier déjeuner dans la maison de Ribollo ; on fait passer Napoléon par un escalier à l'arrière de la maison, où deux de ses hommes l'attendent ; il est repéré par ses geôliers mais parvient tout de même à s'enfuir. Le soir, il dort à Ucciani et, le lendemain, il entre clandestinement dans Ajaccio[168]. Là, il parvient à gagner de nuit la demeure de Levie, l'ancien maire allié de la Casa Buonaparte. Le lendemain soir (9 mai), les gendarmes font une descente dans la maison de Levie truffée d'hommes en armes, mais n'osent rien faire. On fait passer Napoléon sur la plage où la gondole d'un certain Mingone l'attend pour l'emmener à Marcinaggio, d'où il se rend à Bastia pour rejoindre les patriotes profrançais (Saliceti et Arena) et organiser une contre-offensive maritime contre les paolistes. Il ne l'a pas voulu mais, de fait, il se trouve rejeté dans le camp français et accuse dès ce moment Paoli de menées contre-révolutionnaires et d'intelligence avec l'ennemi, rejetant sur lui la responsabilité de la guerre civile*. Il se bat désormais au nom de la nation révolutionnaire.

À Ajaccio (dans la nuit du 24 au 25 mai), alors que Letizia veille dans la grande salle du premier étage après le coucher des enfants, on cogne à la porte : Nunzio Costa de Bastelica (un des « partisans » des Buonaparte) est venu la prévenir que les paolistes ont juré de mettre la main sur tous les Buonaparte « morts ou vifs » et qu'il faut fuir. Les deux plus jeunes enfants, Maria Nunziata et Geronimo, confiés à la grand-mère Fesch, emportant quelques objets personnels, Letizia, son fils Luigi, ses filles Marianna et Maria Paolina (Pauline) et l'oncle Fesch suivent Costa et sa petite troupe de partisans armés de poignards et de fusils qui les escortent dans la nuit, à travers les maquis et les rochers, jusqu'à la tour du Capitello, point de rendez-vous indiqué par Napoléon. Il était temps : le lendemain, la Casa Buonaparte est pillée et peut-être en partie brûlée (les avis divergent sur ce point[169]).

* Napoléon fera accréditer l'idée (notamment par les chroniqueurs corses bonapartistes) qu'il avait toujours été profrançais et Paoli un agent des Anglais dès 1790, faisant disparaître des documents, comme l'en soupçonne même Masson (Masson, 320). *Cf.* les lettres de Bonaparte au citoyen Saliceti du 26 octobre 1796 (5 Brumaire, An V) et du 19 octobre 1796 à Berthier : « J'ai donné l'ordre qu'on arrête le citoyen Panattieri, secrétaire de Paoli. Cet intrigant prône en Corse au nom de Paoli qu'il est de l'intérêt des amis de la République et de la liberté d'effacer des souvenirs des Corses » (Paoli, 299).

Le 9 mai, Brunet, le général en chef de l'armée d'Italie, avait conseillé à son ministre d'employer les moyens de la conciliation, jugeant que l'affaire corse relevait surtout d'une lutte de clans (le clan Arena-Saliceti contre le clan Paoli)[170]. Mais il était trop tard.

À Bastia, les trois commissaires ont destitué le département le 13 et fait appel à quatre mille hommes de troupe basés à Toulon, menaçant de mobiliser une armée de trente mille hommes ou de livrer la Corse aux Génois, dressant une liste de huit mille patriotes condamnés à mort ou à l'exil. Dans l'autre camp, les prêtres appellent aux armes en faveur de Paoli et du Directoire ; le 15 mai, le conseil général accuse Saliceti de prévarication ; le 16 le conseil général est destitué[171] ; Paoli et Pozzo di Borgo organisent en réponse une *Consulta* à Corte les 27, 28 et 29 mai 1793[172].

Les commissaires décident de profiter du départ des hommes à Corte pour attaquer Ajaccio (ils ne contrôlent que des villes maritimes : Bastia, Calvi et Saint-Florent) : Napoléon met sur pied un plan d'attaque sur terre et sur mer et débarque le 24 mai à l'aube avec une flottille* sur la plage du Provenzale, d'où il contacte ses « partisans » pour organiser la fuite de sa famille. Il les fait embarquer à bord d'un chébec qui les emmène à Girolata, d'où ils gagnent Calvi, s'y réfugiant chez Lorenzo Giubega. Pendant ce temps, commandée par Napoléon, la flottille qui a jeté l'ancre devant Ajaccio,

* Une frégate, une corvette, deux chaloupes canonnières et quelques bâtiments de transport selon Masson 346, une corvette (*La Belette*), un brick (*Le Hasard*), deux gabares, 400 hommes en tout seulement, selon Paoli, 355.

est attaquée à boulets rouges par les canons du *Vengeur* et ceux de la citadelle ; les *paesani* en armes couvrent les coteaux d'Aspreto au sud d'Ajaccio et haranguent les bateaux, empêchant tout débarquement. Napoléon (et Lacombe Saint-Michel) tente une double offensive au lieu-dit Cala di Figo, sur sa terre de Vignale, près de la tour d'Orbitello, mais sans succès, malgré l'habileté dont se souviendra avoir fait preuve le jeune officier d'artillerie : « Je chargeai un coup à boulet, j'ajustai et coupai la branche sur laquelle un de ces orateurs était perché. Il tomba ; sa chute égailla la cohue ; elle se dispersa, on ne la vit plus[173]. » Le 3 juin, Napoléon décide la retraite, embarquant avec lui soixante hommes dont Louis Coti, le procureur-syndic du district. Le 4, il est à Calvi.

Le 11, il fait embarquer toute sa famille pour la France à bord du *Prosélyte*.

Ils seront un millier de réfugiés corses à débarquer sur les côtes de Provence, essentiellement des bourgeois aisés des villes, propriétaires et marchands[174]. La population rurale était restée fidèle à Paoli*. Bonaparte ralliait de fait les robespierristes, mais par l'intermédiaire du clan Saliceti-Arena, plus réactionnaire sur le plan social que le « contre-révolutionnaire » Paoli[175] ; à Paris, les Montagnards (les amis de Danton et Robespierre) ont pris le pouvoir lors des journées d'émeute des 31 mai et 2 juin 1793**. « Les idéologies les plus

* Jusque dans les rangs des partisans des Buonaparte : qui les aident à s'enfuir par fidélité clanique mais n'en pensent pas moins.

** Début de l'insurrection fédéraliste girondine à laquelle on a abusivement associé la question corse, comme l'explique Jean Tulard.

avancées ne sont pas toujours celles qui ont le soutien des plus pauvres », écrit Jean Tulard[176] : on a vu pourquoi. Les Anglais, auxquels Paoli fait appel en août, débarqueront en Corse le 16 janvier 1794*.

Exilé définitif**, amputé pour toujours d'une partie de lui-même (les paysages corses et les *paesani* qu'il connaissait depuis son enfance), rejoignant Carlo dans l'infamie et voué à une « flétrissure éternelle » par les paolistes***, Napoléon, en retrouvant la France de la Terreur jacobine, choisit de s'identifier pour toujours à la nation française ; ce n'est pas une nouvelle « patrie », c'est une entité « universelle » et abstraite, comme il l'est lui-même désormais. Il adhère moins à la Constitution de l'An II et à la Déclaration des droits de l'homme de 1793, qu'à la continuité du nouvel État révolutionnaire qu'il va servir en militaire. Désespéré de la politique, c'est contraint et forcé qu'il renonce à son identité corse pour se faire « national ». De corse, il devient français — ou pour mieux dire, tout à fait romain.

* Les Anglais toléreront encore moins que les Français la puissante influence de Paoli et l'écarteront le 14 octobre 1795 : il se réjouira de la prise du pouvoir du Premier consul, mais déclinera son offre de devenir citoyen français à condition d'afficher son repentir (il meurt à Londres en 1807). Saint-Florent capitulera en février 1794, Bastia le 25 mai et Calvi le 10 août. Les troupes du Directoire débarqueront à Marcinaggio en octobre 1796, rattachant définitivement la Corse à la France.

** Napoléon passe une semaine en Corse à son retour d'Égypte : il y préparera le coup d'État du 18 Brumaire qui aura lieu un mois plus tard.

*** Paoli, 358 : réquisitoire prononcé le 29 mai à la *Consulta* de Corte, où il était proposé d'« infliger aux individus composant les deux familles Buonaparte et Arena une flétrissure éternelle qui rendît leur nom et leur mémoire détestables aux patriotes du département ». Pozzo di Borgo haïra Napoléon toute sa vie et le combattra par gouvernements interposés ; il interviendra « pour faire aggraver ses conditions de détention à Sainte-Hélène » (Paoli, 369).

De Robespierre à Barras, de Toulon au 13 Vendémiaire

« Il réussit en tout, et surpassait l'espérance du peuple et de l'armée qui lui devait ses succès. »

NAPOLÉON BONAPARTE,
« Eugénie et Clisson »

Napoléon débarque avec les siens sur les côtes françaises le 11 juin 1793 et les installe dans un logement de fortune sur les hauteurs de Toulon*. Désormais et pour toujours véritable chef de la famille (il est le seul à pouvoir assurer la survie du clan), il doit rejoindre son régiment cantonné à Nice. Le Midi est en pleine insurrection fédéraliste : les Girondins ont perdu le pouvoir lors des journées parisiennes des 31 mai et 2 juin mais, plus puissants en province, ils soulèvent les villes de Marseille, Avignon, Nîmes, Montpellier, Bordeaux…

Au 4e régiment d'artillerie, on lui confie diverses tâches : faire construire un four à réverbère, aller à Avignon convoyer de la poudre. Certains biographes prétendent que, fin juillet, il participe à la

* Au hameau La Valette sur les premières pentes du mont Faron : deux chambres louées à la veuve Cordeil.

reconquête de la cité des Papes par les troupes régulières sous le commandement du général Carteaux.

Le 29, en tout cas, il écrit et fait éditer *Le Souper de Beaucaire*, brochure de propagande contre le fédéralisme*, peut-être trop nuancée et trop littéraire pour l'office qu'elle est censée remplir (elle n'aura aucun succès). Mais Saliceti, qui est devenu l'un des représentants en mission du Comité de salut public pour le Midi (avec Augustin Robespierre dit le Jeune, frère de Maximilien, Escudier, etc.), en fait tout de même tirer une seconde édition aux frais de la République.

Napoléon aurait écrit ce texte à Beaucaire, petite ville de foire au sud d'Avignon, inspiré par l'une de ces conversations politiques entre voyageurs et marchands réunis par hasard au café. On y aperçoit déjà sa grande idée de la réconciliation nationale, laquelle n'inclut pas encore les royalistes, ni Paoli, mais seulement ici les Girondins, pourtant ennemis désignés du moment, dont il admet qu'ils aient pu être « calomniés[1] ». Le narrateur se désigne dans le dialogue comme « le militaire » : il est certain qu'ici sa plume, de plus en plus alerte et dense, est au service du pouvoir jacobin robespierriste, en proie à la guerre civile et à la guerre étrangère. C'est d'abord en militaire qu'il décrit l'insurrection fédéraliste et cherche à briller aux yeux de ses lecteurs (en premier lieu les tout-puissants représentants en mission) : de fait le texte est très précis sur les positions réciproques des

* Le fédéralisme est la doctrine girondine selon laquelle chaque département français devrait fonctionner comme un petit État autonome.

troupes, les moyens et les forces à leur disposition, particulièrement en ce qui concerne l'artillerie. On y trouve un des préceptes préférés du futur général Bonaparte : « C'est un système dans l'art militaire que celui qui reste dans ses retranchements est battu[2]. » Sur le plan politique, sa position est avant tout légaliste : « Le centre d'unité est la Convention ; c'est le vrai souverain, surtout lorsque le peuple se trouve partagé[3]. » Quiconque ne le voit pas est un « ennemi de la patrie », voire un « brigand » ou un « anarchiste[4] », en tout cas le triste sectionnaire d'une « faction » et, de fait, contre-révolutionnaire, même s'il est républicain. Ce qui importe, c'est « l'unité de la République[5] » : et ici Napoléon est incontestablement du côté du centralisme jacobin contre le fédéralisme girondin. Tout morcellement affaiblit l'État et la guerre civile fait le jeu des étrangers et des royalistes. La République n'est-elle pas « environnée de la plus monstrueuse des coalitions [étrangères] qui menace de l'étouffer à son berceau[6] » : « Ne sentez-vous pas que c'est un combat à mort que celui des patriotes et des despotes de l'Europe[7] ? » Et on sent, en effet, que ce combat exalte le jeune homme, qu'il s'y identifie désormais.

Au passage on aura appris que les Montagnards et leurs représentants en mission ont la réputation d'être des « hommes de sang[8] » et que toutes sortes d'atrocités leur sont attribuées : le « militaire » ne s'attarde pas à récuser ces accusations et ne justifie pas davantage la politique de la Montagne. En revanche, transparaît un évident ressentiment contre le « peuple », constamment « égaré par un petit nombre de conspirateurs et d'intrigants[9] ».

L'affaire corse, si récente, a laissé à l'auteur de ce texte une grande amertume. Il préfère s'adresser à présent, comme son narrateur-personnage, aux marchands et aux fabricants aisés (deux marchands de Marseille, un fabricant de Montpellier), lesquels sont « fixés sur le cours du négoce qui accroît les fortunes[10] », note-t-il, non sans une certaine ironie méprisante. Ces hommes sont la base sociale des Girondins fédéralistes, ce sont ces bourgeois ambitieux dont il se sent lui-même socialement le plus proche. La guerre civile ne doit pas compromettre cette « élite » : « Laissez les pays pauvres se battre jusqu'à la dernière extrémité, explique le "militaire" aux Marseillais ; l'habitant du Vivarais, des Cévennes, de la Corse, s'expose sans crainte à l'issue d'un combat : s'il gagne, il a rempli son but ; s'il perd, il se trouve, comme auparavant, dans le cas de faire la paix et dans la même position[11] ». Autrement dit, la base sociale des Girondins est aussi celle de la nation révolutionnaire : les extrémistes passeront, la République restera. Les négociants, propriétaires et autres spéculateurs de biens nationaux sont sa force vive. L'opinion de Napoléon sur la révolution est faite, elle ne changera jamais.

Un mois plus tard, le propagandiste zélé est remercié de ses bons et loyaux services envers la République jacobine : Saliceti le nomme commandant de l'artillerie de Carteaux*, en remplacement du lieutenant-colonel Dommartin blessé le 7 sep-

* Le général Carteaux commande un détachement de l'armée des Alpes, mobilisée pour combattre l'insurrection girondine et fédéraliste.

tembre aux gorges d'Ollioules près de Toulon. Victorieux à Marseille, le général Carteaux, auquel succède bientôt le général Doppet, s'apprête à affronter les Anglais que les fédéralistes ont appelés en renfort à Toulon. « Là, le prendra l'histoire, pour ne plus le quitter », écrit Las Cases de Napoléon : « là, commence son immortalité[12]. »

Là commence la métamorphose du jeune homme sensible, curieux de tout, porté à la réflexion et à la lecture, en homme d'action et en chef de guerre. Nécessairement la part intime, réflexive, de lui-même, que nous avons explorée, s'efface devant les tâches à accomplir et l'urgence des combats. Cette transformation en partie volontaire ne s'accomplit pas sans difficultés, physiques et psychiques, et elle prendra du temps : un peu plus de deux ans. Difficultés physiques d'abord : Napoléon est repris, particulièrement dans les phases de repos, par des crises récurrentes de paludisme. À quoi il faut ajouter la gale, qu'il contracte pendant le siège de Toulon. Le joli jeune homme brun et rieur qui avait eu ses succès à Valence devient un échalas jaune aux yeux fiévreux et à la maigreur étrange, dont la volonté mentale et la nervosité pallient les faiblesses :

> Son corps est bien loin d'être de fer, ainsi qu'on l'a cru, c'est seulement son moral [...] toutes ces prodigieuses épreuves ne se sont accomplies, pour ainsi dire, qu'en déception de son physique, qui ne se montre jamais moins susceptible que quand l'activité de l'esprit est plus grande[13].

Cet équilibre instable que décrit avec finesse et amour le bon Las Cases se met en place pendant ces journées de vingt heures du siège de Toulon. L'expatrié plus déterminé que jamais va littéralement se forger à force de volonté un nouveau corps et un nouveau « caractère » — comme il s'était fait dans les années qui ont précédé un corps de doctrines informées de l'histoire du monde et de sa géographie.

La vigueur physique n'est pas la clé de cette « intrépidité rare » et de cette « infatigable activité[14] » que déploie le jeune artilleur, selon le général Doppet. Sa volonté de se refaire à neuf prend sa source dans son ambition désespérée. Il se fabrique de toutes pièces une armure morale et physique, une manière d'être, de parler peu, de dormir encore moins (une à deux heures, profitant du moment, « sur terre et enveloppé d'un manteau[15] »), dont le moteur secret est l'amputation corse venue approfondir encore la mélancolie qu'on a déjà décrite. À cette intense douleur intérieure de l'exil, redoublant le deuil imprescriptible du père, il faut une passion totale, seule capable de l'anesthésier. Napoléon a deux ans de moins que Saint-Just, onze ans de moins que Robespierre — les deux hommes les plus intelligents du Comité de salut public dont la mort prématurée marquera la fin de la Révolution. Il veut comme eux, avec eux sauver cette France révolutionnaire qu'il a désormais choisie de toute l'Europe assemblée contre elle — et du même coup, se sauver lui-même (et son clan), fugitif dépossédé de ses terres et de ses biens, repartant de zéro comme jadis son ancêtre Francesco le condottiere, venu en Corse pour le compte de la république de Gênes. Peut-être, au fond, s'agit-il encore de ce père trop français, dont il suit finalement les traces à rebours, politiquement, de sa trahison : c'est le léger Carlo, sûrement, qu'il s'agit de sublimer et à qui il faut refaire un corps d'idéales doctrines « nationales », loin de la Corse qui l'avait lui aussi rejeté. Plus anciennement encore, par-delà Gênes et Florence, retrouver le vrai terrain de jeux, la très ancienne et ample bataille européenne fondamentale entre la puissance du pape et celle de l'Empire.

Et sur ce modèle, devenir lui-même un vertueux soldat (romain) de la République — forcément glorieux (de l'idéal, il faut être digne).

Le jeune officier, avec cette « grande épée » dans les reins de devoir être à la hauteur des délires (réels ou imaginés) de son père moribond, se plongera avec volupté dans cette accélération du temps que produit le mouvement intense associé à la contention d'esprit stimulée par la menace constante de la mort et de la défaite (personnelle, collective). C'est parce que s'est creusé un grand vide en lui (l'amputation corse) qu'il peut entièrement se vouer à cette disponibilité particulière, aussi mentale que physique, que requiert l'organisation logistique et la localisation géostratégique d'une bataille qu'il faut gagner. Il ne se contentera pas, d'ailleurs, de vivre ce nouvel équilibre voué au geste prompt, à la décision juste, à la combinaison gagnante, il va le penser : ses tardives réflexions psychologiques et pratiques du *Mémorial* l'attestent : « L'homme ne marque dans la vie qu'en dominant le caractère que lui a donné la nature, ou en s'en créant un par l'éducation et sachant le modifier suivant les obstacles qu'il rencontre[16]. » Quant aux « qualités nécessaires à un grand général » : « Que chez lui l'esprit ou le talent fût en équilibre avec le caractère ou le courage : c'est ce qu'il appelait être *carré* autant de base que de hauteur[17] », précise Las Cases.

Mais la difficulté surgira dans les périodes d'oisiveté forcée : là, le risque du vide et de la mélancolie reviendra le hanter et le livrera, quoique passagèrement, à l'amour — aveu de faiblesse, sentiment né de la déréliction (du moins c'est, on l'a vu, ce qu'il pense).

Pendant le mois d'octobre 1793, il a déployé toute son énergie pour réorganiser l'artillerie, exigeant, par exemple, la priorité et des convoyeurs attitrés[18] pour le déplacement des pièces et munitions : le gain de temps doit pallier le défaut de matériel. Devant Toulon, il ne dispose que de « deux canons de 24, deux de 16, deux mortiers. C'est peu[19] ». Avec lui ou autour de lui, l'ami Gassendi, « suspect », qu'il s'arrange pour faire innocenter et employer ; mais aussi de nouveaux visages : Duroc, Marmont, Victor, Suchet, Leclerc, Desaix, Junot*. Le 18 octobre, il devient chef de bataillon.

Dès le 25 octobre, il écrit qu'il faut déloger les Anglais du « Petit Gibraltar[20] » et s'emparer du fort du Mulgrave à l'extrémité de la pointe de l'Éguillette qui ferme la rade, y installer les canons et, de là, pilonner la ville qui se trouve en face. Le

* « Quelqu'un sortit des rangs, et écrivit sous sa dictée, sur l'épaulement même. La lettre à peine finie, un boulet la couvre de terre. "Bien, dit l'écrivain, je n'aurai pas besoin de sable" [...] c'était Junot. » (*Mémorial*, 139).

commandement tergiverse* ; impatient du peu de résultats et de l'incurie qui règne, Saliceti impose le plan de Buonaparte au conseil de guerre du 25 novembre[21].

Le 17 décembre, à trois heures du matin, après deux heures d'assaut acharné, le fort Mulgrave tombe aux mains des Français : Napoléon a reçu un coup de baïonnette dans la cuisse dont il montrera la profonde cicatrice à Las Cases à Sainte-Hélène[22]. Le 18, les Anglais quittent Toulon. Le 22, Buonaparte est nommé général de brigade. Robespierre le Jeune le propose pour commander l'artillerie de l'armée d'Italie. « C'est une des époques de sa vie où il a éprouvé, dit-il [à Las Cases], le plus de satisfaction, c'était son premier succès : on sait que c'est celui qui imprime les plus doux souvenirs[23]. »

À une lettre près (B[u]onaparte), le jeune général rejoint alors la cohorte historique des généraux révolutionnaires surgis de l'ombre en cette année 1793, les Hoche (vingt-cinq ans, fils de palefrenier aux écuries royales), Pichegru (trente-deux ans, fils de paysans), Augereau (trente-six ans, père domestique), Desaix (vingt-cinq ans, d'origine noble), Davout (vingt-trois ans, fils de gentilhomme bourguignon), Grouchy (vingt-quatre ans, noblesse normande), Jourdan (trente et un ans, fils de chirurgien), Moreau (trente ans, fils de juge), Brune (trente ans, fils d'avocat), Macdonald (vingt-huit ans, de noblesse écossaise), Masséna (trente-cinq ans, fils de commerçant), Kléber (quarante ans, fils de maçon). Murat (vingt-cinq ans, fils d'auber-

* L'ignare Carteaux est remplacé par le brutal général Doppet le 13 décembre. Le brave général Dugommier arrive le 16 novembre (les qualificatifs sont de Napoléon/Las Cases dans le *Mémorial*, 130).

giste) est chef d'escadron, Ney (vingt-quatre ans, fils d'ouvrier tonnelier), le « brave des braves », est capitaine, Bernadotte (trente ans, fils de procureur) est chef de brigade, Soult (vingt-quatre ans, mi-noble) est chef de bataillon comme Saint-Cyr (vingt-neuf ans, noble). Napoléon Buonaparte est parmi les plus jeunes des généraux (avec Davout et Grouchy) : il a vingt-quatre ans.

Augustin Robespierre, le frère cadet de Maximilien*, représentant en mission à l'armée d'Italie, a repéré Napoléon pendant le siège de Toulon et prête une oreille attentive aux nombreux plans d'attaque de l'Autriche par la côte ligure que le jeune commandant d'artillerie de l'armée d'Italie rédige au printemps. Il en donne connaissance à son frère Maximilien à Paris. Dans son mémoire de mars 1794 sur « la position de nos armées de Piémont et d'Espagne », Napoléon énonce un nouvel article de son credo militaire : « Il en est des systèmes de guerre comme des sièges de place : réunir des feux contre un seul point ; la brèche faite, l'équilibre est rompu ; tout le reste devient inutile et la place est prise. » Malheureusement, il oubliera en 1808 une autre considération de ce texte : « Il ne peut entrer dans une tête froide de prendre Madrid [...] le caractère patient de cette nation, l'orgueil et la superstition qui y prédominent, les ressources que donne une grande masse la

* 1763-1794. Député de Paris à la Convention nationale. Représentant en mission à l'armée d'Italie le 19 juillet 1793 (avec Ricord). C'est lui qui signale l'incapacité de Carteaux et son remplacement par Dugommier. Il est avec Buonaparte à Oneglia et dans le Piémont. En juin, il propose à Buonaparte de l'accompagner à Paris : Napoléon refuse, ce qui lui sauve la vie.

rendront redoutable lorsqu'elle sera pressée chez elle[24]. » Cependant Carnot*, en charge des affaires militaires au Comité de salut public, s'irrite de l'ingérence des Robespierre et de leur jeune « faiseur de plans[25] » : il préfère concentrer ses forces sur la frontière espagnole. C'est pourtant l'armée d'Italie qui remporte des victoires décisives, comme à Oneglia, le 9 avril 1794 : la route de l'Italie est ouverte aux Français par les Alpes piémontaises du roi de Sardaigne.

Le 9 Thermidor (27 juillet 1794), Carnot contribue à faire tomber l'Incorruptible. Augustin Robespierre est guillotiné le 28 juillet après avoir tenté de se suicider par défenestration. Napoléon écrit :

> J'ai été un peu affecté de la catastrophe de Robespierre le Jeune que j'aimais et que je croyais pur ; mais fût-il mon frère, je l'eusse moi-même poignardé s'il aspirait à la tyrannie[26].

Quant à Maximilien de Robespierre, il dira de lui dans le *Mémorial* qu'il avait été « le vrai bouc émissaire de la Révolution, immolé dès qu'il avait voulu entreprendre de l'arrêter dans sa course[27] » :

> C'étaient des hommes plus sanguinaires et plus affreux que Robespierre qui le faisaient périr[28].

Parmi eux, son futur ami : Barras.

Bonaparte s'était rapproché de l'Incorruptible et de son frère au moment où la Révolution finissait :

* Lazare Carnot (1753-1823), député à la Législative puis à la Convention, délégué aux Armées (qu'il réorganise) au Comité de salut public, s'oppose à Saint-Just et Robespierre pendant les journées des 8 et 9 thermidor (26-27 juillet 1794). Nommé directeur du Directoire en 1795, il s'oppose à Barras et est écarté.

comme il l'expliquera dans le *Mémorial*, la victoire de la Montagne avait été la pointe extrême d'une radicalisation politique que l'élimination des enragés hébertistes en février 1794 enrayait définitivement. Il voyait en Robespierre l'homme qui cherchait à maintenir la continuité de l'État républicain et à stabiliser la Révolution ; dans cet objectif, la Terreur lui était apparu, on l'a vu, comme un mal nécessaire.

Quant à sa position personnelle, il juge un peu vite que la contre-révolution thermidorienne « n'apporte aucun changement aux affaires[29] » : le corse Saliceti ne vient-il pas d'être nommé représentant à l'armée d'Italie ? Cependant, il sous-estime sa propre réputation à la Convention d'avoir été « l'homme de Robespierre[30] » ; il semblerait, en outre, que Saliceti, suspect dans un premier temps, se soit disculpé en dénonçant un prétendu « plan secret » : Buonaparte aurait été mandaté par les Robespierre pour s'entendre avec « l'ennemi[*31] ». Napoléon serait parvenu à se justifier assez rapidement, puisqu'il n'aurait été mis « aux arrêts de rigueur » que du 9 au 20 août, surveillé à demeure chez le comte Laurenti, son hôte à Nice[32], qui aurait obtenu qu'on ne l'envoie pas à Paris[33]... et dont, au passage, il aurait courtisé la fille, Émilie.

La victoire des Thermidoriens marque la fin de la Révolution. Il y aura bien encore quelques émeutes sans-culottes au printemps 1795, mais

* Napoléon avait été envoyé par le Comité de salut public à Gênes pour faire face à une manœuvre autrichienne : ces accusations de trahison des Robespierre et de Buonaparte sont sans fondement.

elles seront impitoyablement réprimées, les Jacobins épurés et, comme l'écrit Jean Tulard, « Paris, écrasé, ne bougera plus pendant trente ans[34] ». Buonaparte avait prévu ce nouveau règne impudent des parvenus enrichis par la spéculation sur la vente des biens nationaux, la fourniture aux armées ou les assignats, et autres profiteurs du nouveau système ; la situation le laisse d'abord désemparé. Dumerbion, le nouveau commandant en chef de l'armée des Alpes et de l'Italie, adopte son plan d'attaque sur Cairo (mis en œuvre le 13 septembre), mais ne poursuit pas l'offensive de peur de déplaire à Carnot. Le 3 novembre, le jeune général élabore un nouveau plan d'invasion du Piémont, que les représentants Turreau et Ritter présentent au Comité de salut public ; Carnot le fait rejeter. Quant au projet d'une expédition en Corse, que Saliceti l'avait envoyé préparer à Nice du temps de Robespierre, il participe à sa mise sur pied au printemps 1795, mais on l'exécute sans lui (et sans succès[35]). Sa carrière militaire lui paraît tout à fait compromise lorsqu'il apprend, le jeudi 7 mai 1795, qu'il est rayé des cadres de l'artillerie, dégradé et affecté « au commandement d'une brigade d'infanterie en Vendée[36] ». Il entreprend alors un voyage à Paris pour rétablir ses affaires. On le nomme général de brigade d'infanterie à l'armée de l'Ouest, mais, furieux de ne plus servir dans son arme, l'artillerie, il refuse ce poste et se fait mettre en congé de convalescence : toujours ces attaques opportunes de paludisme dont on ne sait pas dans quelle mesure elles sont feintes. La mélancolie suicidaire qui le saisit à nouveau ne l'est pas.

Il avait installé sa famille à Marseille fin juin, début juillet 1793*, où Joseph s'était lié avec un riche négociant en savons et en tissus** dont il épouse la fille aînée, Julie, le 1er août 1794. Napoléon courtise la sœur de Julie, Désirée Clary, qu'il a rencontrée pour la première fois en janvier-février 1794, après le siège de Toulon. Son aventure avec Émilie Laurenti, la fille de son hôte niçois en 1793-1794, avait sûrement été platonique, mais son idylle avec la femme du nouveau représentant en mission, la jolie et volage Mme Turreau, à Cairo, Piémont, en septembre 1794, est d'un genre plus leste. Double intrigue amoureuse donc, sensuelle avec la femme confirmée, sentimentale avec la « Julie » du moment, qu'il appelle de son deuxième prénom, Eugénie, selon l'usage du temps. Aussi bien dotée que la Julie de *La Nouvelle Héloïse*, la jeune fille de seize ans n'est pas d'une très grande beauté, mais possède complètement la rhétorique rousseauiste en vogue, ses lettres le montrent***. Le 21 avril 1795, revenu à Marseille après l'échec de l'expédition corse, le jeune homme demande la main de sa charmante épistolière. Mais apprenant le jeudi 7 mai qu'il est

* La famille s'installera vers mars 1794 dans une bastide, le Château-Sallé, à Antibes.

** Dont le fils est du côté des insurgés à Toulon : Napoléon s'ingéniera à le faire réhabiliter, ce qui confirme sa complaisance envers les fédéralistes.

*** « Oh mon ami, s'écrit Désirée-Eugénie, prends soin de tes jours pour conserver ceux de ton Eugénie, qui ne saurait vivre sans toi. Tiens-moi aussi bien le serment que tu m'as fait, comme je tiendrai celui que je t'ai fait », Frédéric Masson, *Napoléon et les femmes*, éditions Famot, Genève, 1974, p. 39 [noté désormais Masson NF suivi du numéro de page].

dégradé, il décide de partir dès le lendemain pour Paris : la belle-famille, inquiète de la situation critique de ce gendre conditionnel lui a demandé de trouver un engagement en Provence. De son hôtel de la rue du Mail (le même qu'en 1792 ?) où il est arrivé vers le 28 mai, Napoléon s'impatiente : il trouve que Désirée-Eugénie ne lui écrit pas assez et exige une réponse définitive à sa demande officielle en mariage.

Certains biographes se sont plu à l'imaginer en désœuvré amoureux désespéré, errant dans l'été parisien de 1795 tel que le décrit la duchesse d'Abrantès dans ses *Mémoires* « abracadabrantesques » (le mot est de Musset) : « À cette époque, Napoléon était si laid, il se soignait si peu que ses cheveux mal peignés, mal poudrés, lui donnaient un aspect désagréable. Je le vois encore entrant dans la cour de l'hôtel de la Tranquillité, la traversant d'un pas gauche et incertain, ayant un mauvais chapeau rond, enfoncé sur les yeux et laissant échapper ses deux oreilles de chien qui retombaient sur la redingote, les mains longues, maigres et noires, sans gants parce que, disait-il, c'était une dépense inutile, portant des bottes mal faites, mal cirées, et puis tout cet ensemble maladif résultant de sa maigreur, de son teint jaune[37]. » Pour parfaire ce tableau préromantique, on l'imagine griffonnant fébrilement entre la mi-août et la mi-septembre les quelques pages de son ultime roman de jeunesse et unique roman d'amour : « Eugénie et Clisson ».

Pourtant, c'est lui qui, à l'automne (à partir du 13 Vendémiaire : 5 octobre 1795), interrompra la correspondance amoureuse et cessera de demander des nouvelles de sa promise*. Et c'est Désirée qui enverra une lettre amère à son amant lorsqu'elle apprendra, moins d'un an plus tard, ses épousailles à la hussarde avec Joséphine de Beauharnais — qu'elle baptisera « La Vieille » et détestera toujours, refusant de paraître à la cour impériale. Napoléon aura favorisé ensuite plusieurs projets de mariage pour la jeune femme — qui épousera finalement un homme qu'il n'aime pas et qui ne lui voudra jamais de bien, le général Bernadotte**, dont Masson prétend qu'il fera cependant la carrière... pour les beaux yeux de sa femme. Il aurait assuré la future reine de Suède de ses tendres sentiments jusqu'à la trahison de son mari en 1813[38].

Il faut souligner ici cette constante du comportement de Napoléon : sa tendance à dédommager largement les femmes qui ont été liées à lui le temps d'une idylle chaste, d'une modeste aventure ou davantage***. Générosité, dira-t-on ? Fidélité de cœur ? Peut-être s'agit-il avant tout d'une sorte de tendre loyauté à l'égard... de lui-même. Et de l'aveu d'avoir à payer les femmes d'autre monnaie que son amour.

Certes, les amants s'étaient fait d'éternels serments****. Mais la psychologie de notre jeune

* Qu'il n'appelle plus que Désirée dans sa lettre du 9 décembre 1795 (*Corr.* I, 280).

** Il rencontre pour la première fois le futur roi de Suède à l'armée d'Italie en 1797.

*** Las Cases tient le compte dans le *Mémorial* de ces dédommagements en argent, que reprend et complète scrupuleusement Masson (NF 34 *sq*) : pour Mme Turreau *op. cit.*, p. 37, pour Désirée Clary *op. cit.*, p. 42-46, pour Mme du Colombier, *op. cit.*, p. 33-59 ; *Mémorial* 140-141 pour la « belle représentante », etc.

**** « À toi pour la vie », écrit Napoléon à Désirée-Eugénie le 11 avril 1795 (*Corr.* I p. 221).

homme le poussait décidément à sacrifier volontiers les Julie à ses autres passions : la politique et la guerre. « Eugénie et Clisson » est moins une transposition de la déception sentimentale de Napoléon que le récit du sacrifice de l'amour à la gloire héroïque du guerrier qui, trahi par son amante, cherche la mort sur le champ de bataille.

Comme dans ses textes précédents, l'isolement, l'inaction, la mélancolie sont causes de l'amour : « La guerre cessa un instant, et il connut Eugénie[39] », écrit-il.

> Dégoûté de triomphes qui croissaient ses ennemis sans lui donner des amis, Clisson sentit le besoin de rentrer en lui-même, et pour la première fois, il jeta un coup d'œil sur sa vie, ses goûts et son état. [...] Son imagination ardente, son cœur de feu, sa raison sévère, son esprit froid ne pouvaient que s'ennuyer des câlineries des coquettes, des jeux de la galanterie, de la logique des tatillons et de la morale des brocards. Il ne concevait rien aux cabales et n'entendait rien aux jeux de mots. Sa vie était sauvage et ses facultés absorbées par une seule pensée qu'il ne pouvait encore définir ni connaître, mais qui maîtrisait entièrement son âme. Accoutumé aux fatigues, il avait besoin d'action, de beaucoup d'exercice. [...] Naturellement sceptique, Clisson devenait mélancolique. La rêverie avait remplacé chez lui la réflexion. Il n'avait rien à combiner, à craindre, à espérer[40].

À l'amour, s'ajoute le désir de paternité : « Cette réaction sur lui-même lui fait comprendre d'autres sentiments que celui de la guerre, d'autres penchants que la destruction. Le talent de nourrir les hommes, de les élever, de les rendre heureux, vaut bien celui de les détruire. » On retrouve aussi l'hésitation dans le choix d'objet entre deux types de femmes, la coquette et la sentimentale : Amélie, aimant les compliments et dont l'« accent guindé », prévisible et agréable « comme un morceau de musique française [...] plaît à tout le monde, parce que tout le monde sent l'harmonie[41] », tandis que son amie Eugénie, farouche « comme le chant du rossignol, ou un morceau du Paësiello, ne plaît qu'aux âmes sensibles seulement, dont la mélodie transporte et passionne les âmes faites pour la sentir vivement[*][42] ». Le passage décrivant le coup de foudre qui lui fait finalement préférer la « Julie » à la coquette est plus conventionnel que senti. Mais la clé en est donnée :

> Ils eurent des enfants et furent toujours amants. [...] La société d'un homme de si grand mérite que Clisson avait rendu Eugénie accomplie ; son esprit était orné et ses sentiments très tendres et très faibles avaient pris ce caractère de force et d'énergie que devait avoir la mère des enfants de Clisson[43].

Julie/Eugénie est avant tout une bonne mère et pour le reste l'ombre portée de son génie de mari... que la guerre et bientôt la gloire appellent à nouveau : « Il réussit en tout, et surpassait l'espérance du peuple et de l'armée qui lui devait ses succès[44]. »

On dit parfois que la littérature a le pouvoir magique de faire advenir ce qu'elle invente — si c'est le cas, alors Napoléon fut bel et bien un écrivain. Son texte est prémonitoire de son mariage,

* Cette association de l'amour et de la musique est un trait notable de la sensualité de Napoléon : il enjoint Eugénie dans ses lettres d'apprendre le piano-forte et lui donne même par écrit de curieux cours de solfège (lettres 283 et 285, *Corr.* I, 218-219).

quelques mois plus tard, non pas avec Désirée/Eugénie/Julie, mais avec Amélie/Joséphine, et de son départ pour la très glorieuse campagne d'Italie. L'époux, écrit-il, « ne faisait pas un pas sans avoir Eugénie dans la mémoire et lui tracer les témoignages de son amour. Son nom était le signal de la victoire et ses talents et son bonheur le grandirent[45] ». Mais l'épouse s'éprend d'un émissaire qu'il lui a envoyé pour la consoler : bientôt « Eugénie ne lui écrit plus, Eugénie ne l'aime plus[46] ». L'amant trompé se jette alors « tête basse dans la mêlée... et expire percé de mille coups[47] ». La sublimation de l'amour dans la gloire est un suicide — plus métaphorique que réel : n'est-ce pas l'amour qui perce « de mille coups » ? Ce type d'amour (sentimental) est en lui-même un vertige qui ravive la blessure mélancolique (du père en défaut et de la rupture de la filiation corse) que la recherche de la gloire et de la puissance peut seule surmonter. La jalousie est le symptôme le plus manifeste de cette mélancolie narcissique réactivée par l'amour : elle est un trait constant du délire amoureux de Napoléon, très présente dans les lettres à Eugénie-Désirée (et plus tard à Joséphine), à qui il donne même des conseils pour trouver des amants dignes d'elle, puisque, suppose-t-il, projetant sur elle sa propre incapacité, elle n'a pu l'aimer*. Le

* « Clisson » est, à l'évidence, la réécriture extensive de la lettre de Napoléon à Désirée-Eugénie du 14 juin 1795 qui contient en germe le portrait de Clisson/Bonaparte dans des termes très proches, et l'idée de la trahison amoureuse menant au sacrifice glorieux (*Corr.* I, 229). Dans la lettre à son frère Joseph du 24 juin, il précise : « Si l'affaire de Désirée ne se conclut pas, [...] j'accepterai une place de général d'infanterie et j'irai au Rhin chercher la mort » (*Corr.* I, 232). À Désirée, il écrit le 10 août : « La gloire ou la mort sont ma destinée », *Corr.* I, 247.

mécanisme de défense est désormais fixé d'un rapport aux femmes soupçonneux, et d'une sublimation de l'amour sacrifié au génie, au sublime, à l'héroïsme, à la puissance — au risque de la mort (celle qu'il a déjà frôlée à Toulon) ou de l'oubli de soi. Le dernier essai littéraire de Napoléon est un deuil de la littérature, un renoncement à l'intimité sensible et aux grandes amoureuses. Il en rencontrera encore, mais elles seront condamnées d'avance au... dédommagement. En attendant, il biffe d'un trait de plume le nom d'Eugénie sur son manuscrit*. Clisson/Buonaparte est désormais seul en scène. Ne manque que la mêlée où se jeter.

Loin de passer son temps à se morfondre, Napoléon parvient en moins de deux mois à être introduit dans les cercles les plus proches du pouvoir. Il est en relation personnelle, dès juillet, avec Barras lui-même, l'homme fort du nouveau régime : l'ancien terroriste a fait chuter Robespierre (avec Tallien, Fréron, Fouché...) et préside la Convention thermidorienne depuis février 1795. Barras aurait remarqué Napoléon lors du siège de Toulon : il faisait alors partie de la cohorte des représentants en mission, et c'est lui qui lui aurait confié en janvier-février 1794 une mission d'inspection et d'armement des côtes de Provence. À Paris, Volney a servi d'intermédiaire entre les deux hommes : de janvier à mai, le savant a donné un cours à l'École normale éphémère créée par Laka-

* Son roman s'appelle donc « Clisson », et non « Eugénie et Clisson ».

nal et s'apprête à repartir pour l'Amérique (il part vers le 10 août) : Buonaparte lui confie son dépit d'avoir été versé dans l'infanterie alors qu'il sait pouvoir briller dans l'artillerie, l'arme qui est à la pointe du progrès. Ils parlent voyages, et Volney lui déconseille d'aller de lui-même proposer ses services aux Turcs ou aux Russes, comme il en a un moment le projet. Finalement Napoléon se contente de demander au Comité de salut public d'être envoyé en mission à Constantinople*.

Mais grâce à ses démarches auprès de Barras, il entre le 18 août au Bureau topographique du ministère de la Guerre, et est « attaché au Comité de salut public pour la surveillance des armées et la direction des plans de campagne[48] ». Dès la fin juillet, il écrit à Joseph qu'il « travaille » à lui faire obtenir « une place de consul en Italie[49] » et qu'il est désormais en position d'assurer durablement les affaires du clan. De fait, il s'occupe activement de récupérer les biens familiaux en Corse** et obtient une rente en dédommagement de la vieille affaire de la pépinière ; il est question également de négoce de savons de Marseille, de café, de sucre, de pâtes ou de soie, à propos de quoi il veut mettre en relation les Clary et l'ami Bourrienne ; bref

* Lettre du 20 août à Joseph : « Je demande et obtiendrai d'aller en Turquie comme général d'artillerie envoyé par le gouvernement pour organiser la flotte du Grand Seigneur et avec un bon traitement et un titre d'envoyé très flatteur » (*Corr.* I, 252).

** « Les réfugiés qui ont de quoi vivre ont tort de rentrer. Sous peu, il est à croire que la Corse nous appartiendra. Ils rentreront alors avec plus d'honneur », lettre du 1er août 1795 à Joseph, *Corr.* I, 244 : il n'envisage en aucune façon de rentrer lui-même.

de « spéculation*[50] », également immobilière, dont l'achat pour Joseph d'une propriété en Bourgogne ou dans les environs de Paris. Il continue à se charger de l'éducation de Louis, mis en pension à Châlons-sur-Marne, et tente de faire libérer Lucien de la prison d'Aix-en-Provence où sa fureur jacobine l'a conduit. À la même époque, Saliceti est en fuite, compromis dans l'affaire du 1er Prairial (20 mai), la dernière émeute sans-culotte. Napoléon sait où il se trouve mais épargne celui qui l'avait dénoncé après Thermidor. Le 5 septembre, il a bon espoir d'être « rétabli dans l'artillerie[51] ». Le 15 septembre, il est à nouveau rayé de la liste des généraux pour avoir refusé de rejoindre l'armée de l'Ouest où on l'avait affecté en juin en qualité de général de brigade, et à cours de fonds, emprunte de l'argent à son nouvel ami, le grand acteur Talma**.

Mais un arrêté lui accorde le commandement d'une mission militaire en Turquie et ses relations avec Barras sont meilleures que jamais.

Le futur Directeur l'a introduit probablement dès juillet dans le salon de Mme Mailly de Châteaurenaud où règnent les égéries du Directoire en passe de lancer la mode à l'antique (déshabillés néo-grecs, meubles étrusques) ; parmi elles la reine des « Merveilleuses », comme on les appelle, Mme Tallien (Thérésa Cabarrus), et l'amie de Barras, Marie-

* Il affecte cependant un ton dégoûté : « Mais je ne veux pas tripoter » (*Corr.* I, 241). Le 27 septembre, il est question de faire obtenir le marché d'une fourniture pour l'armée d'Italie à M. Clary, le beau-père de Joseph et père de Désirée (*Corr.* I, 267).

** Il fréquente assidûment les théâtres pendant cette période, lisant les nouvelles pièces, les envoyant à son frère, avec une préférence marquée pour la tragédie et pour le théâtre lyrique.

Josèphe-Rose Tascher de La Pagerie, veuve Beauharnais. Le 29 août, le jeune officier dîne chez Tallien (on dit du mari de Thérésa qu'il n'a participé au 9 Thermidor que pour sauver la jeune femme de l'échafaud — d'où le surnom de sa femme, épousée depuis : « Notre-Dame de Thermidor »). Les femmes « sont ici les plus belles du monde », écrit Napoléon à Joseph, elles sont « la grande occupation et la grande affaire[52] » : « Ici seulement, de tous les rois de la terre, elles méritent de tenir le gouvernail[53]. » « Le luxe, l'aisance, le théâtre : tout a repris. L'on ne se souvient de la Terreur que comme un rêve[54] », ajoute-t-il, analysant : « L'on dirait que chacun a à s'indemniser du temps qu'il a souffert et que l'incertitude de l'avenir porte à ne rien épargner aux plaisirs du présent[55]. »

En moins d'un an, passé du statut de « suspect » jacobin aux fastes des fêtes thermidoriennes, il se montre dans ses lettres tout à fait favorable à la Constitution de l'An III définitivement adoptée le 23 septembre : ne sauve-t-elle pas le principe républicain ? Tout au moins, elle confirme le pouvoir des conventionnels régicides et terroristes et garantit la stabilité politique. De fait, Napoléon n'a guère de raison d'être hostile à cette « République des propriétaires », à nouveau censitaire, qui s'inspire de la Constitution de 1791 et se consolide à présent. Avec le deuil de la Corse, il a fait celui de l'égalitarisme de 1793, et le mot qui revient le plus souvent sous sa plume à propos de politique est celui de « tranquillité » : « Tout est tranquille et cher. Les assignats perdent tous les jours », résume-t-il dans le style réaliste et lapidaire qui est (déjà) celui de ses écrits militaires[56]. Il n'est pas dupe pour autant de la corruption du nouveau régime peu soucieux de nourrir le peuple (il note que le pain a dramatiquement augmenté). À Sucy, nommé commissaire à l'armée d'Italie, il parle le 17 août (à la veille de devenir le « faiseur de plans » du Comité de salut public thermidorien) d'un « gouvernement versatile circonscrit de fripons, pour ne rien dire de plus[57] » et conclut sa lettre : « L'espérance seule n'est pas encore perdue pour l'homme de bien : c'est te dire l'état très maladif où se trouve cet empire[58]. » Dans le *Mémorial*, il qualifiera de « *Pourris*[59] » Barras et son clan.

Quant aux Merveilleuses, dont la favorite en titre du nouveau Directeur, Marie-Josèphe-Rose dite « Rose » de Beauharnais (c'est le prénom que lui donne Barras), leur charme ne semble pas trop l'aveugler pour l'instant, et il s'irrite, en républicain confirmé, de leur « violent penchant pour le royalisme[60] ». À Désirée, il écrit à leur propos : « J'ai dîné avant-hier chez Madame Tallien [qui a vingt-deux ans et est d'une très grande beauté]. Elle est toujours aussi aimable, mais je ne sais par quelle fatalité, ses charmes se sont effacés à mes yeux. [...] J'ai remarqué dans le dîner une coterie d'une vingtaine de femmes. Je ne vois jamais chez elle que des femmes plus laides et plus âgées[61]. » Un passage de sa lettre à Joseph du 5 septembre, biffé et surchargé (censuré plus tard ?), laisse entendre que si le mariage avec Eugénie ne se fait pas : « Il n'est pas rare de trouver ici des femmes qui ont... [envie de][62]... » Aurait-il envisagé dès lors d'épouser une de ces « vieilles » femmes très entourées ? « Il ne serait pas impossible que la folie de me marier ne me prît », prévient-il son frère[63], et il s'impatiente un peu brutalement dans la lettre du 27 septembre, comme un homme qui a plusieurs fers au feu : « Si ces messieurs ne veulent pas finir l'affaire d'Eugénie, tant pis pour elle [...] Je crois lui faire beaucoup d'honneur[64]. »

De fait, « Rose » de Beauharnais a trente-deux ans, et, dit-on, les dents un peu gâtées. Elle est le type même de la coquette de l'Ancien Régime, mais avec en plus une avidité d'époque, une intrépidité de parvenue, une désinvolture un peu crue dont le jeune officier ne peut ou ne veut apercevoir la « nuance[65] », obsédé qu'il est par son propre destin glorieux à accomplir coûte que coûte.

Fille de riches colons planteurs martiniquais, Marie-Josèphe Tascher de La Pagerie ne possédait pas, dans l'ancienne société, les titres qui permettaient d'être présenté à la Cour. On l'a mariée très jeune à Alexandre de Beauharnais*, fils cadet du gouverneur de la Martinique, un ambitieux libertin qui lui fait deux enfants en passant et court s'introduire par les portes dérobées de l'adultère auprès d'une princesse de Hohenzollern-Sigmaringen. Elle le retrouve pourtant pendant la Révolution : le vicomte, rallié aux idées nouvelles, président de la Constituante au moment de la fuite du roi, devient général de l'armée du Rhin en 1793. Elle tient un moment salon et, enfin, le haut du pavé,

* Le vicomte est le fils de l'amant de sa tante (Mme Renaudin) qui fut pour le feu roi gouverneur de la Martinique.

lorsque la Terreur les jette, elle et son mari, dans la prison des Carmes. Le vicomte de Beauharnais se fait guillotiner en pleine idylle avec Delphine de Custine, sa voisine de cellule, tandis que sa femme séduit le jeune Hoche (il a vingt-cinq ans, elle en a trente), bientôt tiré d'affaires par la chute de Robespierre. Hoche est son premier protecteur, mais le jeune général repart pacifier l'Ouest vendéen et repousser le débarquement d'émigrés à Quiberon en juillet 1795. Le marquis de Caulaincourt le remplace et, bientôt, Barras. La bonne fortune de « Rose » lui permet de louer un petit hôtel particulier dans le quartier excentré de la Chaussée-d'Antin, rue Chantereine, et de continuer à multiplier les dettes. Guère prévoyante, elle se lance avec volupté dans cette surenchère de luxe où il s'agit de ne pas perdre la position acquise : être la reine du jour.

À l'un des dîners offerts par son amie Thérésa, assis non loin de Rose, se trouve le petit Buonaparte dont Barras lui a demandé de s'assurer, parce que ses talents militaires peuvent être un appui précieux en cette période de contre-offensive royaliste.

Il est là, présence butée et maladroite, mal fagoté au milieu des fanfreluches « merveilleuses », légèrement étourdi, mais faisant son compliment en automate programmé, et forçant son sourire. On le dit faux : c'est qu'il est tranchant, déterminé mais sans illusions. Dérogeant à l'onctuosité insinuante des intrigants, il effarouche la frivolité mondaine. Sa chance, c'est qu'on a besoin de lui.

Depuis l'épuration jacobine, plusieurs sections parisiennes sont tombées aux mains des royalistes. La nouvelle Constitution leur ôte toute chance de rétablir la monarchie par la voie légale et, le 2 octobre 1795, ils appellent les sections à se soulever pour contraindre la Convention à révoquer le décret des deux-tiers. Le 4, Napoléon est convoqué à Chaillot à dix heures du matin par Barras, à qui la Convention confie le lendemain le commandement de Paris. Le jeune officier d'artillerie accepte de se joindre à lui pour écraser l'insurrection : les comités le nomment « pour le commandement en second[66]. »

A-t-il hésité longuement avant d'accepter comme il le prétendra dans le *Mémorial* ? Les biographes s'accordent à dire que c'est peu probable. Mais cette réécriture de l'Histoire n'est pas tout à fait de mauvaise foi : il avait le sentiment d'avoir franchi ce jour-là une étape capitale dans sa transformation intime en homme de pouvoir, et il ne pouvait admettre que cela n'ait pas provoqué en lui une longue délibération intérieure. L'expérience corse comme la nuit du 10 août lui avaient donné une répugnance particulière pour les scènes de guerre civile. Mais, en même temps, il s'agissait de sauver la République de la contre-révolution royaliste. De toute façon, son ambition forcenée, aiguillonnée par ce vide intérieur et la boule dans l'estomac de la mélancolie (et de la gale), ne pouvait laisser échapper cette occasion unique de parvenir à son but.

En tout cas, le fait est là : il participe au massacre, en quelques heures, de deux cents à trois cents royalistes ; les pertes du côté des troupes de la Convention ne s'élèvent qu'à trente hommes et soixante blessés, selon le bref compte rendu de la bataille qu'il griffonne pour son frère Joseph à deux heures du matin. Deux dispositions tout à fait décisives sont au moins de son fait : il a ordonné au chef d'escadron Murat d'aller s'emparer des pièces d'artillerie et des munitions des sections au camp des Sablons[67], et il dispose ces quarante canons de manière à barrer toutes les avenues qui conduisent aux Tuileries, « empêchant les sections insurgées de se concentrer sous les fenêtres du palais[68] », comme cela avait été le cas le 10 août — dont il avait retenu la leçon.

À partir de ce moment, il est lié par le sang versé et par la victoire politique au « pourri » Barras, devenu l'un des Directeurs le 31 octobre, et qui le fait nommer commandant en chef de l'armée de l'intérieur et général de division dans l'artillerie. Les deux hommes se voient souvent. Napoléon l'appelle « mon ami » au moins jusqu'en juin dans ses lettres d'Italie, concluant celle du 23 mars 1796 par ces mots : « Crois-moi pour la vie[69]. »

De cette fortune nouvelle, il fait largement profiter sa famille : Lucien est envoyé comme commissaire des guerres à l'armée du Rhin, Louis sera son aide de camp pendant la campagne d'Italie, Jérôme est placé dans un bon collège. Il rappelle Saliceti et le fait nommer commissaire des guerres à l'armée d'Italie, renversant le rapport de pouvoir qui avait jusque-là existé entre eux ; il utilise immédiatement la reconnaissance complaisante du

Corse pour lui faire trouver un emploi à Joseph dans le Midi, en attendant la paix et la place de consul en Italie qu'il ne cesse de promettre à son frère dans ses lettres*.

Chargé du maintien de l'ordre à Paris, il n'hésite pas à fermer le club des Jacobins et à disperser les émeutes du pain de novembre et de décembre (l'inflation a repris de plus belle). Il épure les sections ou la garde nationale des éléments royalistes, inaugurant sa politique future d'une répression qui frappe un coup à droite et un coup à gauche.

Le 28 octobre, « Rose » de Beauharnais lui envoie un billet : « Vous ne venez plus voir une amie qui vous aime... vous avez bien tort, car elle vous est tendrement attachée... Venez demain septidi déjeuner avec moi. J'ai besoin de vous voir et de causer avec vous sur vos intérêts[70]. » Le « général vendémiaire », comme on l'appelle non sans malveillance, se serait rendu chez « Marie-Josèphe-Rose » pour la première fois dès le 15 octobre. Était-ce pour lui rendre sa visite du 10, qui aurait fait suite, selon la légende, à celle de son fils, Eugène de Beauharnais, venu réclamer l'épée de son père ? Un décret avait été passé pour confisquer toutes les armes et Napoléon aurait autorisé le fils de Joséphine à conserver celle du vicomte, martyr de la Terreur.

Toujours est-il qu'en décembre le visiteur est

* En janvier-février, s'interrompt le négoce en relation avec les Clary ; Joseph s'en plaint, et Napoléon lui répond le 8 février : « Après ce que je ouïs, il me paraît que la famille de ta femme ne vaut pas la peine que tu t'en occupes » (*Corr.* I, 293). Dans sa lettre du 12 janvier, déjà, il ne mentionnait plus du tout Désirée-Eugénie (mais seulement la femme de Joseph), qui s'en plaindra amèrement, on l'a dit. Les bans du mariage avec Joséphine sont publiés dès le début février.

devenu un amant. Il s'approprie la favorite du directeur en la reprénommant Joséphine :

> Sept heures du matin. Je me réveille plein de toi. Ton portrait et le souvenir de l'enivrante soirée d'hier n'ont point laissé de repos à mes sens. Douce et incomparable Joséphine, quel effet bizarre faites-vous sur mon cœur ! Vous fâchez-vous ? Vous vois-je triste ? Êtes-vous inquiète ? Mon âme est brisée de douleur, et il n'est point de repos pour votre ami [...]. Mais en est-il donc davantage pour moi, lorsque, vous livrant au sentiment profond qui me maîtrise, je puise sur vos lèvres, sur votre cœur, une flamme qui me brûle. Ah ! c'est cette nuit que je me suis bien aperçu que votre portrait n'est pas vous ! Tu pars à midi, je te verrai dans trois heures. En attendant, *mio dolce amor*, reçois un millier de baisers ; mais ne m'en donne pas car ils brûlent mon sang[71].

Par cette liaison et bientôt ce mariage, encouragé par Barras, Napoléon assemble plusieurs passions jusque-là disjointes : la passion politique (par Rose/Joséphine, il appartient désormais complètement et intimement au clan dirigeant), la sensualité (nul doute que la séductrice confirmée et d'une extrême sophistication qu'est son amante ait su enflammer le novice de vingt-six ans) et la passion sentimentale (le ton rousseauiste de certains passages de ce billet l'annonce : le reste de la correspondance le confirme). L'emploi des mots italiens est la preuve que l'homme est touché au plus profond.

Mais la seconde missive (beaucoup plus tardive : mars 1796, peu de jours avant le mariage et le départ de Napoléon pour l'Italie) donne à lire entre les lignes toute l'ambiguïté de cette relation : « Je vous ai quittée emportant avec moi un sentiment pénible. Je me suis couché bien fâché. Il me semblait que l'estime qui est due à mon caractère devait éloigner de votre pensée la dernière qui vous agitait hier au soir. Si elle prédominait dans votre esprit, vous seriez bien injuste, Madame, et moi bien malheureux ! / Vous avez donc pensé que je ne vous aimais pas pour vous !!! Pour qui donc ? Ah ! Madame, j'aurais donc bien changé ! Un sentiment si bas a-t-il pu être conçu dans une âme si pure ? J'en suis encore étonné, moins encore que du sentiment qui, à mon réveil, m'a ramené sans rancune et sans volonté à vos pieds. Certes, il est impossible d'être plus faible et plus dégradé. Quel est donc ton étrange pouvoir, incomparable Joséphine ? Une de tes pensées empoisonne ma vie, déchire mon âme par les volontés les plus opposées, mais un sentiment plus fort, une humeur moins sombre me rattache, me ramène et me conduit encore coupable. Je le sens bien, si nous avons des disputes ensemble, je devrais récuser mon cœur, ma conscience : tu les as séduits, ils sont encore pour toi. / Toi, cependant, *mio dolce amor,* tu as bien reposé ? As-tu seulement pensé deux fois à moi. Je te donne trois baisers : un sur ton cœur, un sur ta bouche, un sur tes yeux[72]. » Une autre lettre fait allusion plus tard (juin 1796) à la « scène affligeante » dont il est question ici et « qui précéda de quinze jours [leur] mariage[73]. »

Le soupçon et la jalousie ont été d'emblée un des aliments de cette relation complexe. Joséphine poursuit son amant de son « aimable jalousie » (l'expression est de Napoléon) ; mais, davantage, elle lui reproche de chercher à s'attacher à travers elle le seul Barras, alors qu'elle-même a initié le jeu que lui suggérait le Directeur libertin — qui la pousse vers le jeune général parce qu'il est lassé d'elle ? On ne sait pas. Le reproche qu'elle fait à son futur époux de ne pas l'aimer comme elle aurait pu le désirer, ou comme elle se sent en droit de l'exiger, laisse supposer qu'elle tient à lui : est-ce de l'amour ? Un lien puissant se noue là entre eux, qui survivra aux infidélités réciproques, et peu importe le nom qu'on lui donne.

Napoléon, quant à lui, se conforme absolument au scénario fantasmatique mis en place dans « Clisson » : tandis que l'amoureux se transforme de victoire en victoire en l'immortel général Bonaparte, une jalousie dévorante et passionnée grandit de lettre en lettre. À Barras, il écrit d'Italie le 11 juin 1796 : « Je suis au désespoir, ma femme ne vient pas, elle a quelque amant qui la retienne à Paris, je maudis toutes les femmes mais j'embrasse de cœur mes bons amis[74]. » Il supplie Joséphine de venir le rejoindre, exige piteusement qu'elle lui montre le courrier qu'elle reçoit. Il lui reproche d'écrire trop peu et trop froidement. Il se persuade qu'elle ne l'aime pas, qu'elle ne l'a jamais aimé et qu'il va mourir le lendemain sur le champ de bataille : « J'étouffe un sentiment indigne de moi, et si la gloire ne suffit pas à mon bonheur, elle forme l'élément de la mort et de l'immortalité… Quant à toi, que mon souvenir ne te soit pas odieux […]. [Mon cœur] s'était défendu de l'amour, tu lui as inspiré une passion sans bornes […] une ivresse qui le dégrade » (8 juin 1796)[75].

Joséphine, après lui avoir envoyé trois ou quatre lettres brûlantes, s'est contentée ensuite de quelques lignes et retarde autant qu'elle peut le moment de venir rejoindre son mari. Elle va jusqu'à inventer, cruelle femme, prompte à utiliser le point faible de son amant, qu'elle est enceinte ! À quoi Bonaparte répond : « Il est donc vrai que tu es enceinte [...]. Ta lettre est courte, triste, et d'une écriture tremblante. Qu'as-tu mon adorable amie ? [...] je croyais être jaloux, mais je te jure qu'il n'en est rien. Plutôt que de te savoir mélancolique, je crois que je te donnerais moi-même un amant » (13 mai 1796[76]). Et de balancer dans les lettres suivantes entre les reproches amers et les plus plates excuses. S'il n'est pas sûr que son épousée soit si triste, du moins va-t-elle suivre scrupuleusement son conseil. Lorsqu'elle monte enfin en voiture pour l'Italie le 26 juin 1796, c'est avec Hyppolite Charles, un jeune hussard méridional et amusant de vingt-trois ans, qui rentre chez elle dès que Napoléon en sort, dit-on. Il sera son amant jusqu'au retour de Bonaparte d'Égypte. Elle ne cesse pas pour autant d'accabler Napoléon de ses soupçons jaloux et elle ne cessera jamais.

Cette correspondance passionnelle va durer environ un an, avec des paroxysmes de délire amoureux chez Bonaparte, qui quémande, « se dégrade », s'excite, gémit, somatise*, en total contrepoint de la sécheresse laconique de ses ordres et de ses pro-

* Le 27 novembre 1796, violemment déçu de ne pas trouver Joséphine à Milan où il se réjouissait de la retrouver, lui vint en sortant de son bain « une sorte d'érysipèle à la tête » (Tulard/Garros, 108).

clamations militaires. Comme si Joséphine, « qui a su, écrit-il, concentrer en [elle] toute [son] existence morale[77] », lui avait permis de consumer ce qui était en reste dans « Buonaparte » comme il signe encore, et pour la dernière fois, sur son acte de mariage, le 9 mars 1796.

Arrivé deux heures en retard à la cérémonie*, il accomplit définitivement la douloureuse catharsis amoureuse privée qui lui donnera la force, en public, de s'identifier complètement au chef de guerre impassible et froid, « très sévère et peu communicatif[78] », qu'il veut être pour ses hommes. En fait, il a trouvé la compagne idéale : celle qui va lui permettre justement d'effectuer l'ultime métamorphose, l'ultime évidement** affectif dont la suppression du U corse de son nom semble la métaphore : il signe Bonaparte pour la première fois au bas de la première lettre qu'il écrit à Joséphine trois jours après son départ pour l'armée d'Italie (14 mars 1796)***.

Frivole, dépensière, presque exclusivement préoccupée de conserver ou d'améliorer sa « position », comme elle dit, issue d'un milieu social finalement

* Il ne préviendra que tardivement sa famille : ce mariage est un acte d'émancipation complet vis-à-vis du clan corse (ce que la modification du nom dit aussi) — particulièrement de la mère, qu'il voit le 20 mars à Marseille, et qui a bien du mal à l'admettre. Napoléon n'en continuera pas moins, comme il le confesse dans le *Mémorial*, à se conduire en « poule mouillée » [*sic*] vis-à-vis de son clan, avide et pas toujours bien inspiré (*Mémorial*, 1283).

** S'il y a une composante masochiste dans les liaisons sentimentales de Napoléon, on ne suivra pas ici Lilly Marcou, qui fait de l'Empereur une éternelle victime des femmes : *cf.* Lilly Marcou, *Napoléon et les femmes*, Éditions de la Martinière, 2008.

*** C'est sa troisième lettre (connue) à Joséphine, la première envoyée après son mariage et son départ deux jours plus tard pour l'armée d'Italie (*Corr.* I, 298).

assez similaire à celui de Bonaparte de « petits nobles » excentrés par rapport à la métropole, « Joséphine » de Beauharnais lui ressemble : elle n'aspire pas tant à l'amour qu'à la domination, et lorsqu'elle comprendra assez tardivement, au retour d'Égypte, que cet homme-là va la mener plus haut qu'aucun autre homme ne pourrait le faire, elle cessera ses infidélités et se dévouera à lui, autant qu'elle en est capable, jouant le jeu du mariage « bourgeois » qui complaît au prosaïque époux que voudra être désormais Napoléon* — toujours tremblante de se faire supplanter par quelque autre créature dans le lit conjugal, enjeu de son pouvoir bien davantage que de ses sentiments**.

Grâce à Joséphine, la femme qui dit toujours « non*** », Bonaparte se persuade d'avoir connu la passion, mais du même coup s'en débarrasse : quelle aubaine et quel soulagement que cette amante à qui il suffit de payer ses innombrables dettes pour la combler****, et qui partage, quoique selon des modalités différentes (pour elle : le luxe

* « [Napoléon] s'est arrêté sur l'impératrice Joséphine. Ils avaient fait ensemble, disait-il, un ménage tout à fait bourgeois, c'est-à-dire fort tendre et fort uni, n'ayant eu longtemps qu'une même chambre et qu'un même lit. "Circonstance très morale, disait l'Empereur, qui influe singulièrement sur un ménage, assure le crédit de la femme, la dépendance du mari, maintient l'intimité et les bonnes mœurs" » (*Mémorial*, 664-665).

** Défions-nous cependant des analyses trop cyniques : la capacité des êtres humains à se faire illusion sur leurs propres sentiments est infinie et se confond souvent avec eux d'une manière difficilement élucidable.

*** « Une autre nuance caractéristique de Joséphine, continuait l'Empereur, était sa constante dénégation. Dans quelque moment que ce fût, quelque question que je lui fisse, son premier mouvement était la négative, sa première parole *non* ; et ce *non*, disait l'Empereur, n'était pas précisément un mensonge, c'était une précaution, une simple défensive », (*Mémorial*, 667).

**** Napoléon précise dans le *Mémorial* : « Son gaspillage faisait mon supplice [...] calculateur comme je suis. »

et la dépense, pour lui le calcul et la maîtrise), son goût de la grandeur et du pouvoir. Il est parfaitement sincère lorsqu'il déclare à Las Cases dans le *Mémorial** admirer encore « la grâce extrême de l'impératrice Joséphine, ses manières douces et attrayantes[79] », son « tact exquis[80] », l'aisance, l'élégance de manières de l'ancien monde : il lui aura été plus reconnaissant qu'on ne peut le penser d'avoir su « si bien faire aimer les autres sans aimer[81] ». Les femmes ne doivent-elles pas se signaler seulement par « l'égalité de leur caractère et le constant désir de plaire[82] » : une fois la crise passionnelle de 1796-1797 passée, il les cantonnera pour toujours à ce rôle, et se réjouira que « ses deux femmes [Joséphine et Marie-Louise] avaient toujours été ainsi**[83] ».

Certes, les deux amants ont dû éprouver tout d'abord, chacun de son côté, quelque déception : Joséphine, si elle a sûrement ressenti une grande satisfaction de femme et peut-être davantage à séduire ce jeune homme, a pu craindre d'avoir été le moyen de son ambition calculatrice, d'autant qu'elle avait elle-même fait d'abord de lui un instrument d'intrigue pour complaire à Barras : ne disait-on pas, à l'époque de leur mariage (le 9 mars 1796, avec pour témoins Barras et Tallien), que la nomination de Bonaparte comme commandant en chef de l'armée d'Italie (signée le 2 mars 1796) était la dot de Joséphine ? Napoléon, quant à lui,

* Joséphine est morte en 1814.

** « Joséphine, disait-il à Las Cases à Sainte-Hélène, mettait ces dispositions et ces qualités (la soumission, le dévouement, la complaisance) au rang de vertus et de l'adresse politique dans son sexe » (*Mémorial*, 669).

a pu être surpris par l'indigence finalement découverte de celle qu'il prenait pour une des grandes dames du faubourg Saint-Germain : n'était-il pas le bon parti que Barras offrait à son ancienne égérie en guise de cadeau de rupture ?

Mais Bonaparte aurait-il supporté une aristocrate hautaine qui l'eût humilié de sa richesse comme jadis les grands seigneurs de l'École militaire de Paris ? Il peut sans crainte admirer en Joséphine des talents mondains qui l'ont d'abord ébloui et sa capacité, en toutes circonstances, à respecter avant toute considération personnelle (ou en fonction d'une intelligence, jamais débordée par l'affect, de son intérêt bien compris) les apparences et les conforts de la puissance publique qui sera incarnée bientôt par Napoléon.

D'ailleurs, une illusion au moins leur restera commune, même au-delà de leur divorce : Napoléon pensera jusqu'à la fin* que Joséphine avait grandement contribué à sa politique de fusion en lui gagnant l'ancienne noblesse peu à peu ralliée à l'Empire. Elle s'en persuadera elle-même, comme ses *Mémoires* l'attestent. C'est l'illusion la plus irrationnelle que l'homme privé et l'homme public ait eue quant à sa femme — et absolument aussi quant à la politique (tous les nobles ralliés ou presque le trahiront en 1814 et 1815). Las Cases ne se lasse pas de le répéter dans le *Mémorial*, son

* « La circonstance de mon mariage avec Mme de Beauharnais m'a mis en point de contact avec tout un parti qui m'était nécessaire pour concourir à mon système de fusion, un des principes les plus grands de mon administration, et qui la caractérisera spécialement. Sans ma femme, je n'aurais jamais pu avoir avec ce parti [aristocratique] aucun rapport naturel » (*Mémorial*, 619).

plaisir le plus grand à Sainte-Hélène était « le récit des mœurs et des histoires de nos salons [du faubourg Saint-Germain][84] », et c'est aussi ce goût proustien avant la lettre qu'a d'abord flatté en lui la fréquentation du salon de Joséphine : « Lorsque la société courante se retirait, restaient alors M. de Montesquiou [...] et quelques autres. On regardait si les portes étaient bien fermées, et l'on se disait : "Causons de l'ancienne cour, faisons un tour à Versailles"[85]. » Pourtant Masson a raison d'écrire que Napoléon ne sera redevable en rien à Joséphine du mouvement de ralliement de la noblesse à l'Empire : « Il n'existe que parce que Bonaparte a entraîné Joséphine dans sa fortune [...] on viendrait de même à elle quels que fussent son nom, son origine et son passé[86]. » Au fond, cette commune illusion, par-delà les comédies de l'amour ou les calculs de la politique, si étroitement mêlés dans les commencements de leur liaison, est le prétexte et le fond de leur alliance, et l'alibi qu'ils se sont donné pour vivre ensemble l'aventure rocambolesque de fonder une éphémère dynastie nouvelle[*].

* « L'Empereur [à Sainte-Hélène] se disait convaincu qu'il avait été ce qu'elle aimait le mieux ; et ajoutait en riant qu'il ne doutait pas qu'elle eût quitté un rendez-vous d'amour pour venir auprès de lui », *Mémorial*, 669.

Le général Bonaparte

« Le 15 mai 1796, le général Bonaparte fit son entrée dans Milan à la tête de cette jeune armée qui venait de passer le pont de Lodi, et d'apprendre au monde qu'après tant de siècles César et Alexandre avaient un successeur. »

STENDHAL,
première phrase de *La Chartreuse de Parme*

On ne racontera pas ici la stupéfiante campagne d'Italie où, jour après jour, le petit Buonaparte est devenu le grand, l'immortel général Bonaparte. Contentez-vous, lecteurs, de le regarder passer de loin, comme Fabrice à Waterloo : « Vous ne voyez donc pas l'Empereur, s... ! Sur-le-champ, l'escorte cria *vive l'Empereur !* à tue-tête. On peut penser si notre héros regarda de tous ses yeux, mais il ne vit que des généraux qui galopaient, suivis, eux aussi, d'une escorte. Les longues crinières pendantes que portaient à leurs casques les dragons de la suite l'empêchèrent de distinguer les figures[1]. »

Le royaume de Piémont-Sardaigne allié à l'Autriche tenait le verrou des Alpes piémontaises et des Apennins : Bonaparte, selon une tactique qu'on l'a déjà vu revendiquer, concentre toutes ses forces en un seul point : venant de Nice (où il est arrivé le 27 mars), avec ses trente-six mille hommes, il sépare les Autrichiens des Sardes. Le 12 avril, les premiers sont battus à Montenotte, les seconds à Millesimo le 13, et puis à nouveau les Autrichiens à Dego le 14, et encore les Sardes le 21 à Mondovi. Le roi de Piémont-Sardaigne réclame l'armistice six jours plus tard à Cherasco : la Savoie et Nice reviennent à la France. « Annibal avait franchi les Alpes : nous les avons tournées[2] », se serait écrié le général en chef sur les hauteurs de Montezemolo d'où son regard pouvait parcourir à la fois les plaines du Piémont et les sommets enneigés.

Il passe le Pô à Plaisance le 3 mai. Les troupes autrichiennes battent en retraite et refusent le combat, mais Bonaparte les prend de vitesse à Lodi et, victorieux le 10 mai, entre le 16 à Milan en libérateur de la Lombardie — juché sur un cheval blanc, entouré par Kilmaine* et Saliceti.

> Vendémiaire et même Montenotte, disait l'Empereur, ne me portèrent pas encore à me croire un homme supérieur ; ce n'est qu'après Lodi qu'il me vint dans l'idée que je pourrais bien devenir, après tout, un acteur décisif sur notre scène politique. Alors naquit, continuait-il, la première étincelle de la haute ambition[3].

C'est à Lodi qu'il gagne auprès de ses soldats une aura exceptionnelle, par son courage physique (même si les images d'Épinal fabriquées ensuite l'ont exagéré), son endurance, sa sévérité impassible et sa rapidité de décision.

* Général de division à l'armée du Nord en 1793 (1751-1799).

C'est à Lodi que le désir de gloire militaire se transforme en ambition politique.

Lorsque le Directoire envisage de diviser l'armée d'Italie en deux corps et de confier celui du Nord à Kellermann, Bonaparte écrit à Barras le 14 mai : « Si l'on n'a pas en moi une confiance que l'on avait au commencement de la campagne, je te prie de m'en prévenir. Je demanderais ma démission[4]. » Paris cède : ce premier bras de fer, et l'indépendance complète qu'il y gagne, le confirme dans son mépris pour ce pouvoir qu'il juge « à prendre[5] ». Dans le souvenir de César et d'Alexandre, il s'exalte à penser que « pour gouverner, il faut être militaire : on ne gouverne qu'avec des éperons et des bottes[6] ». Carnot (le seul homme du Directoire qu'il estime) n'avait accepté qu'à contrecœur son plan de contre-attaque italienne, ne le considérant que comme une diversion secondaire ; mais le ministre de la Guerre exige à présent que l'armée d'Italie marche sur Bologne, Florence et Rome.

Contre son avis, Bonaparte veut se porter sur le Tyrol pour faire la jonction avec le front nord, mais se ravisant (parce que les généraux de l'armée du Rhin Jourdan et Moreau ne bougent pas), il assiège Mantoue, la place-forte des Autrichiens en Italie du Nord.

Il faudra sept mois pour en venir à bout : dans un premier temps, il doit lever le camp ; la veille (29 juillet), aux alentours de la ville, on a tiré sur la voiture de Joséphine qui l'a enfin rejoint. Les victoires de Lonato puis de Castiglione les 3 et 5 août le vengent.

La défaite de Jourdan, le 24 août, libère les Autrichiens de leur front ouest. Une énorme armée de soixante-dix mille hommes sous les ordres de Wurmser, venue d'Autriche par la vallée de l'Adige, fait face à Bonaparte. La guerre, cette guerre révolutionnaire entamée en 1792, dont dépend le sort de la République nouvelle, se joue désormais sur le seul front sud. Carnot a perdu la main : il est cantonné à Paris dans des opérations de police, écrasant en février 1797 la « conjuration des Égaux » de Gracchus Babeuf, ultime retour de flamme révolutionnaire. Bonaparte a la conviction de détenir entre les siennes le destin de la Révolution, reprenant à son compte la « guerre de propagande » chère aux Girondins[7]. Aux Lombards, il a promis une Constitution nouvelle contre l'avis du Directoire (19 mai), et fait de même partout où il passe.

Après le difficile combat d'Arcole les 15-17 novembre 1796, et celui de Rivoli, le 14 janvier 1797, Mantoue capitule enfin, le 2 février. L'armée autrichienne repasse les Alpes. Assuré de la neutralité des Napolitains et traitant avec le pape le 17 février à Tolentino, Bonaparte marche sur les pas des Autrichiens. Il est à cent kilomètres de Vienne lorsque, le 7 avril, un armistice de cinq jours est conclu : des préliminaires de paix sont signés le 18 à Leoben.

La veille, les Français se font massacrer dans Vérone : le général en chef saisit ce prétexte pour porter un coup fatal à la séculaire Sérénissime République de Venise, qui disparaît de la scène de l'histoire le 15 mai.

De son château de Mombello, près de Milan, le vainqueur de Lodi, d'Arcole et de Rivoli règne en nouveau César, ou en Castruccio Castracani, Italien parmi les Italiens dans cette Italie dont il parle la langue, ne tenant aucun compte des directives venues de Paris. Des républiques-sœurs sont créées : la République cispadane (Modène, Bologne, Ferrare, Reggio : 15 octobre 1796), la République transpadane (Lombardie, 15 octobre 1796), la République cisalpine (réunissant les deux premières : 29 juin 1797), la République ligurienne (Gênes, mai-juin 1797). Les « patriotes » italiens modérés s'associent au nouveau pouvoir, mais l'affaire de Vérone montre que la résistance est plus forte que ne l'affirment les journaux inféodés aux Français. Elle n'est pas seulement aristocratique. Les Italiens ont retenu la leçon « nationale », ils ne l'oublieront plus : le condottiere, en délogeant d'Italie les pâles héritiers habsbourgeois du Saint Empire romain germanique, a tué du même coup les cités-États. Le nationalisme italien naît dans les interstices de la politique « républicaine » ambiguë de Bonaparte, à la fois post- (l'Autriche) et pré-impériale (l'Empire français).

La Toscane et les États pontificaux envahis, le général en chef négocie avec le pape par l'intermédiaire de Joseph, qu'il a fait nommer ambassadeur à Rome, la cession du comtat Venaissin et 15 millions d'indemnité ; mais il ne renverse pas le Saint-Père comme l'exigeaient Carnot et le Directoire*.

* Carnot veut « faire chanceler la tiare au prétendu chef de l'Église universelle » (Aulard, II, 415, cité par Tulard-Garros, 97). Berthier sera chargé d'établir l'éphémère République romaine l'année suivante.

Tout « républicain » qu'il soit, il ne peut songer à détruire les anciens instruments de gouvernement des hommes (qu'ils soient spirituels ou temporels). Son lot, c'est de chercher passionnément à traduire dans le langage d'hier, dans le langage qu'il a appris dans les livres d'histoire, le bouleversement révolutionnaire d'aujourd'hui.

Le pillage du pays conquis, lui, est intemporel : non seulement l'armée d'Italie « vit sur le pays », mais les soudards français le mettent en coupe réglée. Bonaparte tantôt laisse faire, tantôt fait semblant de s'offusquer et fait fusiller quelques pillards. Mais sa politique est de la même farine : il réclame à Gênes, Parme ou Modène de « lourdes contributions de guerre dont une partie seulement parvient à Paris[8] ». Non seulement cette guerre italienne ne coûte rien au Directoire, mais elle lui apporte une manne inespérée en numéraire et en œuvres d'art inestimables que le général en chef lui fait envoyer par dizaines. Il n'oublie pas, cependant, de payer ses soldats, loqueteux au début de la campagne, et de les rééquiper. Quant aux généraux, ils se servent tout seuls et largement, le premier d'entre eux ne donnant pas l'exemple de l'austérité intraitable que son inlassable propagande décrit : Napoléon arrose largement sa famille et laisse Joséphine spéculer pour son compte sur les fournitures militaires et autres affaires avec son amant, Hippolyte Charles. Il est vrai que le trésor de guerre de Napoléon lui sert avant tout à établir sa puissance nouvelle : le pouvoir politique, succédant au désir de gloire militaire, est désormais son ambition première.

La redistribution du butin est une des raisons de la cohésion extraordinaire de l'armée d'Italie et de l'ascendant de son général en chef, clé de toutes ses audacieuses victoires. Mais de plus, dès l'automne 1796, Bonaparte fonde sur sa cassette personnelle *Le Courrier de l'armée d'Italie ou le Patriote français à Milan* et *La France vue de l'armée d'Italie*, chargés de chanter ses exploits militaires par des textes lyriques et des gravures*. Ces feuilles sont distribuées souvent gratuitement, non seulement dans toute l'Italie du Nord, mais aussi en France. Il invente la « propagande » moderne qui allie le genre ancien du culte glorieux à celui plus « personnel » du « petit caporal** » sorti du rang et parvenu par son seul génie personnel au faîte de la gloire. Le stoïcisme républicain puisé dans l'imagerie antique, remis au goût du jour, d'aristocratique qu'il était chez les Romains, devient « national » — ou plutôt, il se transforme en un bâtard « populisme aristocratique » (et nationaliste). L'élitisme nouveau promeut une manière d'être, censée caractériser le soldat de la « Grande Nation » française, et dans quoi cherche à se reconnaître le dernier des conscrits. Bonaparte se présente inlassablement comme l'un d'eux, issu d'eux, et seulement un peu plus exemplaire que les autres : « Avec le peuple, c'est autre chose, dira l'Empereur à Sainte-Hélène ; la fibre

* Par exemple *Napoléon au pont d'Arcole* (Antoine-Jean Gros, Milan, 1796).

** « Après chaque bataille, les plus vieux soldats se réunissaient en conseil, et donnaient un nouveau grade à leur jeune général : quand celui-ci rentrait au camp, il y était reçu par les vieilles moustaches, qui le saluaient de son nouveau titre. Il fut fait caporal à Lodi, sergent à Castiglione ; et de là ce surnom de *Petit Caporal* resté longtemps à Napoléon parmi les soldats » (*Mémorial*, 147).

populaire répond à la mienne ; je suis sorti des rangs du peuple, ma voix agit sur lui. Voyez ces conscrits, ces fils de paysans ; je ne les flattais pas, je les traitais durement : ils ne m'entouraient pas moins, ils n'en criaient pas moins "Vive l'Empereur !". C'est qu'entre eux et moi il y a même nature ; ils me regardaient comme leur soutien, leur sauveur contre les nobles[9]... » Ainsi, par un tour de passe-passe assez extraordinaire, l'étranger corse et le « petit noble » Bonaparte, comme il se nomme lui-même, incarne à partir de ce moment la France et la Révolution aux yeux de cette armée profondément républicaine : il est la preuve vivante de l'égalité nouvelle.

La force du bonapartisme naît là, de cette ambiguïté politique : la « souveraineté populaire » chère à Rousseau se pervertit en culte du chef*, « corps sacré » par l'exemple comme le roi l'était « de droit divin » dans la monarchie absolue, souverain de type aristocratique** adoubé par le combat guerrier à la manière des premiers féodaux, et promettant à chacun de pouvoir accéder en fonction de ses talents à cette nouvelle « noblesse ». De « populaire », la souveraineté devient « nationale », sous la plume de l'abbé Sieyès***, le théoricien politique thermidorien qui consacre ce double

* « Avant donc que d'examiner l'acte par lequel un peuple élit un roi, il serait bon d'examiner l'acte par lequel un peuple est un peuple ; car cet acte, étant nécessairement antérieur à l'autre, est le vrai fondement de la société », Rousseau, *Du Contrat social*, I, 5.

** La Révolution est en ses débuts une réaction aristocratique.

*** (1748-1836), fils d'employé et séminariste (prêtre en 1774), auteur des *Essais sur les Privilèges* (1788) et du pamphlet retentissant *Qu'est-ce que le Tiers-État ?*, janvier 1789, député du tiers en 1789, rédige le serment du Jeu de paume. Directeur en 1795, il le redevient en 1799.

glissement politique*. Une nouvelle « aristocratie » surgie du peuple par la guerre s'identifie avec la gloire « française ». Bonaparte le dira dans le *Mémorial* : « J'ennoblis tous les Français[10]. »

La puissance psychologique de ses harangues et de ses proclamations (largement réécrites à Sainte-Hélène) naît aussi du fait qu'il croit lui-même à cette « étoile[11] » qui l'a fait survivre à de réels dangers pendant les batailles et à ce « destin » qui l'a fait voler, à la tête de son armée, de victoire en victoire. Il est vraiment dans son propre esprit à la fois cet homme « du peuple » (le « petit noble » étranger parvenu dans la société française à la faveur de la Révolution), et ce chevalier du Tasse déposant humblement ses lauriers magiques aux pieds de sa dulcinée Joséphine**, princesse imaginaire. Tous y croient parce qu'il est le premier à y croire, aussi fou que cela puisse paraître***. Convainquent aussi la bouche petite et sans lèvres dans ce visage désormais immobile, cette maigreur (de fait, il mange peu, il dort encore moins), ces yeux seuls vivants qui n'expriment aucune arrogance mais seulement une dureté fiévreuse et épuisée****. Bien sûr les bulletins mentent : « menteur

* Sieyès critique et entend limiter la « souveraineté populaire » dans son discours du 20 juillet 1795 à la tribune de la Convention thermidorienne en train d'élaborer la Constitution de l'An III (qu'il critique) ; partisan d'une dictature oligarchique sénatoriale, il veut en finir avec la « chimère » de l'« égalité absolue » de la Constitution de 1793.

** « Ce sera un jour bien heureux... que celui où tu passeras les Alpes : c'est la plus belle récompense de mes peines et des victoires que j'ai remportées », écrit-il à Joséphine (*Corr.*, I 372).

*** Les fous se prendront pour Napoléon pendant au moins un siècle ; Dostoïevski a écrit la radiographie de cette folie, la plus féroce parce qu'elle touche un intellectuel (Raskolnikov) : *Crime et Châtiment*.

**** Et constamment enrhumée.

comme un bulletin[12] », murmure-t-on dans les rangs, et la rumeur enflera d'année en année. Mais reste ce donquichottisme* authentique de Bonaparte, auquel tous s'identifient, et qui le transfigure en héros absolu du roman postrévolutionnaire. Sa passion véritable fait qu'on passe tout à celui qu'on qualifie désormais d'« homme de génie** ». Jusqu'à ses éruptions de colère extrêmement violentes et pas encore feintes : elles foudroient aussi bien Berthier***, son brillant chef d'état-major, que Cobenzl****, le représentant de François II avec qui le Directoire le laisse finalement négocier le traité de Campoformio, signé le 17 octobre 1797. Sa légende entretenue parmi les soldats par une familiarité calculée qui contraste de manière frappante avec son habituelle sévérité mutique, quoi qu'il fasse, et au moins jusqu'à Austerlitz (1805), il déclenche une sorte d'amour qui fait que les hommes sont heureux de mourir pour lui.

À Paris où il arrive le 5 décembre 1797, sa popularité est considérable : il est l'homme de la paix de Campoformio. Vainqueur des ennemis de la Révolution, il a terminé la guerre commencée en 1792. La rue Chantereine où il habite avec Joséphine (il a racheté le petit hôtel particulier qu'elle louait) est rebaptisée rue de la Victoire. Au

* Il lit *Don Quichotte* à Sainte-Hélène (*Mémorial*, 339).

** Clarke écrit au Directoire le 7 décembre 1796 : « Il n'y a personne ici qui ne le regarde comme un homme de génie... » (Tulard-Garros, 109).

*** Le 18 mai 1796.

**** Le 11 octobre 1797.

théâtre, à chaque représentation du *Pont de Lodi*, le nom de Bonaparte est bruyamment acclamé. En revanche, l'accueil des Directeurs est mitigé. Il les a pourtant aidés de loin à déjouer un nouveau complot royaliste les 3 et 4 septembre*, dans lequel son vieil ennemi Carnot a trempé. Carnot en fuite, Pichegru arrêté, Hoche mort**, la voie pourrait sembler libre. Mais Bonaparte juge que le moment n'est pas venu, que l'esprit public n'est pas mûr pour le plébisciter, qu'il ne peut encore se poser en sauveur de ce régime en crise perpétuelle qui n'en finit pas d'agoniser. L'atmosphère est trop agitée par les luttes fratricides, trop incertaine pour qui rêve d'un pouvoir incontesté — celui auquel il a goûté à la tête de l'armée d'Italie.

Rester à Paris est plus impossible encore. La victoire arrachée à la mort est une drogue amère plus puissante que toutes les voluptés et qui creuse davantage en lui ce vide mélancolique où l'engloutit l'inaction. Ces milliers de corps déchiquetés et agonisants après les batailles ne suscitent en lui aucun état d'âme, puisque lui-même a failli périr plusieurs fois. Mais, au contraire, le sentiment d'un dépassement surhumain, d'une exaltation plus puissante que la peur de la mort à la défier constamment. Englué dans l'immobilité parisienne et les calculs mesquins des « pourris », il dépérit.

* Il envoie à Paris Augereau qui occupe la ville pendant que les trois Directeurs « républicains » Reubel, La Réveillère et Barras renversent la majorité royaliste et modérée des Conseils, à laquelle se sont ralliés Carnot et Barthélemy.

** Pendant l'été, Barras a songé à employer l'ancien amant de Joséphine, brillant jeune général, pour organiser un coup d'État, cela provoque sur sa tête un tombereau d'injures qui l'ont peut-être tué.

Fêté partout, il ne paraît nulle part et est repris d'une espèce de langueur maladive qu'il lui faut secouer en appliquant selon son adage un remède contraire à son mal* : reprendre ces inhumaines marches forcées** où il avait entraîné pendant dix-huit mois des milliers d'hommes, cette surexcitation de l'esprit occupé à anticiper le prochain mouvement de troupes, à ménager ces effets de surprise qui sont sa marque et, ensuite, cet état d'épuisement comblé — qu'il n'espère plus de l'amour.

Il visite les côtes du Nord, juge qu'un débarquement en Angleterre est impraticable et accepte la proposition de Talleyrand, le nouveau ministre des Affaires étrangères, de conquérir l'Égypte pour couper une des routes des Indes à l'Angleterre. A-t-il voulu devenir l'Alexandre des temps modernes en poussant jusque dans l'Inde elle-même ? Peut-être pas. Mais l'Orient l'intéresse depuis longtemps, et la fréquentation de Volney, l'auteur du *Voyage en Égypte et en Syrie,* qui a lancé cette mode parmi les savants, les ingénieurs et les hommes de lettres, a dû nourrir encore son désir. Bonaparte n'est pas le seul à rêver de cette aventure par excellence que paraît alors le voyage en Orient, et c'est porté par un mouvement d'enthousiasme qu'il réunit autour de lui pour préparer l'expédition « 21 mathématiciens, 3 astronomes, 17 ingénieurs civils, 13 naturalistes et ingénieurs des mines, autant de géographes, 3 ingénieurs des poudres et

* Lorsqu'il souffre de la tête, il prend un bain de pied (*Mémorial*, 275).

** En dix jours, au mois de septembre 1796, les troupes de Masséna ont couvert 160 km, celles d'Augereau 180 (Tulard-Garros, 105).

salpêtres, 4 architectes, 8 dessinateurs, 10 artistes mécaniciens, 1 sculpteur, 15 interprètes, 10 hommes de lettres, 22 imprimeurs munis de caractères latins, grecs et arabes[13] », tous choisis par Monge, Berthollet et Arnault. Vivant Denon, le peintre de fleurs Redouté ou le pianiste Grandmaison seront de la partie et, avec eux, les savants les plus réputés du temps. Bonaparte a-t-il cherché à confirmer « son alliance avec les idéologues », faisant de ce voyage une « opération de politique intérieure[14] », comme l'affirme Jean Tulard, ou a-t-il profité de l'aubaine ? Il est certain qu'il était flatté de voir cette cohorte d'hommes exceptionnels lui tenir lieu de cour : ne s'était-il pas fait élire le 25 décembre à la première classe de l'Institut, celle des sciences, en remplacement de Carnot, seul hommage institutionnel qu'il ait accepté pour couronner l'éblouissante campagne d'Italie.

Bonaparte s'embarque le 19 mai 1798 à Toulon avec une armée de trente-cinq mille hommes portés par deux cents navires. Quinze mois plus tard, le 23 août 1799, il rentre précipitamment à Paris pour prendre de vitesse, selon sa technique favorite, la nouvelle du désastre où s'est anéanti le « rêve oriental » de toute une génération. Résumons : le débarquement réussi à Alexandrie le 1er juillet et la bataille des Pyramides (à Gizeh en face du Caire), le 21, vinrent à bout de la caste féodale des Mamelouks qui gouvernaient despotiquement une Égypte déclinante. Le général crée le 22 août, au Caire, l'Institut d'Égypte. Le 23 août au soir, il assiste à la fête du Prophète et se proclame « favori d'Allah* » ; le divan le gratifie du titre d'Ali-Bonaparte.

Mais l'extrême chaleur du désert a très durement éprouvé les soldats qui se demandent ce qu'ils sont venus faire dans cette galère, et la nouvelle du désastre d'Aboukir (qu'il apprend le 14 août) n'est pas de bon augure pour la suite : la perte de sa flotte, anéantie par l'Anglais Nelson, coupe le général en chef de ses arrières (notamment Malte, conquise en passant). Bonaparte rumine sombrement les trahisons de Joséphine qui s'affiche ouvertement avec son amant à Paris, et les échecs de son gouvernement (consulaire) du Caire : les Cairotes, qu'il croyait avoir conquis par une politique de conciliation en flattant les cheiks et les imams, encouragés par l'entrée en guerre de la Turquie**, se révoltent le 21 octobre. La très violente insurrection est matée, mais Bonaparte comprend qu'il n'a su convaincre qu'une petite fraction de la bourgeoisie aisée égyptienne des bénéfices de la colonisation française : en Égypte comme partout où la Grande Armée passera, la population se réjouit largement de la chute de la féodalité, mais s'approprie aussitôt l'idée nationale et les promesses de la souveraineté révolutionnaire auxquelles

* « Ce n'est pas qu'il eût été impossible que les circonstances m'eussent amené à embrasser l'islamisme ; et, comme disait cette bonne reine de France : *Vous m'en direz tant !*.... Mais ce n'eût été qu'à bonne enseigne ; il m'eût fallu pour cela au moins jusqu'à l'Euphrate. Le changement de religion, inexcusable pour des intérêts privés, peut se comprendre peut-être par l'immensité de ses résultats politiques. Henri IV avait bien dit : *Paris vaut bien une messe* » (*Mémorial*, 545). La religion musulmane est une religion « sensuelle », de la « promesse » et des « attraits », que Napoléon oppose à la religion chrétienne toute « spirituelle », religion de la « crainte » et de la « menace » (*Mémorial*, 1313).

** L'Empire ottoman déclare la guerre à la France le 9 septembre 1798.

elle répugne à renoncer au profit de l'impérialisme français.

Cependant, le général en chef reprend sa route vers l'est et bat les Turcs en Syrie*. Gaza (25 février 1799) et Jaffa (7 mars) tombent, puis Kaïffa, Jaffet, Nazareth, Tyr. Mais Saint-Jean-d'Acre (20 mars-17 mai), défendue par le pacha Djezzar et l'émigré français Phélippeaux, l'ancien condisciple de Napoléon à l'École militaire de Paris, résiste à tous les assauts. Et la peste a gagné l'armée sous les murs de Jaffa.

Les nouvelles de la flotte anéantie à Aboukir, de la révolte des Cairotes et les atrocités que les Anglais dénoncent (le massacre des pestiférés, et l'assassinat des quatre mille Turcs désarmés de Gaza**) sont amplifiées en France, d'où parviennent les rumeurs d'un coup d'État fomenté par Sieyès*** : Bonaparte décide de rentrer. Revenant d'abord de Syrie en Égypte, il tombe sur une nouvelle offensive des Turcs débarqués à Aboukir : formidable coup de pouce du destin, cette ultime victoire (25 juillet : dix mille Turcs ont péri noyés) le précède de quelques jours à Paris, et fait oublier tout le reste.

Contrairement à ses soldats difficilement conquis par le pays, et malgré les difficultés horribles ren-

* Sous occupation ottomane depuis 1517.

** Il aurait ordonné le 27 avril qu'on leur donne de l'opium (en dose mortelle). Il a donné l'ordre d'égorger 4 000 prisonniers turcs qu'il ne voulait ni emmener ni libérer (le général Bon se charge de la besogne).

*** 30 Prairial An VII (18 juin 1799) : certains Jacobins (menés par Lucien Bonaparte) et le Directeur Sieyès (appuyé par Barras et le général Joubert) s'allient pour éliminer les Directeurs conservateurs Jean-Baptiste Treilhard, Merlin de Douai, Louis-Marie de La Réveillère-Lépeaux. Gohier, Roger-Ducos et Moulin sont élus à leur place.

contrées, Bonaparte a trouvé en Égypte des compensations dignes du « Sultan Kébir » (Père du feu), comme on l'appelait là-bas : il s'est repu de la jeune chair d'une très jolie apprentie modiste de Carcassonne fraîchement mariée à un lieutenant du 22e chasseur à cheval, qu'on envoie opportunément en mission en France. Décidé à divorcer de Joséphine, il traite « Bellilote » en favorite, entre deux sorties dans le désert qui le fascine*. Une certaine nostalgie de ce séjour transparaît dans le *Mémorial,* dans ses propos sur les « ruines éternelles[15] » des Pyramides, la religion musulmane, la délicieuse soumission des femmes orientales ou les charmes de la polygamie[16]. À Paris, le Premier consul rêvera de faire construire une pyramide[17]. Deux siècles plus tard, un président de la République s'en chargera : quel genre de grandeur s'agissait-il de célébrer ? En Égypte, Bonaparte avait tout à fait cessé d'être républicain[18].

* « L'Empereur disait que le désert avait toujours eu pour lui un attrait particulier. Il ne l'avait jamais traversé sans une certaine émotion. C'était pour lui l'image de l'immensité [...] un océan de pied ferme. [...] Et il se complaisait à faire observer que Napoléon veut dire *lion du désert* !.... » (*Mémorial*, 970-971).

Le 18 Brumaire de Napoléon Bonaparte

« Le 18 Brumaire s'accomplit ; le gouvernement consulaire naît, et la liberté meurt. »

CHATEAUBRIAND,
Mémoires d'outre-tombe[1]

Lorsque Bonaparte revient à Paris le 16 octobre 1799, il est tout à fait devenu ce « messie botté, appelé à finir la Révolution, qu'annonçait Robespierre en 1792, lorsqu'il dénonçait les conséquences de la politique belliciste des Girondins[2] ». Il n'est pas le seul à penser à un coup d'État militaire. Les Directeurs, particulièrement le nouveau, Sieyès, qui n'en est pas à son coup d'essai*, ne pensent même qu'à ça. Et la question est plutôt de savoir avec lequel de ces hommes il va s'associer. Lorsqu'il fait son apparition, cimeterre turc à la ceinture, en séance publique du Directoire le 17 octobre, déclarant qu'il ne tirera jamais son épée que pour la défense de la République, tout le

* 30 Prairial (18 juin 1799), 18 Fructidor (4 septembre 1797), 22 Floréal An VI, (11 mai 1798) dirigé contre les Jacobins qui ont gagné les élections d'avril 1798.

monde lit ses arrière-pensées entre les lignes, ou plutôt entre les lames.

La guerre continentale a repris et après de sérieux revers (Mantoue et Turin ont capitulé, l'Italie conquise par Bonaparte est quasiment perdue), les nouvelles sont plutôt bonnes : Brune à Bergen (19 septembre 1799) et surtout Masséna à Zurich (25 septembre 1799) ont repoussé la nouvelle offensive anglo-russe*. À l'intérieur, la confusion règne. Les néojacobins, soutenus par les généraux Bernadotte, Augereau et Jourdan, ont gagné les dernières élections et leur prépondérance inquiète : ils ont fait voter un emprunt forcé sur les plus fortunés. Cependant, Fouché, le nouveau ministre de la Police, ferme sans encombre la société « constitutionnelle » qui les réunissait. Le Directoire se divise en trois camps : Gohier et le général Moulin sont partisans du maintien de la Constitution ; Sieyès et Roger-Ducos veulent la renverser pour barrer la route aux Jacobins et aux royalistes. Barras, incertain, songe à se rallier aux Orléans ou aux monarchiens, lesquels sont persuadés que leur heure a sonné et que la Restauration est une affaire de semaines, voire de jours.

Bonaparte, auréolé par son aventure égyptienne, est plus populaire que jamais et il ne tient qu'à lui de manifester sa préférence pour que la situation bascule en faveur de l'un ou l'autre des camps en présence. Il se laisse courtiser.

* La deuxième coalition européenne (Grande-Bretagne, Russie, Autriche, Turquie, les Deux-Siciles, quelques princes allemands et la Suède) s'est formée en 1798 à l'initiative des Anglais contre le blocus que le Directoire leur impose, contre l'offensive française en Égypte en mars 1799 et la création des républiques-sœurs.

Le mépris pour Barras, l'inimitié qu'il voue au général républicain Bernadotte (l'époux de Désirée Clary) et au Directeur Gohier (que courtise sa femme) ont peut-être joué. Mais tout l'attirait dans le camp de Sieyès, membre de l'Institut comme lui, et appuyé par les idéologues (Volney, Daunou, Cabanis, Destutt de Tracy, Garat, etc.) qu'il a côtoyés en Égypte : la légitimité révolutionnaire de l'abbé, son aura d'intellectuel et de constitutionnaliste, sa critique argumentée de la Constitution de l'An III, qui ne peut pas être révisée avant neuf années et qu'il rend responsable du pourrissement de la situation politique. L'accord entre les deux hommes n'est pas immédiat, mais se conclut tout de même le 6 novembre (15 Brumaire)[3] : Bonaparte a obtenu d'être l'un des consuls provisoires.

Tout est en ordre aussi du côté de sa situation conjugale : renonçant au divorce pour se réconcilier avec Joséphine (le 18 octobre), il a payé ses deux millions de dettes (pas moins !), et tout pardonné à condition qu'elle soit désormais une alliée dévouée et discrète. Comme l'écrit Masson, Mme Bonaparte a dû considérer que son mari se révélait un « entreteneur comme on n'en trouve guère et qui mérite qu'on lui fasse quelques sacrifices[4] ». Elle s'est apparemment conformée au pacte conclu à ce moment-là : la prise du pouvoir achèvera de la convaincre qu'elle a fait le bon choix. Quant à Bonaparte, sa devise est désormais : « Tout doit être calcul dans la vie[5]. » Joséphine convenait tout de même mieux que « Bellilote » pour faire la femme d'un consul — d'autant que la « petite sotte » n'avait pas su lui faire un enfant[6].

Comme prévu dans le plan de Sieyès, à huit heures du matin, on annonce au Conseil des Anciens, partiellement convoqué* aux Tuileries, que des « anarchistes » insurgés menacent la représentation nationale. À huit heures trente, les députés font porter à Bonaparte le décret l'investissant du commandement de Paris, avec sous ses ordres la 17e division militaire, la garde du corps législatif, les gardes nationales municipales, les troupes de lignes présentes à Paris. On ordonne aux deux Conseils** de se transporter à Saint-Cloud dès le lendemain.

À neuf heures, accompagné de son état-major, le nouveau commandant de Paris est reçu aux Tuileries et menace : « Malheur à ceux qui voudraient le trouble et le désordre ! Je les arrêterai », tout en jurant en son nom et en celui de ses camarades d'armes qu'il veut « une République fondée sur la vraie liberté, sur la liberté civile, sur la représentation nationale ». Le double discours du Consulat, autoritaire et « républicain » se met en place. Murat***, Marmont, Milhaud, Berruyer, Lannes, Lefebvre et Moreau secondent Bonaparte et investissent tous les lieux de pouvoir : Tuileries, palais du Luxembourg, École militaire, Invalides,

* On a « négligé » de convoquer les Jacobins : 150 députés sur 250 sont présents.

** Le Conseil des Anciens et le Conseil des Cinq-Cents, chambre haute et chambre basse, mises en place par la Constitution de l'An III (septembre-octobre 1795), en remplacement de la Convention thermidorienne.

*** Général de brigade à Dego et Mondovi, général de division à la seconde bataille d'Aboukir.

points stratégiques de la capitale et route de Saint-Cloud. Paris, assez peu concerné par cette révolution de palais, ne bouge pas : les Jacobins s'époumonent dans le vide. Les Directeurs Ducos et Sieyès ont donné leur démission comme convenu. Dès midi, Barras signe à son tour la sienne au palais du Luxembourg*.

On méditera sur cette phrase que le « messie botté » lance alors au Conseil des Anciens : « Nous ne voulons pas de gens plus patriotes que les braves qui ont été mutilés au service de la patrie. » *Mutilé* lui-même (de la Corse), c'est une « République » manchote qu'il veut mettre en place : purgée du peuple insurgé de la nuit du 10 août, soulagée des « pékins** » et des « avocaillons » qui tergiversent : ce n'est pas la « représentation » qu'il faut, c'est une « dictature » pour sauver la « République ». La souveraineté nationale doit primer sur la souveraineté populaire, Bonaparte en est théoriquement convaincu comme Sieyès, mais il en tire dès ce moment des conclusions plus franches. Cette nation à laquelle il s'est converti, au prix du sacrifice d'une part de lui-même, peut bien devenir aussi abstraite qu'il l'est désormais : pourvu que l'égalité de droits acquise en 1789 et 1791 par les nouvelles classes dirigeantes puisse être pérennisée et s'imposer à l'Europe, peu lui importent les subtilités constitutionnelles et politiques d'un régime représentatif auquel il ne croit plus, et que l'instabilité rend inapte à conduire efficacement la

* Sans doute en échange d'un dédommagement substantiel, à moins que Talleyrand, qui s'est entremis, n'ait subtilisé la somme (Tulard, 25).

** Argot militaire pour désigner péjorativement les civils (1776-1797).

guerre extérieure : la perte de ses conquêtes italiennes lui semble assez le démontrer.

Le lendemain, au château de Saint-Cloud où les deux Conseils ont été installés en hâte*, l'ambiance est survoltée. On crie : « Vive la Constitution ! » ou : « À mort le tyran » à l'arrivée du général Bonaparte, et les discours des Jacobins qui prennent la parole au Conseil des Cinq-Cents sont ponctués de : « Point de dictature ! À bas les dictateurs ! » On réclame de prêter serment collectivement à la Constitution de l'An III.

À la séance du Conseil des Anciens, certains exigent des explications sur le « complot » qui les a déportés à Saint-Cloud. Bonaparte, relégué jusque-là dans un salon du château, s'impatiente. Vers seize heures, n'y tenant plus, il pénètre dans la salle et monte à la tribune. Mais son double discours dictatorial et « républicain » n'est pas encore rodé et il s'embrouille au point de prendre à partie les députés présents (beaucoup de Jacobins) avec un étrange argument : pourquoi refuseraient-ils de renverser la Constitution puisqu'ils l'ont déjà violée le 18 Fructidor (coup d'État contre les royalistes), le 22 Floréal (contre les Jacobins) et le 30 Prairial (contre les modérés)… Il réclame leur soutien contre ceux qui voudraient rétablir la Convention terroriste de 1793 ; puis, devant l'insuccès de sa plaidoirie, fait volte-face et menace : ses « braves soldats », prévient-il, sont prêts à répondre de lui si on s'avisait de le mettre *hors la loi*.

* Les Anciens dans la galerie d'Apollon, au premier étage de l'aile droite du château, les Cinq-Cents dans l'Orangerie, au rez-de-chaussée d'un bâtiment perpendiculaire au corps du château.

Au milieu de ce fatras, un reste de scrupules a pu seul lui faire commettre l'erreur presque naïve de se défendre, entre deux intimidations, d'être un « nouveau César » ou un « nouveau Cromwell », et d'aspirer à un « gouvernement militaire » : cette dénégation résonne comme une antiphrase provocante et excite davantage les esprits déjà sérieusement échauffés.

Toute sa vie, il ruminera cette assimilation à Cromwell, la réfutant jusque dans le *Mémorial*[7]. Sans convaincre le jeune Hugo, qui lira Las Cases en 1827. Ce monument et sa méditation sur le destin de Napoléon et de l'Empire inspireront au jeune poète son injouable *Cromwell* (1827), dont la préface-plaidoyer sera le manifeste du romantisme français : le temps suspendu au destin de Napoléon Bonaparte hésite comme le drame hugolien : bégaiement grotesque de l'Histoire ou fondation tragique d'une ère nouvelle.

Du Conseil des Anciens, Bonaparte descend à l'Orangerie où siègent les Cinq-Cents, et où il entre, flanqué de ses grenadiers en armes. Aussitôt des cris fusent : « À bas le dictateur ! Hors la loi le nouveau Cromwell ! » On le frappe aux épaules (certains prétendent qu'il aurait eu la manche déchirée par un coup de stylet manqué*), on le saisit aux bras ; en rage, apeuré, ensanglanté** et comme assommé, il est évacué. Lucien, qui a fait du chemin depuis que son frère l'a fait nommer

* Le Jacobin corse Barthélémy Arena aurait levé son poignard contre Bonaparte (Tulard, 136).

** Il se serait griffé le visage au sang par nervosité (Anceau, 37).

commissaire à l'armée du Nord* puisqu'il préside les Cinq-Cents, tente de prendre la parole, mais sa voix est couverte par les députés exigeant en hurlant qu'on vote immédiatement la mise *hors la loi* du général.

Descendant théâtralement de la tribune, Lucien démissionne alors et interrompt de fait la séance en engageant les autres députés à le suivre dans les jardins, proclamant que ceux qui resteront dans l'Orangerie cesseront d'être les représentants du peuple. Dans la cour, devant l'armée, il prétend que Bonaparte vient d'être victime d'une tentative d'assassinat et, se saisissant d'une épée, jure en la pointant vers lui de transpercer sa poitrine s'il trahissait la République. Il est sincère : agissant davantage pour le compte de Sieyès que pour celui de son frère, il soupçonne depuis longtemps Napoléon d'aspirer à la tyrannie.

C'est le moment que choisit le généralissime remonté sur son cheval pour passer des menaces aux actes : « Soldats, je vous ai menés à la victoire ; puis-je compter sur vous ? — Oui, oui ! Vive le général ! », crient les hommes qui se ruent vers l'Orangerie... où le délicat Murat ordonne brutalement : « Foutez-moi tout ce monde dehors ! »

Les députés fuient l'assaut en sortant par les fenêtres et s'éparpillent : Fouché veillera à ce qu'ils ne puissent pas se réunir de sitôt. Dans la soirée et

* Élu député de la Corse aux Cinq-Cents en avril 1798, proche des Jacobins, il préside cette assemblée depuis octobre. Sieyès, qu'il a secondé en Prairial (coup d'État contre les modérés) le rapproche fortuitement de son frère — mais c'est lui que Lucien seconde encore ici : selon les instructions de l'abbé, il a fait distribuer dans les rues de Paris, la veille, un pamphlet « faisant allusion à un prétendu complot jacobin » (DN, 1097, pour toute cette note).

la nuit, Lucien rassemble les parlementaires ralliés et réussit à maintenir les apparences d'une procédure légale, conforme au plan de Sieyès, en leur faisant voter l'ajournement des chambres, leur remplacement par deux commissions transitoires, la nomination des trois consuls provisoires (Bonaparte, Sieyès, Duclos) et la radiation des députés en fuite.

Le lendemain, le nouveau Consul déclare au palais du Luxembourg : « Citoyens, la Révolution est fixée aux principes qui l'ont commencée, elle est finie. »

Opportunément secondé par son frère, Bonaparte a transformé le coup d'État parlementaire de Sieyès en coup d'État militaire : tout le pouvoir est désormais entre ses mains.

Le moment Cromwell ou les folies impériales : Austerlitz !

> *« Le gouvernement d'une douzaine de voleurs lâches et traîtres, fut remplacé par le despotisme militaire. »*
>
> STENDHAL,
> *Vie de Napoléon*[1]

L'Empereur résumera dans le *Mémorial* :

> À compter du jour où, adoptant l'unité, la concentration du pouvoir, qui seule pouvait nous sauver ; à compter de l'instant où, coordonnant nos doctrines, nos ressources, nos forces, qui nous créaient une nation immense, les destinées de la France ont reposé uniquement sur le caractère, les mesures et la conscience de celui qu'elle avait revêtu de cette dictature accidentelle ; à compter de ce jour, la chose publique, *l'État, ce fut moi*[2].

Il marque par là combien sa conception du pouvoir est la même que celle de son glorieux prédécesseur aux Tuileries : « Un magistrat disait : l'État et le roi. Louis XIV l'interrompit : L'État, c'est moi », avait-il noté le 11 mai 1791 en lisant les *Mémoires secrets sur le règne de Louis XIV et de Louis XV* de Charles Duclos[3]. Le 19 février

1800*, en s'installant dans « ce palais troué encore des boulets du 10 août 1792, où des lames de parquets sont rouges encore du sang des Suisses et des gentilshommes égorgés », il songe déjà à « reprendre tout entière la défroque des rois[4] » qui l'ont précédé.

Les cheveux châtains un peu plus courts sur la nuque depuis la bataille des Pyramides et qu'il ne porte plus poudrés depuis la campagne d'Italie, la redingote grise au col relevé et portée en arrière, l'air toujours un peu négligé et désinvolte de se trouver plus de valeur que son habit bleu roi de grenadier** qu'il aime pourtant d'amour[5], encore maigre (son médecin attitré, Corvisart, le guérira de la gale, après quoi il grossira à mesure que ses cheveux raccourciront — ou le contraire), son « petit chapeau » de castor noir à la main, il se dandine déjà un peu comme Louis XVI : c'est que, nous dit Masson, « le dandinement appartient à la place qu'il occupe et, "naît de l'embarras involontaire et forcé qu'éprouve celui qui se trouve être, par sa position, le point de mire de tous les observateurs". Il lance à droite et à gauche, avec un air qui veut être souriant, des regards qui vont aux extrémités de la Galerie, accrocher l'homme utile et attendu, l'homme dont la vue fera naître une idée qui s'associera à tel ou tel projet antérieur. Il pique alors droit sur l'homme ; en deux ou trois phrases nettes auxquelles il faut une réponse immédiate et brève,

* Après quatre mois passés au Petit Luxembourg (contigu au palais du Luxembourg). Un carrosse tiré par six chevaux blancs l'avait emmené et il disait à Bourrienne le soir en se couchant : « Ce n'est pas le tout d'être aux Tuileries, il faut y rester » (Tulard-Garros, 181).

** C'est l'habit du dimanche.

il le vide, prend note de sa capacité et marque un trait en sa mémoire[6] ». À aucun de ses interlocuteurs masculins il ne donne la main, à aucune femme il ne fait de baisemain[7] : « autrement, on lui eût journellement frappé sur l'épaule », comme il l'expliquera dans le *Mémorial*.

La Galerie qu'il traverse, c'est souvent celle, les dimanches, du Grand Appartement des Tuileries où les « hommes "présentés" ne le sont qu'en habit à la française avec l'épée[8] ». La soie ou le velours sont exigés* pour augmenter les commandes des manufactures de Lyon[9], comme autrefois l'aristocratie frondeuse avait été réduite par Louis XIV à se distinguer par le nombre de ses rubans. La décoration et le mobilier du « château » ont peu changé depuis feu le roi décapité. « Toujours pressé, le Premier consul marche trop vite et enlève à cette pompe un peu de sa dignité[10] » ; puis il se retire dans son Appartement intérieur** où son cabinet de travail privé, le lieu où il passe le plus de temps, s'ouvre sur l'ancien boudoir de Marie-Antoinette.

« Voulez-vous donc être roi ? », s'offusque Sieyès le 1er décembre 1799, lorsque Bonaparte refuse le poste d'apparat de « cochon à l'engrais » (le mot est de lui) que le projet de constitution de l'abbé lui avait d'abord réservé. Les soirs suivants, le vainqueur du 18 Brumaire réunit chez lui la cohorte

* À partir de 1807.

** Les appartements de Joséphine (au rez-de-chaussée) et Napoléon (au premier) se trouvent dans l'aile gauche des Tuileries ; le Petit Appartement secret du futur empereur double à l'étage l'Appartement intérieur. Dans l'aile droite, la salle du Conseil d'État, la chapelle, la salle de spectacle, au centre le Grand Appartement de représentation : salle des Maréchaux où l'on donne les concerts, un premier et un second salon, la salle du trône, le cabinet d'apparat, la galerie de Diane.

d'idéologues qui entoure le constitutionnaliste, les contraignant à lui retailler un texte sur mesure par son « bon sens », « sa résistance physique[11] » et, surtout, son inflexible détermination à gouverner lui-même l'État. Le principe de « souveraineté nationale » n'est plus mentionné dans le texte : à quoi bon, puisque la nation, désormais, c'est lui, Bonaparte. Le 12 décembre, Sieyès, à bout d'arguments, se laisse convaincre de le désigner comme Premier consul. La Constitution de l'An VIII, promulguée dès le 25 décembre, est ratifiée par un plébiscite le 7 février 1800 : les résultats en sont truqués par Lucien, éphémère ministre de l'Intérieur*. Ce nouveau coup de force constitutionnel n'avait pas soulevé l'enthousiasme populaire.

« Qu'y a-t-il dans la Constitution ? », se répète-t-on dans les cafés parisiens : « Il y a Bonaparte. » « Les Français sont indifférents à la liberté, ils ne la comprennent ni ne l'aiment ; la vanité est leur seule passion, et l'égalité politique, qui permet à tous l'espérance d'arriver à toutes les places, est le seul droit politique dont ils fassent cas[12] », décide alors le Premier consul. Dès le 17 janvier 1800, la plupart des « papiers-nouvelles** » sont supprimés. *Le Moniteur* devient l'organe officiel du gouvernement : Bonaparte en personne en rédige de nombreux articles. Alors certes : nulle émeute pour

* Il est destitué à l'automne 1800 pour avoir fait circuler un « Parallèle entre César, Cromwell, Monk et Bonaparte » un peu prématuré.

** Seules treize feuilles politiques sont autorisées à Paris à partir de cette date, dont *Le Moniteur* et le *Journal des débats*, sur plus d'une centaine existant sous la Révolution.

défendre la liberté de la presse. Le Premier consul est peut-être surpris de réussir si facilement à soumettre ce peuple à peine sorti de dix ans d'insurrection continue, et qui, depuis la nuit du 10 août, l'impressionne tellement. « Il eut toujours peur du peuple et il n'eut jamais de plan[13] », explique Stendhal. Son seul « plan » est dans sa volonté despotique : il pense que « rien n'est stable que son pouvoir, que rien n'est progressif que son autorité[14] », ce qui le conduit naturellement à vouloir fonder une quatrième dynastie*. Si les Français n'aiment pas la liberté, alors Napoléon Bonaparte est le premier d'entre eux : son horizon intellectuel limité par sa formation l'empêche de relever le défi démocratique né de la Révolution, on l'a dit. Sa politique, dans la continuité de celle du Directoire, navigue à vue : un coup contre la gauche, un coup contre la droite. Il paiera de sa chute ce déficit de vision historique : seule son aura de général victorieux pouvait réussir à soutenir sa « dictature ».

Installé aux Tuileries depuis à peine trois mois, il reprend le chemin de la guerre le 6 mai 1800 : direction l'Italie, par le col du Grand-Saint-Bernard. Dans la foulée de la pacification de la Vendée, ses propositions de paix ont été rejetées par l'Angleterre (le ministre Pitt) et par l'Autriche (le ministre Thugut). Le 20 mars, Kléber avait remporté en Égypte la victoire d'Héliopolis contre les Ottomans alliés aux Anglais, et le 5 mai, Moreau

* Les trois dynasties précédentes : mérovingienne, carolingienne (depuis Pépin le Bref [le père de Charlemagne], de 751 jusqu'au milieu du xe siècle), capétienne (de Hugues Capet à Louis-Philippe, de 987 à 1792 et de 1815 à 1848, avec l'interruption de la Révolution et du Premier Empire).

a battu les Autrichiens à Moeskirch (en Bavière) : Bonaparte décide de renouveler ses victoires de 1796 et 1797, et de reconquérir l'Italie presque entièrement perdue.

Les Autrichiens assiègent Gênes : il veut les couper de leur base arrière. Son armée franchit les Alpes par le nord dans des conditions très difficiles : le 20 mai, après avoir passé une partie de la journée à dos de mule et failli tomber dans la Dranse[15], le général, de très mauvaise humeur, visite la bibliothèque de l'hospice du Grand-Saint-Bernard et, debout devant un pupitre, relit dans Tite-Live* le récit du passage des Alpes par Hannibal (en 218 av. J.-C.). Le lendemain, c'est chose faite : l'exploit du Carthaginois a été renouvelé par son armée.

Le 2 juin, Bonaparte entre à Milan, sans déclencher la liesse populaire à laquelle il s'attendait. Pour se consoler, il va écouter la cantatrice Grassini le lendemain soir à la Scala (où l'accueil est plus chaleureux), et passe la nuit avec elle. Le 7 juin, il apprend que Masséna a évacué Gênes. Le 9, Lannes réussit à accrocher les Autrichiens à Montebello, mais l'ennemi est ensuite introuvable. Bonaparte commet la faute qui le perdra en 1815 à Waterloo : il disperse son armée à la recherche des troupes autrichiennes et, le 14 juin, à Marengo, isolé avec un détachement insuffisant, il est surpris par une attaque des Autrichiens. Il allait s'avouer vaincu lorsque arrive l'armée de son fidèle et brillant

* Tite-Live, *Histoire romaine*, XXI, 31 et Polybe, *Histoire générale*, livre III, 56 : ni le Romain ni le Grec ne donnent l'itinéraire d'Hannibal, mystère toujours pas éclairci qui passionne Bonaparte.

compagnon d'armes d'Égypte, Desaix, qui le sauve. Desaix est tué : les bulletins officiels (comme le *Mémorial*) mentionnent à peine son nom à propos de cette victoire qui lui doit tout, exagérant le rôle de Bonaparte. Les Autrichiens évacuent le Piémont, la Lombardie et la Ligurie. Le 2 juillet à deux heures du matin, le Premier consul est de retour aux Tuileries. Il ne franchira à nouveau les frontières que cinq ans plus tard.

Son retour est triomphal. Pourtant c'est la victoire de Moreau à Hohenlinden le 3 décembre, ouvrant la route de Vienne, qui précipite les négociations de paix confiées à Joseph* : le traité de Lunéville est signé le 9 février 1801. Toute l'Italie est sous la coupe de la « Grande Nation » (sauf la Vénétie**). Le Rhin devient la « frontière naturelle*** » de la France.

En Égypte, Kléber, l'homme à qui Bonaparte avait confié l'armée égyptienne, est tué le même jour que Desaix à Marengo (14 juin 1800). Abdallah-Jacques Menou est nommé commandant en chef de l'armée d'Égypte : ce général de Bonaparte, converti à l'Islam, ne tiendra pas longtemps face aux Anglais ; sa capitulation en août 1801**** annonce la définitive suprématie de la puissance coloniale et maritime anglaise confirmée par Tra-

* Bonaparte, exaspéré par la lenteur des négociations, avait fait rouvrir les hostilités (Tulard, 146).

** Quant à la Corse — occupée depuis 1796 par les Français, administrée par Saliceti, puis par Miot de Melito (1801) — elle met en place des concessions fiscales, le général Morand, le général César Berthier (frère du général d'état-major de Napoléon) ; l'île est réunie en un seul département, chef-lieu : Ajaccio).

*** Notion forgée par Richelieu, reprise par Danton (discours du 31 janvier 1793).

**** L'Égypte est rendue à la Turquie par le traité d'Amiens.

falgar (1805). Mais pour le moment, l'île d'Elbe et la Louisiane cédées aux Français, des accords avec Alger, Tunis et Tripoli, et surtout un pacte secret passé avec l'Espagne menacent l'Angleterre, affaiblie à l'intérieur par la folie de George III et une situation économique difficile : les Anglais acceptent de s'asseoir à la table des négociations. Malgré la mort du tsar Paul Ier assassiné par le parti anglophile russe au printemps 1801, la paix est signée le 27 mars 1802 à Amiens par Joseph Bonaparte et Cornwallis[16]. L'Europe, en guerre depuis dix ans, peut souffler un peu, la « Grande Nation » aussi. Bonaparte apparaît plus que jamais comme le sauveur de la France et l'homme de la paix.

Rentré dans son cabinet des Tuileries après Marengo, le Premier consul n'en sortira plus que pour prendre le soleil d'Austerlitz.

C'est du moins l'image que nous donne de lui Masson dans son très irritant et très précieux *Napoléon intime*.

Certes, à lire l'itinéraire de Jean Tulard et Louis Garros, *Napoléon au jour le jour*, on constate que ça ne se passe pas exactement comme ça : au début du Consulat, sa vie n'est pas encore aussi sédentaire qu'elle le deviendra par la suite. En décembre 1799, son piqueur Lavigne en tête et le mamelouk Roustan à la portière, il fait une promenade en calèche tous les jours sur le boulevard[17], et il lui arrive même d'aller faire un tour à cheval dans Paris « enveloppé dans sa capote grise » (par exemple le 18 février 1800). Après Marengo, on le voit passer en revue les troupes en habit rouge de consul, mais aussi visiter les grandes expositions ou l'atelier du peintre David, suivre les travaux du Louvre dirigés de main de maître par Vivant Denon, assister aux séances de l'Institut (jusqu'au 12 novembre 1800) ou à telle ou telle rare cérémonie aux Invalides en l'honneur de Washington* ou de Turenne**, visiter les nouvelles fabriques ou le jardin des Plantes avec Joséphine (8 août 1802), se rendre le soir à la Comédie-Fançaise***, aux Italiens ou à l'Opéra**** (il n'assiste en général, dit-on, qu'à un seul acte des représentations), ou encore à quelques bals masqués donnés à l'occasion de mariages dans le cercle familial*****. Il lui arrive aussi de rendre visite à Joseph à Mortefontaine ou de passer une nuit à Rambouillet.

Le jeudi 28 août 1800, il se rend à Ermenonville sur la tombe de Jean-Jacques : hommage rendu au jeune Napoleone Buonaparte davantage qu'à Rousseau ; il y retourne en 1802 et déclare : « Il eût mieux valu pour le repos de la France que cet homme n'eût jamais existé[18]. »

Mais hors de Paris, c'est à la Malmaison qu'il passe le plus de temps : le petit château de Malmaison a été acheté dès le 21 novembre 1799, et

* 9 février 1800 : « l'homme du dernier siècle descend de la scène, l'homme du nouveau siècle y monte » (Chateaubriand, MOT, XIX, 18, 739).

** 22 septembre 1800 : Turenne (1611-1675), maréchal de France à 32 ans, vainqueur du frondeur Condé allié aux Espagnols.

*** Théâtre-Français : 12 juillet 1801 (*Cinna*), 25 mai 1803 (*Tartuffe*), le 29 septembre 1803 (*Cinna* encore avec Talma)...

**** 5 avril 1802 (*Iphigénie*), 4 juin 1802 (*Hécube*)...

***** Le 12 novembre 1800, chez Mme Permon (mariage de Junot avec la future duchesse d'Abrantès) ; le 26 Janvier 1800, mariage de Caroline et Murat à l'hôtel Brissac chez Lucien (il rencontre Mme Récamier — qui ne sera jamais sa maîtresse)... Il aime se déguiser (Masson), sort parfois *incognito* dans Paris pour causer avec des ouvriers (*Mémorial*, 1352).

ce sera sa résidence préférée jusqu'à son divorce. Il s'y échappe dès qu'il peut, même après l'installation au château de Saint-Cloud (20 septembre 1802) ou l'aménagement du château de Fontainebleau (22 novembre 1804). Bonaparte investit Saint-Cloud ou Fontainebleau pour ne pas se trouver enfermé dans Paris en cas d'insurrection populaire, comme il a vu Louis XVI l'être la nuit du 10 août. D'ailleurs, il est aussi casanier dans ses résidences hors les murs qu'à Paris, y transférant au détail près son mode de vie des Tuileries. Mais l'attachement aux petites pièces de la Malmaison dit quelque chose de plus : elle est l'échappée bourgeoise qui lui permet de surmonter une espèce de claustrophobie du pouvoir. Masson a raison de décrire une « vie murée » — sauf que les murs ne sont pas ceux de son cabinet : à la campagne, aux beaux jours, il travaille dehors sous une tente ou dans le petit pavillon octogonal de Malmaison et fait volontiers quelques pas dans les jardins. La réclusion dans les limites de la vie de cour, de plus en plus nette à partir du Consulat à vie, surtout après son remariage avec Marie-Louise (il fera don de Malmaison à Joséphine), tient à la manière dont il conçoit l'exercice du pouvoir. Loin d'être l'exercice d'un métier, d'une magistrature provisoire, c'est un état, une manière d'être qui requiert une identification passionnelle à ce moi idéal et « souverain » qu'il a rêvé de devenir à l'adolescence. L'à-côté de son « ménage tout à fait bourgeois » avec Joséphine[19], la conversation frivole et avide de sa femme, de la fille de sa femme, Hortense, ou de sa sœur Pauline, soulève un peu l'écrasante et épuisante chape de plomb intérieure de son ambition et la nourrit en même temps : en famille il refait ses forces dans le vieux désir incestueux de diriger la Casa Buonaparte. Après quoi, il peut retourner à son cabinet sublimer ses passions et réunir tous ses impératifs intérieurs en se faisant le grand intendant de la maison France.

Aux Tuileries, sorti très tôt le matin du lit de Joséphine (où il dort jusqu'en 1804*, ensuite il passera la nuit dans la chambre à coucher du Petit Appartement de l'entresol, appelé aussi Appartement secret[20]), il remonte l'escalier étroit qui conduit à l'Appartement intérieur. Là, dans la chambre aérée (il aime l'air neuf du matin et son odorat est si délicat qu'il a pris l'habitude en Égypte de faire jeter de l'*ayaloudjin* sur de petits brûle-parfums dans les pièces où il vit tout le jour[21]), il s'assoit près de la cheminée qu'on allume jusque très tard dans la saison (il est très frileux et souvent enrhumé), consulte le courrier que son premier valet de chambre** lui apporte, jetant par terre à mesure son « répondu », cochant les lettres auxquelles il faudra répondre avec soin ; puis il lit les journaux. On l'informe des personnes qui l'attendent dans le premier salon pour le petit lever de neuf heures et quelques privilégiés sont introduits immédiatement : le maître de la garde-robe, le

* Napoléon raconte dans le *Mémorial* comment a cessé cette cohabitation conjugale nocturne en 1805, et qu'il ne la renouvellera pas avec Marie-Louise (*Mémorial*, 664-665).

** Ambart, Hébert puis Constant Véry jusqu'en avril 1814, puis Marchand qui l'accompagnera à Sainte-Hélène (Masson, 67-68).

grand maréchal du palais*, l'architecte Fontaine, le bibliothécaire Barbier et le premier médecin Corvisart (les mercredis et samedis) assistent à sa toilette. Avec tous, y compris son valet de chambre, il cause en buvant du thé ou son remède favori : l'eau de fleur d'oranger. Il se fait raconter les ragots de la Cour et de la ville, interroge insatiablement sur les détails, le comportement des uns et des autres, les vêtements, les lieux, le prix des choses. Il plaisante volontiers et, dans ses accès de gaieté, attrape à pleines mains les oreilles de ses visiteurs, qui s'en offusquent parfois — à tort : il semble que ce geste soit amical et même tendre, voire sensuel, même s'il dénote une évidente volonté d'emprise dominatrice. En robe de chambre et chaussé de pantoufles vert et rouge qu'il porte jusqu'à usure complète, il prend ensuite son bain très chaud, jamais assez chaud, dans l'ancien oratoire d'Anne d'Autriche, où il lui arrive de continuer à recevoir ses visites : plusieurs femmes dont Mme de Staël qui a eu l'honneur d'assister à sa toilette, ont témoigné de son absence complète de pudeur. Après quoi, en costume de chambre (un ensemble blanc de coton ou de molleton selon la saison), un mouchoir de madras noué sur la tête, il gagne son cabinet où il commence à travailler avec son secrétaire, recevant ses ministres dans son arrière-cabinet en cas d'urgence[22].

Lorsque neuf heures approchent, il se prépare pour le petit lever. Il se rase lui-même de près**, mais

* Duroc puis Bertrand, à partir de 1813.
** Ce qui est rare à cette époque où l'on recourt encore à des barbiers.

assisté de son premier valet de chambre et du mamelouk Roustan* : l'un tient le miroir, l'autre le bassin à barbe et le savon, et ils effectuent une rotation autour de Napoléon qui se tourne pour présenter son autre joue à la lumière. La toilette est alors loin d'être finie : sa tête plongée dans une bassine en argent, le visage lavé avec de petites éponges fines, les dents très longuement brossées** avec une brosse trempée dans de l'opiat puis du corail fin, la langue raclée avec un racloir d'argent, de vermeil ou d'écaille, la bouche rincée avec un mélange d'eau-de-vie et d'eau fraîche, les mains lavées avec « de la pâte d'amandes et du savon rosé ou du savon de Windsor », les ongles taillés (ses mains ont la réputation d'être très belles et il les soigne minutieusement), il se fait verser sur la tête de l'eau de Cologne et se brosse lui-même les bras et la poitrine avec une brosse rude (autre habitude rapportée d'Égypte) ; son valet de chambre prend le relai pour le dos et les épaules ; tous les jours jusqu'à la fin de sa vie (il aime les cérémonies répétitives et répète inlassablement les mêmes mots, les mêmes plaisanteries), il lui crie : « Plus fort ! Plus fort ! Comme sur un âne[23] ! »

Puis il enfile son gilet de flanelle, par-dessus lequel, en campagne, il suspend à son cou un petit cœur en soie noire, doublé d'une enveloppe en

* Cadeau reçu en Égypte du scheik El Becri : il couchait sur un lit de sangle en travers de la porte de la chambre du Premier consul puis de l'Empereur, l'accompagnant dans ses campagnes militaires. Le mamelouk Ali, puis un faux « mamelouk Ali » rempliront ensuite le même office.

** Ce qui est exceptionnel à cette époque.

peau : à l'intérieur, un poison qu'il avalera après la première abdication*. Revêtu de son costume quotidien (l'habit vert de chasseur à cheval), et après avoir bouclé son ceinturon d'épée par-dessus sa veste, il ne sort pas de ses appartements sans attraper de la main gauche son « petit chapeau » de castor noir, de la main droite un mouchoir de batiste très fine imprégné d'eau de Cologne dont il se tamponne les lèvres, le front et les tempes ; il le glisse dans son gilet, puis attrape sa lorgnette (il est myope — quoique moins que Lucien et Joseph), sa bonbonnière (remplie d'une réglisse anisée si fine qu'elle parfume l'haleine sans noircir la langue), et son indispensable tabatière : toute la journée, en toutes circonstances, il se fourre de gros paquets de tabac sous le nez qu'il respire sans l'aspirer et jette ensuite par terre.

Ce soin « méticuleux » apporté à sa toilette, longuement détaillé par Masson dans son *Napoléon intime*, cadre assez mal avec le portrait peu flatteur que font du Premier consul Hyde de Neuville et le général d'Andigné après leur visite au Luxembourg des 26 et 27 décembre 1799 : « Un frac olive, des cheveux plats, un air de négligence extrême ; rien, dans son ensemble, ne me donnait à penser que ce pût être un homme important » (Andigné) ; « Un homme petit entra, vêtu d'un mauvais frac verdâtre, la tête baissée, l'aspect presque minable » (Hyde de Neuville). En fait, les deux tendances existent chez Bonaparte, se combattant l'une

* Le poison, préparé selon une formule qui fut donnée par Cabanis à Condorcet, était infaillible. Mais en 1812, il le remplaça par un autre — qui ne le fit pas mourir en 1814 (Masson, NI, 87).

l'autre : négligence extrême et extrême méticulosité. Elles sont les deux faces d'un même rapport problématique au corps : ou oublié, ou nettoyé et parfumé à l'excès dans une espèce de phobie des mauvaises odeurs et de la saleté. L'une et l'autre attitudes nient ce qui est trop physique et échappe au contrôle de la volonté. Nouvel indice de l'« abstraction » à laquelle Bonaparte cherche à se réduire : le moteur en est une haine de soi mélancolique qui n'est pas en contradiction avec l'extrême orgueil. Il s'agit, dans le moindre détail, de se refaire à neuf — conforme à l'idéal romain de l'homme de pouvoir, tel qu'il l'a forgé à l'adolescence.

À neuf heures tapantes, il quitte son cabinet pour recevoir les premiers visiteurs au salon. Les appartements sont sombres et la décoration est la même que sous Louis XIV ; Roederer lui dit un jour : « Ceci est triste, Général », à quoi il répond : « Oui, comme la grandeur[24]. » Les entretiens sont brefs : il interroge de cette manière succincte et précise qui est celle d'un officier de police davantage que d'un monarque et donne ses premiers ordres. Avant de sortir, il congédie ses visiteurs d'un simple geste de la main : il est alors entre neuf heures trente et onze heures. Dans son cabinet, où son secrétaire l'attend, il reprend son travail : il est d'abord et avant tout politique.

Aux Tuileries, pendant son absence, la nouvelle de la chute de Gênes avait fait envisager un moment son remplacement en cas de décès ou de défaite par Moreau, La Fayette ou Bernadotte : Carnot, le

« brelan de prêtres » Sieyès, Talleyrand, Fouché, et le sénateur Clément de Ris[25] étaient du complot. Dans les cafés, des pamphlets clandestins appelaient au tyrannicide. Mais la victoire de Marengo fait rentrer dans l'ombre ambitions et révoltes : le pouvoir du Premier consul sort renforcé de l'épreuve, et Fouché, l'ex-conventionnel régicide et redoutable ministre de la Police, démantèle opportunément un prétendu complot jacobin*.

Du côté royaliste, la politique conservatrice de réconciliation nationale du Premier consul a d'abord laissé croire au rétablissement de la monarchie : « Le Cromwell de la Révolution venait de paraître ; ils furent assez simples pour voir en lui un général Monk**[26] », écrit Stendhal. Bonaparte avait reçu le chef chouan d'Andigné le 26 décembre 1799 et négocié avec lui le traité de paix qui avait mis fin à la guerre de Vendée (dès février 1800). Le 3 mars 1800, il décrète que la liste des émigrés est close***. Mais les illusions royalistes se dissipent lorsque le Premier consul oppose une très nette fin de non-recevoir**** (le 7 septembre 1800) aux propositions de restauration de Louis XVIII*****

* Il faut lire le génial roman de Balzac, *Une ténébreuse affaire* (1841) qui se dénoue par le récit de ce complot.

** George Monk (1608-1670), chef de l'armée d'Écosse, après l'abdication du fils de Cromwell en 1659, il refuse l'office de lord-protecteur et offre le pouvoir à Charles Stuart, couronné Charles II le 29 mai 1660.

*** Listes municipales instituées en 1793 et recensant les aristocrates émigrés dont on interdisait le retour en France.

**** « Vous ne devez pas souhaiter votre retour en France ; il vous faudrait marcher sur cent mille cadavres », lui écrit le Premier consul.

***** Louis Stanislas Xavier de France (1755-1824), quatrième fils de Louis de France, le fils aîné de Louis XV, frère cadet de Louis XVI, et le frère aîné du futur Charles X, accède au trône après la Première abdication de Napoléon en 1814, puis après Waterloo (1815) et règne jusqu'à sa mort.

(envoyées le 4 juin). Le 24 décembre 1800, les monarchiens répliquent par une première tentative d'assassinat du Premier consul : il avait hésité à sortir ce soir-là puis s'était laissé convaincre d'aller écouter l'oratorio *La Création* de Haydn. Sur le chemin de l'Opéra, à vingt heures et quelques minutes, une machine placée sur une charrette explose rue Saint-Nicaise* juste après le passage de la voiture consulaire, que Bonaparte fait lancer à fond de train au moment de la conflagration. Il dira dans le *Mémorial* qu'il avait été sauvé par la dextérité de son cocher, César, grâce à qui il était arrivé à destination « comme si de rien n'était[27] ». Il y a de nombreuses victimes dont un enfant[28]. « Persuadé qu'il n'y aurait jamais en France de faction forte que les Jacobins[29] », le Premier consul ne veut rien entendre lorsque Fouché lui suggère que le coup vient des royalistes. Le ministre de la Police ne profite pas moins de l'occasion pour décapiter le parti des républicains, qu'on appelle alors les « exclusifs ».

L'éradication de l'opposition de gauche est aggravée en 1802 par l'épuration des modérés et des idéologues dont Sieyès et Benjamin Constant** avaient truffé les assemblées[30]. Dès novembre 1800, le Tribunat, présidé par Daunou, membre de l'Institut, et animé par l'ami de Germaine de Staël (Constant), repousse certains projets du Premier consul qui s'irrite : « Ils sont là deux douzaines de

* Rue située au nord des Tuileries que fera disparaître la construction de la rue de Rivoli.

** Benjamin Constant (1767-1830), tribun de 1801 à 1802, auteur d'*Adolphe* (1816) et des *Principes de politique applicables à tous les gouvernements représentatifs* (1815), proscrit en même temps que son amante, Mme de Staël, en 1803.

métaphysiciens bons à jeter à l'eau. C'est une vermine que j'ai sur mes habits. » Cambacérès, le deuxième consul, concocte alors un « coup d'État constitutionnel[31] » par lequel le cinquième des tribuns et des législateurs à renouveler annuellement est désormais choisi par le Sénat* : grâce à cette basse manœuvre, Constant, Ginguené, Daunou, Say, Andrieux, Isnard, Ganilh, Bailleul sont éliminés[32]. Au même moment, Fouché, chef de file des républicains, est renvoyé pour deux ans (il est nommé sénateur et sera rappelé en 1804). Mais les idéologues (tous partisans d'un gouvernement d'assemblée) ne disposent d'aucune base populaire, et leur mise à l'écart ne déclenche pas davantage de mouvement de soutien que l'agitation des cadres républicains de l'armée parmi les soldats, ou la répression des Jacobins et la suppression de la liberté de la presse.

Bonaparte, de plus en plus ouvertement convaincu de revenir aux formes anciennes du pouvoir, s'appuie sur le courant néomonarchien animé par ses plus proches, Talleyrand, Cambacérès**, Roederer***. Un second plébiscite, aussi truqué que le premier, est organisé pour en appeler au peuple au-dessus de ce qu'il reste des partis. Tout le monde connaît d'avance la réponse à la ques-

* Les assemblées de la Constitution de l'An VIII sont : le Conseil d'État, le Sénat conservateur (garant de la Constitution), le Corps législatif (vote les lois sans les discuter), le Tribunat (discute les lois, ne les vote pas).

** Avocat (1753-1824), député puis président de la Convention en 1794, rédige deux projets de Code civil, un troisième pour le Directoire dont il est ministre de la Justice (1799), deuxième consul en 1800, prince-archichancelier en 1804, exilé à la Restauration.

*** Avocat (1754-1835), vulgarisateur de l'économiste Adam Smith, conseiller d'État et « Directeur de l'esprit public » en 1802.

tion posée : « Napoléon Bonaparte sera-t-il consul à vie ? » S'y trouve mentionné pour la première fois l'étrange prénom du Premier consul*. La « République plébiscitaire » (Aulard) s'achemine doucement mais sûrement vers son inéluctable destin impérial (éternelle leçon à méditer par les partisans du référendum comme instrument de la démocratie). La Fayette écrit à Bonaparte pour lui manifester son opposition, et les anciens brumairiens républicains s'écartent définitivement d'un régime qui, dès lors, réduit les assemblées et le peuple à faire de la figuration (le système censitaire est encore renforcé). Mme de Staël est sommée de s'éloigner de Paris d'au moins quarante lieues (1803), et réunit dans sa résidence suisse du château de Coppet un groupe d'opposition libérale très actif — avant de se rallier à l'Empereur lors des Cent-Jours, avec Benjamin Constant.

Le plus souvent, le Premier consul déjeune seul en sept à huit minutes, sur un très petit guéridon d'acajou disposé dans l'antichambre, quand il n'oublie pas de manger. Le déjeuner est rapide (moins de vingt minutes), même lorsqu'il est accompagné d'artistes comme Talma ou de savants comme Denon, le directeur des musées ; il aime aussi qu'on lui amène des enfants, le fils aîné d'Hortense, Napoléon-Charles**, plus tard son fils

* « Enfin il n'est pas même jusqu'au nom de *Napoléon*, peu connu, poétique, redondant, qui ne soit venu ajouter quelques petites choses à la grande circonstance [de mes succès] » (*Mémorial*, 619-620).

** Napoléon est-il le père de Napoléon-Charles, prénom composé du sien et de celui de son père, Carlo : il aurait laissé courir cette rumeur parce qu'elle légitimait son intention de faire de cet enfant l'héritier du trône en l'absence d'héritier direct.

bâtard, Alexandre Walewski, et le roi de Rome. Bonaparte mange très vite, assez salement[33], avalant de grosses bouchées mal mâchées, du poulet sous toutes ses formes, des pommes de terre, des haricots, des lentilles et des pâtisseries ; il apprécie par-dessus tout le macaroni à l'italienne avec du parmesan, fait maigre le vendredi saint (réclamant du rouget de Méditerranée), boit du vin de Chambertin allongé d'eau, qu'il croit lui être favorable (toujours la hantise de la maladie d'estomac familiale). La moindre anomalie le dégoûte violemment et il lui arrive de renverser le guéridon de rage. Le service à la russe n'étant adopté que vers 1810, les plats sont servis tous en même temps, le sucré avec les vol-au-vent ou les bouchées à la reine. Après le café (qui le rend malade s'il en abuse en dehors des repas), il descend quelques instants pour causer avec Joséphine. Il fera de même avec Marie-Louise (avec laquelle il s'astreindra à déjeuner à heures fixes jusqu'à la naissance du roi de Rome) — sauf que cette fleur de cour autrichienne, qu'il trouve agréable à regarder, ne sort jamais du palais et n'a en conséquence aucune conversation : il en profite pour faire un petit somme.

Le dîner a lieu vers six heures — du moins estce l'heure à partir de laquelle Joséphine, qui a revêtu sa cinquième tenue de la journée, commence à attendre son illustre époux : il lui arrive de ne paraître que vers onze heures. On dîne à l'endroit qu'il a lui-même désigné, au rez-de-chaussée ou chez lui, en quinze minutes environ : souvent le bibliothécaire vient lui rendre compte à ce moment-là des livres récemment parus, et il se fait lire des journaux ou autres ouvrages. Le café est servi au salon, où il donne parfois des audiences (au début de l'Empire), mais d'ordinaire il n'y a là que la famille élargie ; il s'amuse à détailler avec malice, et parfois cruauté, les toilettes des dames présentes, se piquant d'être un expert. Au début du Consulat, il y avait cercle tous les soirs mais, au fur et à mesure des années, Bonaparte paraît de moins en moins en public et de moins en moins longtemps, obligeant le grand-maréchal Bertrand à présider les dîners d'apparat. Sous le Consulat, à Malmaison surtout, les soirées sont encore gaies : on lit à voix haute, on fait des charades, on voile les bougies de gaze, on raconte des histoires de revenants chacun son tour, des musiciens sont appelés, ou on joue au vingt-et-un, et le Premier consul s'amuse de ses tricheries[34]. Mais à la cour impériale, « en la sienne comme en tout autre », écrit Masson, « l'ennui règne[35] ». Des salles de spectacles ont été construites à Malmaison, aux Tuileries, à Saint-Cloud, et il n'est plus question de sortir en ville. Il y a encore quelquefois des bals : Napoléon aime à se glisser déguisé dans la foule et danse dans l'intimité jusqu'en 1807 — il préfère à toute autre la figure qui se dansait à la fin et qu'on appelait le *Grand-père* : « Je reviendrai pour le Grand-père, disait-il, et souvent, en effet, il revenait[36]. »

Mais beaucoup plus souvent encore, il regagne son cabinet après un petit tour au salon et ne ressort qu'à dix heures pour le coucher officiel : il reçoit encore quelques personnes brièvement dans le salon de l'Appartement d'honneur. Rentré dans sa chambre, où parfois il fait demander sa femme pour lui faire une lecture, ou un intime pour causer encore de politique, il jette ses vêtements par terre au hasard et se met au lit. Il s'endort alors environ trois heures. À son réveil, complètement dispos, enfilant sa robe de chambre et son pantalon à pieds, il retourne à son cabinet. Il lui arrive de demander son secrétaire, mais c'est en général le moment, rare dans la journée, où il s'assoit seul à son grand bureau « chargé de bronzes dorés et supporté par des griffons[37] », « annotant les rapports des ministres » ou refaisant les comptes (parfois mêmes ceux de la Maison impériale, s'étonnant d'une commande excessive de bas de soie ou de bougies, et du coût exorbitant auquel il se plaint qu'on lui fasse payer toute chose), relisant avec passion les états de situation des armées, se faisant apporter des chocolats et des glaces, ou du poulet rôti et une demi-bouteille de chambertin. Vers trois heures du matin ou plus tard, il prend un bain et redort ensuite quelques heures.

Parfois, une femme a été admise dans la soirée et l'attend dans la grande chambre de l'Appartement intérieur. On n'en citera que quelques-unes : l'actrice Mlle Georges (1802), Mme Branchu (1803) ou Éléonore de La Plaigne.

On gratte à la porte pour le prévenir : « Qu'elle attende ! » On gratte de nouveau : « Qu'elle se déshabille ! » On gratte encore : « Qu'elle s'en aille ! »[38].

Madame de La Plaigne avance l'aiguille de la pendule, de sorte que le quart d'heure qu'il lui accorde somptuairement soit encore écourté. Elle accouchera en décembre 1806 d'un bâtard jamais reconnu et paraît-il un peu fou. Chateaubriand a résumé ces « amours » féminines en une phrase : « Les femmes en général détestaient Napoléon comme mères ; elles l'aimaient peu comme femmes, parce qu'elles n'en étaient pas aimées : sans délicatesse, il les insultait*, ou ne les recherchait que pour un moment[39]. » On a vu qu'il les rétribuait largement de cette absence d'amour et de la satisfaction vite repue de ses appétits sensuels. « D'ordinaire, donc, il pense médiocrement aux femmes[40] » — ou comme une vague rêverie sentimentale flatteuse qui le berce un instant entre deux dossiers urgents. Pour l'essentiel, le « ménage bourgeois » qu'il forme avec Joséphine ou plus tard avec Marie-Louise règle parfaitement la question.

La plus grande partie de ses après-midi, de ses soirées et de ses nuits, se passe donc dans le cabinet de travail qu'en dictant il arpente en long et en large, les mains derrière le dos. Une seule fenêtre pratiquée dans un angle donne sur les jardins, avec dans son embrasure la table de son secrétaire : Bourrienne, révoqué le 20 octobre 1802 pour de douteuses affaires lucratives, Méneval, de 1802 à 1813 (il demande grâce, complètement épuisé) et Fain, de 1813 à 1814. Dans le fond du cabinet, quatre corps de bibliothèques ; en face de la che-

* On dispose de plusieurs témoignages de sa rudesse et de sa muflerie : il aimait à détailler devant les femmes leurs qualités physiques... et leurs défauts.

minée, une armoire vitrée contient les papiers courants, les volumes à consulter et une statuette équestre de Frédéric II, « unique objet d'art que Bonaparte eût personnellement désiré[41] ». Quand il s'arrête de dicter, il s'assoit à droite de la cheminée, « sur une causeuse recouverte de taffetas vert près de laquelle était un petit guéridon qui recevait sa correspondance du jour ». « Le travail lui donnait la sensation continue de la possession du pouvoir[42]. » Personne n'a le droit de pénétrer dans ce cabinet, pas même les deux impératrices : les ministres ou les collaborateurs sont reçus, on l'a dit, dans l'arrière-cabinet contigu d'où l'on passe dans le cabinet topographique entièrement et exclusivement tapissé de grandes tables et de casiers qui servent à ranger les cartes « dans un ordre parfait[43] ».

Impossible de se débarrasser du *topos* « travailleur infatigable » que décrivent dès cette époque les articles dithyrambiques du *Moniteur* : depuis, même les biographies les moins suspectes de complaisance bonapartiste ont sacrifié à ce portrait du Premier consul et de l'Empereur en travailleur forcené et dirigiste, consacrant la quasi-totalité de ses heures d'éveil (environ dix-huit heures) à contrôler tout ce qui se passe dans l'Empire[44].

La tendance serait plutôt aujourd'hui à interpréter ce *work-alcoholism* comme typique d'une structure psychologique obsessionnelle, voire paranoïde. On fera un sort dans notre prochain chapitre à l'hypothèse plus ancienne (présente dès 1817-1818 sous la plume de Stendhal) de la « folie » des grandeurs de l'Empereur, censée avoir pris le dessus sur son bon sens à partir de 1807. Quoi de plus commode que de se croire gouvernés par de grands psychopathes ? Cette « explication » puérile et stérile permet de faire l'économie de toute responsabilité citoyenne, voire d'innocenter l'évidente complicité active dans le crime dont font nécessairement preuve nombre de contemporains des despotes.

Napoléon, donc, dicte à toute vitesse à son secrétaire son interminable courrier ou un article du *Moniteur*. Un des éléments de sa politique intérieure dite de « fusion » ou de « compromis » (Taine) est la réconciliation religieuse et la réhabilitation du culte catholique : les autres cultes, protestant et juif*, font également l'objet d'une réorganisation étatique, mais la confession romaine est reconnue comme celle de la majorité des Français. Lui-même agnostique** depuis ses lectures de jeunesse, toute sa réflexion, on s'en souvient, visait à transformer la religion en moyen politique. Il déclare au Conseil d'État : « Je ne vois pas dans la religion le mystère de l'Incarnation mais le mystère de l'Ordre social[45] », et ajoute : « La société ne peut exister sans l'inégalité des fortunes, et l'inégalité des fortunes sans religion. Quand un

* En 1797, rencontrant à Ancône des Juifs enfermés dans le ghetto dont ils n'avaient pas le droit de sortir la nuit, portant des bonnets jaunes et des brassards avec l'Étoile de David, Bonaparte avait ordonné qu'on les leur enlève et qu'on y substitue la cocarde tricolore.

** « Toutes nos religions sont évidemment les enfants des hommes [...]. Dire d'où je viens, ce que je suis, où je vais, est au-dessus de mes idées » (*Mémorial* 783-784-785). « On croit à Dieu parce que tout le proclame autour de nous et que les plus grands esprits y ont cru [...] mais on ne sait que penser de la doctrine qu'on nous enseigne et nous nous retrouvons la montre qui va sans connaître son horloger » (*Mémorial*, 1094). Napoléon admire néanmoins l'Évangile, (*Mémorial*, 786).

homme meurt de faim à côté d'un autre qui regorge, il lui est impossible d'accepter cette différence s'il n'y a pas là une autorité qui lui dise : "Dieu le veut ainsi ! Il faut qu'il y ait des pauvres et des riches dans le monde ; mais ensuite, et pendant l'éternité, le partage se fera autrement"[46] ». Grâce au souvenir de Rousseau et de la religion « naturelle », il aurait pu agréer, au moins superficiellement, ces phrases de Chateaubriand : « Pie VII avait dit en 1797 : "Oui, mes très chers frères, *siate buoni cristiani, e sarete ottimi democratici* [Soyez bons chrétiens, et vous serez d'excellents démocrates »]". Les vertus morales rendent bon démocrate. Les premiers chrétiens étaient animés de l'esprit de démocratie : Dieu favorisa les travaux de Caton d'Utique et des illustres républicains de Rome[47]. » Réduire « l'esprit de démocratie » à la morale, et le christianisme à une morale publique au service de la raison d'État, voilà qui convient parfaitement à Bonaparte — et on ne perd rien à laisser dire que Dieu a son mot dans cette affaire. Après tout, puissance profane et puissance sacrée n'ont-elles pas une racine commune : l'imagination ? Amour de Dieu ou promesse révolutionnaire transformée en idolâtrie de Bonaparte, que peut-on offrir d'autre à celui qui manque de tout pour le consoler ? Quant aux nantis, leur intérêt satisfait ne les dispose guère à chercher des compensations spirituelles, mais il est bon de les intimider un peu en les convainquant qu'un principe moralement supérieur fonde la jouissance de leur « bon droit » et les lie à la conservation de l'ordre politique. Les noces de cette conception bonapartiste du pouvoir et de l'Église catholique, célébrées le 15 août 1801 lors de la signature du premier Concordat, seront le *credo* des forces politiques conservatrices en France, au moins jusqu'à Vatican II. Il n'est pas sûr que la « démocratie » ait eu à y gagner. L'enjeu était de sanctifier par la religion le nouvel ordre social dominant des dynasties bourgeoises naissantes. Bonaparte voulait faire d'une pierre deux coups : en finir avec le droit à l'insurrection inscrit jadis dans la constitution « terroriste » de 1793, et « détacher les catholiques [notamment les émigrés] de la cause royale[48] ».

Bon calcul à long terme et qui assurera pendant plus d'un siècle, à quelques journées révolutionnaires près, l'alliance sociale et politique de la Contre-Révolution et des grandes fortunes issues de la Révolution. Le rapprochement provisoire de Pie VII et de l'émigré rallié Chateaubriand avec Bonaparte était pourtant gros de malentendus — même si, pour le moment, tout le monde se moquait bien qu'à droite Joseph de Maistre manque s'étrangler de fureur en apprenant la signature du Concordat*, tandis qu'on ne se doutait pas encore qu'à gauche le très grand succès de librairie, l'« opportun[49] » romantique et œcuménique *Génie du christianisme* de Chateaubriand (1802) inspirerait, bien malgré lui, la naissance du socialisme français (celui de Lamennais, George Sand et Pierre Leroux). La leçon « démocratique » de Pie VII n'avait pas été perdue pour tout le monde.

* L'auteur des *Soirées de Saint-Pétersbourg ou Entretiens sur le gouvernement temporel de la Providence* (1821) était partisan d'une monarchie théocratique où pouvoirs spirituel et temporel seraient complètement mêlés.

« La paix des consciences[50] » célébrée en grande pompe le jour de Pâques 1802 à Notre-Dame pour cimenter spirituellement le nouveau régime est démentie presque immédiatement par la conspiration royaliste de 1803 : contresignant la promesse révolutionnaire avec le sang d'un Bourbon, le duc d'Enghien, le Premier consul se retrempera à cette occasion dans le nouveau culte politique, un peu délaissé.

Mais en attendant, l'auteur du *Génie du christianisme* salue la création de la Légion d'honneur (19 mai 1802) comme l'amorce du rétablissement de la noblesse : « Par cette institution passe un rayon de la vieille monarchie, et s'introduit un obstacle à la nouvelle égalité[51]. » L'opposition du tribunat, souscrivant à cette analyse mais en en tirant des conclusions politiques contraires, fustige « un nouveau patriciat dont la continuelle tendance sera de vous rendre une noblesse héréditaire et militaire[52] ».

Le 26 avril 1802, l'amnistie générale est décrétée pour les émigrés qui acceptent de faire leur soumission à la Constitution avant une certaine date : ils rentrent massivement. Les livrées réapparaissent. Le tutoiement révolutionnaire disparaît. Bonaparte assiste aux messes célébrées à Saint-Cloud, comme Louis XVI, et va chasser à courre à Marly ou ailleurs. Les noms à particule se multiplient dans l'entourage de Joséphine. Le Premier consul théorise sa politique de fusion sociale : « Il faut ou que la forme des gouvernements qui nous environnent se rapproche de la nôtre, ou que nos institutions politiques soient un peu plus en harmonie avec les leurs. Il y a toujours un esprit de guerre entre les vieilles monarchies et une République toute nouvelle. Voilà la raison des discordes européennes[53]. » Autrement dit : toute l'Europe est monarchique, pour préserver la paix, ne nous distinguons pas. Conservons les acquis de la Révolution (à savoir : l'appropriation des « biens nationaux » et la suppression des anciens privilèges de caste) et oublions le reste (la liberté politique, la démocratie sociale).

Les institutions créées et la réorganisation administrative, politique et judiciaire de l'État sont toutes du reste pensées dans un esprit de continuité, non seulement avec le Directoire (les historiens actuels insistent pour revaloriser la centralisation administrative de l'État amorcée avant Brumaire et que Bonaparte se contente de consolider[54]), mais aussi avec l'Ancien Régime : « Le Conseil d'État remplace le Conseil du roi comme le préfet de police de Paris le lieutenant général[55] », écrit Jean Tulard.

De son cabinet, Bonaparte n'a que quelques pas à faire pour se rendre aux séances du Conseil d'État, installé dans l'aile droite des Tuileries. Elles sont surtout l'occasion pour le Premier consul, puis pour l'Empereur, de mettre en scène publiquement son pouvoir : on l'y voit piquer des colères homériques, mettre sur la sellette tel ou tel, féliciter tel autre dont il veut s'attirer le soutien, faire mine de prendre en compte des arguments pour mieux les réfuter ensuite, etc. Il y eut de féroces controverses, mais on peut douter qu'elles aient été aussi libres que le veut le *Mémorial*. On peut faire confiance à Stendhal, qui fut auditeur au Conseil d'État (à partir de 1810) et qui a admiré le grand homme, lorsqu'il écrit dans sa *Vie de Napoléon* : « Nourri des idées militaires, la délibération lui a toujours semblé l'insubordination. L'expérience venait tous les jours lui prouver son immense supériorité, et il méprisait trop les hommes pour les admettre à délibérer sur les mesures qu'il avait jugées salutaires[56]. »

C'est là que le Code civil se discute pendant deux ans : il sera promulgué le même jour que l'assassinat du duc d'Enghien, le 21 mars 1804, comme le remarque Chateaubriand[57].

« Savant compromis entre le droit romain et le droit coutumier, entre l'Ancien Régime et la Révolution[58] », le code Napoléon, comme on le rebaptise en 1806, marque un net recul par rapport à la législation révolutionnaire sur la question du droit des femmes, considérées comme des mineures, du divorce ou sur les droits à l'héritage des enfants naturels : « La volonté du père redevenait la base de la cellule familiale[59]. » Quel rôle exact a joué Bonaparte dans la rédaction de ce code « fait pour une société conservatrice, que n'intéresse que la propriété de la terre[60] » ? Occupé, quand il n'a pas la parole, à donner des coups de canif dans le bras de son fauteuil ou à écrire dix fois de suite « Vous êtes tous des brigands » ou « Mon dieu que je vous aime[61] » sur un bout de papier, prisant sans relâche ou s'assoupissant parfois (surtout à la fin de l'Empire), le Premier consul tranche en cas de conflit*. Mais ce « bloc de

* Difficile d'apprécier l'apport exact de Bonaparte dans la rédaction des codes : outre le Code civil, procédure civile (1806), commerce (1807), instruction criminelle (1808), code pénal (1810) et rural (1814), cour des comptes (1807).

granit[62] » qu'est le Code civil, consacrant, malgré son caractère conservateur, l'égalité des personnes devant la loi (sauf les femmes), acquis majeur de 1789, fut l'œuvre surtout de Portalis, Tronchet et Maleville[63].

Ce qui est moins douteux, c'est le caractère dirigiste et personnel de son administration financière, de sa politique industrielle et de grands travaux. Là se révèle et s'épanouit sa gestion quasi patriarcale de la France, gouvernée comme un grand domaine privé ou comme une ville italienne de la Renaissance.

Dès le 6 février 1800, il convoque au palais du Luxembourg « les principaux négociants et banquiers et leur fait un exposé[64] » : le 13, la Banque de France (banque privée gérée par des régents dont le mari de Mme Récamier) est créée ; lui sera attribué le 14 avril 1803 le monopole de l'émission des billets de banque. En mars 1803, une loi crée « un franc de cinq grammes d'argent, le fameux *franc germinal,* qui devait rester stable jusqu'en 1914[65] ». Le Premier consul puis l'Empereur favorise le capitalisme industriel qu'il contribue à faire naître, par exemple dans le domaine de l'industrie textile. La Banque de France « offre un large crédit aux maisons gênées[66] » tandis que le ministre Gaudin, l'ancien collaborateur de Necker, a créé dès le 29 novembre 1799 une caisse d'amortissement qui rachète les rentes pour éponger la dette publique. Le système hiérarchique du pouvoir politique est entièrement mêlé à ces intérêts financiers, et, contrairement à ce qui se passe aujourd'hui (en partie pour cause de financiarisation de l'économie), les banquiers, les industriels et les négociants ont un intérêt immédiat à cette collaboration étroite avec l'État, lequel, de son côté, favorise la concentration marchande, industrielle et bancaire entre quelques personnalités connues de Bonaparte, et bientôt anoblies par le régime impérial. La paix civile les sert, tandis qu'en retour leur prospérité donne du travail au petit peuple des villes ; ce travail est un peu mieux rémunéré en tout cas que la « journée » d'un paysan sans terre : les achats de biens nationaux ayant enrichi les paysans aisés et appauvri les autres, la grande transhumance prolétaire commence.

Cette courte idylle entre un pouvoir politique fort et les puissances capitalistiques naissantes, les grands administrateurs de l'État, de Guizot à Thiers, de Clemenceau à de Gaulle ou encore Mitterrand, en garderont la nostalgie : la classe politique française, en même temps qu'elle continuera à vénérer Napoléon, nourrira l'illusion tenace que la « croissance » due au développement technologique et industriel et encouragée par l'État, puisse engendrer mécaniquement, comme en ce temps de pionniers, la prospérité générale et le renforcement de son pouvoir. Pourtant, aujourd'hui, il faut plutôt regarder du côté de la puissance militaire américaine (quoique en déclin) ou de la Russie néo-capitalistique de Poutine, ou bien encore de la Chine postcommuniste, pour se faire une idée de cette collusion napoléonienne *nationale* des pouvoirs politiques et économiques. Mais, en règle générale, les classes dirigeantes prisonnières de l'ancienne logique bonapartiste sont condamnées à se faire les valets dociles et souvent corrompus des intérêts économiques : alors que, spéculant sur les dettes des États et exploitant anarchiquement les ressources de la planète, les grandes puissances financières transnationales sont quasiment hors de tout contrôle politique, la passion pour Napoléon, idole du volontarisme politique, se teinte d'un lyrisme forcé, plus nostalgique que réaliste.

À l'automne 1803, un nouveau complot royaliste offre au Premier consul l'occasion de passer à l'ultime étape impériale : des chouans condamnés à mort révèlent une vaste conspiration impliquant un des chefs militaires les plus prestigieux de l'armée après Bonaparte, Moreau, ainsi qu'un autre général : Pichegru. Le chef chouan Georges Cadoudal devait assassiner le Premier consul, et l'armée insurgée accueillir le retour en France d'un prince — dont le nom n'était pas connu. Informé que Louis de Bourbon-Condé, duc d'Enghien, se trouve à Ettenheim près de la frontière française, Bonaparte l'accuse d'être le prince en question et le fait enlever le 15 mars 1804 : ramené à Paris le 20 mars, le duc d'Enghien est jugé dans la soirée et exécuté à trois heures du matin*. Les *Mémoires d'outre-tombe* immortaliseront l'indignation de Chateaubriand qui rompt avec Bonaparte : il démissionne de son poste de secrétaire de la légation de France à Rome où le Premier consul l'avait fait

* Pichegru se suicide le 6 avril 1804 ; le procès Cadoudal-Moreau a lieu le 25 mai 1804 (verdict rendu le 10 juin) ; Cadoudal et 11 chouans meurent sur l'échafaud le 25 juin, Rivière et Polignac (nobles conspirateurs) sont graciés par Bonaparte, Moreau banni.

nommer en 1803, et se retire à la Vallée-aux-Loups. Le consulat à vie a perdu le soutien de quasiment toutes les élites intellectuelles.

Mais l'opinion (aidée par les journaux officiels) se félicite, à rebours de l'émotion de Chateaubriand, que le Premier consul s'assimile par ce crime aux conventionnels régicides. Le sang versé d'un Bourbon, fusillé comme le dernier des pillards pris la main dans le sac, transfigure symboliquement et puissamment le brumairien en gardien de la Révolution. Les notables et les paysans peuvent continuer à fonder en toute tranquillité ces dynasties bourgeoises qui régneront en France sous tous les régimes jusqu'en 1914, voire 1944. Grâce à l'assassinat du duc d'Enghien, aucune restauration ne sera plus jamais en mesure de remettre en cause les acquis des notables et des paysans enrichis : « La bourgeoisie devient le support du régime qui garantit également les paysans contre le retour de la féodalité », écrit Jean Tulard. L'historien ajoute aussitôt : « Seuls sacrifiés : les ouvriers[67]. » Ce n'est pas le moindre paradoxe de ce régime : la ferveur du petit peuple à l'égard de Bonaparte est réelle sous le Consulat et au début de l'Empire ; ensuite, la terrible saignée de la Grande Armée l'épuisera, mais elle renaîtra aux Cent-Jours et l'exil de l'Empereur l'exaltera davantage encore : les chansons de Béranger* en témoigneront.

Pourtant, la seule politique sociale du Consul et de l'Empereur aura consisté à tâcher d'éviter le

* Chansonnier (1780-1857) : ses chansons exaltent dès 1815 la République et l'Empire.

retour des terribles émeutes de la faim, dont il avait eu à assurer la répression après le 13 Vendémiaire (octobre 1795). Lorsque, à l'automne 1801, après une mauvaise récolte, le pain dépasse à Paris le niveau critique des 18 sous pour 4 livres[68] — déjà des attroupements se formaient devant les boulangeries et des orateurs s'improvisaient —, le Premier consul convoque dans son arrière-cabinet cinq banquiers et les financiers Ouvrard et Vanlerberghe ; il leur demande « de faire arriver dans la capitale 45 000 à 55 000 quintaux de grains par mois[69] ». Moyennant une commission de 2 %, Ouvrard et Vanlerberghe achètent dans les ports anglais et hollandais tous les chargements de grains qui s'y trouvent et les acheminent vers Paris. Les émeutes sont évitées : le prix du pain se maintient au-dessous de 18 sous jusqu'en 1802, il est à 12 en 1803, à 9 l'année suivante. Malgré des conditions de travail et d'hygiène de vie qui nous paraîtraient inacceptables aujourd'hui*, notamment le travail des enfants, l'absence de chômage, la hausse des salaires et la paix sont les autres facteurs qui contribuent à rassurer les plus pauvres. Fatigué par dix ans d'agitation vaine, le petit peuple transforme Bonaparte en icône des espoirs révolutionnaires. Leur amour pour lui les dédouane en imagination du sacrifice de leurs vies personnelles. Faute de vie nouvelle, le Petit Caporal est la preuve vivante de la promesse révolutionnaire d'égalité.

* Le décret du 22 Germinal an XI (12 avril 1803) a reconduit et aggravé la loi Le Chapelier (interdiction de se coaliser) par l'obligation du port d'un livret (document délivré et contrôlé par la police).

Le 18 mai 1804, un senatus-consulte confère au Premier consul la dignité impériale héréditaire ; le principe en est adopté au Conseil privé le 13 avril 1804. La nouvelle Constitution est promulguée, un troisième plébiscite, aussi truqué que les deux autres, a lieu le 6 novembre 1804. « Le gouvernement de la République est confié à un empereur qui prend le titre d'empereur des Français », dit la Constitution. « Bonaparte n'imite ni César ni Cromwell : plus assuré devant la couronne, il l'accepte[70] », écrit Chateaubriand : il se croit appelé à « arbitrer [par cette synthèse inédite] la grande cause des peuples et des rois[71] ». Ses ennemis accusaient Napoléon de se prendre pour Charlemagne et de vouloir reconstituer l'Empire d'Occident : il le fait[72]. Seul Carnot s'oppose à lui publiquement.

La cérémonie du sacre, à Notre-Dame, le 2 décembre 1804, inaugure le règne du faux.

La veille au soir, au Salon, les intimes puérilement réjouis, Napoléon en premier lieu, s'étaient fait présenter par Isabey de petits personnages en bois peint qu'on déplaçait sur un plan déroulé représentant Notre-Dame, selon les détails protocolaires arrêtés pour la cérémonie : le peintre a-t-il représenté ces jouets ou les acteurs « réels » ? Lesquels d'ailleurs sont les plus vrais[73] ?

Faux sacre : on a fait venir Pie VII, mais Bonaparte se couronne lui-même ; il s'est marié religieusement dans la nuit *en catimini,* et le pape se retire opportunément lorsque l'Empereur prête serment à la Constitution.

Faux peuple : « J'ai relevé la couronne dans le ruisseau, le peuple l'a mise sur ma tête », prétend-il à plusieurs reprises dans le *Mémorial*[74], et on a vu qu'il se considérait issu des rangs du peuple rendu « souverain » par la Révolution, d'où le geste de se couronner soi-même.

Fausse « république », fausse « liberté ». Le jour du sacre Napoléon déclara :

> Je jure « de maintenir l'intégrité du territoire de la République, de respecter et de faire respecter l'égalité des droits, la liberté politique et civile, l'irrévocabilité des ventes des biens nationaux, de ne lever aucun impôt, de n'établir aucune taxe qu'en vertu de la loi, de maintenir l'institution de la Légion d'honneur, de gouverner dans la seule vue de l'intérêt, du bonheur et de la gloire du peuple français.

Le faux Charlemagne, dans son faux Saint Empire romain d'Occident, fait triompher toute l'esthétique néoclassique « Empire », faux antique, faux égyptien, faux Moyen Âge, celle des peintres ou celle des poètes comme Ossian*, ce faux Celte qu'aimait tant Napoléon. Les meubles comme les vêtements, tout célèbre un hymne *kitsch*** à la fausseté.

Le tableau de David immortalisant le sacre est son apothéose. Madame Mère y est représentée — alors qu'elle se trouvait à Rome avec Lucien, mécontente de ne pas avoir obtenu la réconciliation des

* Faux barde écossais censé avoir vécu au IIIe siècle et qui est en fait une invention de James Macpherson (1736-1796) « Je radotais d'Ossian », se souvient Napoléon dans le *Mémorial* (1033), et il en récite des poèmes entiers à Joséphine au temps de leur amour.

** De cette époque date la mode de remettre au goût du jour les anciens styles et les anciennes modes — que l'on classifie et répertorie ; dans tous les arts, on muséifie, on redécouvre le Moyen Âge, Bach, on invente l'histoire de l'art et la brocante (le règne du chiffonnier, dira Benjamin), on imite l'ancien. Ce fétichisme du passé est encore le nôtre : il transforme l'Histoire en clichés et l'art en *kitsch* : « La bêtise des idées reçues traduite dans le langage de la beauté et des émotions », Milan Kundera, *L'Art du roman*, Gallimard, 1986, p. 198.

deux frères, et peut-être, pas tout à fait à tort, un peu effrayée de ces manifestations de grandeur outrancières qui semblaient tenter le sort.

Depuis l'époque, que les historiens ont appelé « contemporaine », ni Mussolini, ni Hitler, ni Staline, ni Mao, pour ne citer que les grands maîtres du *kitsch*, pas même Hollywood dans ses péplums, encore moins la *télé* « démocratique » ne réussiront à produire une mise en scène politique aussi spectaculaire que le chef-d'œuvre de David. Seul le cinéaste Kubrick aurait pu, peut-être, surpasser le peintre — mais il n'aura jamais réussi à monter son *Napoléon*. Son génie peut-être nous aurait guéris du mauvais goût définitif des pouvoirs autoritaires postrévolutionnaires, faussement républicains, faussement socialistes, faussement démocratiques, faussement « populaires ».

Au moment de se couronner lui-même, Napoléon se serait penché vers son frère Joseph et lui aurait murmuré à l'oreille : « Si notre père nous voyait[75]... »

Contre ses sœurs, quelques semaines plus tôt, il s'était emporté : « En vérité, à voir vos prétentions, Mesdames, on croirait que nous tenons la couronne des mains du feu roi notre père[76]. » Tout le secret de la passion dynastique de Napoléon tient en ces deux phrases : être digne d'un père indigne, qu'il s'agit de tuer pour mieux l'instituer imaginairement grand juge suprême de ce meurtre symbolique. Fils d'un père même pas roi, mais honteusement rallié au « feu roi », lui-même régicide par métonymie (la personne du duc d'Enghien pour l'autre Bourbon), Napoléon faufile la filiation royale rompue : il la recoud d'un fil un peu voyant et grossier, quitte à penser que la couture, plus tard, passera inaperçue. Naturellement, ce faux père imaginaire dont il tient la couronne, c'est lui-même idéalisé : son geste de se couronner soi-même le jour du Sacre (à la place du pape) le dit clairement. D'ailleurs, l'indignité du père réel, ex-patriote rallié à la cause royaliste, le fait « fils du peuple », et donc « peuple » lui-même. En tout cas, « fils de ses œuvres ». Une fois le nom du père effacé, Napoléon, premier du nom, a toutes les audaces : il prétend ressaisir le fil romain que les rois de France avaient laissé échapper en 962 avec la couronne du Saint Empire ; il écrit à son oncle Fesch devenu cardinal (à propos du pape et de son entourage) : « Dites-leur bien que je suis Charlemagne[77]. » Ce n'est pas sur la tombe de Carlo Buonaparte mais sur les reliques de *Carlo Magna* que Napoléon est allé se recueillir à Aix-la-Chapelle le 7 septembre 1804, trois mois avant de se faire sacrer empereur par le pape. D'un Carlo l'autre, voilà le père imaginaire dont il s'agit de prendre la place et de détenir la couronne. Surclasser impérialement les prétentions royalistes de Carlo Buonaparte après les avoir violemment rejetées, c'était doublement réparer la tare familiale ; la filiation réelle n'en était pas moins rompue, le géniteur dénié et relégué dans la nuit de l'Histoire — et avec lui l'origine corse. Napoléon part se faire couronner roi d'Italie le 26 mai 1805, mais quand un Italien remarque : « *Ma in somma siete* *italiano, siete nostro* », il répond sèchement : « Je suis français*. »

« Ni bonnets rouges, ni talons rouges, je suis national[78] », répète-t-il volontiers.

La névrose personnelle de l'homme *national* rejoint dans le récit *kitsch* des fausses origines l'hystérie politique née de la Révolution française : l'Empire est le roman « autofictionnel » en actes de Napoléon, et le plus beau fleuron de cette névrose collective qui fait bégayer l'Histoire après la Révolution : comme si la culpabilité générée par la décapitation du roi-père empêchait d'assumer l'âge démocratique et obligeait à revenir en arrière. L'Empire, la double Restauration, Louis-Philippe, puis le Second Empire, tous ces régimes tenteront chacun à sa manière de rétablir l'Ancien dans ses droits, et, occupés à réparer la rupture historique, retarderont l'avènement d'un régime républicain. Les républiques elles-mêmes seront démangées du prurit monarchique ou bonapartiste. Quant aux « enfants du siècle », ils sont désormais condamnés à se faire un « destin », à jamais nostalgiques, comme Napoléon lui-même, du « temps perdu » où l'on coïncidait avec son nom de naissance et l'évidence de l'être — du moins c'est ce qu'ils s'imagineront, et Proust saura, au début du XXe siècle, relier par la métaphore en une même « cathédrale » de mots la nostalgie histori-

* Le roi d'Étrurie lui adresse cette remarque lors d'un dîner (le 8 juin 1801) à une époque où il n'est encore que président de la République cisalpine (Tulard-Garros, 211). « Il n'y a pas jusqu'à mon origine étrangère, contre laquelle on a essayé de crier en France, qui ne m'ait été bien précieuse. Elle m'a fait regarder comme un compatriote par tous les Italiens ; elle a grandement facilité mes succès en Italie », précise-t-il dans le *Mémorial*, 619-620.

que de la noblesse défunte et la fulgurance de la jouissance d'être, enfermée dans le détail sensuel du ressouvenir.

Il faut prendre au sérieux l'Empereur quand il affirme dans le *Mémorial* qu'il n'aura connu que les peines du pouvoir, et que seul son frère Joseph en aura joui. Il ne peut le saisir que dans le travail et l'action, comme un dépassement de lui-même. Napoléon, on le sait, a abusé de la métaphore amoureuse pour parler de sa passion de gouverner. Il déclare à Roederer :

> Je n'ai qu'une passion, qu'une maîtresse ; c'est la France : je couche avec elle. Elle ne m'a jamais manqué, elle me prodigue son sang et ses trésors.

Si l'on songe que la France, c'est lui, on touche le fond de sa passion politique[79] : narcissique. La mélancolie à tendance suicidaire en est le revers. La victoire militaire, parce qu'elle est conquise au risque de la vie, est pour lui l'apothéose de gloire de la puissance et, en quelque sorte, sa pierre de touche.

Les historiens se disputeront encore longtemps pour savoir si, en 1803 (le 19 mai), la rupture de la paix d'Amiens est le fait de Bonaparte ou des Anglais. Ce n'est pas seulement pour des raisons psychologiques que l'Empereur a besoin de la guerre : « Il fallait à tout prix maintenir l'image du Sauveur[80] », écrit Jean Tulard, pour ne pas risquer de se faire évincer par une bourgeoisie qui peut se lasser d'un pouvoir personnel despotique.

Mais là encore, une chose est sûre : sa volonté

n'est pas seule en cause. Et les Français font clairement porter sur l'Angleterre la responsabilité de la rupture. Les troisième (1803-1805) et quatrième (1806-1807) coalitions sont encore considérées comme contre-révolutionnaires : il s'agit toujours de sauver la « grande nation » des menées monarchiques européennes visant la Restauration de l'Ancien Régime en France. Que Napoléon ait désiré la guerre ou la paix, il n'en est pas moins vrai que les Anglais refusaient d'évacuer Malte ; il faut dire aussi qu'ils ne pouvaient supporter longtemps le *coast system* par lequel le Premier consul cherche à interdire aux navires britanniques l'accès aux ports continentaux sous influence française[81]. Sur ce point, la bourgeoisie française, pourtant « anglophile dans ses goûts[82] » est entièrement d'accord avec son dirigeant politique et souhaite la ruine de « la perfide Albion[83] », incontestablement première puissance européenne économique et coloniale : elle applaudit au blocus continental (novembre 1806)*, et c'est cet arrière-plan économique qui transforme le conflit en « lutte à mort » : ce sont les propres mots de l'Empereur dans le *Mémorial*[84].

Très vite, le Premier consul a un plan : il veut envahir l'Angleterre par surprise en partant de Boulogne. Il s'y installe avec son armée de deux cent mille hommes (les 4-17 novembre 1803, 2-5 janvier 1804, 19 juillet-21 août 1804). Mais le 20 juillet 1804, premier incident : sa flotte sortie

* Interdiction totale des ports continentaux aux marchandises en provenance d'Angleterre, le blocus ne sera réalisé totalement que pendant des périodes très courtes.

en mer pour une revue, qu'il a personnellement exigée contre l'avis de son état-major, est malmenée par une terrible tempête. Au printemps 1805, l'entrée en guerre de l'Espagne ayant transformé le projet initial d'invasion terrestre en guerre maritime, les flottes de Toulon, Rochefort, Brest, Cadix et Ferrol doivent se retrouver aux Antilles : mais la jonction ne se fait pas, et tout le monde rentre au port. Quant aux Anglais, en revanche, ils ont concentré toutes leurs forces à l'entrée de la Manche, évitant la dispersion. Bonaparte change alors brutalement de projet et se tourne vers l'Allemagne.

Son plan contre l'Autriche est prêt dès le 13 août 1805. Le 29 août, les premiers détachements partent vers l'est[85], tandis que, le 21 octobre, la flotte de Toulon qui tentait une nouvelle sortie rencontre Nelson et Collingwood au large du cap Trafalgar : « Victoire décisive de la flotte anglaise. Nul ne sait encore, pas même Pitt, le Premier ministre, que les Anglais ont gagné la guerre[86]. »

En revanche, sur le continent, l'offensive fulgurante de l'Empereur (parti de Saint-Cloud le 24 septembre dans la nuit) remporte victoire sur victoire : la Grande Armée, concentrée à Mayence, passe le Danube le 7 octobre et bat les Autrichiens à Elchingen le 14 octobre ; Ulm capitule le 20 ; Vienne est occupée le 15 novembre.

Le 2 décembre 1805, jour anniversaire du sacre, la « Bataille des trois empereurs » met aux prises François II, le tsar Alexandre et Napoléon — sur un terrain qu'il a choisi. Dans cette bataille fameuse d'Austerlitz, considérée comme un modèle du genre par les stratèges militaires, tout s'est passé comme l'Empereur l'avait prévu dans sa tête dès le 21 novembre, penché sur ses cartes dans le palais du gouverneur à Brünn (actuelle Brno) : affaiblir l'aile droite de ses divisions déployées devant le plateau de Pratzen abandonné à l'ennemi pour lui inspirer l'idée de dégarnir son centre et de contourner l'armée française par son point faible volontairement découvert : à ce moment-là, attaquer par le centre du plateau, couper l'armée austro-russe en deux, écraser l'aile la plus faible… Alors que la bataille a commencé à sept heures du matin au lever du soleil, la victoire est acquise à la tombée de la nuit (seize heures) par la déroute russe[87].

Le traité de Presbourg signé le 26 décembre chasse les Autrichiens d'Italie et d'Allemagne. En juillet 1806, la Confédération du Rhin place seize principautés allemandes sous la protection impériale française[88]. Le 6 août 1806, François II abdique : c'est la fin du Saint Empire romain germanique[89]. Napoléon Ier se voit déjà empereur romain d'Occident. Il distribue les couronnes à sa famille : Joseph devient roi de Naples ; Murat, son beau-frère, est fait duc de Berg ; Louis, roi de Hollande ; Élisa reçoit les principautés de Lucques et de Piombino ; Eugène de Beauharnais, que l'Empereur a adopté, et déjà vice-roi d'Italie, épouse Augusta de Bavière ; Jérôme épousera en 1807 la fille du roi de Wurtemberg ; et Stéphanie de Beauharnais, cousine de Joséphine et fille adoptive de l'Empereur, l'héritier de Bade[90]. Le 1er janvier 1806, le calendrier républicain est aboli.

Deux jours après Austerlitz, Bonaparte avait déclaré un peu vite (le 4 décembre 1805) : « Messieurs nous rentrons à Paris, la paix est faite. » Ultime obstacle au rêve impérial de dominer l'Europe quasiment réalisé à cette date : la Prusse. Le 1er octobre 1806, elle exige que la France retire ses troupes au-delà du Rhin.

La formation de la quatrième coalition (Prusse, Royaume-Uni, Russie, Suède) l'oblige à quitter à nouveau Saint-Cloud le 25 septembre 1806 à quatre heures du matin. Le 14 octobre, ses troupes victorieuses défilent sous les fenêtres du philosophe Hegel dans les rues d'Iéna. Un mois après son départ de Paris, il entre dans Berlin (28 octobre). Un spécialiste résume la stratégie militaire napoléonienne qui a tant fasciné :

> Sa caractéristique est la mise en œuvre rapide et complète de tous les moyens d'action au début de la campagne. À l'inverse de la tactique qui réserve les efforts décisifs pour la fin de la lutte, elle frappe les grands coups dès que les troupes sont prêtes afin de terminer la guerre le plus tôt possible[91].

Waterloo morne plaine

« Quand on voit les illusions dont la Providence environne le pouvoir, on est consolé par leur courte durée. »

CHATEAUBRIAND,
Mémoires d'outre-tombe[1]

Lorsque, le 21 février 1807, l'Empereur venant d'Eylau se transporte péniblement à Osterode au vieux château d'Ordenschloss, il est profondément troublé.

La Prusse, considérée comme la première puissance militaire de l'Europe, presque anéantie après Iéna, n'accepte pas sa défaite. Bonaparte a eu beau coucher à Charlottenbourg dans le lit de Frédéric II, Frédéric-Guillaume III, réfugié à Königsberg auprès du tsar et de ses armées, ne veut pas conclure la paix : Dantzig, Kolberg et Graudentz assiégées résistent. Le 8 février, l'armée impériale arrivant de Varsovie pour reprendre Dantzig s'est fait surprendre à Eylau, en pleine tempête de neige, par des troupes russes supérieures en nombre.

C'est une épouvantable boucherie : vingt-cinq mille Russes et environ dix-huit mille Français sont tués[2]. La retraite est ordonnée en même temps des deux côtés : pas de victoire. Le lendemain midi, errant au milieu des agonisants, Napoléon ne peut s'arracher à ce spectacle : « La neige était partout teintée de sang[3] » ; là, des monceaux de cadavres ont été rassemblés près de quelques bouquets de sapin ; plus loin, des centaines de corps ensanglantés gisent au déclin d'une montagne.

L'Empereur avait fini par rejoindre son bivouac : une petite ferme à une demi-lieue du champ de bataille, et il s'était couché tout botté sur un matelas au coin du poêle, restant étendu là toute une semaine, « fatigué, inquiet et abattu », selon un témoin. Dictant à Berthier une *Relation de la bataille d'Eylau par un témoin oculaire,* qu'il fait imprimer à Berlin et à Paris, il conclut son récit par ces mots : « C'est de cette manière que parlera l'Histoire[4]. » Malgré les arrangements du compte rendu officiel, le soixante-quatrième bulletin est pourtant forcé d'en convenir : « Il a fallu beaucoup de travail pour enterrer tous les morts[5]. » À Joséphine, Napoléon écrit : « L'on souffre et l'âme est oppressée de voir tant de victimes[6]. »

L'Impératrice l'attendait à Mayence, et il exige qu'elle rentre à Paris sans lui, décidant de prendre ses quartiers d'hiver à Osterode, dans ce coin perdu à mille six cents kilomètres à l'est des Tuileries. Soudain pétrifié, pour la première fois depuis Toulon et Brumaire, le stratège de la vitesse s'immobilise six semaines à Ordenschloss (à 30 km d'Eylau), doute de son destin et attend. Étrange pause de cinq mois : il quitte Ordenschloss le 31 mars pour le château de Finckenstein (à 60 km environ au nord-ouest), où il reste jusqu'au 6 juin.

Au printemps 1807, le sentiment de l'Europe est aussi partagé que le sien : beaucoup sont encore plongés en plein délire idolâtre ; à Iéna, Hegel*, le philosophe allemand du réel rationnel, a vu de sa fenêtre l'Esprit absolu passer sur son cheval : c'était Napoléon rentrant se coucher à l'auberge. Mais les peuples européens sont de plus en plus irrités par l'insatiable appétit de l'Empire français, et les Espagnols, les Allemands et les Russes vont bientôt le combattre au nom même de ce qui a fait la gloire de Bonaparte : le sentiment national. Dès 1807, l'ennemi n'est plus ce ramassis de mercenaires appointés plus ou moins dévoués au service des princes, mais des soldats volontairement engagés pour libérer leur « patrie ».

Les soldats français de la Grande Armée, embourbés dans les plaines neigeuses de Pologne, mélangés à des conscrits allemands ou italiens beaucoup moins motivés, commencent à « grogner » contre celui qu'on va bientôt appeler l'Ogre. Il devient de plus en plus difficile d'admettre que le combat mené est celui de la Révolution. Napoléon distribue les principautés aux membres de sa famille, traite ses maréchaux** comme des princes : est-ce pour reconstituer l'ancienne noblesse (la noblesse d'Empire est créée le 1er mars 1808) et distribuer des bouts d'Europe à la famille Bonaparte que sont morts les milliers de cadavres qui pourrissent dans la boue d'Eylau ?

Ludwig van Beethoven, le musicien des grandes

* Le grand philosophe de l'idéalisme allemand (1770-1831).

** Le maréchalat, rétabli en 1804, était une institution de l'Ancien Régime supprimée par la Révolution.

orgues révolutionnaires, avait débaptisé sa troisième symphonie dite *Héroïque* en apprenant la bouffonnerie du sacre et raturé la dédicace originaire à Napoléon Bonaparte : pour des millions d'Européens, le divorce est consommé entre la personne de l'Empereur et les idées généreuses de la Révolution. Bientôt, chaque peuple voudra accomplir son destin *national* sur le modèle français et refusera de se soumettre à la « Grande Nation », accablée sous le joug d'un nouveau despote avide de conquêtes.

Un des cas les plus intéressants de la naissance du sentiment national est celui de la Pologne : premier pays, avant la France (et après la Corse), à se doter d'une Constitution le 3 mai 1791, le royaume de Pologne est rayé de la carte l'année suivante et partagé entre l'Autriche, la Russie et la Prusse. À l'automne 1806, à la faveur de l'avancée française, des officiers polonais engagés dans les armées impériales (la fameuse légion Dombrowski) soulèvent les populations dans la partie prussienne du pays, qui sert dès lors de base arrière à la Grande Armée. Dès le 4 novembre, Napoléon demande à Kosciuszko, le commandant en chef de l'insurrection de 1794 contre les Russes, de le rejoindre secrètement[7]. Le 17 novembre, il écrit aux Polonais : « Je dois vous dire et vous devez le faire connaître que l'intention de l'Empereur est véritablement de proclamer l'indépendance de la Pologne, si elle fournit quarante bons mille hommes de troupe, sur lesquels on puisse compter comme si l'on avait un corps de quarante mille hommes de troupes réglées[8]. » Mais aux Prussiens, avec lesquels il cherche à conclure la paix, il « laisse entrevoir que, quant à la Pologne, depuis que l'Empereur la connaît, il n'y attache aucun prix[9] ».

En fait, la Pologne se trouve à la croisée des chemins, pas seulement géographique, de son propre destin politique. Napoléon va-t-il rendre sa liberté à ce pays martyr et relancer le mythe de la grande nation libératrice, ou bien considérer sa seule ambition impérialiste : la mainmise sur ces territoires lui permettant d'arbitrer les appétits qu'ils suscitent chez ses ennemis prussiens, autrichiens et russes, et de mieux les diviser ? De leur côté, les Polonais ne peuvent se libérer seuls, ils ont besoin d'un appui, et ils espèrent la protection de Napoléon pour faire renaître leur pays. Ils savent que tout l'enjeu de la situation est dans le degré d'autonomie que le Français leur accordera.

Les Varsoviens accueillent l'Empereur en libérateur le 19 décembre ; il en repart le 23 décembre pour combattre les Russes à Pultusk. La victoire acquise, il reprend la route de Varsovie le 1er janvier.

Au relais de poste de Blonie, alors qu'il attend dans sa voiture qu'on change une dernière fois les chevaux, Duroc amène à sa portière une jeune et jolie aristocrate blonde aux grands yeux bleus tendres et naïfs. Rose d'émotion, elle s'écrie d'une voix brisée : « Soyez le bienvenu, mille fois le bienvenu sur notre terre ! Rien de ce que nous ferons pour vous ne saura rendre les sentiments que nous portons à votre personne, ni le plaisir que nous avons à vous voir fouler le sol de cette patrie qui vous attend pour se relever[10]. » Frappé par cette apparition virginale, Napoléon la fait rechercher. Les patriotes polonais doivent convaincre la jeune femme effarouchée, au nom de l'intérêt supérieur de la patrie, de se rendre à un bal, puis à un dîner...

Le paragraphe qui précède est une séquence du film que Hollywood sort sur les écrans en 1937[11]. Dans les rôles-titres, Greta Garbo et Charles Boyer, les plus grandes stars de l'époque. Le scénario a été écrit par Joseph Masson en 1893 sous la dictée d'Alexandre Walewski.

Il existe une autre version des faits : le prince Josef Poniatowski* et Talleyrand, présents à Varsovie, auraient devancé le désir énoncé par l'Empereur de compter parmi ses conquêtes une Polonaise. Ils auraient organisé un bal puis un dîner et présenté à Napoléon une jeune fille « telle qu'il la fallait, délicieuse de figure et nulle d'esprit », écrit Talleyrand dans ses *Mémoires***. Ce scénario-là est celui des cyniques, des habiles, des rusés (et des misogynes), de ceux que Stefan Zweig appelait les « diplomates » et qu'on a tant admirés depuis deux siècles : persuadés que les êtres humains sont des pantins mus par des ficelles qu'il suffit de tirer.

La vérité se trouve quelque part au-delà de la guimauve formatée de Hollywood et de l'hyper-rationalisation grossière et étroite des importants.

* Neveu du dernier roi élu de Pologne ; ministre de la Guerre du Grand-Duché.

** « C'est M. de Talleyrand qui m'a procuré Mme Walewska, elle ne s'est pas défendue », confirmera l'Empereur à Gourgaud : cité par « Walewska, Marie, comtesse, (1786-1817), maîtresse de Napoléon », Guy Godlewski, *Revue du Souvenir Napoléonien*, n° 358, avril 1988, p. 10-23.

En janvier 1807, Maria Laczinska n'a pas vingt ans. Originaire d'une famille de petite noblesse terrienne, on l'a mariée deux ans auparavant avec un septuagénaire d'une des plus illustres familles de Pologne, Athanase Walewski, dont elle a eu un fils. Elle a passé toute son enfance avec sa mère, ses six frères et sœurs dans le souvenir de son père, Maciej Laczynski, mort en combattant les Russes pendant l'insurrection de 1794. Un des compagnons d'armes de ce martyr de la Pologne libre, le père, français, de Frédéric Chopin, avait été engagé comme précepteur par la comtesse Eva Laczynska. Admirateur des Lumières françaises, fervent militant de la cause polonaise, Nicolas Chopin a pu contribuer à inculquer à la jeune fille les très vifs sentiments patriotiques qu'elle partage avec ceux de son milieu. Il est peu probable qu'elle ait pris l'initiative de venir saluer l'Empereur à Blonie, encore moins qu'elle l'ait prise seule. Mais, au bal du palais Brühl que donne Talleyrand, son émotion et sa ferveur ne font aucun doute, lorsqu'on lui présente celui que son entourage considère comme le sauveur de la Pologne. Timide et réservée, elle n'en laisse rien paraître.

Il semble qu'en revanche elle ait eu un peu plus de mal à admettre le rôle qu'on veut ensuite lui faire jouer. L'Empereur lui a fait parvenir un premier billet écrit de sa main :

Je n'ai vu que vous, je n'ai admiré que vous, je ne désire que vous. Une réponse bien prompte pour calmer l'impatience de / N.

À la lettre est joint un gros bouquet de roses pâles entourant une seule rose rouge à laquelle est épinglée une carte d'invitation à dîner pour le soir même au palais Zamek, avec ces mots griffonnés : « Pas de bijoux pour ce dîner. Mais cette rose. » Walewska se rend au dîner mais refuse de porter la rose. L'Empereur se fend d'un second billet :

> Vous ai-je déplu, Madame ? J'avais cependant le droit d'espérer le contraire. Me suis-je trompé ? Votre empressement s'est ralenti tandis que le mien augmente. Vous m'ôtez le repos. Oh ! Donnez un peu de joie, de bonheur, à un pauvre cœur tout prêt à vous adorer. Est-il si difficile d'envoyer une réponse ? Vous m'en devez deux[12].

Son mari, sa mère et les plus hautes autorités polonaises doivent s'entremettre pour qu'elle accepte d'être reçue en audience privée par Napoléon.

Mais elle accepte, assez vite. Le 18 janvier, on vient la chercher et on la fait entrer dans le cabinet de travail de l'Empereur par une porte dérobée du palais Zamek. La jeune femme, la tête pleine d'idées chevaleresques, qui ne peut ignorer les intentions de l'Empereur, pense qu'il suffit d'exposer ses raisons au grand homme pour qu'il la respecte et « se lance dans une longue tirade politique[13] » au nom du gouvernement provisoire.

Napoléon la tutoie d'emblée, persuadé que cette femme s'est jetée à sa tête et qu'elle ne rêve que de lui. Un peu échaudé par son accueil froid lors du bal et du dîner, amusé par sa harangue essoufflée, il pense qu'il a affaire à une coquette et, réellement sous le charme, se fait pressant.

Orgueil ou pudeur, froideur réelle ou dépit d'amoureuse idéaliste, blessée par le ton cru et les manières brutales du souverain, Maria Walewska se rebelle et pleure, cherchant à fuir. Elle n'a pas voulu cela : servir de monnaie d'échange dans un marché qui l'outrage. Froissée jusque dans sa ferveur pour le héros qu'elle révère sincèrement, elle oppose à Napoléon une résistance qu'il n'a jamais rencontrée.

L'Empereur est surpris : est-elle enfin devant lui la nouvelle Héloïse, sa Spartiate au grand cœur, éprise de la vertu et de son pays plus que de tout autre chose au monde ! Il ne s'attendait plus à cela. Sa passion redouble de puissance, mais son intuition lui dicte de s'éloigner. Entre eux, une longue lutte commence.

Alternant le ton tendre et les questions crues et directes, Napoléon la sonde à fond et finit, dit-on, par la laisser partir, à quatre heures du matin.

Lorsqu'il lui fait envoyer le lendemain des fleurs mêlées de diamants, elle les lance à toute volée à l'autre bout de la chambre, furieuse qu'on puisse penser l'acheter. Mais le soir même, elle revient. Et le surlendemain, et tous les soirs — jusqu'au départ de l'Empereur le 29 janvier pour l'affreux champ de bataille d'Eylau.

Et elle cède. Y a-t-il eu viol ? Les avis sont partagés. Il est probable que non. Comment résister à la flatteuse insistance du « maître du monde » : qui est-elle pour refuser ? Divers sentiments l'agitent, entre une compassion déchirante pour l'aigle qui se met à genoux devant elle en l'implorant et la pitié pour cet homme de trente-sept ans (dix-sept ans de plus qu'elle) déjà un peu épaissi et le crâne menaçant de se dégarnir. Sa sensualité diffuse, à peine consciente d'elle-même, est émue, mais ne comprend pas encore comment jouir de ces violences. Pourtant, déjà, elle l'accepte tout entier, cet homme éminent qui prend la peine de lui parler, de l'écouter, comme jamais personne ne l'a fait. Elle l'accepte comme le destin, comme l'inéluctable. Elle ne lui demande rien — que la liberté pour son pays. Elle accepte et l'aigle, et le moineau qui vient manger dans sa main, et la longue blessure inguérissable qui ressemble à l'amour d'avoir été choisie par le vainqueur de l'Europe au temps de son apothéose.

Pour Napoléon, à partir de ce moment, la partie est jouée — du moins le croit-il : il ne lui reste plus qu'à afficher sa maîtresse polonaise logée dans un appartement privé du palais Zamek et d'en faire un agréable agent de liaison auprès des patriotes de ce pays qui attend trop de lui. À son départ, le 29 janvier, « il lui confie une sorte de mission officieuse : elle se rendra à Vienne avec sa mère et prodiguera dans les salons l'assurance que la France ne détachera jamais la Galicie polonaise de la Couronne d'Autriche, ceci afin de rassurer Metternich dont la neutralité demeure incertaine[14] ».

Quelques jours plus tard, prostré dans sa chambre de la ferme d'Eylau, les narines révulsées par l'odeur de cadavres répandue dans l'air, l'Empereur songe avec amertume au jeu de dupes qu'est son aventure avec « Marie » (c'est ainsi qu'il a baptisé Maria Walewska). Tout l'écrase, la terreur de la défaite, l'horreur de la victoire : dans les deux cas, le désastre des champs de bataille jonchés de cadavres. S'enfermant six semaines dans la glacière de son cabinet d'Ordenschloss, il disparaît momentanément de la scène de l'Histoire. Il sait qu'il ne fera pas renaître le royaume de Pologne. Que reste-t-il des rêves qu'il poursuivait à l'âge de Marie, lorsque, jeune homme de dix-neuf ans, il attendait avec ferveur, comme elle, le printemps des peuples et la libération de sa patrie — c'était en 1788, loin d'ici, sous les orangers et les oliviers des Milelli. Que lui reste-t-il à espérer ?

Dans le vide de ce tourment, la jeune aristocrate polonaise le hante comme un remords et le distrait. N'est-elle pas l'Amour en personne, un amour auquel il ne croyait plus, une femme dont on peut dire, comme il l'écrira à son frère le 13 décembre 1800, que « son âme est aussi belle que sa figure[15] » ? Plus il songe à ses gestes et à ses discours enflammés sur son pays martyr, plus il est émerveillé. Doit-il se laisser aller à cette faiblesse ? Le 9 février, il a écrit à Marie :

> La bataille a duré deux jours et nous sommes restés maîtres du terrain. Mon cœur est avec toi ; s'il dépendait de lui, tu serais citoyenne d'un pays libre. Souffres-tu comme moi de notre éloignement ? J'ai le droit de le croire ; c'est si vrai que je désire que tu retournes à Varsovie ou à ton château, tu es trop loin de moi. Aime-moi, ma douce Marie, et aie foi en ton/ N[16].

Mais faible, ne l'est-il pas de toute façon ? Les Polonais croient-ils qu'il suffise de claquer dans ses doigts pour faire revivre un pays ? Croient-ils qu'un seul homme puisse décréter la liberté de tous les autres ? La puissance qu'il incarne n'est-elle pas, au fond, l'esclave des circonstances ? Qu'est-il sinon l'arbitre d'un jeu de forces qui le dépassent et le condamnent à la surenchère du matamore, s'il prétend favoriser les intérêts des peuples ? Que les Polonais cessent d'être écrasés par les Autrichiens, les Russes, les Prussiens : soit. Mais comment faire, si l'on regarde une carte, pour garantir l'indépendance de ce royaume convaincu des idées libérales contre l'appétit des empires autocrates et des vieilles monarchies qui l'encerclent ? La seule solution n'est-elle pas de chercher à rassembler l'ensemble de l'Europe sous le joug d'une seule nation — l'Empire d'Occident, enfin, garantissant les droits des peuples et des individus en leur apportant la législation du Code Napoléon ? Faut-il se résigner à la lutte à mort ?

Mais cette odeur de cadavres... Elle le relance jusqu'ici, malgré l'*ayaloudjin* — il a ordonné qu'on en fasse brûler jour et nuit...

Repris par la mélancolie ancienne qui lui ronge l'estomac, en proie à l'une de ces crises d'incertitude complète qui le prennent parfois, sa « machine s'arrête » :

C'est, comme dit le peuple, *la flemme*, une inaptitude à tout travail, même à tout divertissement, le repos auquel le cerveau surmené est contraint à des heures, comme si, épuisé, il ne pouvait plus sécréter de pensée. Alors, sans même quitter son cabinet, il va, vient, vire, s'étend sur la causeuse, sommeille ou fait semblant, s'assied sur le bureau de son secrétaire, ou sur un des bras de son fauteuil, s'y balance, lui parlant à bâtons rompus de ses projets, de sa santé, de ses manies, de son passé.

Il lui frotte les oreilles, lui frappe doucement l'épaule ou la joue, ennuyé de le voir continuer son travail. Ou bien parcourt les tablettes de sa bibliothèque, juge en passant les uns et les autres, s'arrête à Corneille ou à Voltaire, prend le volume, déclame une tirade — surtout de *La Mort de César*. Ou encore il chante, d'une voix forte, très fausse. Ce sont des lambeaux de romances, d'opéras anciens, du *Devin de village*, des niaiseries sentimentales de l'*Almanach des Muses*, et, si son esprit est au grave, des hymnes du temps de la Révolution, des strophes du *Chant du départ*. Il est rarement dans l'air, répète un quart d'heure les mêmes paroles de tous ses poumons, affectionnant surtout une romance dont il ne sait qu'un vers : *Oui, c'en est fait, je me marie*... ; quand il en est lassé, il enchaîne sur *Marat, du peuple vengeur*..., mais il ignore la suite de cet hymne[17].

Six semaines entières, il voyage comme cela, autour de sa chambre, dans l'impasse.

Au moment de quitter Joséphine à Mayence le 28 septembre 1806, un étrange malaise l'avait pris ; certains médecins prétendent que c'est de l'épilepsie, mais il croit, lui, que c'était un pressentiment, un prélude à l'incertitude terrible qui le sidère à présent. Le 2 décembre, il écrivait encore à l'Impératrice : « Je t'aime et je te désire. Ces nuits-ci sont longues tout seul[18]. » Le 31 décembre, la veille de sa première rencontre avec Maria Walewska, on lui avait appris la naissance de Charles-Léon, le fils qu'il avait eu de la suivante de Caroline, Éléonore de La Plaigne. Depuis ce moment, il avait été agité par l'idée de divorcer pour épouser une princesse d'Europe et mêler la dynastie nouvelle au sang des monarchies anciennes. Choyé par les Polonais tout le mois de janvier passé au palais Zamek, il avait laissé ce désir prendre forme et grandir... C'est alors que cette autre passion était née :

son amour pour « Marie » la vertueuse, la sage patriote.

Et puis, tout à coup, vers la fin du mois de mars, une illumination : il va lui expliquer, à Marie — elle est la femme la plus intelligente qu'il ait rencontrée ; il lui dira : « Je suis le plus esclave des hommes, obligé d'obéir à un maître qui n'a point de cœur : le calcul des événements et la nature des choses[19]. » Et elle comprendra qu'il est trop tôt pour que la Pologne renaisse. Qu'il lui faut d'abord soumettre toute l'Europe aux lois nouvelles. Sa décision est soudain prise, sa casuistique du pouvoir définitivement arrêtée. Il n'y reviendra plus.

Il est redevenu tout à fait, et pour toujours cette fois, l'Empereur. Il s'installe dans un château plus commode, mieux chauffé : Finckenstein.

Là, sa force revient d'un coup : cette force morale exceptionnelle, forgée dans la mélancolie, dans cette retraite solitaire absolue où il s'enferme parfois et dont peu d'hommes sont capables : elle lui a servi cette fois encore.

Mais pour le pire.

Sa certitude est désormais inébranlable. S'il est un esclave, c'est de son « étoile ». Il doit accomplir « les volontés du Destin » : « Je me sens poussé vers un but que je ne connais pas. Quand je l'aurai atteint, un atome suffira pour m'abattre[20]. » Il se donne raison sur tout et ne souffrira plus aucune contestation. Il contraindra jusqu'au pape, de gré ou de force, à reconnaître la domination juste de la Grande Nation, garantissant à tous l'égalité des droits.

Les rois ? Pour les mettre dans sa manche, il épousera une princesse de sang royal et l'héritier qui naîtra de cette union réalisera son système de fusion.

La Pologne ? On contraindra les Russes à accepter la création d'un Grand-Duché qu'on rattachera à la Couronne de Saxe et à la Confédération du Rhin, placé sous son protectorat. Ce ne sera pas l'indépendance, certes, mais un premier pas avant la victoire finale, l'apocalypse du monde ancien où plus personne n'aura plus besoin de « royaume », même constitutionnel.

Marie ? Elle sera son « épouse polonaise », le symbole vivant de sa volonté de libérer les peuples. Justement, elle vient de solliciter la permission de venir le rejoindre et de lui présenter son frère Teodor Laczynski et le général Zayonczek qui vient de recruter pour lui six mille Polonais[21] : il accepte de les recevoir et décide de garder la jeune femme près de lui.

Maria Walewska n'hésite pas à entreprendre aussitôt un voyage dangereux pour rejoindre le quartier général impérial : cinquante lieues à travers « un rude pays de forêts, de lacs et de marécages, par des routes épouvantables, au milieu de troupes en mouvement[22] ».

Dans la grande bâtisse teutonique de Finckenstein, tandis que, toujours aussi discrète, Marie lit dans sa chambre qu'elle ne quitte pas, ou fait de la tapisserie en attendant l'heure des repas que l'Empereur lui réserve (il lui consacre très peu de temps), Napoléon déploie une « énergie miraculeuse » : « bouleversé par un nouveau cataclysme d'idées[23] », il s'occupe personnellement de tout, « donnant aussi bien des instructions pour la création d'une chaire au Collège de France que se mêlant des menues affaires de l'Opéra, réorganisant son armée, envoyant ses ordres à Dantzig et à Varsovie, surveillant les approvisionnements, concevant de nouveaux plans militaires et diplomatiques, recevant les ambassadeurs de Perse et de Turquie, écrivant des billets doux à Joséphine, passant son temps avec Madame Walewska[24] », cherchant déjà dans les cours d'Europe une princesse à épouser. Inspiré par Marie, il écrit une longue note sur la formation intellectuelle et morale des jeunes filles de la Légion d'honneur : voilà comme elles devraient être toutes : complaisantes, dociles avec leur vainqueur, seulement préoccupées de la gloire de leur patrie. Au début de 1808, il griffonnera sur un bout de papier ce beau portrait de Walewska : « Je connais ta vie jusqu'à ce jour. D'elle, vient, chez toi, ce singulier mélange d'indépendance, de soumission, de sagesse et de légèreté, qui te fait si différente de toutes. » Éprouvant de l'estime pour cette femme, il comprend moins qu'il le prétend son « indépendance », comme il n'a jamais pris la pleine mesure des aspirations démocratiques que la Révolution avait soulevées. En fait, il en est paradoxalement l'instrument : il aura permis à la jeune aristocrate polonaise de jouer un rôle politique auquel aucune femme de l'époque ne pouvait prétendre sans être reine, si l'on excepte la très exceptionnelle Mme de Staël.

La forteresse prussienne de Dantzig tombe enfin aux mains des Français : la route de la Pologne est ouverte. C'est le moment pour la Grande Armée de reprendre son offensive contre les Russes : Napoléon renvoie Marie dans ses terres et, penché sur ses cartes déployées sur une grande table, concocte un nouveau plan contre le tsar.

Il quitte Finckenstein le 6 juin 1807 et, le 12, il est à nouveau à Preussich-Eylau. Plus d'idées morbides, les morts n'ont qu'à bien se tenir, les vivants, après tout, ne sont que des morts en sursis. S'il faut sacrifier encore cinq cent mille hommes, lui, Napoléon, doit avoir le sang-froid nécessaire pour les sacrifier. La belle affaire : ceux-là au moins ne seront pas morts pour rien puisqu'ils mourront pour la gloire de la Grande Nation. Il écrit à Marie une lettre impérieuse et brûlante : « Tout marche comme je l'avais prévu, nous sommes sur les talons de l'ennemi et la division polonaise est remplie d'enthousiasme et de courage. Le jour approche d'une réunion que j'appelle de tout mon cœur, où nous pourrons vivre l'un pour l'autre[25]... » Il veut l'installer à Paris, dès qu'il sera rentré aux Tuileries.

Un matin, « cinglant et brisant de hautes herbes à coups de cravache », il demande à Berthier : « Quel jour est-ce aujourd'hui — C'est le 14 juin, Sire. — Jour de Marengo, jour de victoire[26] ! » Alors qu'au soir on lui apprend la prise de Kolberg, il dit : « Et moi, j'ai pris aujourd'hui tout ce qui m'arrêtait. Friedland [c'était le nom de la victoire du jour] vaudra Austerlitz, Iéna et Marengo dont je fête l'anniversaire[27]. » « L'Empereur s'était transformé en un monarque de vieille race qui s'attribue tout, qui ne parle que de lui[28] », écrit Chateaubriand.

L'« épouse polonaise », la seule femme avec qui il ait jamais accepté de parler politique, n'était pas de taille à lui faire entendre que la liberté de l'Europe ne se gagnerait pas au prix du despotisme ni des trois millions cinq cent mille morts des guerres dites napoléoniennes. Aveuglée par sa haine des Russes, elle se savait subjuguée et avait accepté sa défaite. Elle s'obstinera pourtant à lui chanter jusqu'à sa chute la petite rengaine sur la liberté de la Pologne : « Tu es une raisonneuse », lui écrira-t-il le 14 janvier 1809. Déjà, le 27 juillet 1807, il termine la lettre qu'il lui écrit de Saint-Cloud d'une manière moins empressée : « Au revoir, ma douce amie, tu viendras me rejoindre. Ce sera bientôt, quand les affaires me laisseront la liberté de t'appeler. Crois à mon inaltérable affection. »

Maria Walewska n'est qu'une brindille de plus venue alimenter le feu de pouvoir qui le brûle. L'amour n'aura pas eu de « vraie puissance » sur cet « homme de la mort[29] ». Désormais, il « ira jusqu'à ce qu'il ait conquis la dernière couronne qui donne du prix à toutes les autres, la couronne du malheur[30] ».

Le 25 juin 1807, Napoléon rencontre Alexandre sur un radeau au milieu du Niémen. Le 9 juillet, le traité de Tilsit est signé : Français et Russes s'allient provisoirement pour se partager le monde : en ligne de mire, la puissance britannique. Le tsar accepte de s'associer à la fermeture totale du continent au commerce anglais ; les puissances vaincues (Autriche, Prusse), l'Espagne alliée de la France et bientôt occupée sont obligées de prendre leur part du « blocus continental ». Les tergiversations du Portugal valent à ce pays d'être envahi par les troupes de Junot dès le 21 novembre 1807. Napoléon laisse la Turquie aux Russes qui reconnaissent la Confédération du Rhin, et il s'approprie les deux péninsules Ibérique et Italienne. Le Grand-Duché de Varsovie naît (22 juillet 1807). L'armée prussienne est réduite à quarante-sept hommes et la Prusse contrainte à des réformes intérieures : autonomie des villes et abolition du servage. C'était un souvenir de la mission révolutionnaire de la Grande Nation, qu'avait furieusement démenti le scandale absolu du rétablissement de l'esclavage à Saint-Domingue en mai 1802*.

Il était évident qu'une fois ce plan accompli, il ne resterait plus à Napoléon, désormais maître du continent jusqu'au Niémen, qu'à se retourner contre la Russie, puis, en dernier lieu, à vaincre l'ennemi absolu, l'Angleterre.

Talleyrand, hostile à l'alliance russe, fatigué d'être un ministre des Relations extérieures « sans emploi » démissionne de ses fonctions le 9 août 1807. En septembre 1808, à Erfurt, il sabote l'entrevue que l'Empereur devait avoir avec Alexandre en prévenant le tsar qu'on ne songe qu'à se servir

* L'esclavage avait été aboli le 4 février 1794 par la Convention montagnarde ; Napoléon abolira la traite des esclaves en 1815, s'alignant sur le Congrès de Vienne ; l'esclavage est aboli définitivement en France en 1848 sous l'impulsion de Victor Shoelcher. Saint-Domingue devient indépendant sous le nom d'Haïti le 1er janvier 1804.

de lui pour l'affaiblir. Dès lors, il sera avec Fouché, avec lequel il s'allie le 20 décembre 1808, l'un des artisans les plus redoutables de la chute de Napoléon et du retour des Bourbons.

Ces deux anciens conventionnels se font les porte-parole de la bourgeoisie révolutionnaire exaspérée par la réinsertion de l'ancienne aristocratie et l'établissement de la noblesse d'Empire : craignant le retour de la féodalité, « à partir de 1808, on se plaît à dénoncer en privé le despotisme impérial[31] ». La destitution des Bourbons de Naples remplacés par Joseph en 1805, puis l'invasion et le partage du Portugal en octobre 1807 avaient alarmé les notables, favorables à la paix et peu convaincus de la nécessité de conquêtes impériales qui ne servent que les intérêts de la famille Bonaparte. Ils comprennent encore moins le rapt de la couronne espagnole, opéré dans des conditions douteuses à Bayonne en mai 1808 à la faveur d'une situation insurrectionnelle*. Joseph, remplacé par Murat à Naples, devient roi d'Espagne. Le 2 mai 1808, les Espagnols déclenchent une première émeute (immortalisée par Goya**) contre les prétentions françaises ; elle est très durement réprimée et fait trois cents morts. Les troupes françaises vont connaître « le soleil de l'Andalousie, les pal-

* Le Premier ministre Godoy, détenant la réalité du pouvoir de Charles IV, contraint le souverain à faire arrêter son fils, ce qui entraîne les premières émeutes du 17 mars 1808. Napoléon convoque père et fils à Bayonne pour arbitrer le conflit, provoquant « l'exaspération du sentiment national », les Espagnols ne comprenant pas que leurs affaires puissent être réglées par le Français (Tulard, 335-339).

** Le *Dos* et le *Tres de Mayo* (1814). L'émeute visait à empêcher le départ pour Bayonne de l'Infant Francisco de Paula, dernier membre de la famille royale encore à Madrid.

miers du Guadalquivir » et, « dans les montagnes, des guérillas demi-nues[32] ». Des insurgés déguenillés résistent aux Français aguerris mais peu préparés à ce genre de combat : les guérilleros sont vainqueurs à Baylen le 22 juillet 1808, prouvant à l'Europe que la Grande Armée n'est plus invincible. Wellington débarque le 31 juillet 1808 près de Lisbonne, et le 30 août Napoléon se résout à faire évacuer le Portugal.

Il quitte Paris le 29 octobre 1808 et dès son arrivée en Espagne se heurte à l'insubordination de ses soldats : il est obligé de descendre de cheval au passage de la Sierra Guadarrama pour donner l'exemple et obliger les troupes à avancer. Pourtant c'est persuadé d'avoir conduit son armée sur la voie de la victoire qu'il rentre à Paris le 3 janvier 1809. Totale erreur d'appréciation : coûteuse en argent et en hommes, la guerre d'Espagne se terminera au profit de l'Angleterre ; les troupes françaises devront évacuer la péninsule après la défaite de Vitoria, le 21 juin 1813.

La bourgeoisie d'affaires avait d'autant moins approuvé ce que Stendhal appelle les « dégoûtantes affaires d'Espagne[33] » qu'elle n'en pouvait attendre « aucun avantage économique[34] ». Le mariage de Napoléon avec la fille de l'Empereur d'Autriche, Marie-Louise, le 2 avril 1810, les crises économiques de 1810 et 1813, puis, couronnant le tout, le désastre de la campagne de Russie consomment la rupture et privent le régime napoléonien de ce qui avait été sa base sociale.

La fusion avec les aristocrates ne fonctionne pas très bien non plus : l'ancienne noblesse catholique est ulcérée par l'annexion des États pontificaux le 17 mai 1809 (Pie VII avait répondu par une bulle d'excommunication le 18 juin), et davantage encore par l'enlèvement du pape le 6 juillet, puis son emprisonnement (à Savone jusqu'en 1812, puis à Fontainebleau jusqu'en 1814). De ce bras de fer entamé avec la papauté romaine, Napoléon sortira vaincu*.

Dans le peuple, les aventures du pape sont jugées plutôt distrayantes, mais la conscription est de plus en plus mal ressentie : personne ne prend plus les guerres impériales pour des guerres révolutionnaires ; les plus riches paient des remplaçants pour échapper à l'enrôlement obligatoire et les pauvres vont jusqu'à se mutiler ; à la fin de l'Empire, des bandes de réfractaires prendront le maquis et sèmeront la terreur. Napoléon n'est plus le Petit Caporal issu des rangs du peuple, il est devenu l'« Ogre ».

Mangeur d'hommes, il n'hésite pas à l'être : à Friedland, il avait commandé à Ney de charger « sans souci des pertes[35] ». Il compte désormais davantage sur le nombre et la puissance de feu que sur l'effet de surprise ou des ruses auxquels l'ennemi s'est habitué et qu'il déjoue : « Nous n'obtenions plus de succès sans que la veine française ne fût largement ouverte[36] », résume Chateaubriand. Les guerres napoléoniennes, premières « guerres totales », ont incontestablement ouvert

* Napoléon extorque au pape l'abdication de sa souveraineté temporelle par le Concordat de Fontainebleau (25 Janvier 1813) et projetait de l'installer dans l'île de la Cité : mais Pie VII se rétracte le 24 mars 1813. À l'Empereur, qui alterne flatteries et menaces, il répond « *Commediante ! Tragediante* » (« Comédien ! Tragédien ! »). Le 19 janvier 1814, Napoléon, sur le point d'être vaincu, est contraint de restituer ses États au pape.

la voie à l'horreur des deux conflits mondiaux du XXe siècle, on l'a dit. Quant à Napoléon, il s'interdit tout état d'âme, persuadé que « la froideur est la plus grande qualité d'un homme destiné à commander[37] ». Qu'ajouter à ce commentaire de l'auteur des *Mémoires d'outre-tombe* : « Si la vertu militaire enseigne quelques vertus, elle en affaiblit plusieurs : le soldat trop humain ne pourrait accomplir son œuvre ; la vue du sang et des larmes, les souffrances, les cris de douleur, l'arrêtant à chaque pas, détruiraient en lui ce qui fait les Césars, race dont, après tout, on se passerait volontiers[38]. »

La cinquième coalition formée le 9 avril 1809 par l'Angleterre, l'Autriche et l'Espagne oblige l'Empereur à une guerre dont il sent qu'elle sera mal reçue en France. Le 10 avril, la Bavière est envahie par les troupes autrichiennes : l'écrivain romantique Schlegel* rédige un appel à la « nation allemande » : « Nous combattons pour rendre à l'Allemagne son indépendance et son honneur national[39]. » « Les nations commençaient leur levée ; elles annonçaient à Bonaparte des ennemis plus puissants que les rois[40]. » Pourtant, les victoires s'accumulent : Thann, Abensberg, Landshut, Eckmühl, Ratisbonne où Napoléon est blessé au pied. Le 13 mai 1809, il entre à Vienne, où l'accueil est glacial, et la résistance qu'ils rencontrent à Essling surprend les Français, pendant qu'en Allemagne éclatent des mouvements insurrectionnels :

* Un des fondateurs du Cercle d'Iéna et du « romantisme » allemand.

« Du Tyrol à la Baltique s'éveillait une nouvelle force dont le philosophe Fichte se fit le porte-parole dans ses quatorze discours à la Nation allemande*[41] ». Mais, le 14 juin, l'armée d'Italie commandée par le prince Eugène avait rejoint les troupes de Napoléon et, le 6 juillet, la Grande Armée oblige l'archiduc Charles à se replier en Moravie : de nouveau en position difficile à Znaïm, les Autrichiens demandent un armistice le 12.

L'Empereur, revenu au château de Schönbrunn où il s'est installé le 5 juin 1809, négocie la paix (signée le 14 octobre 1809) et impose à François Ier d'Autriche des conditions rigoureuses (que Talleyrand dénonce). Mais Metternich, le brillant ministre autrichien, comprenant qu'un rapprochement avec la France accélérera la rupture de Napoléon avec la Russie, obtient des Habsbourg qu'ils acceptent cette mésalliance : accorder au Cromwell français la main de la fille aînée de François Ier d'Autriche. Enchanté de faire entrer dans sa famille cette « fille de Césars » qui fera de son fils un héritier du Saint Empire romain germanique défunt, Napoléon sollicite officiellement la main de Marie-Louise le 6 janvier 1810 : la petite-nièce de Marie-Antoinette** lui est accordée le lendemain. Elle le fait neveu par alliance du roi décapité par la Révolution.

Il n'en fait pas moins venir au château de Schönbrunn Maria Walewska, l'« épouse polonaise » : elle ne l'a pas revu depuis seize mois.

* Philosophe de l'intersubjectivité et de l'idéalisme transcendantal, fondateur de la philosophie de l'éducation moderne.

** Marie-Antoinette était la sœur de Léopold II, père de François Ier d'Autriche, dont Marie-Louise est la fille aînée.

À l'automne 1807, Joséphine, inquiète de l'aventure polonaise dont on l'a informée, a allumé un contre-feu en la personne d'une jolie Génoise, Carlotta Gazzani, une de ses lectrices : Napoléon se laisse faire, sans y attacher aucune importance. En janvier 1808, il demande à Teodor Laczynski de ramener Marie à Paris : il vient de temps en temps, le soir, lui rendre visite chez son frère, quai Voltaire. Mais l'Empereur part pour Bayonne le 1er avril 1808, et Walewska rentre au domaine familial de Kiernozia, où, séparée de son mari depuis son séjour au palais Zamek en janvier 1807, elle vit avec sa mère.

Lorsqu'elle apprend, en avril 1809, que Varsovie est prise par les Autrichiens, elle rejoint le quartier général polonais à Thorn, où elle reproche violemment à Poniatowski son incapacité[42]. Mais l'entrée de Napoléon en Autriche sauve le Grand-Duché et l'ennemi repasse les frontières : Maria envoie à Napoléon « de véritables rapports auxquels il répond de Vienne à deux reprises par des conseils politiques[43] ». Après la victoire de Wagram, il réclame sa présence à Schönbrunn où il met à sa disposition un appartement du château.

C'est là que leur fils, Alexandre Walewski, est conçu. Au cours des longues promenades qu'ils font quelquefois dans la campagne viennoise, l'Empereur se réjouit avec Marie de son nouvel état, mais la presse de rentrer en Pologne : de son côté, une lourde tâche l'attend à son retour en France, convaincre Joséphine de la nécessité du divorce et préparer son mariage impérial avec Marie-Louise…

délicates négociations que la présence de Marie, enceinte, à Paris risquerait de compromettre.

Rentré à Malmaison, il annonce sa décision de divorcer à Joséphine le 30 novembre et, le 14 décembre, la dissolution du mariage par consentement mutuel est prononcée. Le 25 décembre, il dîne pour la dernière fois avec elle en présence d'Hortense. Joséphine mourra d'une pneumonie à Malmaison le 29 mai 1814*.

Napoléon, du reste, se laisse distraire de ses soucis matrimoniaux par « une jeune personne de la suite de Pauline, Christine de Mathis, qui le tient en haleine avec une coquetterie consommée » lorsqu'il rentre à Paris à l'automne : « Il existe trente-quatre billets de Napoléon à sa sœur Pauline, écrits de novembre 1809 à février 1810, où toutes les nuances de l'inquiétude, de la fièvre ou du ressentiment s'expriment au jour le jour, Pauline étant chargée de convoquer, de tancer, de transmettre ses messages à la rebelle. Et cela jusqu'à la veille de l'arrivée de Marie-Louise à Compiègne[44] !... »

De son côté, Maria prend l'initiative de désobéir à l'Empereur et s'installe en décembre à Paris, 2 rue de la Houssaye (actuelle rue Taitbout). Est-ce par amour ? Est-ce par crainte que son fils ne connaisse jamais son père ? Est-ce pour « éviter le scandale dont sa grossesse va éclabousser les Walewski » ? Est-elle mandatée par le gouver-

* Quelques semaines plus tôt, elle avait souhaité montrer son jardin, qu'elle adorait, au tsar Alexandre Ier venu lui rendre visite. Elle avait encouragé l'introduction de nombreuses espèces florales et ses serres chaudes contenaient des plantes subtropicales inconnues jusque-là en France.

nement polonais pour obtenir des garanties de Napoléon ?

L'Empereur vient la voir, mais rarement, et c'est à ce moment-là que leur liaison semble prendre fin. Sensuellement occupé ailleurs, sûrement en colère contre l'indépendance incompréhensible manifestée par Walewska, excédé enfin par les exigences des Polonais dont Maria se fait l'avocate, il prétend ne s'intéresser qu'à la venue prochaine de l'enfant — que la naissance du roi de Rome ne lui fera pas oublier.

Début mars, Walewska a reçu une lettre de son mari : il souhaite qu'elle vienne accoucher à Walewice, son domaine. Délicatesse personnelle, remords d'avoir contribué à la situation dans laquelle se trouve sa femme, ou ordres reçus en haut lieu, peut-être un peu des trois, Athanase Walewski, qui à présent a soixante-treize ans, accueille dignement la jeune femme. Lorsque Alexandre naît, le 4 mai 1810, il le déclare lui-même au curé : l'enfant et, plus tard, l'homme mûr, sera toujours fier de son nom, un des plus prestigieux de Pologne ; Maria lui apprendra à être digne de cet homme magnanime et chevaleresque, mort lorsqu'il avait cinq ans. Cela explique sûrement que le jeune homme ne se soit jamais prévalu de sa filiation avec l'Empereur qu'il a toujours connue.

De son côté, le père réel apprend la nouvelle de la naissance d'Alexandre Walewski en Belgique, pendant son voyage de noces : il envoie à son fils dentelles et argent (20 000 francs en or) et à Maria une édition de Corneille. Il commence à payer : signe qu'il n'a plus d'amour.

Maria revient vivre avec son frère dans son hôtel parisien sobrement meublé. Le 30 décembre 1810, la comtesse Potocka et Mme Walewska sont présentées à l'Empereur dans l'Appartement intérieur des Tuileries par Mme de Luçay[45] : c'est un début de reconnaissance officielle.

Napoléon vient voir Maria deux fois aux alentours de février 1811, et elle aurait, dit-on, repoussé ses avances, l'appelant : « Votre majesté. » « Plaisir d'amour ne dure qu'un moment[46] », chante-t-on à cette époque.

Napoléon François Charles Joseph Bonaparte, prince impérial titré, roi de Rome, naît le 20 mars 1811. L'accouchement est pénible et très long : l'Empereur en personne assiste Marie-Louise ; il en témoignera dans le *Mémorial.* C'est un moment important pour lui. L'enfant est baptisé le 9 juin à Notre-Dame : à la fin de la cérémonie, il saisit son fils pour le présenter au peuple : « Une subite émotion l'envahit, un resplendissement de joie et d'orgueil le transfigure[47]. »

Maria emménage dans une maison de campagne à Boulogne, 7 rue de Montmorency, le 15 avril, tout près du château de Saint-Cloud* : est-ce pour obéir à une exigence de Napoléon qui veut pouvoir rendre visite à son fils Alexandre (il le fera souvent venir le midi pour déjeuner avec lui) ?

* L'Empereur s'y trouve du 20 avril au 12 mai, du 5 au 8 juin, du 10 au 15 juin, du 17 au 31 juin, les 6 et 7 juillet, du 24 juillet au 4 août, les 13 et 14 août, du 15 au 22 août, du 11 au 29 novembre, du 30 mars au 9 mai 1812.

Mais est-il seulement venu dans cette maison ? On ne le sait pas.

On dit que Maria, souvent habillée de satin gris, ou de couleurs très passées (ce que l'Empereur détestait), a l'air d'être en deuil ; elle ne reçoit que ses amis du gouvernement polonais de passage à Paris.

Les nouvelles de Pologne et de Russie sont mauvaises : l'Empereur s'en occupe particulièrement les 26 et 27 avril 1811. Depuis 1809, les Russes avaient assoupli leur participation au blocus continental, se plaignant que leurs chanvres, leurs bois, leurs suifs, leurs goudrons, leurs potasses, leurs cuirs et leurs fers ne trouvaient plus de débouchés. Le 31 décembre 1810, un ukase du tsar avait frappé les produits de luxe français, justifié dans une lettre à Napoléon en mars 1811 par « la gêne extrême du commerce maritime et la baisse effrayante du change[48] ». La Turquie, que le traité de Tilsit attribuait en grande partie aux Russes, n'avait toujours pas été partagée. La création du Grand-Duché de Varsovie, son annexion de la Galicie en 1809 (traité de Vienne), l'annexion par l'Empire français du duché d'Oldenbourg et des villes hanséatiques en train de lui assurer le contrôle de la Baltique faisaient craindre aux Russes la résurrection d'un royaume de Pologne dont ils ne voulaient à aucun prix et contre laquelle ils exigent des garanties que l'Empereur refuse de leur donner. Dès 1811, on se prépare de part et d'autre à la guerre. Napoléon, poursuivant son grand dessein de domination européenne (et peut-être même asiatique : certains prétendent qu'il voulait marcher jusqu'en Inde[49]), passe outre, une fois encore, les réticences marquées de son entourage (y compris militaire) et celles des notables : quoique le marché russe, dont la perte était déjà consommée, n'ait jamais offert d'importants débouchés commerciaux.

Le 15 août, aux Tuileries, à l'audience diplomatique après la messe, il fait une scène violente au prince Kourakine, l'ambassadeur de Russie. Le 19 décembre, Barbier, son bibliothécaire, lui procure des ouvrages sur la Russie, la Lituanie, sur les campagnes de Charles XII en Pologne et en Russie[50], et le cabinet topographique dessine les cartes de la future campagne. Le 25 février 1812, il accueille le colonel Tchernitchev à l'Élysée (où il s'est installé le 15 février). Le 24 avril, Kourakine reçoit de Saint-Pétersbourg l'ultimatum du tsar. Le 3 mai, l'Empereur envoie une lettre affable mais ferme à Alexandre, qu'il antidate du 25 avril[51].

Le 5 mai, quatre jours avant son départ pour Dresde, Napoléon reçoit Maria Walewska dans son arrière-cabinet des Tuileries en fin d'après-midi : comme d'habitude, ils ne parlent d'abord que de politique. La guerre contre la Russie est-elle imminente (les préparatifs de guerre sont restés secrets) ? S'il gagne la guerre contre les Russes, l'Empereur accordera-t-il enfin l'indépendance à la Pologne ? Au lieu de répondre, Napoléon demande à Maria de rejoindre immédiatement Poniatowski à Varsovie : elle doit lui transmettre des instructions précises sur la mobilisation de son armée. À la fin de l'entretien, il tend à la jeune femme un parchemin roulé qu'il a sorti de son bureau : « Par décret impérial Alexandre Walewski est doté de 69 fermes et parcelles appartenant à la Couronne de France dans le royaume de Naples. Jusqu'à sa majorité Maria Walewska en percevra le montant s'élevant à 170 000 francs par an. Ensuite son fils lui versera une pension viagère de 50 000 francs. Si l'on convertit ces sommes pour les évaluer en monnaie actuelle, c'est une fortune considérable dont il comble la mère et l'enfant[52]. »

Le 9 juin 1812, de Dantzig, Napoléon écrit à Marie-Louise : « Malgré mes occupations et les fatigues, je sens quelque chose qui manque : la douce habitude de te voir plusieurs fois dans le jour[53] » ; et regrette qu'elle ne soit pas à nouveau enceinte comme on le lui a fait espérer un moment. Il apprécie à son juste prix cette docile* fleur de cour fraîche et agréable, et comme « marchandise politique[54] » (le mot est de lui), livrée par l'Autriche après Wagram, elle lui paraît une infrangible garantie de son alliance avec Vienne. Il lui faudra bientôt déchanter mais de « l'abîme couvert de fleurs » dont il se plaindra amèrement dans le *Mémorial*, il ne voit pour l'instant que les fleurs :

Il se sentait des sentiments trop bourgeois sur l'article des alliances : « L'Autriche était devenue ma famille ; et pourtant ce mariage m'a perdu. Si je ne m'étais pas cru tranquille et même appuyé sur ce point, j'aurais retardé de trois ans la résurrection de la Pologne, j'aurais attendu que l'Espagne fût sou-

* « L'Empereur lui demanda quelles instructions elle avait reçues de ses grands-parents. D'être à lui tout à fait, et de lui obéir en toutes choses, fut sa réponse » (*Mémorial*, 233 ; voir aussi *Mémorial*, 1278).

mise et pacifiée. J'ai posé le pied sur un abîme recouvert de fleurs...[55] »

En juin, la sixième et fatale coalition contre la France s'est formée par l'alliance de la Russie et de l'Angleterre, que rejoindront bientôt l'Autriche, la Prusse, la Suède et quelques États allemands.

Le 22 juin 1812, de Pologne, Napoléon déclare la guerre à la Russie et adresse cette proclamation à ses soldats :

Soldats, la seconde guerre de la Pologne est commencée ; la première s'est terminée à Tilsit. À Tilsit, la Russie a juré éternelle alliance à la France et guerre à l'Angleterre. Elle viole aujourd'hui ses serments [...]. Marchons donc en avant ; passons le Niémen, portons la guerre sur son territoire. La seconde guerre de la Pologne sera glorieuse aux armées françaises comme la première[56].

Le mercredi 24 juin, l'Empereur passe le Niémen sur le cheval Friedland en fredonnant « Malbrough s'en va-t-en guerre ». Il est certain d'être de retour aux Tuileries dans trois mois : tout sera joué, pense-t-il, dès qu'il aura pris « Moscou la sainte ». Les six cent soixante-quinze mille hommes qu'il a rassemblés, des Suisses, des Polonais, des Italiens, des Belges, des Hollandais, des Prussiens et des Autrichiens, toute l'Europe dominée par l'Empire français, défilent sous ses yeux pendant trois jours pour passer l'immense fleuve, frontière naturelle entre la Pologne et la Russie. Comment douter du succès avec une armée tellement supérieure en nombre ?

À Vilna (Vilnius), il s'arrête longtemps (du 28 juin au 16 juillet) : « Trop long séjour qui devait avoir des conséquences fatales pour la campagne[57] », explique Jean Tulard. Les Français sont entrés dans la ville sans encombre mais les Russes avaient tout brûlé : farine, fourrage, habillements, et jeté les armes dans le fleuve. Nouvelle grande crise d'indécision : Napoléon attend un signe de paix d'Alexandre en réponse à ses irrecevables propositions. Il est déçu par la froideur de l'accueil des habitants de cette ville de l'ancien royaume de Pologne. Doit-il sacrifier le Grand-Duché de Varsovie pour éviter une guerre que ses proches redoutent ? Faut-il s'enfoncer plus avant dans cet immense territoire où l'armée manquera bientôt de tout, à la poursuite d'une armée russe fantôme qui évite le combat et pratique la politique de la terre brûlée ? A-t-il eu raison de renvoyer les émissaires des paysans russes insurgés contre le tsar (le servage ne sera aboli en Russie qu'en 1861) ?

Cependant, il accepte de recevoir Marie, qui introduit auprès de lui une délégation de la Diète polonaise, mais refuse de promettre l'indépendance en cas de victoire.

Maria Walewska a retrouvé un autre homme à Vilna : Philippe Antoine d'Ornano, un jeune et superbe cavalier de dragons, fait comte d'Empire en 1808 pour faits d'armes et général de brigade en Espagne. Corse d'Ajaccio comme l'Empereur et lointainement apparenté à lui, mais de quinze ans son cadet, il avait assidûment courtisé la jeune femme en janvier 1807 — jusqu'à ce qu'on la cache au fin fond du palais Zamek (ils avaient tous les deux vingt et vingt-deux ans). Cette rencontre de Vilna est cependant à peine plus libre que les premières et réduite ou presque à un échange de regards. Maria craint d'indisposer l'Empereur (la jalousie survivant chez lui à l'amour) et de compromettre ses relations politiques avec lui autant que la carrière du jeune homme. Par ailleurs, elle est toujours la femme du comte Walewski et religieusement attachée au respect qu'elle lui doit. Mais rentrée à Varsovie, d'où elle verra arriver les Russes, elle ne peut s'empêcher de craindre pour la vie du jeune comte d'Ornano, sur un fond d'inquiétudes plus larges quant au sort de la Pologne et à l'issue d'une guerre qui s'annonce terrible. On dit que l'Empereur est tombé de cheval quelques jours avant son arrivée à Vilna et que sa santé n'est pas bonne : cela n'est pas de bon augure.

À Smolensk, le 17 août, les Français entrent dans une ville en cendres. Le vrai choc entre les deux armées a lieu le 7 septembre, sur la Moskova, près du village de Borodino, à cent vingt-trois kilomètres de Moscou. La bataille dite de la Moskova ou de Borodino est la plus sanglante des guerres napoléoniennes : les Russes perdent quarante-deux mille combattants sur cent douze mille, la Grande Armée cinquante-huit mille hommes sur cent trente mille.

Tolstoï, dans son chef-d'œuvre, *La Guerre et la Paix* (1865-1869) raconte les guerres napoléoniennes, et la « guerre patriotique » de 1812 du point de vue russe ; le récit de la bataille de Borodino est l'occasion pour l'écrivain de méditer sur le sens de ces grands affrontements armés : qu'est-ce que le « pouvoir », par exemple celui du commandant en chef d'une armée : ses actions sont-elles libres ? Qu'est-ce qu'une « victoire militaire » : « Les événements sont gouvernés par des lois en partie inconnues, en partie pressenties par nous. La découverte de ces lois ne sera possible que lorsque nous renoncerons complètement à rechercher les causes de ces événements dans la volonté d'un seul homme[58] », avance-t-il. Et il fait du général Koutouzov, le généralissime des troupes russes, un anti-Napoléon et un double de lui-même, sans illusions sur le pouvoir, adepte des principes énoncés plus tard par le théoricien militaire Clausewitz*, un officier prussien passé au service du tsar, présent lui aussi à la bataille de la Moskova, et, qui laissant un récit de la campagne de Russie, démontrera à l'appui de cet exemple éclatant la supériorité de la guerre défensive lente sur l'obsession napoléonienne de l'offensive rapide. Toutefois, les Russes n'avaient pas adopté la politique de la terre brûlée « par calcul[59] » mais par crainte d'affronter la Grande Armée, tellement supérieure en nombre. Et Koutouzov, qui, en 1805, s'était opposé à la décision de l'état-major russe de livrer bataille à Austerlitz, se résout à combattre Napoléon à Borodino : il fallait au moins avoir l'air de défendre Moscou. Contre tout bon sens, explique Tolstoï :

Si les grands capitaines se laissaient guider par la raison, Napoléon aurait dû voir clairement qu'en livrant bataille au risque de perdre le quart de son armée à deux mille verstes de ses bases, il allait à une catastrophe certaine ; et il devait être éga-

* Théoricien militaire prussien (1780-1831), auteur d'un traité majeur de stratégie militaire, *De la guerre*, et de plusieurs relations de la campagne de Russie.

lement clair pour Koutouzov qu'en acceptant le combat au risque de perdre lui aussi le quart de son armée [en fait plus du tiers], la chute de Moscou était irrémédiable. [...] En engageant la bataille de Borodino, Koutouzov et Napoléon agirent sans le vouloir et absurdement. Mais les historiens découvrirent dans les faits accomplis les preuves subtiles du génie et de la clairvoyance des chefs qui, de tous les instruments inconscients des événements mondiaux, ont été les plus dociles, les moins conscients[60].

Terrible bataille, à l'issue incertaine, à propos de laquelle historiens russes et français s'affrontent depuis deux siècles, décrite par Tolstoï dans *La Guerre et la Paix* : « Dans les attitudes et les uniformes les plus divers, quelques dizaines de milliers d'hommes gisaient morts dans les champs et les prairies des Davydov et des paysans de la Couronne [...]. Dans un rayon d'une déciatine [un peu plus d'un hectare] autour des postes de secours, la terre et l'herbe étaient imbibées de sang. Des foules terrorisées de soldats blessés ou valides de diverses unités cheminaient lentement vers l'arrière, les uns retournaient à Mojaïsk, d'autres à Valouïevo. [...] D'autres encore restaient sur place et continuaient de tirer. [...] Les soldats harassés de l'une et l'autre armée, privés de nourriture et de sommeil, commençaient à se demander s'ils devaient vraiment continuer à se massacrer les uns les autres, et cette hésitation marquait tous les visages [...]. Pourtant, bien que la bataille touchant à sa fin, ils eussent senti toute l'horreur de leurs actes et qu'ils eussent été heureux de s'arrêter, on ne sait quelle force incompréhensible, mystérieuse, continuait à les dominer, et, trempés de sueur, dans la poudre et le sang, les artilleurs survivants, un sur trois, bien que titubants et haletants d'épuisement, apportaient les gargousses, chargeaient, pointaient, allumaient la mèche, toujours aussi rapides et cruels, et réduisaient en bouillie le corps des hommes[61]. »

Tandis que le jeune général de brigade d'Ornano, méconnaissable au milieu de la mêlée, se « distingue », dit-on, à la bataille de la Moskova, et devient général de division, Napoléon, souligne Tolstoï, est d'une effrayante passivité :

> Jaune, bouffi, lourd, les yeux troubles, le nez rouge et la voix rauque, il était assis sur son pliant et, les yeux baissés, prêtait involontairement l'oreille au bruit des détonations. Il attendait dans l'angoisse la fin de cette action à laquelle il croyait participer mais qu'il ne pouvait arrêter. Un sentiment humain, intime, prit un moment le dessus sur le mirage de cette existence artificielle, fantomatique, sur la froide mécanique du pouvoir à laquelle il était asservi depuis si longtemps. Il reprenait à son compte les souffrances et la mort qui lui étaient apparues sur le champ de bataille. Sa tête lourde, sa poitrine oppressée lui rappelaient qu'il pouvait lui aussi souffrir et mourir. À cette minute, il ne désirait plus Moscou, ni la victoire ni la gloire (de quelle gloire avait-il encore besoin !), il ne désirait maintenant rien d'autre que le repos, le calme, la liberté[62].

De fait, l'inertie de l'Empereur est incompréhensible et stupéfiante pendant la quasi-totalité de la campagne de Russie, et surprend ses généraux presque entièrement livrés à eux-mêmes.

Le lundi 14 septembre, du haut de la colline aux Moineaux, l'armée découvre « Moscou aux coupoles dorées... ses deux cent quatre-vingt-quinze églises, ses quinze cents châteaux, ses maisons ciselées, colorées en jaune, en vert, en rose[63] ». Vers quinze heures, l'Empereur entre dans la ville déserte et silencieuse, mais intacte, évacuée par les Russes à qui il a accordé une suspension d'armes ; vers dix-sept heures, dans une belle auberge en bois du faubourg de Dorogomilow, il demande qu'on lui amène les boyards : « Point de boyards, il n'est resté que des pauvres qui se cachent[64] » ; et des prisonniers de droit commun que le comte Rostopchine, gouverneur de Moscou, a fait libérer avant de quitter la ville, se glissant sans bruit d'un bâtiment à l'autre, sans que personne ne surprenne le but suspect de leur fébrile activité. Le jour suivant, l'Empereur s'installe au Kremlin. Vers quatre heures on l'éveille parce que le danger devient pressant : toute la ville est en flammes. S'approchant d'une croisée de la forteresse d'Ivan le Grand, il s'exclame, émerveillé : « Quelle résolution extraordinaire ! quels hommes ! ce sont des Scythes[65]. » Dans le *Mémorial*, Las Cases lui fait dire : « Jamais, en dépit de la poésie, toutes les fictions de l'incendie de Troie n'égaleront la réalité de celui de Moscou[66]. »

Réfugié au château de Pétrovskoïé, à deux lieues de Moscou, d'où l'on aperçoit toute la ville, pendant deux jours, enrhumé et oppressé, Napoléon contemple le brasier géant. Le 18 septembre, de retour au Kremlin, il remonte lentement les degrés de la tour d'Ivan, qu'il avait descendus trois jours auparavant et, abattu, cherche un point où reposer son regard dans cette mer de cendres grises et de moignons noirs qu'est devenue Moscou la rouge. Plus d'un mois, jusqu'au 19 octobre, il reste là, tergiversant, ne trouvant pas l'énergie nécessaire pour convaincre son état-major de marcher sur Pétersbourg, attendant encore et toujours un signe d'Alexandre pour conclure la paix, se résignant à passer ses quartiers d'hiver dans la ville incendiée, cherchant à se distraire de l'horrible pensée d'être prisonnier de cette terre hostile en rédigeant un règlement pour la Comédie-Française, prétendant, dans une gaieté forcée, faire venir jusque-là des chanteurs italiens, et soudain pris de panique, le 13 octobre, parce qu'une petite neige a recouvert la ville, décidant la retraite et, pris d'une violente colère, de faire sauter Moscou. Chateaubriand écrit :

> Durant trente-cinq jours, comme ces formidables dragons de l'Afrique qui s'endorment après s'être repus, il s'était oublié [...]. Enfin il se réveille pressé entre l'hiver et une capitale incendiée ; il se glisse au-dehors des décombres : il était trop tard ; cent mille hommes étaient condamnés[67].

Rien n'était perdu encore, si l'ennemi l'avait laissé prendre le chemin le plus rapide, où les terres pas encore touchées par la guerre auraient permis le ravitaillement. Comment cet homme, qu'on dit de génie, a-t-il pu penser une seconde que Koutouzov allait le laisser repartir comme il était venu, le laissant vivre sur le pays et lui courant après pour livrer quelques batailles ? « Laissez venir la neige[68] », explique le généralissime russe à son état-major qui le presse d'intervenir, et il se contente à Malojaroslawetz, le 24 octobre, d'obliger Napoléon à rejoindre la route de Smolensk et Vilna par où il était venu : jonchée de cadavres « diversement consommés[69] », dévastée par les incendies et les batailles, cette route condamne ce qui reste de la Grande Armée, déjà décimée à l'aller, avant même de combattre, par les longues marches forcées.

Le retour est une apocalypse dont l'« ampleur même, dit Jean Tulard, a servi la légende de Napoléon[70] ». Chateaubriand, dont il faut lire tout l'admirable récit de la retraite, écrit :

> Le 6 novembre, le thermomètre descendit à dix-huit degrés au-dessous de zéro ; tout disparaît dans la blancheur universelle. Les soldats sans chaussures sentent leurs pieds mourir ; leurs doigts violâtres et raidis laissent échapper le mousquet dont le toucher brûle ; leurs cheveux se hérissent de givre, leurs barbes de leur haleine congelée ; leurs méchants habits deviennent une casaque de verglas. Ils tombent, la neige les couvre ; ils forment sur le sol de petits sillons de tombeaux. On ne sait plus de quel côté les fleuves coulent ; on est obligés de casser la glace pour apprendre à quel orient il faut se diriger. Égarés dans l'étendue, les divers corps font des feux de bataillons pour se rappeler et se reconnaître [...]. Les sapins changés en cristaux immobiles s'élèvent çà et là, candélabres de ces pompes funèbres. Des corbeaux et des meutes de chiens blancs sans maîtres suivaient à distance cette retraite de cadavres[71].

Koutouzov, tout à sa stratégie de harcèlement, laisse reposer son armée, et les cosaques impatients demandent : « Laissera-t-on ces squelettes sortir de leurs tombeaux[72] ? » Les moujiks, armés de piques, achetant pour deux roubles les prisonniers qu'ils achèvent, persuadés de chasser l'Antéchrist, poursuivent la colonne bientôt réduite à cinquante mille agonisants.

Impassible et immobile, l'Empereur ne s'expose pas aux combats, refuse de faire donner sa Garde, et ne se reprend que bien tard, à Krasnoïe, après Smolensk, par moins trente degrés, secoué par la nouvelle arrivée de Paris de la conspiration de Malet*. C'est à la bataille de Krasnoïe, le 17 novembre, que le général comte d'Ornano, renversé par un boulet, est laissé pour mort : « Son aide de camp, M. de Laberge, l'ensevelit sommairement dans la neige, puis, pris de remords, le déterre, le charge en croupe et ramène au quartier général ce qu'il croit être un cadavre. Ornano ouvre alors les yeux et le ressuscité se lève[73]. »

Mais le passage de la Bérésina est une hécatombe de soldats, de femmes et d'enfants : les « traîneurs » qui suivent les troupes sont noyés dans les glaces, broyés entre les voitures. La bataille qui s'ensuit est l'ultime revers proverbial de la désastreuse campagne de Russie, « un des plus grands désastres de l'Histoire[74] » : le 16 décembre, ils seront seulement dix-huit mille hommes à repasser le Niémen.

Dès le 5, Napoléon a décidé d'abandonner ce qu'il reste de son armée et de rentrer incognito à Paris. L'ambassade de France à Vilna a fait préve-

* Le 22 octobre 1812, le général Malet se présente revêtu de son uniforme de général de brigade à la caserne de la garde nationale Popincourt en annonçant la mort de l'Empereur. Lui et ses complices se préparaient à former un gouvernement provisoire, lorsqu'ils sont arrêtés. Ils sont fusillés une semaine plus tard. L'Empereur se plaindra surtout que personne n'ait songé à crier : « Napoléon est mort, Vive Napoléon II ! »

nir Maria Walewska qu'il voulait passer la nuit chez elle ; le 10 au soir, les clochettes d'un traîneau annoncent sa présence : « Marie le conduit à sa chambre. Il s'étend tout habillé, elle s'assied près de lui et il s'endort, la main dans la sienne. Elle demeure immobile, de longues heures, à le contempler. Avant l'aube, Duroc vient le réveiller. Rapides adieux, Napoléon engage Marie à ne pas s'exposer aux exactions des Cosaques, à regagner la France au plus vite[75]. »

Ce que Maria a tenu par la main, cette nuit-là, avec stupeur, c'est une grande poupée immobile et molle : l'enveloppe extérieure, comme un chiffon usé, du vainqueur qu'elle a aimé, abattu à son tour par les assassins de son père. Elle pressent qu'il ne s'en relèvera pas.

Pour elle, tout est consommé. Les Russes s'apprêtent à reprendre Varsovie, son espérance est anéantie, et il en reste cet homme étendu là, épaissi et vieilli. Elle aurait quelques raisons de le haïr : des milliers, des millions d'hommes peut-être, certains dans la ferveur, beaucoup dans le désespoir, sont morts pour accomplir son grand dessein orgueilleux de tout dominer pour tout libérer. Et cette audace, ce courage, s'efface maintenant comme les hiéroglyphes éphémères sur le sable des plages. Le royaume de Pologne ne renaîtra pas. Pourtant, elle ne les hait pas ; elle ressent plutôt une infinie tendresse pour l'ancienne frénésie impérieuse noyée maintenant dans cette chair un peu bouffie, abandonnée, dont il lui semble qu'elle parle un langage à elle seule adressé et qu'elle ne pourra jamais trahir.

La « grande mécanique du pouvoir » a repris possession de l'Empereur dès son arrivée aux Tuileries le 19 décembre 1812. À Cambacérès, Rovigo, Clarke, Montalivet, Decrès et Cessac, il déclare au milieu de la pompe louis-quatorzienne de son Grand Appartement :

> J'ai été à Moscou, j'ai cru signer la paix. J'y suis resté trop longtemps. J'ai fait une grande faute mais j'aurai les moyens de la réparer[76].

Indéfiniment réparer, consolider le grand totem impérial de la force et du succès qui le défend contre l'angoisse et la faiblesse : voilà le moteur psychologique puissant qui lui fait commettre toutes ses fautes, et la plus fatale, la plus grande peut-être, la dernière.

Le 28 février 1813, la Prusse a rallié la sixième coalition anglo-russe : la campagne de Saxe que Chateaubriand appelle la « Campagne des poètes » est pour les Allemands ralliés aux Prussiens et aux Russes une « guerre de délivrance ». La vigueur nouvelle des forces prusso-russes, nourries par le sentiment national des volontaires, surprend Napoléon, mais il les bat à Weissenfeld (1er mai), Lützen (2 mai), Bautzen (20 mai) et Wurschen (21 mai) ; un armistice de deux mois est signé le 4 juin 1813 à Pleswitz[77].

C'est alors qu'il prend la décision fatale ; Metternich lui fait connaître, le 26 juin à Dresde, les conditions posées par l'Autriche pour obtenir des Russes et des Prussiens la paix sur le continent : « Restitution de la Prusse et disparition de la

Confédération du Rhin[78]. » Les frontières « naturelles » de la France (Rhin, Alpes) auraient été respectées. Napoléon refuse : « Ma domination ne me survivra pas, du jour où j'aurai cessé d'être fort et par conséquent d'être craint », plaide-t-il. « Erreur psychologique dans la mesure où la France, lasse de la guerre, eût admis la restitution des provinces illyriennes et l'abandon de la cause polonaise[79] », commente Jean Tulard. Erreur psychologique encore, en ce sens où l'Empereur obéit là davantage à des motivations psychiques personnelles (croyant échapper à toute « faiblesse » : rude paradoxe) qu'à une analyse lucide de la situation géopolitique. Le 27 juin, l'Autriche rallie de fait la sixième coalition ; le 12 août, elle entre en guerre. Vainqueur à Dresde le 28 août, Napoléon doit se replier sur Leipzig après les défaites de Vandamme à Kulm, de Macdonald sur la Katzbach, d'Oudinot à Grossbeeren et de Ney à Dennewitz.

Du 16 au 19 octobre 1813, toute l'Europe coalisée (320 000 soldats) se rue sur les cent soixante mille Français à la bataille dite des Nations. Le 18, les Saxons de Reynier et la cavalerie wurtembourgeoise passent à l'ennemi. Des « symptômes de découragement » apparaissent sur le visage de l'Empereur jusque-là serein. Le 19, les Alliés entrent dans Leipzig[80].

La Confédération du Rhin s'écroule, la Hollande se soulève le 15 novembre ; en Italie, Murat, qui avait démissionné de son poste de commandant en chef de la Grande Armée après la campagne de Russie, redevenu roi de Naples, passe à l'ennemi le 17 janvier 1814 et fait marcher ses troupes sur le nord ; Eugène, pris en étau entre les Autrichiens qui ont franchi les Alpes et les armées napolitaines, évacue l'Italie le 17 avril 1814. Pour embarrasser Murat, Napoléon avait relâché le pape le 21 janvier : trop tard.

Le 4 décembre 1813, les Alliés font une nouvelle proposition de paix qui respecte les frontières « naturelles » de la France, Rhin, Alpes, Pyrénées. Les députés du Corps législatif se prononcent pour la paix à deux cent vingt-neuf voix contre trente et une ; l'Empereur ajourne cette assemblée et réitère son refus de juin à Metternich. Les Alliés passent le Rhin fin décembre, et la France connaît alors les horreurs d'une guerre qui s'est jusque-là tenue en dehors de ses frontières. Deux cent cinquante mille hommes réunis sur l'Aube font face aux quatre-vingt mille conscrits qu'a pu rassembler Napoléon.

La Campagne de France est son chef-d'œuvre militaire : « Sept combats en huit jours, tous gagnés[81] » (dont Champaubert le 10 février, Montmirail le 11, Montereau le 18) et les Alliés rejetés au-delà de l'Aube. Mais l'ancien ennemi corse, Pozzo di Borgo, rallié au tsar, remonte le moral des Alliés et les encourage à marcher sur Paris alors qu'ils s'apprêtaient à se replier sur Metz. Le 31 mars 1814, le tsar et le roi de Prusse entrent dans Paris.

Talleyrand forme le 1er avril un gouvernement provisoire composé de deux de ses amis et de deux hommes de Louis XVIII. Le 3 avril, le Sénat prononce la déchéance de Napoléon Ier, coupable « d'avoir violé son serment et attenté aux droits des peuples en levant des hommes et des impôts contrairement aux constitutions ». « La bourgeoisie des notables signifie son renvoi au “sauveur”[82] », commente Jean Tulard. Le même jour, à Fontainebleau, où l'Empereur s'est retranché, les soixante mille hommes qui lui restent crient : « À Paris ! » Napoléon espérait toujours que l'Autriche interviendrait en sa faveur « par égard pour Marie-Louise[83] ». Mais les maréchaux Ney, Berthier, Lefebvre refusent de reprendre le combat. Bonaparte abdique le 4 en faveur du roi de Rome et, contraint d'obéir aux exigences d'Alexandre, signe le 6, « le teint livide, les cheveux embroussaillés, les habits en désordre[84] », une abdication sans conditions lui garantissant la souveraineté de l'île d'Elbe.

Le 8 avril, Napoléon commence à être assailli par des idées de suicide. Il demande à Cambronne « de se porter sur Orléans avec deux bataillons de la Garde » et de ramener l'Impératrice ; lorsque Cambronne arrive à Orléans, Marie-Louise en est repartie. Apprenant cette nouvelle dans la nuit du 12 au 13, l'Empereur déchu passe à l'acte : le poison conservé dans un étui sous son gilet ne réussit qu'à le rendre malade.

Le 20, il se résigne à partir et, à onze heures trente, fait ses adieux à la Garde qui l'attend dans la cour du Cheval blanc. Il descend le fameux escalier en fer à cheval du château et finit son discours par ces mots :

> Ne plaignez pas mon sort ; si j'ai consenti à me survivre, c'est pour servir encore à votre gloire ; je veux écrire les grandes cho-

ses que nous avons faites ensemble ! Adieu, mes enfants ! Je voudrais vous presser tous sur mon cœur ; que j'embrasse au moins votre drapeau !...

(Il embrasse le drapeau.)

Adieu encore une fois, mes vieux compagnons ! Que ce dernier baiser passe dans vos cœurs[85] !

Il est bien difficile d'écrire le roman de sa propre vie — surtout lorsqu'on a décidé qu'il s'agissait de se « survivre ». La tentation est grande alors d'ajouter un ultime chapitre *in vivo* au *Requiem in pace* qu'on s'adresse à soi-même.

La souveraineté de l'île d'Elbe, où il débarque le 4 mai 1814, replonge Napoléon dans une autre souveraineté, qu'il avait voulu effacer, celle de son enfance corse où son corps régnait en maître dans ce bain tiède d'odeurs familières de cyprès et de myrte. Les feuilles argentées des oliviers se découpent sur le bleu scintillant de la mer, comme si l'éternité était retrouvée. C'est un jeu d'autrefois, une royauté de carnaval, des parades de Lilliputiens, des bals masqués de poupées et des messes pour rire. Des routes à tracer et des villes à bâtir en miniature, de tout petits impôts à faire rentrer (24 000 francs) — il ne faudra forcer aucun contribuable. Un minuscule palais en sucre blanc : les Mulini. De la politique de vacances, en somme. Le bienfaisant soleil. La sieste l'après-midi. La visite des femmes : Pauline, Madame Mère... et puis Marie.

Maria Walewska avait été reçue aux Tuileries à son retour d'Allemagne après la bataille de Leipzig. Il n'avait été question que de l'occupation russe de la Pologne et de communications à rétablir avec les membres de l'ancien gouvernement du Grand-Duché (Poniatowski était mort noyé après la bataille de Leipzig) ; l'entretien avait été interrompu par l'arrivée du roi de Rome, âgé de deux ans et demi. Cinq mois plus tard, après l'abdication, Maria, accompagnée de son fils Alexandre, avait fait antichambre toute une soirée et la moitié d'une nuit au château de Fontainebleau. L'Empereur ne voulait recevoir personne : cette fois, elle était venue pour lui, pour son fils, pour elle. Lorsque, enfin, il se décide à la recevoir, elle est partie. « La pauvre femme ! elle se croira oubliée[86] », laisse-t-il échapper.

Dès qu'elle apprend l'exil à l'île d'Elbe, elle sollicite la permission de venir le saluer : elle passe par Naples pour tenter de récupérer les biens donnés par l'Empereur à leur fils, que Murat a confisqués. Et débarque dans la nuit du 1er septembre à Portoferraio, selon les instructions reçues, où Bertrand l'attend pour la conduire dans la montagne, à l'ermitage de la Madona. Dans la lumière du petit jour, elle aperçoit Napoléon venir à sa rencontre, souriant et détendu.

Père et fils refont connaissance et ils montent à pied, tous les trois ensemble, le petit chemin qui conduit au vieux monastère ; installés autour d'une table qu'on a dressée pour eux sous les orangers, ils contemplent longtemps le soleil qui se lève sur la mer et sur le contrefort des collines. Le site qu'il a choisi pour leur rencontre est d'une grande beauté. La journée se passe en douces conversations rieuses et en ressouvenirs des bons et des mauvais jours : Maria, comme le soir tombe, heureuse comme elle l'a rarement été, se dit qu'il serait doux de revivre ses plus dures peines pourvu qu'on lui accorde encore un jour pareil à celui-là.

On dit (le mamelouk Ali) que Napoléon lui a cédé pour la nuit sa cellule de moine et qu'il a dormi sous une tente. Le lendemain, lorsqu'il se lève, de très bonne heure, son ton a changé et il semble très nerveux. La politique a repris ses droits, et Maria est stupéfaite : il lui annonce son intention de tenter un débarquement en France au printemps suivant… Se lançant avec une excitation croissante dans de grandes explications de détail, il conclut abruptement en lui signifiant qu'elle ne peut rester davantage et doit repartir le soir même à la faveur de la nuit : il est sans nouvelles de Marie-Louise, à qui il ne cesse de demander de venir le rejoindre, et craint que la présence de Maria Walewska, si elle s'ébruite, ne lui donne une raison supplémentaire de se dérober. Reconquérir Paris, son fils dans les bras et accompagné de sa royale épouse autrichienne, fait partie de son plan. Rentrée à Schönbrunn avec le roi de Rome, la fille de François Ier d'Autriche se console de son titre d'Impératrice avec Neipperg que « Metternich avait précipité dans ses bras[87] ».

Toute cette journée enchanteresse qu'il a passée près de Maria Walewska, il était donc secrètement soutenu (sinon comment aurait-il pu supporter le bonheur ?) par cette fièvre de reconquête du pouvoir qui le possède à nouveau.

Maria sent un vide se creuser dans son ventre,

mais elle se tait et le plaint ; elle lui propose, par dépit autant que par générosité, ou peut-être par pitié, de lui restituer le collier de perles qu'il lui avait offert à Paris en 1808. Il refuse et la pluie se met à tomber, drue, abrupte : la tempête menace. Napoléon n'y prête pas attention : le climat, même pas celui de Russie, n'a jamais infléchi sa conduite. Ne doit-il pas être, et ceux qui l'entourent tout autant, « au-dessus des événements » ? Maria embarque avec le petit Alexandre, en pleine nuit, sous des rafales tourbillonnantes d'eau noire.

Lorsqu'elle rentre à Paris, elle retrouve le comte d'Ornano que son frère avait invité à dîner chez elle le jour de Noël 1812. Le ressuscité de Krasnoïe s'était montré plus pressant que jamais, puis il s'en était allé faire la campagne d'Allemagne. Le 12 mai 1813, il avait envoyé ce billet :

Ma profonde gratitude ne vous est pas seulement due pour m'avoir reçu avec tant de grâce charmante, pour m'avoir consacré votre temps : le sentiment que vous m'inspirez me fait votre obligé plus encore. Ne le partageriez-vous jamais qu'il m'aurait donné des heures d'une ineffable douceur, auxquelles il semble interdit de demander davantage… J'attendrai…

Maria lui avait répondu le 20 juin :

… J'ai aussi le meilleur souvenir de ces semaines. Elles scellent notre amitié. À elles je dois votre bonne lettre et le plaisir que me donne celle que je vous écris[88].

De retour à Paris à la fin de 1813, il avait rendu visite à la jeune femme chaque jour et l'avait encouragée à acheter un petit hôtel particulier 48 rue de la Victoire, juste à côté de la maison où Napoléon avait connu Joséphine. Mais il n'est encore question de rien d'autre que d'amitié : elle est toujours l'épouse de Walewski et elle ne lui cache pas le lien spécial et profond qui l'attache à Napoléon. À Fontainebleau, en 1814, après cette demi-nuit passée à attendre, c'est Philippe d'Ornano qui l'avait raccompagnée rue de la Victoire, dans sa voiture, et séché ses larmes.

Mais, de retour de l'île d'Elbe, une nouvelle fois sacrifiée à la politique, elle s'estime libre de cet amour. Elle apprend peu après que le comte Athanase Walewski vient de mourir dans ses terres de Walewice. Ornano s'est rallié aux Bourbons et Maria lui en fait de violents reproches ; il passe outre et la demande en mariage. Elle étale aussitôt devant lui, dans le salon de la rue de la Victoire, toutes les lettres et notes intimes qui retracent son lien passionné à l'Empereur et exige qu'il les emporte pour les lire. Ornano s'exécute et revient quelques jours après : il persiste à lui demander sa main. Ils se fiancent en février 1815[89].

Le dimanche 26 février, Napoléon s'embarque sur l'*Inconstant*, avec sept cents hommes. Le 1er mars à treize heures, le navire entre dans le golfe Juan. La tente de Napoléon est dressée dans une prairie entourée d'oliviers ; deux vieillards viennent lui offrir un bouquet de violettes[90]. Pendant la traversée, il avait dit à ses officiers :

« J'arriverai à Paris sans tirer un coup de feu[91]. » Dans sa tête, le passage le plus incroyable du roman de sa vie est déjà écrit, son dernier chapitre ; il racontera à Las Cases dans le *Mémorial* « toute la magie du retour du 20 mars[92] », le « succès magique qui l'accompagna, et dont il n'avait, disait-il, pas douté un seul instant[93] ». À partir de Sisteron (5 mars 1815), la population, les ouvriers et les paysans surtout, lui fait un accueil triomphal. Le 7 mars, « on rencontra enfin un premier bataillon. L'officier qui le commandait refusait de parlementer : alors l'Empereur n'hésita pas ; il s'avança seul de sa personne, cent de ses grenadiers le suivaient à quelque distance, leurs armes renversées. La vue de Napoléon, son costume, sa petite redingote grise surtout, stupéfia les soldats, qui demeurèrent immobiles. Il marcha droit à un vétéran dont le bras était chargé de chevrons et, le prenant rudement par la moustache, lui demanda s'il aurait bien le cœur de tuer son Empereur. Le soldat, les yeux mouillés, mettant aussitôt la baguette dans son fusil pour montrer qu'il n'était pas chargé, lui répondit : “Tiens, regarde si j'aurais pu te faire beaucoup de mal : tous les autres sont de même.” Et des cris de vive l'Empereur partent de tous côtés. Napoléon commande au bataillon un demi-tour à droite, et tout marche sur Paris[94]. »

À partir de ce moment, les défections des soldats se multiplient et provoquent celle des états-majors, d'abord réticents. Le maréchal Ney, envoyé par Louis XVIII pour barrer la route de Bonaparte, se rallie à lui le 18 mars à Auxerre.

Le soir du 20 mars, jour anniversaire du roi de Rome, Napoléon couche aux Tuileries. « Paris fut gouverné ce jour-là à l'amiable par le souffle de l'opinion et l'élan des affections privées. » La ville, « sans police, sans autorité », « jamais ne fut plus tranquille[95] », conclut curieusement le récit du *Mémorial.* Louis XVIII avait quitté la capitale dans la nuit ; s'il ne l'avait pas fait, prétend Chateaubriand, « la légitimité pouvait encore durer un siècle[96]. »

Stupéfiante cavalcade de vingt jours du golfe Juan aux Tuileries, où Bonaparte, âgé de quarante-cinq ans, refait le même chemin à peu près qu'à son retour d'Égypte un mois avant le 18 Brumaire !

Ici commence la double légende d'un Napoléon « libéral » que s'emploiera à édifier Las Cases à Sainte-Hélène, et celle du « père des peuples ».

En fait l'Empereur, aux Cent-Jours, est bien loin de comprendre « l'ascendant irrésistible des idées libérales », selon la formule célèbre du *Mémorial*, et refuse constamment de s'appuyer sur le petit peuple pour gouverner. Il ne parvient pas à rétablir la confiance parmi les notables, inquiets du retour de la guerre et du maintien de « l'hérédité des pairs » (c'est-à-dire de la noblesse d'Empire)[97]. Confiant au libéral Benjamin Constant le soin de rédiger une nouvelle Constitution, Napoléon en limite la portée en baptisant ces nouveaux textes, authentiquement libéraux*, « actes additionnels » (aux Constitutions de l'Empire) : le plébiscite est

* Abaissement du cens, responsabilité des ministres devant les Chambres, (Tulard, 431).

un échec et, le 6 juin, les députés refuseront de prêter le serment d'obéissance à l'ancienne Constitution modifiée.

Il restait à Napoléon à s'appuyer sur l'autre force politique montante : le « quatrième état » des prolétaires et des petits paysans qui feront les journées révolutionnaires de 1830, de 1848 et de 1870. Sur le chemin du retour, ce sont les paysans qui l'avaient acclamé d'abord et voulaient l'escorter : il avait refusé ; à Lyon, les canuts lui avaient fait un triomphe ; dans le Sud-Est une véritable « flambée révolutionnaire[98] » avait accompagné sa remontée vers Paris.

Dans l'Ouest, où la guerre de Vendée menaçait de reprendre (elle reprend en effet le 15 mai), la fracture révolutionnaire entre patriotes et royalistes avait ressuscité et l'idée était née de fonder une nouvelle Fédération : les patriotes voulaient prendre les armes pour la « défense de la patrie et le maintien de l'ordre ». Napoléon avait rétabli les gardes nationaux et envoyé des commissaires dans les départements. Le 14 mai, une grande fête de la Fédération faisait défiler devant l'Empereur douze mille ouvriers et gardes nationaux : « Cela sentait furieusement la République[99] », note un témoin. Mais le nouveau gouvernement (sauf Carnot) redoute les Fédérations et les tient à l'écart : « Je ne veux pas être un roi de la Jacquerie », tranche Bonaparte, qui craint la guerre civile et ne se résout pas à s'allier avec ce qu'il appelle la « canaille ».

Ce dégoût du peuple lui vient de loin — de son expérience corse, de la nuit du 10 août et, plus récemment, de la blessure mortelle reçue lors de son abdication : les mêmes foules qui l'ont acclamé à son retour en Provence l'avaient maudit aux cris de « À bas le tyran, le coquin, le mauvais gueux », alors que, caché au fond d'une voiture lapidée par la foule, déguisé en officier autrichien et recouvert d'un manteau russe, il gagnait l'île d'Elbe[100]. Il aurait pu dire comme Cromwell dans la pièce de Hugo : « Oui ! Ce peuple innombrable, heureux, ivre d'amour, / Qui de mon haut destin semble un puissant complice, / N'applaudirait pas moins si j'allais au supplice[101]. » Sa peur de la foule lyncheuse et inconstante est viscérale et prime sur toute autre considération : il ne s'en remettra pas à elle.

La dernière chance de consolider son pouvoir lui échappe donc de son propre fait, tandis que la sixième coalition reformée le place, dès le 13 mars 1815, dans une déclaration solennelle, « au ban des nations[102] ».

À Davout, il dresse un tableau lucide de sa complète solitude :

> Je vais vous parler à cœur ouvert, vous dire tout. J'ai laissé et je dois laisser croire que j'agis de concert avec mon beau-père l'Empereur d'Autriche. On annonce de tous côtés que l'Impératrice est en route avec le roi de Rome, qu'elle va arriver d'un moment à l'autre. La vérité est qu'il n'en est rien, que je suis seul en face de l'Europe. Voilà ma situation[103].

Maria Walewska lui rend visite à l'Élysée, toujours accompagnée de son fils Alexandre, juste avant son départ pour l'ultime bataille : savait-il déjà que son retour était voué à l'échec ? Pourquoi alors l'a-t-il tenté puisqu'il refusait en même temps d'en assumer les conséquences politiques ? On ne sait pas si la jeune femme a posé ces questions au « joueur éternel », comme le dira Chateaubriand, qui se tenait devant elle ; mais, au moins depuis le retour de Russie, elle le savait entraîné dans cette passion de l'échec qui, dit-on, est la secrète motivation du jeu. La peur horrifiée du peuple et celle d'aimer tenaient en définitive au même fantasme : il avait surtout désiré en amour comme en politique se rendre maître des imaginations, et cet amour imaginaire comme cette politique imaginaire qu'est en définitive tout despotisme préféraient la mort à la réalité. C'est qu'il s'agissait de placer hors de toute atteinte, au risque et au désir d'en mourir, si cela cessait d'être possible, ce que Freud appellera plus tard Sa Majesté le Moi : comme on sait, cette divinité a tout à redouter de l'« enfer des autres » et de l'abnégation amoureuse.

En revanche, la mort glorieuse, la mort du guerrier valeureux au champ d'honneur est une apothéose.

Lorsque, à vingt heures quinze, le 18 juin, au sud du village de Waterloo, encerclé par les armées de la sixième coalition écrasantes en nombre et dont il n'a pas réussi à empêcher la jonction, Napoléon se jette en désespéré dans la bataille avec les deux carrés de sa Vieille Garde, c'est pour mourir. On le retient et on le ramène à la ferme du Caillou.

Avec Las Cases, à Sainte-Hélène, il se demandera s'il eût mieux valu qu'il fût mort à Moscou ou à Waterloo[104].

Le 19 juin 1815, arrêté dans une clairière près d'un feu sur la route de Paris, il pleure.

« Le coup que j'ai reçu est mortel[105] », explique-t-il à Caulaincourt le 21 juin, à l'Élysée. Le peuple massé devant le bâtiment l'acclame, « il n'a qu'un geste à faire », explique Jean Tulard, « mais il refuse une dernière fois d'être l'"empereur de la canaille"[106] ». Le coup d'État parlementaire monté par Fouché le confirme dans le sentiment de sa défaite.

Il abdique une seconde fois le 22 juin, après un ultime discours à ses ministres : Carnot, le vieux révolutionnaire, seul fidèle, fond en larmes[107].

Davout lui demande de s'éloigner de Paris : il se laisse faire et s'installe à Malmaison, hantée par la défunte Joséphine et qui est maintenant la résidence de la reine Hortense : premier signe de cette passivité et de cette atonie si caractéristiques de son attitude à partir de ce moment.

Le 26 juin, Marie et son fils lui rendent visite pour la dernière fois. Il décline son offre de l'accompagner dans l'exil ; il ne veut pas les mettre en danger (la cavalerie prussienne approche) — et attend encore un signe de l'Impératrice (il attendra jusqu'à la fin et, à Sainte-Hélène, se contentera des rares courriers ou cadeaux envoyés de Vienne, comme ce buste du roi de Rome : cela lui suffira à soutenir le pieux mensonge qu'il se faisait à lui-même et à la postérité d'avoir eu une femme irréprochable).

Il sait que Maria s'est fiancée mais, persuadé que ce mariage ne se fera pas puisqu'elle est là encore une fois devant lui, fidèle, il est satisfait, content d'elle et de lui : il pourra continuer de s'entretenir en imagination de cet amour hors du commun et s'en consoler de ses autres désillusions.

Il apprendra à Sainte-Hélène, le 18 janvier 1817, par les gazettes, la nouvelle du mariage de Marie avec le comte d'Ornano : il avait finalement eu lieu le 7 septembre 1816 à la collégiale Saint-Michel-et-Gudule de Bruxelles (à quelques kilomètres de Waterloo). Selon Gourgaud, Napoléon avait alors commenté dans un accès de muflerie amère : « Elle est riche et doit avoir mis de côté ; ensuite j'ai beaucoup donné pour ses deux enfants[108]. »

Le couple s'était installé à Liège et, le 9 juin 1817, un enfant naissait : Rodolphe-Auguste. Mais la jeune femme ne se relève pas de ses couches : terrassée par une fièvre puerpérale compliquée de néphrite, elle meurt le 11 décembre rue de la Victoire, formulant le vœu que son cœur soit enterré à Paris et son corps en Pologne. Elle avait trente et un ans[109].

Lui survivant d'un peu plus de trois ans, déjà très malade, Napoléon ne prononcera plus jamais son nom : Marie était morte pour lui le jour où elle avait épousé un autre homme[*].

[*] Cependant, en 1821, il n'oublie pas son fils Walewski dans son testament, déclarant craindre qu'il soit désavantagé par sa mère, au profit de ses deux autres frères (les deux autres fils de Maria Walewska) ; il croit Marie encore vivante : apparemment personne ne l'avait informé de sa mort.

Épilogue :
le messie moderne de la politique

> *« Rien ne saurait désormais détruire ou effacer les grands principes de notre Révolution. Ces grandes et belles vérités doivent demeurer à jamais, tant nous les avons entrelacées de lustre, de monuments, de prodiges [...]. Voilà le trépied d'où jaillira la lumière du monde. Elles le régiront ; elles seront la foi, la religion, la morale de tous les peuples, et cette ère mémorable se rattachera, quoi qu'on ait voulu dire, à ma personne, parce qu'après tout j'ai fait briller le flambeau, consacré les principes, et qu'aujourd'hui la persécution achève de m'en rendre le Messie. »*
>
> EMMANUEL DE LAS CASES,
> *Mémorial de Sainte-Hélène*[1]

C'est un homme qui se survit dont les Anglais s'emparent par ruse à l'aube du 15 juillet 1815 à l'île d'Aix ; Napoléon, revêtu de son uniforme vert de colonel des chasseurs de la Garde et coiffé du petit chapeau à cocarde tricolore, monte à bord du navire *Bellérophon* et déclare au capitaine Maitland : « Je suis venu me placer sous la protection de votre prince et de vos lois[2]. » Quelques jours auparavant, Savary et Las Cases pensent avoir obtenu de l'officier anglais des garanties suffisantes pour que l'Empereur se résigne à demander asile à l'Angleterre — sa vieille ennemie, au moins depuis Toulon. Mais en montant sur le navire, au général français qui veut l'accompagner, il objecte : « Non, général Becker*, il ne faut pas qu'on puisse dire que la France m'a livré aux Anglais[3]. »

Est-il conscient de se jeter dans la gueule du loup ? Ou bien, dans le souvenir de l'exil de Pasquale Paoli ou du roi de Corse, fait-il vraiment confiance aux Anglais ?

Dès le 25 juillet, les journaux annoncent que le général Bonaparte doit être envoyé à Sainte-Hélène, une île perdue au milieu de l'Atlantique-Sud qui sert de base de ravitaillement aux bateaux de la compagnie des Indes. La déportation est officielle le 31 juillet.

Napoléon déclare préférer la mort et s'entretient longuement avec Las Cases du suicide :

> Mon cher, a-t-il continué, j'ai parfois l'envie de vous quitter et cela n'est pas bien difficile ; il ne s'agit que de se monter un tant soit peu la tête, et je vous aurai bientôt échappé, tout sera fini, et vous irez rejoindre vos familles. D'autant plus que mes principes intérieurs ne me gênent nullement ; je suis de ceux qui croient que les peines de l'autre monde n'ont été imaginées que comme supplément aux attraits insuffisants qu'on nous y présente[4].

Le 7 août, devant Torbay, il est transféré avec ses compagnons de captivité à bord du *Northumberland*, où on ne lui manifeste aucun égard ; il avait été expressément recommandé de ne l'appeler que *général Bonaparte*.

La colère succède à la crise suicidaire et, raconte

* Becker a été chargé de conduire Napoléon de Malmaison à l'île d'Aix.

Las Cases, « dans un moment d'humeur, l'Empereur de dire en expressions fort énergiques (autrement dit fort grossièrement) : "Qu'ils m'appellent comme ils voudront, ils ne m'empêcheront pas d'être *moi*"[5]. »

Entre-temps Las Cases l'a tout à fait décidé à « survivre » en racontant le roman de sa vie. Pour ne pas faire de jaloux, Napoléon va s'appliquer à répartir ses dictées sur les différentes périodes de son existence entre ses compagnons de voyage : le général Bertrand, le général Montholon, le général Gourgaud et Las Cases, ancien émigré rallié à l'Empire et devenu maître de requêtes au Conseil d'État.

Ce travail continuera de tenir la petite troupe en haleine sur le *Northumberland* pendant le très long voyage de plus de deux mois (ils arrivent à Sainte-Hélène le 16 octobre 1816), et ensuite à Longwood, dans la résidence où Napoléon s'installe en décembre 1816* et qu'il va habiter quatre très longues années aux interminables journées de morne ennui, jusqu'à sa mort.

L'ouvrage de loin le plus remarquable est celui de Las Cases, le *Mémorial*. Auteur d'un *Atlas* que Napoléon admirait, il ne se contente pas d'écrire sous la dictée : il veut, explique-t-il, faire un recueil où « il y a de tout » et où « il n'y a rien » parce qu'on y rencontrera « une foule de traits sur les qualités privées, les dispositions naturelles, le cœur et l'âme de l'homme extraordinaire auquel cet ouvrage est consacré ; si bien qu'il deviendra impossible à tout homme de bonne foi et recher-

* Après deux mois passés dans une habitation de fortune provisoire aux Briars.

chant la vérité de n'être pas à même de se fixer sur son caractère[6] ».

Ouvrage extraordinaire en effet, qui prétend rien moins que renouveler le genre du récit messianique : parce que c'est bien de cela qu'il s'agit. Napoléon Bonaparte transfiguré sous le nom éternel de « l'Empereur », qu'on lui dénie sur le reste de la terre, opère sous nos yeux sa transmutation en messie de la politique moderne.

Le voilà enfin advenu, avec la complicité amoureuse de Las Cases, son meilleur « apôtre », ce Moi imaginaire qu'il fallait être. Par un coup de génie dont les deux hommes sont également l'auteur, « Napoléon confisquait à son profit les deux forces montantes du XIXe siècle, le nationalisme et le libéralisme[7] » ; et on pourrait ajouter le socialisme naissant* et le romantisme.

« Je suis la Révolution », ne cesse de proclamer l'exilé de Sainte-Hélène, et « je représente les mots magiques de liberté et d'égalité[8] » qui finiront par vaincre.

Tour de passe-passe ou « magie », en effet — ce mot que Las Cases, que Napoléon répètent à l'envi. Et calcul politique à long et court termes : séduire les libéraux anglais dans le but d'alléger les conditions de détention draconiennes de Napoléon ; inventer le « bonapartisme » qui répandra son ombre impériale sur toute l'histoire politique à venir bien au-delà du Second Empire : Jean Tulard

* Les ouvriers, soumis au chômage et à des conditions de travail qui s'aggraveront sous la Restauration et sous Louis-Philippe avec la fin de l'artisanat et la mécanisation industrielle, sont nostalgiques de l'Empire, considéré comme l'âge d'or du plein emploi, des hauts salaires et du pain abondant à bas prix (Tulard 447).

rappelle combien, avec des ouvrages comme *L'Aiglon* de Rostand, le personnage de l'Empereur et les guerres napoléoniennes seront la référence majeure de l'esprit de revanche qui va précipiter la IIIe République dans la boucherie de 1914-1918[9]. « Bientôt il n'y aura rien de plus piquant en Europe que de me rendre justice[10] », prophétise Napoléon, et la prophétie s'est réalisée.

Calcul donc, mais aussi infinie délicatesse du sensible Las Cases, et véritables qualités littéraires, malgré une composition assez baroque, qui flatte aujourd'hui notre goût pour la littérature personnelle. Le *Mémorial* renferme, comme les *Mémoires d'outre-tombe*, un double portrait croisé et une double temporalité très « modernes » : celle de l'écriture du journal dialogué de l'exil, où se font entendre les deux voix du narrateur et de son personnage en gloire, et celle du double récit de vie parallèle : celui de l'obscur aristocrate émigré, Las Cases, et celui de l'Empereur — tous deux issus de l'École militaire de Paris...

Mêlant sublime romantique et attention quasi maternelle pour son grand malade — Napoléon ne va pas tarder à le devenir sérieusement —, Las Cases raconte la lutte pied à pied contre la mélancolie et la mort, dont il avait gagné la première manche en stimulant le désir de récit — le sien, et celui de l'Empereur déchu, qui lui dit cependant : « Vous et moi, nous sommes déjà de l'autre monde, nous causons aux Champs-Élysées : vous êtes sans intérêts, et moi sans défiance[11]. » Ce dialogue des morts, si habile puisqu'il nous persuade d'avoir affaire à deux purs esprits déliés des intérêts de ce monde, est en même temps, au-delà de l'intention hagiographique, un récit de thérapie qui veut « montrer l'homme à nu », « prendre la nature sur le fait[12] ». Las Cases aime tellement son homme et il est si insatiablement curieux de lui, que la sublimation romantique ne lui suffit pas. Certes, il ne néglige pas de le mettre en scène « sur un piédestal, au milieu des ruines[13] », mais la « tendresse[14] » qu'il éprouve le conduit à une profondeur de sentiments où toute pudeur cesse. Il ne recueille pas seulement ses mots pour la postérité, mais prend note du moindre de ses malaises, de chacune de ses humeurs ou du plus petit de ses rhumes, de son régime alimentaire et même de ses vomissements.

« Demeurés seuls nous deux[15] », il nous fait voyeurs des scènes les plus intimes, et spécialement de ces bains de plus en plus prolongés par lesquels Napoléon tente de vaincre sa terrible tristesse et les premières atteintes du cancer de l'estomac qui va l'emporter. Soyons certains qu'aucun reportage *people* n'atteindra jamais le degré d'indiscrétion de ces scènes, où se révèle la cruauté cannibale de la vénération du grand homme quand il atteint ces sommets de raffinement : « Il est fort gras, peu velu, a la peau blanche et présente un certain embonpoint qui n'est pas de notre sexe, ce qu'il observe parfois gaiement » (2 avril 1816[16]). Fétichiste (l'entourage de Napoléon ne cesse de se partager les « débris de sa puissance »), l'idolâtrie politique ressemble en définitive à la passion amoureuse : elle bute sur le corps singulier comme suprême énigme.

Qu'est-ce qu'aimer ? Connaît-on jamais celui

qu'on aime ? Peut-on le juger ? se demande Las Cases. Et d'écouter avidement Napoléon lui répondre en se dépouillant avec une surprenante humilité de sa carapace rationaliste : « On vous dit encore que *quand on connaît le caractère d'un homme, on a la clef de sa conduite* ; c'est faux : tel fait une mauvaise action, qui est foncièrement honnête homme ; tel fait une méchanceté sans être méchant. C'est que presque jamais l'homme n'agit par acte naturel de son caractère, mais par une passion secrète du moment, réfugiée, cachée dans les derniers replis du cœur. Autre erreur quand on vous dit que *le visage est le miroir de l'âme*. Le vrai est que l'homme est très difficile à connaître, et que, pour ne pas se tromper, il ne faut le juger que sur ses actions [...]. Les hommes ne sont ni généralement bons, ni généralement mauvais, mais ils possèdent et exercent tout ce qu'il y a de bon et de mauvais ici-bas ; voilà le principe : ensuite le naturel, l'éducation, les accidents, font les applications. Hors de tout cela tout est système, tout est erreur[17]. » On aura suivi ici cette leçon de présenter un Napoléon ni bon, ni mauvais, et grand, et petit, et de ne juger que ses actions.

« Il était dans son bain », note encore Las Cases le 3 novembre 1816. « Après quelques moments de silence, comme en se réveillant, et avec un effort pour se distraire : "Allons, *ma sœur Dinarzade*[*], a-t-il dit, si vous ne dormez pas, racontez-moi une de ces histoires que vous savez si bien. Il y a long-

[*] La sœur de la conteuse Schéhérazade dans *Les Mille et Une Nuits*.

temps, mon cher, que vous ne m'avez parlé de vos amis du faubourg Saint-Germain ; allons"[18]. »

La mort, aussi longtemps que possible suspendue et tenue en haleine par le roman, finit toujours par l'emporter à la fin, comme on sait. Le renvoi de Las Cases par le gouverneur Hudson Lowe (étrange personnage pris lui aussi de passion pour son prisonnier, mais d'une passion toute négative) allait accélérer les progrès du mal. Cette bile noire, dont les Anciens auraient soutenu qu'elle était son mal secret, Napoléon finit par la vomir vraiment. Ne sortant de sa prostration que pour traiter le médecin Antonmarchi de « grand pendard » et de « grand coquin* », il rend ses trois derniers soupirs (selon Bertrand) le 5 mai 1821 à dix-sept heures quarante-neuf.

Le 15 octobre 1840, une expédition voulue par Louis-Philippe ramène les cendres du martyr de Sainte-Hélène sur les rives de la Seine. Le 15 décembre, le cercueil entre, au son du *Requiem* de Mozart, dans la chapelle des Invalides : un parterre prestigieux de tout ce que le romantisme français compte de peintres, de musiciens, de poètes et de romanciers est saisi autant par le froid qui règne ce jour-là que par les « forces de l'esprit » — comme les invoquera dans ses adieux télévisés,

* Napoléon est persuadé que les médecins ne comprennent rien à son mal et l'on pense à cette citation de Tolstoï (*La Guerre et la Paix*, Tolstoï, 2, 69) : « Chaque homme présente ses particularités et souffre toujours de sa propre maladie, singulière, nouvelle, compliquée et ignorée de la médecine, et non pas d'une maladie des poumons, du foie, de la peau, du cœur, des nerfs, etc., que la médecine a classée, mais d'une maladie résultant d'une des innombrables combinaisons des affections de ces organes. » On aura ici essayé d'approcher la singularité psycho-physiologique de l'homme Napoléon Bonaparte.

beaucoup plus près de nous, un président agonisant*. Rien n'était devenu plus piquant que de rendre justice à Napoléon Bonaparte : « Royaliste au départ, le romantisme bascula dans un bonapartisme poétique qui fournit à la légende napoléonienne le support littéraire sans lequel elle n'aurait pu rencontrer un succès aussi éclatant[19] », écrit Jean Tulard.

Si un génie est un homme qui nie le temps et s'arrange pour le faire jouer en sa faveur, alors Napoléon Bonaparte est génial. En se situant dans le temps long de l'histoire romaine ou celle de Charlemagne, il l'avait retourné en fantasme d'éternité et de puissance : l'Europe impériale niait le temps historique des particularités nationales. La multiplicité contradictoire des actions humaines, se refusant à entrer dans le grand plan du dictateur, l'avait expulsé du trône. Puis la foule, se découvrant elle-même comme foule, avait été saisie par l'histoire qui s'était racontée là : très ancien combat de Dieu et du chaos, ou plus moderne, de l'Idée, du calcul, de la statistique vaincus par l'accident, l'aléatoire, le hasard, ou bien encore lutte du Temps intime, individuel, imaginaire, dévoré par la confuse temporalité sociale des intérêts contradictoires. Tous ne s'écrient pas, comme Raskolnikov : « Oui, je voulais devenir Napoléon, voilà pourquoi j'ai tué », mais chacun veut avoir un destin : d'où le succès de la légende. Elle ne valait que

* Lors de ces derniers vœux télévisés, le 31 décembre 1994, François Mitterrand avait prononcé cette phrase : « Je crois aux forces de l'esprit et je ne vous quitterai pas. »

d'avoir été racontée dans le retrait au désert du martyr de Sainte-Hélène. Le génie de Bonaparte (largement épaulé par Las Cases) est donc, en définitive, un génie littéraire.

Mais il ne prend toute sa puissance que parce qu'il tranche sur une vague de fond plus puissante encore : l'incitation sociale généralisée, depuis la Révolution, à l'humilité, à l'injonction de se fondre dans le commun — et les dirigeants politiques, depuis Bonaparte, donnant l'exemple d'une fausse familiarité prosaïque plus ou moins prononcée qui est le nouveau masque du pouvoir. Chateaubriand affirme que Napoléon est la « dernière des grandes existences individuelles[20] » ; on dira plutôt que c'est la première des existences modernes : de celles qui doivent forger elles-mêmes leur destin, sans rien devoir à leur naissance. La légende dure parce qu'au fond, « devenir Napoléon » reste le problème : il importe de distinguer dans cette aspiration le désir individuel de reconnaissance et l'érection narcissique et autiste d'un Moi idéal régnant sur tous, ou à défaut de pouvoir l'être (à défaut de « pouvoir »), de le projeter sur un autre qu'on adule à plusieurs comme on voudrait être adulé soi-même. D'un côté, la recherche de l'amour (de l'accueil inconditionnel de la singularité), de l'autre, la recherche du pouvoir, et, lorsqu'il fait défaut, la folie criminelle individuelle (Raskolnikov) ou le délire collectif tendanciellement fasciste divinisant des individus « surmédiatisés ». Le devenir démocratique de la politique ne dépend-il pas de la capacité de résistance des individus à la passion narcissique ? Apprendre à aimer des singularités complexes plutôt que d'aduler des êtres idéalisés par le lointain de l'image-cliché ou du secret, est-ce que ça n'est pas, en fin de compte, l'éthique littéraire démocratique qu'on pourrait opposer aux chantres romantiques du « grand homme » ?

J'ai voulu montrer, à travers l'histoire de la comtesse Walewska ou de la figure de Las Cases, qu'on pouvait « aimer » le vaincu qui dort dans les bras de l'une ou se baigne nu sous les yeux de l'autre, mais que cet amour ne pouvait en rien masquer ni excuser les fautes criminelles* commises par le personnage public — lorsqu'il se confond lui-même avec la mécanique du pouvoir absolu qui le possède.

Mais laissons le dernier mot à l'historien Jules Michelet :

> Napoléon Bonaparte a l'honneur affreux d'avoir confirmé et grandi un mal trop naturel à l'homme, l'adoration de la force brutale et l'idolâtrie du succès[21].

* On pense particulièrement ici aux plus incontestables : les 4 000 prisonniers ottomans égorgés à Gaza, l'incompréhensible aventure espagnole, les 100 000 morts (au moins) de la retraite de Russie qui auraient pu être évités par un retour moins tardif, les morts de Fleurus ou de Waterloo, prix à payer de l'« aventure » romanesque des Cent-Jours.

ANNEXES

REPÈRES CHRONOLOGIQUES

XVIe s. Francesco Buonaparte, mercenaire de l'Ufficio di San Giorgio originaire de Sarzane, rejoint la colonie génoise d'Ajaccio.

1729. Première guerre d'indépendance de la Corse.

1736. Théodore de Neuhoff, roi de Corse.

1746. *27 mars* : naissance de Carlo Buonaparte.

1750. *24 août* : naissance de Letizia Ramolino.

1755. *Novembre* : Constitution de la Corse.

1769. *9 mai* : bataille de Ponte Novu (conquête de la Corse par la monarchie française).
15 août : naissance de Napoleone Buonaparte.

1771. *Septembre* : noblesse des Buonaparte officiellement confirmée.

1772. Carlo Buonaparte député de la noblesse aux États de Corse, puis à nouveau en 1777 et en 1781.

1779. *Janvier* : N. entre au collège d'Autun.
mai : N. entre à l'école militaire de Brienne.

1784. *Septembre* : N. écrit à son père pour lui demander de lui « faire passer l'*Histoire de Corse* de Boswell ».
octobre (à octobre 1785) : N. à l'École militaire de Paris.

1785. *24 février* : mort du père, Carlo Buonaparte.
1er septembre : N. promu au grade de lieutenant en second.

1786. *15 septembre* : retour à Ajaccio.

1787. *12 septembre* : séjour à Paris.
22 novembre : rencontre avec la petite prostituée du Palais-Royal.

1788. *Janvier* : retour à Ajaccio.
9 mai : jour où se situe le premier chapitre de notre récit.
Juin : N. rejoint son régiment cantonné à Auxonne.

1789. *1er mai* : convocation des états généraux.

12 juin : le tiers état s'autoproclame assemblée du peuple ; lettre de N. à Paoli.

20 juin : serment du Jeu de paume.

11 juillet : renvoi de Necker.

14 juillet : prise de la Bastille.

Nuit du 4 août : abolition des privilèges féodaux.

Fin septembre : retour en Corse.

5 octobre : le peuple va chercher le roi à Versailles et le ramène à Paris.

1790. *9-10 mai et 25 juin* : émeutes à Ajaccio.

12 juillet : constitution civile du clergé.

14 juillet : fête de la Fédération ; serment du roi à la Nation et à la Loi.

17 juillet : arrivée de Paoli à Bastia.

5 août : N. rencontre Paoli.

1791. *23 janvier* : N. lit sa *Lettre à Matteo Buttafoco* (premier écrit politique publié en mars 1791) devant la Société des amis de la Constitution d'Ajaccio à laquelle il vient d'adhérer.

31 janvier : N. rejoint son régiment à Auxonne puis à Valence (juin).

25 février : suppression des droits des communautés à Ajaccio.

18 avril : Louis XVI contraint de rester aux Tuileries.

1er juin : N. est nommé lieutenant en premier.

20 juin : fuite du roi à Varennes.

Juin : N. secrétaire de la Société des amis de la Constitution de Valence ; accueille favorablement la pétition des sociétés du Midi demandant « que le roi fût jugé ».

14 juillet : N. prête serment avec tout son régiment à la Nation et à la Loi.

17 juillet : La Fayette massacre les cordeliers au Champ-de-Mars.

25 août : N. présente au concours de l'Académie de Lyon son « Discours sur le Bonheur ».

13 septembre : serment du roi à la Constitution nouvelle.

septembre : retour en Corse.

octobre : mort de l'oncle archidiacre Lucciano.

13 décembre : N. achète des biens nationaux ayant appartenu au clergé.

1792. *Février* : radié pour absence lors d'une revue.

1er avril : N. élu lieutenant-colonel en second du second bataillon des volontaires nationaux d'Ajaccio et Tallano.

8-9 avril : émeutes à Ajaccio.

20 avril : déclaration de guerre à l'Autriche.

20 juin : manifestation insurrectionnelle contre le renvoi des ministres girondins Roland, Clavière et Servan.

21 juin : N. réintégré et nommé capitaine.

28 juin : discours de La Fayette à l'Assemblée.

28 juin : diffusion dans Paris du « Manifeste de Brunswick ».

11 juillet : l'Assemblée décrète la « Patrie en danger ».

10 août : seconde Révolution ; on situe dans la nuit du 10 août les méditations de Napoléon racontées dans nos chapitres sur la Révolution française.

19 août : Prussiens et émigrés passent la frontière.

30 août : Louis XVI « suspendu » et enfermé au Temple signe de sa main le brevet de capitaine de N. ; c'est un des derniers actes légaux du monarque.

20 septembre : victoire de Valmy, l'invasion est repoussée.

21 septembre : proclamation de la République « une et indivisible ».

15 octobre : N. de retour à Ajaccio.

1793. *21 janvier* : Louis XVI est guillotiné.

10 janvier-24 février : N. participe à l'expédition de Sardaigne.

21 avril : Paoli décrété d'arrestation par la Convention.

3-5 mai : le directoire paoliste veut faire arrêter N. : il fuit.

24 mai-3 juin : N. participe à la tentative des Jacobins pro-français de reprendre Ajaccio.

31 mai et 2 juin : Danton et Robespierre prennent le pouvoir à Paris.

11 juin : N. fuit la Corse avec toute sa famille à bord du *Prosélyte*.

29 juillet : N. publie *Le Souper de Beaucaire*.

3 septembre : N. est nommé commandant de l'artillerie de Carteaux.

18 décembre : les Anglais évacuent Toulon.

22 décembre : N. est nommé général de brigade.

1794. *Janvier* : N. rencontre Désirée Clary.

Janvier-février : Barras confie à N. une mission d'inspection des côtes de Provence.

24 février : élimination des hébertistes, début du reflux révolutionnaire.

29 juillet : 9 Thermidor, chute de Robespierre.
9 au 20 août : N. assigné à résidence à Nice.
13 septembre : Cairo, Piémont : N. rencontre Mme Turreau.

1795. *21 avril* : N. demande la main de Désirée Clary.
7 mai : N. rayé des cadres de l'artillerie, dégradé et affecté « au commandement d'une brigade d'infanterie en Vendée » puis nommé général de brigade d'infanterie à l'armée de l'Ouest.
28 mai : arrivée à Paris.
15 août-15 septembre : « Eugénie et Clisson ».
18 août : N. entre au Bureau topographique du ministère de la Guerre.
15 septembre : N. est à nouveau rayé de la liste des généraux pour avoir refusé de rejoindre l'armée de l'Ouest.
23 septembre : Constitution de l'An III adoptée.
2 octobre : soulèvement des sections royalistes à Paris.
5 octobre : 13 Vendémiaire : N. commandant de Paris en second écrase l'insurrection royaliste.
15 octobre : première visite chez Joséphine.
28 octobre : premier billet de Joséphine.
31 octobre : Barras Directeur.
Décembre : premier billet d'amour de N. à Joséphine.

1796. *2 mars* : N. nommé commandant en chef de l'armée d'Italie.
9 mars : N. épouse Joséphine.
11 mars : départ pour l'armée d'Italie.
27 mars : N. a rejoint l'armée d'Italie à Nice.
12 avril : victoire de Montenotte.
13 avril : victoire de Millesimo.
14 avril : victoire de Dego.
21 avril : victoire de Mondovi.
10 mai : victoire de Lodi.
16 mai : entrée triomphale à Milan.
3 août : victoire de Lonato.
5 août : victoire de Castiglione.
15-17 novembre : victoire d'Arcole.

1797. *14 janvier* : victoire de Rivoli.
2 février : capitulation de Mantoue.
18 avril : préliminaires de paix signés à Leoben avec les Autrichiens.
15 mai : chute de Venise.
29 juin : création de la République cisalpine.

1er octobre : paix de Campoformio.
5 décembre : retour à Paris.
1798. *19 mai* : N. s'embarque à Toulon pour l'Égypte.
21 juillet : bataille des Pyramides.
1er et 2 août : désastre d'Aboukir (Nelson anéantit la flotte française : N. l'apprend en septembre).
1799. *25 février* : chute de Gaza.
7 mars : chute de Jaffa.
20 mars-17 mai : siège de Saint-Jean-d'Acre puis retraite.
25 juillet : victoire d'Aboukir contre les Turcs.
23 août : N. quitte l'Égypte.
16 octobre : retour à Paris.
18 octobre : réconciliation avec Joséphine.
9 novembre : coup d'État du 18 Brumaire.
25 décembre : promulgation de la Constitution de l'An VIII.
1800. *13 février* : création de la Banque de France.
19 février : le Premier consul s'installe aux Tuileries.
6 mai : départ pour l'Italie.
21 mai : passage des Alpes.
2 juin : entrée à Milan.
14 juin : victoire de Marengo.
2 juillet : retour aux Tuileries.
24 décembre : attentat de la rue Saint-Nicaise.
1801. *9 février* : traité de Lunéville.
15 août : signature du Concordat.
1802. *27 mars* : paix d'Amiens avec l'Angleterre.
26 avril : amnistie générale décrétée pour les émigrés.
2 août : N. est consul à vie.
20 septembre : installation au château de Saint-Cloud.
1804. *21 mars* : exécution du duc d'Enghien. Promulgation du Code civil.
22 novembre : installation au château de Fontainebleau.
2 décembre : sacre de l'Empereur de l'Impératrice à Notre-Dame-de-Paris.
1805. *24 septembre* : départ de Saint-Cloud.
7 octobre : victoire d'Elchingen.
14 octobre : capitulation d'Ulm.
15 novembre : entrée dans Vienne.
2 décembre : victoire d'Austerlitz (bataille des trois empereurs).
1806. *1er janvier* : abolition du calendrier républicain.

6 août : François II abdique : fin du Saint Empire romain germanique.
25 septembre : départ de Saint-Cloud.
14 octobre : victoire de Iéna.
28 octobre : entrée dans Berlin.
Novembre : blocus continental.
19 décembre : entrée dans Varsovie.

1807. *Janvier* : rencontre Maria Walewska.
8 février : bataille d'Eylau.
21 février : Osterode, vieux château d'Ordenschloss (à 30 km d'Eylau).
31 mars : château de Finckenstein.
6 juin : départ de Finckenstein.
14 juin : victoire de Friedland.
25 juin : Napoléon rencontre Alexandre sur le Niémen.
22 juillet : création du Grand-Duché de Varsovie.
9 août : Talleyrand quitte ses fonctions de ministre des Affaires étrangères.
31 décembre : N. apprend la naissance de son fils Charles-Léon.

1808. *1er avril* : départ de N. pour Bayonne, où il rencontre le roi d'Espagne.
29 octobre : N. quitte Paris pour l'Espagne.
20 décembre : alliance Fouché-Talleyrand.

1809. *3 janvier* : retour à Paris.
9 avril : formation de la cinquième coalition.
13 mai : entrée dans Vienne.
17 mai : annexion des états pontificaux.
5 juin : N. s'installe au château de Schönbrunn. Il fait venir Maria Walewska.
18 juin : bulle d'excommunication.
6 juillet : enlèvement du pape.
14 décembre : N. et Joséphine divorcent.

1810. *2 avril* : mariage avec Marie-Louise.
4 mai : naissance de son fils Alexandre Walewski.

1811. *20 mars* : naissance de son fils Napoléon-François, roi de Rome.

1812. *9 mai* : départ pour la campagne de Russie.
22 juin : déclaration de guerre à la Russie.
7 septembre : bataille de Borodino (de la Moskova).
14 septembre : entrée dans Moscou.

16 septembre : incendie de Moscou.
17 novembre : bataille de Krasnoïe.
27-28 novembre : bataille de la Bérésina.
5 décembre : N. quitte son armée et rentre à Paris.

1813. *28 février* : les Prussiens se joignent à la sixième coalition anglo-russe.
1er mai : victoire de Weissenfeld.
2 mai : victoire de Lützen.
20 mai : victoire de Bautzen.
21 mai : victoire de Wurschen.
4 juin : armistice de deux mois signé à Pleswitz.
21 juin : défaite de Vitoria, les troupes françaises évacuent l'Espagne.
12 août : déclaration de guerre de l'Autriche.
28 août : victoire de Dresde.
16 au 19 octobre : défaite de Leipzig à la bataille des Nations.
4 décembre : N. refuse la proposition des Alliés de respecter les « frontières naturelles » françaises en échange d'une capitulation.

1814. *17 janvier* : Murat, roi de Naples, passe à l'ennemi.
10-18 février : campagne de France : victoires de Champaubert, Montmirail, Montereau.
31 mars : Russes et Prussiens entrent dans Paris.
6 avril : abdication sans conditions de N.
Nuit du 12 au 13 avril : tentative de suicide.
20 avril : adieux à la Garde.
4 mai : arrivée à l'île d'Elbe.
1er-2 septembre : visite de Maria Walewska et de son fils.

1815. *1er mars* : débarquement dans le golfe Juan.
20 mars : N. couche aux Tuileries.
18 juin : défaite de Waterloo.
22 juin : seconde abdication.
26 juin : adieux à Maria Walewska et à son fils Alexandre.
15 juillet : île d'Aix : N. monte à bord du navire *Bellérophon* ; il est dès lors prisonnier des Anglais.
31 juillet : confirmation officielle de sa déportation sur l'île de Sainte-Hélène.

1816. *7 août-16 octobre* : voyage à bord du *Northumberland*.

1821. *5 mai* : mort de Napoléon Bonaparte à 17 heures 49.

1840. *15 décembre* : transfert des cendres aux Invalides.

RÉFÉRENCES BIBLIOGRAPHIQUES

ŒUVRES ET DITS DE NAPOLÉON BONAPARTE

Œuvres littéraires et écrits militaires, trois volumes, édition établie, annotée et préfacée par Jean Tulard, Claude Tchou pour la Bibliothèque des Introuvables, 2001.

Mémoires de Napoléon, deux volumes, éd. établie par Thierry Lentz, *I. La Campagne d'Italie*, *II. La Campagne d'Égypte*, Tallandier, 2010-2011.

Correspondance générale, publiée par la Fondation Napoléon, nouvelle édition, t. 1, 2004.

Lucian REGENBOGEN (éd.), *Napoléon a dit, Aphorismes, citations et opinions*, Les Belles Lettres, 1998-2002.

OUVRAGES ET ARTICLES SUR NAPOLÉON BONAPARTE

Éric ANCEAU, *Napoléon. L'homme qui a changé le monde*, J'ai lu, coll. « Librio », 2004.

Paul BARTEL, *La Jeunesse inédite de Napoléon*, Amiot Dumont, 1954.

BERTRAND, *Cahiers de Sainte-Hélène*, avril 1818.

Collectif (sous la dir. de Jean Tulard), *Dictionnaire Napoléon*, notice « Charles Bonaparte » par Jean De Franceschi, Librairie Arthème Fayard, 1987.

Jean de FRANCESCHI, *La Jeunesse de Napoléon*, Éd. Lettrage, 2001.

Guy GODLEWSKI, « Walewska, Marie, comtesse, (1786-1817), maîtresse de Napoléon », *Revue du souvenir napoléonien*, n° 358, avril 1988, pp. 10-23.
GOURGAUD, *Journal de Sainte-Hélène 1815-1818*, édition Octave Aubry, Paris, 1947.
Emmanuel de LAS CASES, *Mémorial de Sainte-Hélène*, 2 vol., Seuil, coll. « Points ».
Thierry LENTZ, *Napoléon*, « Que sais-je ? », PUF, 2003.
Jean-Baptiste MARCAGGI, *La Genèse de Napoléon*, Perrin, 1902.
Frédéric MASSON, *Napoléon dans sa jeunesse*, Albin Michel, 1922.
—, *Napoléon et les femmes*, éditions Famot, Genève, 1974.
—, *Napoléon intime* (1893), Tallandier, 1977, 2004.
François PAOLI, *La Jeunesse de Napoléon*, Tallandier, 2005.
Nathalie PETITEAU, *Napoléon, de la mythologie à l'histoire*, Seuil, coll. « Points Histoire », 1999, 2004.
Pierre-Louis ROEDERER, *Mémoires sur la Révolution, le Consulat et l'Empire* (textes choisis et présentés par Octave Aubry), Plon, 1942.
TALLEYRAND, *Mémoires*, éd. établie par Emmanuel de Waresquiel, Fayard, 2007.
Jean TULARD, *Napoléon*, Pluriel, Hachette Littératures/Fayard, 1987.
—, « Napoléon ou le mythe littéraire par excellence », *ENA mensuel, la Revue des anciens élèves de l'École normale d'administration*, numéro hors-série « Politique et littérature », décembre 2003.
Jean TULARD et Louis GARROS, *Napoléon au jour le jour, 1769-1821*, Tallandier, 2002 (nouvelle édition).

OUVRAGES LITTÉRAIRES GÉNÉRAUX SUR LA PÉRIODE

Honoré de BALZAC, *Une ténébreuse affaire* (1841), Gallimard, coll. « Folio », 1982.
François-René de CHATEAUBRIAND, *Mémoires d'outre-tombe*, XXIX, 12, 2 vol., Gallimard, coll. « Bibliothèque de la Pléiade, 1950 ».

Stendhal, *Vie de Napoléon*, Payot, coll. « petite bibliothèque Payot », 2007.

Léon Tolstoï, *La Guerre et la Paix* (1867), traduction du russe par Boris de Schloezer, Gallimard, 2 vol., coll. « Folio », 2002.

AUTRES OUVRAGES GÉNÉRAUX SUR LA PÉRIODE

Marc Fumaroli, préface à la *Vie de Napoléon* de François-René de Chateaubriand, « Le poète et l'empereur », Livre de poche, 1999.

Jules Michelet, *Histoire de la Révolution française*, préface de 1847, Gallimard, coll. « Bibliothèque de la Pléiade », 2 vol., 1952.

— *Œuvres complètes*, t. XXI, Flammarion, 1982.

Dale K. Van Kley, *Les Origines religieuses de la Révolution française*, Seuil, coll. « L'univers historique », 2002.

AUTRES OUVRAGES

Roland Barthes, *La Préparation du roman*, 2 vol., Seuil-Imec, 2003.

Miguel de Cervantès, *Don Quichotte*, traduction de César Oudin revue par Jean Cassou (1949), Gallimard, coll. « Folio classique », 1988.

Fédor Dostoïevski, *Crime et Châtiment* (1866), Gallimard, coll. « Folio classique », 1995.

Victor Hugo, Ode « À la colonne de la place Vendôme » (1827), in *Odes et Ballades*, Gallimard, coll. « Poésie/Gallimard », 1980.

—, *Cromwell* (1827), Flammarion, 1999.

Le Tasse, *La Jérusalem délivrée* (*La Gerusalemme liberata*), 1581, Lgf, 1996.

Nicolas Machiavel, « La vie de Castruccio Castracani da Lucca », in *Œuvres complètes*, Gallimard, coll. « Bibliothèque de la Pléiade », 1952.

Alfred de Musset, *La Confession d'un enfant du siècle* (1836), Gallimard, coll. « Folio », 1973.

Jean-Jacques ROUSSEAU, *La Nouvelle Héloïse* (1761), Gallimard, coll. « Folio classique », 1973.
—, *Du Contrat social* (1762), Flammarion, 2001.
—, « Lettres sur la législation de la Corse » tiré d'un *Projet de constitution pour la Corse* (1764), Nautilus, 2000.
Bernardin de SAINT-PIERRE, *Paul et Virginie* (1787), Gallimard, coll. « Folio classique », 1999.
STENDHAL, *Le Rouge et le Noir* (1830), in *Romans et nouvelles, I*, Gallimard, coll. « Bibliothèque de la Pléiade », 1947.
—, *La Chartreuse de Parme* (1839), Gallimard, coll. « Folio classique », 1992.
Jean-Paul SARTRE, *Les Mots* (1964), Gallimard, coll. « Folio », 1972.

FILMOGRAPHIE

Abel GANCE, *Napoléon* (1927-1935-1971).
Sacha GUITRY, *Napoléon* (1955), DVD René Château vidéo.
Clarence BROWN, *Maria Walewska* (*Conquest*, 1937), prod. MGM. DVD Warner Bros, coll. « Légendes du cinéma », sélection Greta Garbo, 2006.

NOTES

EXERGUE

1. Emmanuel de Las Cases, *Mémorial de Sainte-Hélène,* Seuil, coll. « Points », I, p. 254. [On notera désormais les références à cette édition : *Mémorial* suivi du numéro de page.]

PROLOGUE

1. *Mémorial*, 896.
2. Jacques Prévert, « Le grand Homme », in *Paroles* (1949), coll. « Folio », Gallimard, 2004.
3. *Cf.* Jean Tulard, « Napoléon ou le mythe littéraire par excellence », *ENA mensuel, La Revue des anciens élèves de l'École normale d'administration,* numéro hors-série « Politique et littérature », décembre 2003 et Jean Tulard, *Napoléon*, Hachette Littératures/Fayard, coll. « Pluriel », 1987 [noté désormais Tulard suivi du numéro de page]. Voir aussi Thierry Lentz, *Napoléon,* PUF, coll. « Que sais-je ? », p. 113, 115, 118-119 [noté Lentz suivi du numéro de page].
4. François-René de Chateaubriand, *Mémoires d'outre-tombe,* XXIX, 12, Gallimard, coll. « Bibliothèque de la Pléiade », vol. I, p. 995 [noté Chateaubriand MOT suivi du numéro de livre, numéro de chapitre et numéro de page].
5. Chateaubriand MOT XXIV, 13, 1025.
6. *Mémorial*, 896.
7. *Ibid.*, 476.

8. *Ibid.*, 896.

9. *Ibid.*, 513.

10. *Ibid.*, 435.

11. *Ibid.*, 764.

12. *Ibid.*, 428.

13. *Ibid.*, 764, voir également 694 et 792.

14. Marc Fumaroli, dans son admirable préface à la *Vie de Napoléon* de Stendhal, « Le poète et l'empereur », Livre de poche, 1999, p. 49 [désormais noté Stendhal VN suivi du numéro de page].

15. *Mémorial,* 336.

NAPOLEONE BUONAPARTE OU COMMENT PEUT-ON ÊTRE CORSE ?

1. Stendhal, *Le Rouge et le Noir*, Gallimard, coll. Bibliothèque de la Pléiade », t. 2, 1948, p. 231.

2. *Mémorial*, 1312.

3. Napoléon Bonaparte, notes tirées de la *Géographie* de Lacroix (vers 1789), *Œuvres littéraires et écrits militaires*, tome 2, édition établie, annotée et préfacée par Jean Tulard, Claude Tchou pour la Bibliothèque des Introuvables, p. 42-43 et p. 46. [On notera désormais OLEM suivi du numéro de tome et du numéro de page la référence aux *Œuvres littéraires et écrits militaires* de Napoléon Bonaparte.]

4. Lettre de Napoleone Buonaparte à Filippo Antonio Pasquale de Paoli, 12 juin 1789, *Correspondance générale,* publiée par la Fondation Napoléon, t. 1, p. 76. [On notera désormais les références à cet ouvrage : *Corr.*, suivi du numéro de tome et de page.]

5. « Théodore à Milord Walpole » (vers 1788), OLEM, t. 1, p. 74-75.

6. *Mémorial*, 1038.

7. Stendhal, *Le Rouge et le Noir* (1830), in *Romans et Nouvelles I*, Gallimard, coll. « Bibliothèque de la Pléiade », 1947, p. 231.

8. François Paoli, *La Jeunesse de Napoléon*, Tallandier, p. 18 [noté désormais Paoli suivi du numéro de page].

9. *Mémorial*, 110-111.

10. Jean-Jacques Rousseau, *Du Contrat social*, livre II, chap. X.

11. Paoli, 37-38.

12. OLEM 2, 65-66 : « Lettres sur la Corse ».

13. *Ibid.*, 66.

14. *Ibid.*, 81.
15. *Ibid.*, 86.
16. *Ibid.*, 92.
17. OLEM 1, 72 : « Sur l'amour de la Patrie ».
18. *Ibid.*, 40 : « Sur la Corse ».
19. *Ibid.*
20. Paoli, 12.
21. *Ibid.*
22. *Cf. Ibid.*
23. Paoli, 54.
24. Paoli, 12-13.
25. *Mémorial*, 110.
26. OLEM 2, 60, « Lettres sur la Corse ».
27. Paoli, 132.
28. OLEM 2, 68, « Lettres sur la Corse ».
29. *Ibid.*, 102.
30. OLEM 1, 121.
31. *Ibid.*, 312, « Notes tirées de *La République* de Platon ».
32. *Ibid.*, 116, « Notes tirées de l'*Histoire ancienne* de Rollin ».
33. OLEM 2, 103, « Lettres sur la Corse ».
34. *Mémorial*, 154.
35. « Notes tirées du *Voyage en Suisse* de M. William Coxe », OLEM 2, 137-153.
36. « Notes tirées des *Mémoires* du baron de Tott », OLEM 1, 230.
37. *Cf.* « Notes tirées de l'*Histoire des Arabes* de l'abbé Marigny », OLEM 1, 355.
38. *Mémorial*, 691.
39. *Ibid.*, 184.
40. Paoli, 149.
41. *Mémorial*, 112.
42. Frédéric Masson, *Napoléon dans sa jeunesse*, Albin Michel, p. 35 [noté désormais Masson suivi du numéro de page] qui reprend Antonmarchi et les conversations du baron Larrey avec Madame Mère, ainsi que Lee, *The Life of the Emperor Napoléon*, Londres, 1834.
43. *Mémorial*, 118.
44. Masson 38 : reprend Lee, *op. cit.*
45. *Mémorial*, 121.
46. *Ibid.*
47. *Ibid.*

48. *Corr.* I, lettre 2, p. 45.
49. *Ibid.*, p. 44.
50. Masson, 166.
51. Paoli, 130.
52. *Mémorial*, 113.
53. Masson, 11, note 1.
54. *Mémorial*, 1001.
55. *Corr.* I, lettre 10, 1er avril 87, p. 52.
56. *Ibid.*, lettre 13 à Loménie de Brienne, contrôleur général des Finances, p. 56.
57. Paoli, 137.
58. *Corr.*, I, 57.
59. C'est l'argument de Masson et il est convaincant : Masson, 80.
60. OLEM 2, 19 et Paoli, 139.
61. *Ibid.*, 159, « Notes tirées de l'*Histoire de la noblesse* de Dulaure ».
62. OLEM, 1, 237, « Notes tirées des Lettres de cachet par le comte de Mirabeau ».
63. Paoli, 47.
64. *Mémorial*, 118.
65. Masson, 99.
66. *Ibid.*, 99.
67. *Ibid.*, 93.
68. *Ibid.*, 93.
69. *Ibid.*, 99.
70. *Ibid.*, 116.
71. « Mémoire sur les écoles militaires », OLEM 1, 35-36 : ce mémoire critique sur les mœurs de l'École militaire de Paris que Napoleone aurait écrit en 1785 « paraît d'une authenticité douteuse », nous explique Jean Tulard ; cependant les mêmes idées se retrouvent dans le *Mémorial*.
72. *Mémorial*, 176.
73. Paoli, 49.
74. *Ibid.*, 118.
75. *Ibid.*
76. Masson, 65, d'après une lettre de Montholon.
77. Sur la colère : *Mémorial*, 703, 1091, 1107, 1141.
78. *Mémorial*, 119.
79. Masson, 80.
80. *Mémorial*, 119.

81. Lettre du 12 ou 13 septembre 1784, *Corr.* I, p. 45.

82. Masson, 37, *Souvenirs de Madame Mère, dictés par elle à Mlle Rosa Mellini* et publiés par le baron Larrey, *Madame Mère*, Appendice II, 528 *sq.*

83. Masson, 38.

84. *Mémorial*, 692-693.

85. OLEM 1, 315, « Notes tirées de l'abbé Raynal ».

86. *Corr.* I, lettre 17, p. 60.

87. *Ibid.*, lettre 1, p. 43.

88. Masson, 109.

89. Paoli, 131.

90. *Mémorial*, 1308.

91. *Ibid.*, 367 et 1308.

92. *Ibid.*, 1308.

93. Masson, 128.

94. *Ibid.*, 135.

95. Paoli, 161.

96. Masson, 26.

97. *Mémorial*, 317.

98. Masson, 154.

99. *Ibid.*, 142.

100. *Mémorial*, 1094.

101. *Ibid.*, 784.

102. *Ibid.*, 112 et note 2 pour la rectification du cardinal Fesch.

103. OLEM 2, 60, « Lettres sur la Corse ».

104. OLEM I, 49.

105. OLEM 2, 161, *Cf.* les « Notes tirées de l'*Esprit de Gerson* ».

106. *Ibid.*, 105, « Lettres sur la Corse ».

107. OLEM 1, 42, « Sur la Corse ».

108. Masson, 25.

109. *Dictionnaire Napoléon* [noté désormais DN suivi du numéro de page], Notice « Charles Bonaparte », Jean De Franceschi, Librairie Arthème Fayard, 1987, p. 259.

110. Comme l'affirme le *Mémorial*, 111.

111. Masson, 16 et 25.

112. Masson, 25.

113. DN, 259.

114. Paoli, 17-31.

115. *Ibid.*, 32.

116. DN, 259.

117. Paoli, 105.

118. DN, 259.

119. Paoli, 55.

120. Masson, 26, *Mémoires* de Joseph.

121. Paoli, 151.

122. *Mémorial*, 619. Voir aussi 320.

123. OLEM I, toutes les citations du passage sont tirées du même texte « Sur le suicide », 3 mai 1786, OLEM I 49.

124. *Ibid.*, 46.

125. *Ibid.*

126. Paoli, 59.

127. OLEM I, 46, « Sur le suicide », 3 mai 1786.

128. *Ibid.*, 45-47.

129. *Mémorial*, 177.

130. *Ibid.*, 530.

131. Paoli, 108 et 111.

132. *Ibid.*, 123.

133. *Ibid.*

134. *Ibid.*, 124.

135. OLEM 1, 67-74 pour toutes les citations de ce paragraphe.

136. *Ibid.*, 67-74, « Parallèle entre l'amour de la patrie et l'amour de la gloire ».

137. *Ibid.*, 68.

138. *Ibid.*, 73.

139. *Ibid.*, 62, « Une rencontre au Palais-Royal ».

140. *Ibid.*, 65.

141. OLEM 2, 95-96.

142. *Mémorial*, 457.

143. *Ibid.*, 989.

144. *Ibid.*, 283.

145. *Ibid.*, 658.

146. Masson, 30.

147. *Ibid.*, 37, *Souvenirs de Madame Mère, dictés par elle à Mlle Rosa Mellini* et publiés par le baron Larrey, *Madame Mère*, Appendice, II, 528 *sq.*

148. Paoli, 46.

149. Masson, 37, Antonmarchi.

150. *Ibid.*, 39.

151. *Mémorial*, 1429 : « Quant à ma mère, elle est digne de tous les genres de vénération. »

152. *Ibid.*, 113.

153. Paoli, 106.

154. *Mémorial*, 114.
155. *Ibid.*
156. *Ibid.*, 751.
157. *Ibid.*, 117.
158. Paoli, 33.
159. *Mémorial*, 117-118.
160. OLEM 2, 63, « Lettres sur la Corse ».
161. OLEM I, 46, « Sur le suicide », 3 mai 1786.
162. *Mémorial*, 266.
163. *Ibid.*, 119.
164. *Ibid.*, 1113.
165. *Ibid.*, 1042.
166. OLEM 1, 65, « Introduction à une histoire de la Corse ».
167. Masson, 32-34.
168. Lucian Regenbogen, *Napoléon a dit*, Aphorismes, citations et opinions, Les Belles Lettres, 1998, 2002, p. 42 [désormais noté Regenbogen suivi du numéro de page].
169. Regenbogen, 43.
170. Paoli, 26.
171. *Mémorial*, 671-672.
172. Stendhal VN, 252.
173. Paoli, 120-121.
174. Masson, 142.
175. Paoli, 120-121.

LA RÉVOLUTION FRANÇAISE : AMPUTATION CORSE ET CONVERSION À LA NATION RÉVOLUTIONNAIRE

1. *Mémorial*, 1202.
2. Michelet, *Histoire de la Révolution française*, Bibliothèque de la Pléiade, 1952, t. I, p. 966 [désormais noté Michelet, HRF, suivi du numéro de page].
3. Il ferme « les volets de sa chambre afin d'être plus recueilli » : A. des Mazis, in P. Bartel, *La Jeunesse inédite de Napoléon*, Paris, Amiot Dumont, 1954, cité par Paoli, 172.
4. *Corr.* I, 116.
5. *Ibid.*, 113.
6. *Ibid.*
7. *Ibid.*, 112.

8. *Ibid.*, 113.
9. *Ibid.*
10. *Ibid.*, 114.
11. *Mémorial*, 614.
12. Michelet, HRF, 971.
13. *Ibid.*, 969.
14. *Ibid.*, 976.
15. Paoli, 118 : Paoli suit J.-B. Marcaggi, *Genèse de Napoléon,* Paris, Perrin, 1902 ; repris également par Masson, 149.
16. *Corr.* I, 72.
17. Thiard, *Mémoires*, p. 14, citées par Jean Tulard et Louis Garros, *Napoléon au jour le jour,* Tallandier, p. 36.
18. *Corr.* I, 78.
19. *Ibid.* 79.
20. *Ibid.* 81.
21. *Ibid.* 81.
22. Paoli, 178, qui suit A. Chuquet, *La Jeunesse de Napoléon,* t. I, p. 358.
23. Masson, 198.
24. *Corr.* I, 115 : il y a une erreur de date dans l'édition de la *Correspondance* : cette lettre de Napoléon Bonaparte à Jean-Marie Naudin est du 27 juillet 1791 et non 1792 (Napoléon se demande s'il y aura la guerre).
25. *Mémorial*, 1015.
26. *Corr.* I, 116.
27. Paoli, 242.
28. *Corr.* I, 111.
29. *Ibid.*, 113.
30. *Ibid.*, 116.
31. *Ibid.*, 76.
32. *Ibid.*, 75.
33. Masson, 215.
34. Paoli, 182.
35. Masson, 216.
36. Tulard, 49.
37. Paoli, 183.
38. *Ibid.*
39. *Ibid.*, 186.
40. *Ibid.*
41. Paoli, 207.
42. Paoli, 188 et 193.

43. Masson, 217.
44. *Ibid.*, 224.
45. *Ibid.*, 225.
46. *Ibid.*, 226-227.
47. Tulard, 50.
48. Masson, 229.
49. Paoli, 196.
50. *Ibid.*, 199.
51. Paoli, 200 ; Masson, 232.
52. Masson, 238, qui donne le texte intégral de ce mémoire.
53. Paoli, 205.
54. Masson, 239 : cette information est dans le texte du mémoire.
55. *Ibid.*, 233.
56. Paoli, 206.
57. Masson, 220.
58. Paoli, 221, d'après De Franceschi *La Jeunesse de Napoléon*, Paris, Éd. Lettrage, 2001, p. 146.
59. Paoli, 236, d'après De Franceschi, *op. cit.*, p. 146.
60. Paoli, 204.
61. *Ibid.*, 202-203.
62. Tulard, 50.
63. Paoli, 204.
64. *Ibid.*
65. Masson, 232.
66. Tulard, 50.
67. Paoli, 210.
68. *Ibid.*, 217.
69. *Ibid.*, 217-218.
70. *Corr.* I, 87.
71. *Ibid.*, I, 88.
72. Paoli, 214.
73. *Ibid.*, 213.
74. Masson, 231 et 255.
75. *Mémorial*, 691.
76. Paoli, 222.
77. Masson, 242.
78. *Ibid.*, 241.
79. *Ibid.*
80. *Ibid.*, 242.
81. *Ibid.*, 241.

82. *Ibid.*, 242.
83. *Ibid.*, 274.
84. Paoli, 214.
85. Tulard, 50.
86. *Ibid.*, 51.
87. *Ibid.*
88. Tulard, 51.
89. Masson, 258, qui donne entièrement ce texte.
90. *Cf.* aussi : OLEM 2, 182.
91. OLEM 2, 126.
92. *Ibid.*
93. *Ibid.*, 184.
94. *Ibid.*
95. *Ibid.*, 126, 180, 193,194, 202.
96. *Ibid.*, 194.
97. *Ibid.*, 198.
98. *Ibid.*, 199.
99. *Ibid.*, 200.
100. *Ibid.*, 202.
101. *Ibid.*
102. *Ibid.*, 203.
103. *Ibid.*, 230.
104. *Ibid.*, 231.
105. *Ibid.*, 227.
106. *Ibid.*
107. *Ibid.*, 213.
108. *Ibid.*, 223.
109. *Ibid.*, 224.
110. *Ibid.*, 225.
111. *Ibid.*, 207.
112. *Ibid.*
113. Masson, 270.
114. Paoli, 254.
115. Lentz, 19.
116. Masson, 280.
117. Paoli, 266.
118. Masson, 285.
119. Paoli, 262, pour tout le paragraphe.
120. Masson, 285 ; Paoli, 263 pour tout le paragraphe.
121. Paoli, 263.
122. *Ibid.*

123. *Ibid.*,

124. *Corr.* I, 106.

125. Paoli, 269.

126. Paoli, 268-269 pour tout ce passage ainsi que Masson, 288-289, et Tulard, 53.

127. Masson, 292.

128. *Ibid.*, 293-294 donne entièrement cette lettre.

129. J. De Franceschi, *La Jeunesse de Napoléon,* Paris, Ed. Lettrage, 2001, repris par Paoli, 272.

130. Lettre de Paoli du 21 avril, citée par Paoli, 272.

131. *Corr.* I, 109.

132. *Ibid.*, 114.

133. *Ibid.*

134. *Ibid.*

135. *Mémorial*, 1015-1017.

136. *Ibid.*, 1199.

137. *Ibid.*

138. Cité par Masson, 314.

139. Stendhal, VN, p. 251.

140. Masson, 305-306.

141. OLEM 2, 202.

142. Rousseau, *Du Contrat social, op. cit.*, livre IV, chap. VIII.

143. *Corr.* I, 117.

144. Masson, 322-323.

145. Paoli, 310.

146. Tulard, 55.

147. Paoli, 310.

148. *Ibid.*

149. *Ibid.*

150. *Ibid.*, 327.

151. *Ibid.*, 326.

152. *Ibid.*

153. *Ibid.*

154. Masson, 331.

155. Paoli, 312 ; Tulard, 56 ; Masson, 326-327 ; pour ce paragraphe.

156. Tulard, 55 ; Masson, 326.

157. Paoli, 312-313.

158. *Corr.* I, 122.

159. OLEM 2, 263, 283, et *Corr.* I, 122.

160. Paoli, 308-310.

161. Paoli, 331 ; Masson, 333.
162. Masson, 334.
163. *Ibid.*
164. Paoli, 335.
165. *Ibid.*, 336.
166. *Ibid.*
167. Paoli, 342 ; Masson, 339.
168. Paoli, 346 ; Masson, 340 pour tout ce qui précéde dans le paragraphe.
169. Masson, 345 et 359-360 pour tout ce paragraphe.
170. Paoli, 352.
171. *Ibid.*
172. Paoli, 353.
173. Antonmarchi repris par Paoli, 355.
174. Tulard, 59 d'après la thèse de De Franceschi, *La Corse française.*
175. *Ibid.*, 59.
176. *Ibid.*, 57.

DE ROBESPIERRE À BARRAS, DE TOULON AU 13 VENDÉMIAIRE

1. OLEM 2, 301
2. *Ibid.*, 295.
3. *Ibid.*, 303.
4. *Ibid.*, 304.
5. *Ibid.*, 300.
6. *Ibid.*, 302.
7. *Ibid.*, 306.
8. *Ibid.*, 305.
9. *Ibid.*, 307.
10. *Ibid.*, 292.
11. *Ibid.*, 296.
12. *Mémorial*, 130.
13. *Ibid.*, 265-266.
14. Cité par Tulard, 65.
15. *Ibid.*
16. *Mémorial*, 522.
17. *Ibid.*, 279.
18. *Corr.* I, 131-134, lettres 94, 95, 96, 97, etc.

19. Tulard, 65.
20. *Corr.* I, 139.
21. Tulard, 66.
22. *Mémorial,* 315.
23. *Ibid.*, 130.
24. OLEM 2, 312.
25. Tulard, 67, cite le capitaine Colin.
26. *Corr.* I, 196 : lettre à l'authenticité douteuse selon Tulard, 68.
27. *Mémorial,* 252.
28. *Ibid.,* 815.
29. *Corr.* I, 196.
30. Tulard, 67.
31. *Ibid.*, 68.
32. *Ibid.*
33. *Ibid.*, 72.
34. *Ibid.*, 74.
35. *Ibid.*, 69.
36. *Ibid.*
37. Cité par Tulard, 69-70.
38. Masson, NF, 39-42 pour tout ce paragraphe.
39. OLEM 2, 333.
40. *Ibid.*, 334-335.
41. *Iibd.*, 337.
42. *Ibid.*
43. *Ibid.*, 339.
44. *Ibid.*, 341.
45. *Ibid.*, 341.
46. *Ibid.*, 342.
47. *Ibid.*, 343.
48. *Corr.* I, 254.
49. *Ibid.*, 243.
50. *Ibid.*, 252.
51. *Ibid.*, 259.
52. *Ibid.*, 243.
53. *Ibid.*, 236.
54. *Ibid.*, 243.
55. *Ibid.*, 246.
56. *Ibid.*, 231.
57. *Ibid.*, 250.
58. *Ibid.*, 250.
59. *Mémorial,* 921.

60. *Corr.* I, 247.
61. *Ibid.*, 257.
62. *Ibid.*, 260.
63. *Ibid.*, 260.
64. *Ibid.*, 260.
65. Masson, NF, 52.
66. *Corr.* I, 269.
67. Tulard, 77.
68. *Ibid.*
69. *Corr.* I, 300.
70. Cité par Tulard-Garros, *Napoléon au jour le jour*, Tallandier, 2002, p. 84 [désormais noté Tulard-Garros suivi du numéro de page].
71. *Corr.* I, 285.
72. *Ibid.*, 296-297.
73. *Ibid.*, 435.
74. *Ibid.*, 441.
75. *Ibid.*, 435.
76. *Ibid.*, 397.
77. *Ibid.*, 318.
78. *Mémorial*, 147.
79. *Ibid.*, 383.
80. *Ibid.*, 621.
81. *Corr.* I, 472.
82. *Mémorial*, 456.
83. *Ibid.*, 456.
84. *Ibid.*, 557.
85. *Ibid.*, 143.
86. Masson, NF, 87.

LE GÉNÉRAL BONAPARTE

1. Stendhal, *La Chartreuse de Parme* (1839), Gallimard, coll. « Folio classique », 1992, p. 63.
2. *Mémorial*, 392.
3. *Ibid.*, 137.
4. *Corr.* I, 397.
5. Tulard, 85.
6. *Mémorial*, 926.
7. Tulard-Garros, 97.

8. Tulard, 81.
9. *Mémorial*, 464.
10. *Ibid.*, 846.
11. *Ibid.*, 276, 500, etc.
12. *Ibid.*, 493.
13. Tulard, 95.
14. *Ibid.*, 96.
15. *Mémorial*, 1314.
16. *Ibid.*, 772-773 et 632.
17. *Ibid.*, 1314.
18. *Ibid.*, 487.

LE 18 BRUMAIRE DE NAPOLÉON BONAPARTE

1. Chateaubriand, MOT, XIX, 18, 739.
2. Tulard, 99-100.
3. *Ibid.*, 22.
4. Masson NF, 83.
5. *Mémorial*, 228.
6. Masson NF, 70.
7. *Mémorial*, 613.

LE MOMENT CROMWELL OU LES FOLIES IMPÉRIALES : AUSTERLITZ !

1. Stendhal, VN, 51.
2. *Mémorial*, 1181.
3. OLEM 2, 155.
4. Masson, *Napoléon intime* (1893), Tallandier, 1977/2004, p. 39 [noté désormais Masson, NI, suivi du numéro de page].
5. Masson, NI, 91-92.
6. *Ibid.*, 203.
7. *Ibid.*, 110.
8. *Ibid.*, 203.
9. *Ibid.*, 101.
10. *Ibid.*, 198.
11. Tulard, 117.
12. Cité par Stendhal VN, 60.

13. *Ibid.*, 59.
14. *Ibid.*, 60.
15. Tulard-Garros, 191.
16. Tulard, 148.
17. Tulard-Garros, 175.
18. Lentz, 22.
19. *Mémorial*, 664.
20. Masson, NI, 65.
21. *Ibid.*, 67.
22. *Ibid.*, 69-74 pour tout ce passage.
23. *Ibid.*, 80-86 pour tout ce passage.
24. *Ibid.*, 104.
25. Tulard, 137.
26. Stendhal, VN, 64
27. *Mémorial*, 269.
28. Tulard-Garros, 205.
29. Stendhal, VN, 139.
30. Tulard, 158.
31. Lentz, 55.
32. Tulard, 159.
33. Masson, NI, 113.
34. *Ibid.*, 189.
35. *Ibid.*, 189.
36. *Ibid.*, 191.
37. *Ibid.*, 125.
38. *Ibid.*, 97.
39. Chateaubriand, MOT, XX, 2, 746.
40. Masson, NI, 104.
41. *Ibid.*, 127 et 125-127 pour la description du cabinet.
42. *Ibid.*, 177.
43. *Ibid.*, 129.
44. Nathalie Petiteau, « Napoléon, de la mythologie à l'histoire », Points Seuil histoire, (1999)-2004, p. 184.
45. 4 mars 1806, Tulard-Garros, 302.
46. Regenbogen, 103.
47. Chateaubriand, MOT, XX, 4, 748.
48. Tulard, 140.
49. *Ibid.*, 142.
50. *Ibid.*, 142.
51. Chateaubriand, MOT, XX, 3, 746.
52. Cité par Tulard, 166.

53. *Ibid.*, 157.
54. *Ibid.*, 109-111.
55. *Ibid.*, 125.
56. Stendhal, VN, 53.
57. Chateaubriand, MOT, XX, 3, 747.
58. Anceau, Napoléon. *L'homme qui a changé le monde*, J'ai lu, coll « Librio », 2004, p. 48 [désormais noté Anceau suivi du numéro de page].
59. Tulard, 167.
60. *Ibid.*, 167.
61. Masson, NI, 170.
62. Lentz, 93.
63. Tulard, 167.
64. Tulard-Garros, 180.
65. Tulard, 125.
66. *Ibid.*
67. Tulard, 167.
68. *Ibid.*, 149.
69. *Ibid.*, 150.
70. Chateaubriand, MOT, XX, 3, 747.
71. *Mémorial*, 554.
72. Tulard, 171.
73. Tulard-Garros, 268.
74. *Mémorial*, 157, 767.
75. Anceau, 53.
76. Tulard-Garros, 258.
77. Lentz, 73.
78. Anceau, 40.
79. Regenbogen, 30.
80. Tulard, 180.
81. *Ibid.*, 206.
82. Tulard, 181.
83. *Ibid.*
84. *Mémorial*, 943.
85. Tulard, 183.
86. *Ibid.*
87. *Ibid.*, 185.
88. Anceau, 59.
89. Tulard, 186.
90. Anceau, 59 ; Tulard, 187.
91. Cité par Tulard-Garros, 310.

1. Chateaubriand, MOT, XX, 3, 748.
2. Tulard, 192.
3. Percy, chirurgien de la Grande Armée cité par Tulard, 192.
4. Tulard-Garros, 328.
5. Cité par Tulard, 193.
6. Cité par Tulard-Garros, 328.
7. Tulard-Garros, 316.
8. Mathieu-Dulas, XVII, 386, cité par Tulard-Garros, 317-318.
9. 13 janvier 1806 : *Corr.*, 11810, lettre citée par Tulard-Garros, 325.
10. Masson, NF, 158.
11. *Maria Walewska, Conquest,* 1937, réal. Clarence Brown, prod. MGM.
12. Guy Godlewski, « Waleska, Marie, comtesse, (1786-1817), maîtresse de Napoléon », *Revue du souvenir napoléonien*, n° 358, avril 1988.
13. *Ibid.*
14. *Ibid.*
15. *Mémoires* de Lucien, cités par Guy Godlewski, art. cité.
16. Guy Godlewski, art. cité.
17. Masson, NI, 172.
18. Cité par Tulard-Garros, 319-320.
19. Regenbogen, 46.
20. Chateaubriand, MOT, XX, 12, 780-781.
21. Guy Godlewski, *art. cité.*
22. *Ibid.*
23. Chateaubriand, MOT, XX, 11, 778.
24. C. Hendelsman, *Napoléon et la Pologne* cité par Tulard-Garros, 329.
25. Tulard, 193.
26. Norvins, *Mémorial,* II, 205, cité par Tulard-Garros, 332-333.
27. *Mémoires du baron Lejeune,* publiés par G. Bapst, I, 76, cité par Tulard-Garros, 333.
28. Chateaubriand, MOT, XX, 11, 779.
29. *Ibid.*, XX, 2, 745.
30. *Ibid.*, XX, 10, 776.
31. Tulard, 303.

32. Chateaubriand, MOT, XX, 7, 756.
33. Stendhal, VN, 112.
34. Tulard, 304.
35. *Ibid.*, 193.
36. Chateaubriand, MOT, XX, 6, 755.
37. Regenbogen, 9.
38. Chateaubriand, MOT, XX, 10, 774.
39. Cité par Tulard, 354.
40. Chateaubriand, MOT, XX, 10, 775.
41. Tulard, 356.
42. Guy Godlewski, *art. cité.*
43. *Ibid.*
44. *Ibid.*
45. Tulard-Garros, 425.
46. Tulard, 292.
47. Tulard-Garros, 434.
48. Cité par Tulard, 388.
49. Tulard, 390.
50. Tulard-Garros, 445.
51. *Ibid.*, 449.
52. Guy Godlewski, *art. cité.*
53. Tulard-Garros, 459.
54. Regenbogen, 38.
55. *Mémorial*, 555 et aussi 665, 895.
56. OLEM 3, 122.
57. Tulard-Garros, 467.
58. Léon Tolstoï, *La Guerre et la Paix,* traduit du russe par Boris de Schloecher, Gallimard coll. « Folio classique », tome 2, 2002, p. 462 [désormais noté Tolstoï numéro de volume puis numéro de page].
59. Tulard, 392.
60. Tolstoï, 2, 188-189.
61. *Ibid.*, 265-266.
62. *Ibid.*, 262.
63. Chateaubriand, MOT, XXI, 4, 804.
64. *Ibid.*, 805.
65. *Ibid.*, 806.
66. Cité par Chateaubriand, *ibid.*, 807.
67. Chateaubriand MOT, XXI 4, 813.
68. *Ibid.*, 816.
69. *Ibid.*

70. Tulard, 394.
71. Chateaubriand MOT, XXI, 5, 818-819.
72. *Ibid.*, 824.
73. Guy Godlewski, *art. cité.*
74. Tulard, 394.
75. Guy Godlewski, *art. cité.*
76. Caulaincourt, II, p. 373, cité par Tulard-Garros 492.
77. Tulard, 397.
78. *Ibid.*
79. *Ibid.*
80. Tulard, 398 pour tout ce passage.
81. Tulard, 416 et pour tout ce paragraphe, 415-418.
82. Tulard, 419 et 418-419 pour ce paragraphe.
83. Tulard, 419.
84. Tulard-Garros, 550.
85. OLEM, 3, 425.
86. Masson, NF, 186.
87. Tulard, 427.
88. Guy Godlewski, *art. cité.*
89. *Ibid.* pour certains éléments de ce paragraphe et du précédent.
90. Tulard-Garros, 566.
91. *Ibid.*, 562.
92. *Mémorial*, 1234.
93. *Ibid.*, 1243.
94. *Ibid.*, 1248.
95. *Ibid.*, 1253-1254.
96. Chateaubriand, MOT, XXIII, 3, 925.
97. Tulard, 431.
98. *Ibid.*, 432.
99. *Ibid.*, 433.
100. Chateaubriand MOT, 324-326, Tulard-Garros, 556.
101. Victor Hugo, *Cromwell,* V, 12, GF-Flammarion, 186, p. 447.
102. Tulard, 434.
103. Cité par Tulard, 428.
104. *Ibid.*, 1428.
105. Tulard-Garros, 583.
106. Tulard, 436.
107. *Mémorial*, 687.
108. Guy Godlewski, *art. cité.*
109. *Ibid.*

ÉPILOGUE : LE MESSIE MODERNE DE LA POLITIQUE

1. *Mémorial*, 511.
2. Tulard-Garros, 592.
3. *Ibid.*, 587.
4. *Mémorial*, 82.
5. *Ibid.*, 92.
6. *Ibid.*, 900.
7. Tulard, 449.
8. *Mémorial*, 435.
9. Tulard, 449.
10. *Mémorial*, 326.
11. *Ibid.*, 558.
12. *Ibid.*, 509.
13. *Ibid.*, 368.
14. *Ibid.*, 368.
15. *Ibid.*, 314.
16. *Ibid.*, 497.
17. *Ibid.*, 675.
18. *Ibid.*, 1424-1425.
19. Tulard, 449.
20. Chateaubriand, MOT, XXIV, 13, 1025.
21. Jules Michelet, *Œuvres complètes*, t. XXI, Flammarion, 1982, p. 638.

ANNEXES

FOLIO BIOGRAPHIES

Alexandre le Grand, par JOËL SCHMIDT

Lou Andreas-Salomé, par DORIAN ASTOR

Attila, par ÉRIC DESCHODT. Prix « Coup de cœur en poche 2006 » décerné par *Le Point*.

Joséphine Baker, par JACQUES PESSIS

Balzac, par FRANÇOIS TAILLANDIER

Baudelaire, par JEAN-BAPTISTE BARONIAN

Beethoven, par BERNARD FAUCONNIER

Sarah Bernhardt, par SOPHIE AUDE PICON

Napoléon Bonaparte, par PASCALE FAUTRIER

Bouddha, par SOPHIE ROYER

James Brown, par STÉPHANE KOECHLIN

Maria Callas, par RENÉ DE CECCATTY

Calvin, par JEAN-LUC MOUTON

Camus, par VIRGIL TANASE

Le Caravage, par GÉRARD-JULIEN SALVY

Casanova, par MAXIME ROVERE

Céline, par YVES BUIN

Jules César, par JOËL SCHMIDT

Cézanne, par BERNARD FAUCONNIER. Prix de biographie de la ville de Hossegor 2007.

Chopin, par PASCALE FAUTRIER

Cléopâtre, par JOËL SCHMIDT

Albert Cohen, par FRANCK MÉDIONI

Colette, par MADELEINE LAZARD

Christophe Colomb, par MARIE-FRANCE SCHMIDT

Marie Curie, par JANINE TROTEREAU

James Dean, par JEAN-PHILIPPE GUERAND

Charles Dickens, par JEAN-PIERRE OHL

Diderot, par RAYMOND TROUSSON

Marlene Dietrich, par JEAN PAVANS

Albert Einstein, par LAURENT SEKSIK

Fellini, par BENITO MERLINO

Freud, par RENÉ MAJOR et CHANTAL TALAGRAND

Gandhi, par CHRISTINE JORDIS. Prix du livre d'histoire de la ville de Courbevoie 2008.

Federico García Lorca, par ALBERT BENSOUSSAN

De Gaulle, par ÉRIC ROUSSEL

Geronimo, par OLIVIER DELAVAULT

Goya, par MARIE-FRANCE SCHMIDT

Billie Holiday, par SYLVIA FOL

Victor Hugo, par SANDRINE FILLIPETTI

Ibsen, par JACQUES DE DECKER

Jésus, par CHRISTIANE RANCÉ

Janis Joplin, par JEAN-YVES REUZEAU

Kafka, par GÉRARD-GEORGES LEMAIRE

Kerouac, par YVES BUIN

Lapérouse, par ANNE PONS

Franz Liszt, par FRÉDÉRIC MARTINEZ

Louis XIV, par ÉRIC DESCHODT

Louis XVI, par BERNARD VINCENT

Auguste et Louis Lumière, PAR MICHEL FAUCHEUX

Machiavel, par HUBERT PROLONGEAU

Bob Marley, par JEAN-PHILIPPE DE TONNAC

Michel-Ange, par NADINE SAUTEL

Mishima, PAR JENNIFER LESIEUR

Modigliani, par CHRISTIAN PARISOT

Molière, par CHRISTOPHE MORY

Marilyn Monroe, par ANNE PLANTAGENET

Moïse, par CHARLES SZLAKMANN

Mozart, par JEAN BLOT

Musset, par ARIANE CHARTON

Nerval, par GÉRARD COGEZ

Nietzsche, par DORIAN ASTOR

Pasolini, par RENÉ DE CECCATTY

Pasteur, par JANINE TROTEREAU

Picasso, par GILLES PLAZY

Marco Polo, par OLIVIER GERMAIN-THOMAS

Louis Renault, par JEAN-NOËL MOURET

Rimbaud, par JEAN-BAPTISTE BARONIAN

Robespierre, par JOËL SCHMIDT

Rousseau, par RAYMOND TROUSSON

Shakespeare, par CLAUDE MOURTHÉ

Stendhal, par SANDRINE FILLIPETTI

Jacques Tati, par JEAN-PHILIPPE GUERAND

Tchekhov, par VIRGIL TANASE

Toussaint Louverture, par ALAIN FOIX

Van Gogh, par DAVID HAZIOT. Prix d'Académie 2008 décerné par l'Académie Française (fondation Le Métais-Larivière).

Verlaine, par JEAN-BAPTISTE BARONIAN

Boris Vian, par CLAIRE JULLIARD

Léonard de Vinci, par SOPHIE CHAUVEAU

Wagner, par JACQUES DE DECKER

Andy Warhol, par MERIAM KORICHI

Oscar Wilde, par DANIEL SALVATORE SCHIFFER

Tennessee Williams, par LILIANE KERJAN

Virginia Woolf, par ALEXANDRA LEMASSON

Stefan Zweig, par CATHERINE SAUVAT

Composition Nord Compo
Impression Maury-Imprimeur
45330 Malesherbes
le 22 septembre 2011.
Dépôt légal : septembre 2011.
Numéro d'imprimeur : 167809.

ISBN 978-2-07-043766-5. / Imprimé en France.

174202